D0206610

LA ISLA DE LOS AMORES INFINITOS

Daína Chaviano

LA ISLA DE LOS AMORES INFINITOS

Grijalbo

A mis padres

Índice

SEXTA PARTE
CHARADA CHINA

Estás en mi corazón aunque estoy lejos de ti...

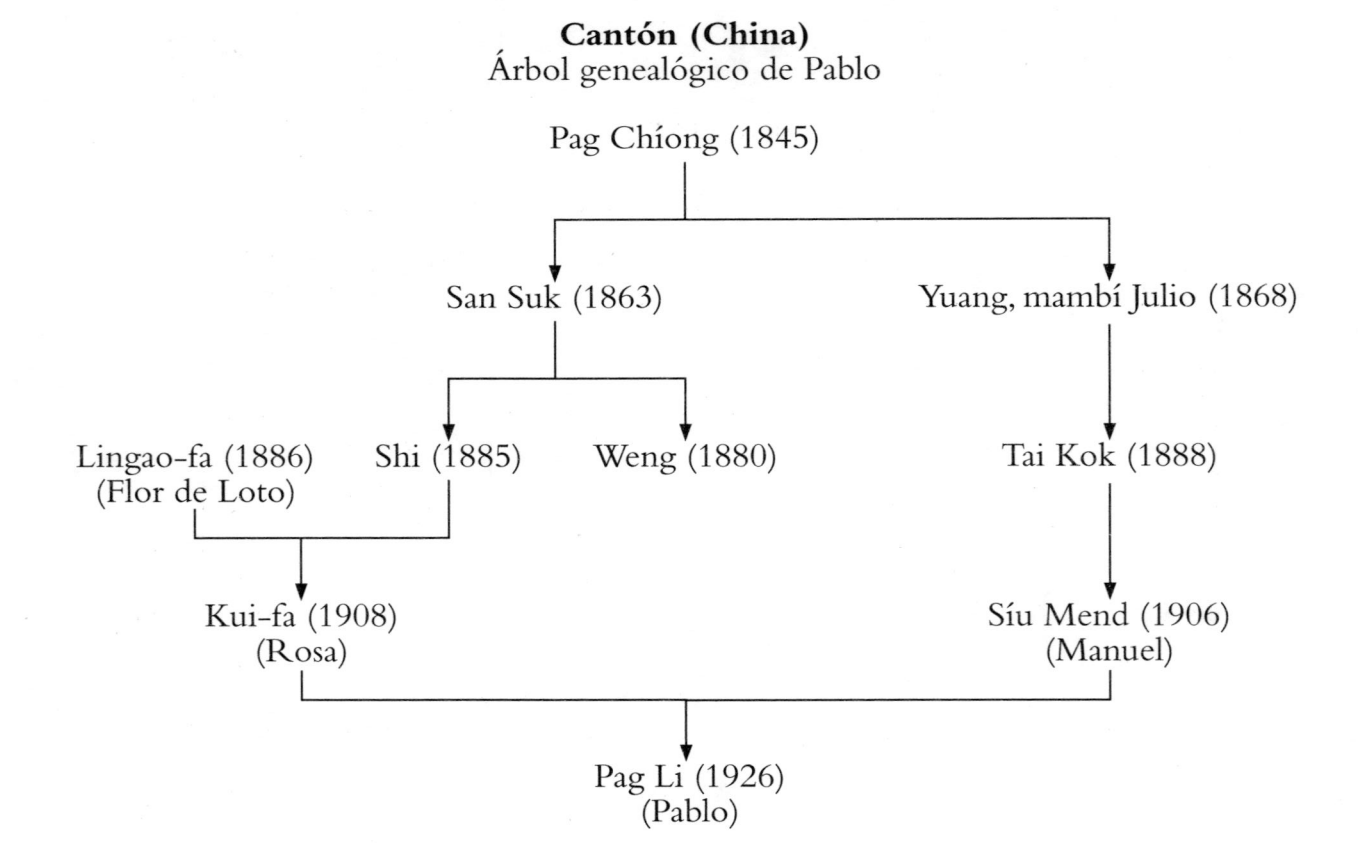

Cantón (China)
Árbol genealógico de Pablo

Pag Chíong (1845)

San Suk (1863)

Yuang, mambí Julio (1868)

Lingao-fa (1886)
(Flor de Loto)

Shi (1885)

Weng (1880)

Tai Kok (1888)

Kui-fa (1908)
(Rosa)

Síu Mend (1906)
(Manuel)

Pag Li (1926)
(Pablo)

Reino de Ifé, actual Nigeria (África) – Cuenca (España)
Árbol genealógico de Amalia

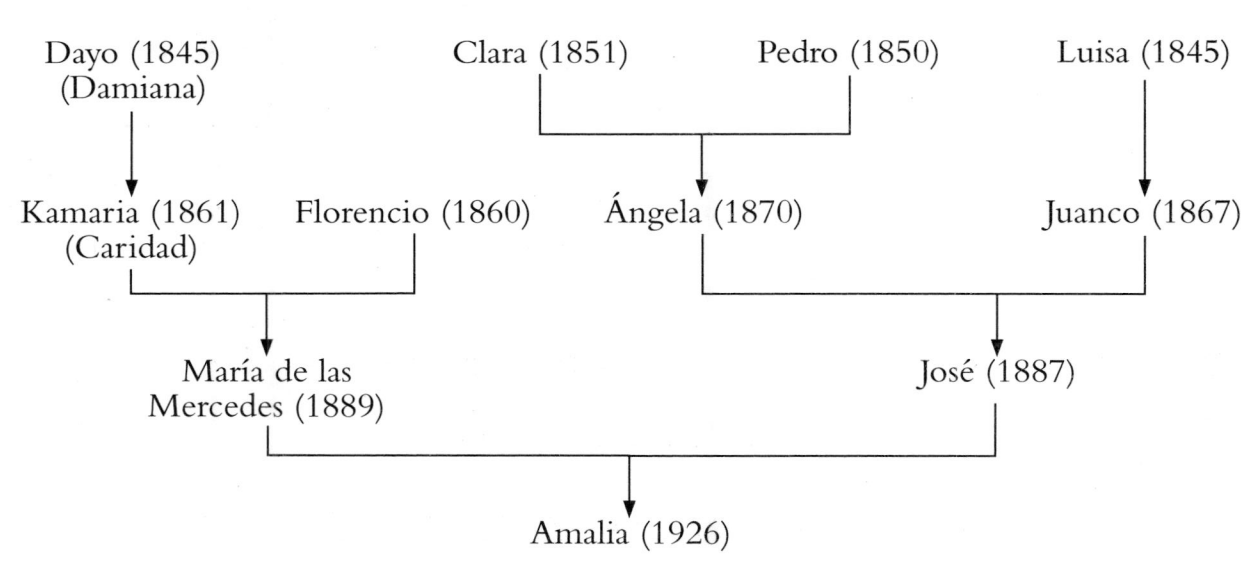

Los tres orígenes

De los apuntes de Miguel

MI CHINO… MI CHINA:
Locución de cariño con que se llaman los cubanos entre sí, sin que para ello el aludido deba tener sangre asiática.
Lo mismo ocurre con la expresión «mi negro» o «mi negra», que no se aplica necesariamente a quienes tienen la piel de ese color.
Se trata de una simple fórmula amistosa o amorosa, cuyo origen se remonta a la época en que se inició la mezcla entre las tres etnias principales que conforman la nación cubana: la española, la africana y la china.

Noche azul

Estaba tan oscuro que Cecilia apenas podía verla. Más bien adivinaba su silueta tras la mesita pegada a la pared, junto a las fotos de los muertos sagrados: Benny Moré, el genio del bolero; Rita Montaner, la diva mimada por los músicos; Ernesto Lecuona, el más universal de los compositores cubanos; el retinto *chansonnier* Bola de Nieve, con su sonrisa blanca y dulce como el azúcar... La penumbra del local, casi vacío a esa hora de la noche, ya empezaba a contaminarse con el humo de los Marlboro, los Dunhill y alguno que otro Cohíba.

La muchacha no prestaba atención al parloteo de sus amigos. Era la primera vez que iba al lugar y, aunque reconoció cierto encanto en él, su propia tozudez —o quizás su escepticismo— aún no la dejaba admitir lo que era evidente. En aquel bar flotaba una especie de energía, un aroma a embrujo, como si allí se abriera la entrada a otro universo. Fuera lo que fuera, había decidido comprobar por sí misma las historias que circulaban por Miami sobre aquel tugurio. Se había sentado con sus amigos cerca de la barra, uno de los dos únicos sitios iluminados. El otro era una pantalla por donde desfilaban escenas de una Cuba espléndida y llena de color, pese a la antigüedad de las imágenes.

Fue entonces cuando la vio. Al principio se le antojó una silueta más oscura que las propias tinieblas que la rodeaban. Un reflejo le hizo suponer que se llevaba una copa a los labios, pero el gesto fue tan rápido que dudó de haberlo visto. ¿Por qué se había fijado en ella? Quizás por la extraña soledad que parecía acompañarla... Pero Cecilia no había ido allí para alimentar nuevas congojas. Decidió olvidarla y ordenó un trago. Eso la ayudaría a indagar en ese acertijo en que se había transformado su espíritu: una región que siempre creyó conocer y que últimamente se le antojaba un laberinto.

Se había marchado de su tierra huyéndole a muchas cosas, a tantas que ya no valía la pena recordarlas. Y mientras veía perderse en el horizonte los edificios que se desmoronaban a lo largo del malecón —durante aquel extraño verano de 1994 en que tantos habían escapado en balsa a plena luz del día—, juró que nunca más regresaría. Cuatro años más tarde, continuaba a la deriva. No quería saber del país que dejara atrás; pero seguía sintiéndose una forastera en la ciudad que amparaba al mayor número de cubanos en el mundo, después de La Habana.

Probó su Martini. Casi podía ver el reflejo de su copa y el vaivén del líquido transparente y vaporoso que punzaba su olfato. Trató de concentrarse en aquel diminuto océano que se balanceaba entre sus dedos, y también en aquella otra sensación. ¿Qué era? La había sentido apenas entrara a ese bar, descubriera las fotos de los músicos y contemplara las imágenes de una Habana antigua. Su mirada tropezó de nuevo con la silueta que permanecía inmóvil en aquel rincón y en ese instante supo que era una anciana.

Sus ojos regresaron a la pantalla donde un mar suicida se arrojaba contra el malecón habanero, mientras el Benny cantaba: «... y cuando tus labios besé, mi alma tuvo paz». Pero la melodía no hizo más que provocarle lo contrario de lo que pregonaba. Buscó refugio en el trago. Pese a su voluntad de olvido, la asaltaban emociones vergonzosas como aquel vértigo de su corazón ante lo que deseaba despreciar. Era un sentimiento que la aterraba. No se reconocía en esos latidos dolorosos que ahora le provocaba aquel bolero. Se dio cuenta de que empezaba a añorar gestos y decires, incluso ciertas frases que detestara cuando vivía en la isla, toda esa fraseología de barrios marginales que ahora se moría por escuchar en una ciudad donde abundaban los *hi, sweetie* o los *excuse me* mezclados con un castellano que, por provenir de tantos sitios, no pertenecía a ninguno.

«¡Dios!», pensó mientras sacaba la aceituna de su copa. «Y pensar que allá me dio por estudiar inglés.» Dudó un instante: no supo si comerse la aceituna o dejarla para el final del trago. «Y todo porque me entró la obsesión de leerme a Shakespeare en su idioma», recordó, y hundió los dientes en la aceituna. Ahora lo odiaba. No al calvito del teatro The Globe, por supuesto; a ése continuaba venerándolo. Pero estaba harta de escuchar una lengua que no era la suya.

Se arrepintió de haberse tragado la aceituna en un arranque de ira. Ya su Martini no parecía un Martini. Volvió de nuevo la cabeza en dirección a la esquina. Allí seguía la anciana con su vaso que apenas tocaba, hipnotizada ante las imágenes de la pantalla. Desde los altavoces comenzó a derramarse una voz grave y cálida, surgida de otra época: «Duele, mucho, duele, sentirse tan sola...». Ay, Dios, qué canción tan cursi. Como todos los boleros. Pero así mismo se sentía ella. Le dio tanta vergüenza que se zampó la mitad de su trago. Tuvo un ataque de tos.

—Niña, no tomes tan rápido que hoy no estoy para hacer de nodriza —le dijo Freddy, que no se llamaba Freddy, sino Facundo.

—No empieces a controlarla —murmuró Lauro, alias La Lupe, que en realidad se llamaba Laureano—. Déjala que ahogue sus penas.

Cecilia levantó la vista de su copa, sintiendo el peso de un llamado silencioso. Le pareció que la anciana la observaba, pero el humo le impedía saberlo con certeza. ¿Realmente miraba a la mesa que ocupaba con sus dos amigos, o más allá, hacia la pista, donde iban llegando los músicos…? Las imágenes se extinguieron y la pantalla fue ascendiendo como un ave celestial hasta perderse en el entramado del techo. Hubo una pausa imperceptible, y de pronto los músicos arrancaron a tocar con una pasión febril que ponía a retozar el alma. Aquel ritmo le produjo un dolor inexplicable. Sintió la mordida del recuerdo.

Notó que algunos turistas con aspecto nórdico se habían quedado pasmados. Debía resultarles bastante insólito ver a un joven con perfil de lord Byron tocar los tambores como si el demonio se hubiera apoderado de él, junto a una mulata achinada que agitaba sus trenzas al compás de las claves; y a aquel negro de voz prodigiosa, semejante a un rey africano —argolla plateada en la oreja—, cantando en altibajos que transitaban desde el barítono operático hasta la nasalidad del son.

Cecilia repasó los rostros de sus compatriotas y supo qué los hacía tan atractivos. Era la inconsciencia de su mezcla, la incapacidad —o tal vez la indiferencia— para asumir que todos tenían orígenes tan distintos. Miró hacia la otra mesa y sintió lástima de los vikingos, atrapados en su insípida monotonía.

—Vamos a bailar —le dijo Freddy, tirando de ella.

—¿Estás loco? En mi vida he bailado eso.

Durante su adolescencia se había dedicado a escuchar canciones sobre escaleras que subían al cielo y trenes que atravesaban cementerios. El rock era subversivo, y eso la llenaba de pasión. Pero su adolescencia había muerto y ahora hubiera dado cualquier cosa por bailar aquella guaracha que estaba levantando a todo el mundo de sus sillas. Qué envidia le daban todos esos bailadores que giraban, se detenían, se enroscaban y desenroscaban sin perder el ritmo.

Freddy se cansó de rogarle y haló a La Lupe. Allá se fueron los dos a la pista, a bailar en medio del tumulto. Cecilia tomó otro sorbito de su prehistórico Martini, ya casi al borde de la extinción. En las mesas sólo quedaban la anciana y ella. Hasta los descendientes de Eric el Rojo se habían sumado a la gozadera general.

Terminó su trago y, sin disimulo, buscó la figura de la anciana. Le producía cierta inquietud verla tan sola, tan ajena al bullicio. El humo había desaparecido casi por ensalmo y pudo distinguirla mejor. Miraba la pista con aire divertido y sus pupilas resplandecían. De pronto hizo algo inesperado: volteó la cabeza y le sonrió. Cuando Cecilia le devolvió la sonrisa, apartó una silla en evidente gesto de invitación. Sin dudarlo un instante, la joven fue a sentarse junto a ella.

—¿Por qué no bailas con tus amigos?

Su voz sonaba temblorosa, pero clara.

—Nunca aprendí —respondió Cecilia— y ya estoy muy vieja para eso.

—¿Qué sabes tú de vejez? —musitó la anciana, sonriendo un poco menos—. Todavía te queda medio siglo de vida.

Cecilia no contestó, interesada en aquello que colgaba de una cadena atada a su cuello: una manita que se aferraba a una piedra oscura.

—¿Qué es eso?

—¡Ah! —la mujer pareció salir de su embeleso—. Un regalo de mi madre. Es contra el mal de ojo.

Las luces comenzaron a rotar en todas direcciones y alumbraron vagamente sus facciones. Era una mulata casi blanca, aunque sus rasgos delataban el mestizaje. Y no le pareció tan vieja como creyera al principio. ¿O sí? La fugacidad de los reflejos parecía engañarla a cada momento.

—Me llamo Amalia. ¿Y tú?

—Cecilia.

—¿Es la primera vez que vienes?

—Sí.

—¿Y te gusta?

Cecilia dudó.

—No sé.

—Ya veo que te cuesta admitirlo.

La joven enmudeció, mientras Amalia sobaba su amuleto.

Con tres golpes de güiro terminó la guaracha y el leve silbido de una flauta inició otra melodía. Nadie se mostró dispuesto a sentarse. La anciana observó a los bailadores que retomaban el paso, como si la música fuera un hechizo de Hamelin.

—¿Viene a menudo? —se atrevió a preguntar Cecilia.

—Casi todas las noches… Espero a alguien.

—¿Por qué no se pone de acuerdo con esa persona? Así no tendría que estar tan sola.

—Yo disfruto este ambiente —admitió la mujer y su mirada auscultó la pista de baile—. Me recuerda otra época.

—¿Y a quién espera, si se puede saber?

—Es una historia bastante larga, aunque podría hacértela corta —hizo una pausa para acariciar su amuleto—. ¿Cuál versión prefieres?

—La interesante —contestó Cecilia sin dudar.

Amalia sonrió.

—Ésa comenzó hace más de un siglo. Me gustaría contarte el principio, pero ya se ha hecho tarde.

Cecilia arañó nerviosamente la mesa, sin saber si la respuesta significaba una negativa o una promesa. A su mente acudieron las estampas de una Habana antiquísima: mujeres de rostros pálidos y cejas espesas, ataviadas con sombreros de flores; anuncios resplandecientes en una calle llena de comercios; chinos verduleros que pregonaban su mercancía en cada esquina…

—Eso llegó después —susurró la mujer—. Lo que quiero contarte sucedió mucho antes, al otro lado del mundo.

Cecilia se sobresaltó por el modo en que la anciana había respondido a sus ensoñaciones, pero trató de dominar su ánimo mientras la mujer empezaba a narrarle una historia que no guardaba relación con nada que hubiera leído o escuchado. Era una historia de paisajes ardientes y criaturas que hablaban un dialecto incomprensible, de supersticiones distintas y de etéreas embarcaciones que partían hacia lo desconocido. Vagamente percibió que los músicos seguían tocando y que las parejas bailaban sin detenerse, como si existiera un pacto entre ellos y la anciana para permitir que ambas conversaran a solas.

El relato de Amalia era más bien un encantamiento. El viento soplaba con fuerza entre las altas cañas de un país lejano, cargado de belleza y violencia. Había festejos y muertes, bodas y matanzas. Las escenas se desprendían de algún resquicio del universo como si alguien hubiera abierto un agujero por donde escaparan los recuerdos de un mundo olvidado. Cuando Cecilia volvió a tomar conciencia del entorno, ya la anciana se había marchado y los bailadores regresaban a sus mesas.

—Ay, no puedo más —suspiró La Lupe, dejándose caer sobre una silla—. Creo que me va a dar una fatiga.

—Lo que te perdiste, m'hijita. —Freddy bebió lo que quedaba en su vaso—. Por estarte haciendo la celta.

—Con esa cara de pasmo no necesita hacerse pasar por nada. Si viene de otro mundo, ¿no la ves?

—¿Pedimos otra ronda?

—Es muy tarde —dijo ella—. Deberíamos irnos.

—Ceci, perdona que te lo diga, pero estás como el yeti... A-bo-mi-na-ble.

—Lo siento, Laureano, pero me duele un poco la cabeza.

—Niña, baja la voz —dijo el muchacho—. No me llames así que después los enemigos empiezan a hacer preguntas.

Cecilia se puso de pie, tanteando el interior de su bolso para sacar un billete, pero Freddy lo rechazó.

—No, esta noche va por nosotros. Para eso te invitamos.

Besos tenues como mariposas. En la penumbra, Cecilia comprobó de nuevo que la anciana ya no estaba. Sin saber por qué, se resistía a abandonar el local. Caminó despacio, tropezando con las sillas, sin dejar de mirar la pantalla donde una pareja de otra época bailaba un son como ya nadie de su generación sabía bailar. Finalmente salió al calor de la noche.

Las visiones surgidas del relato de la anciana y la evocación de una Habana pletórica de deidades musicales le habían dejado un raro sentimiento de bilocación. Se sintió como esos santos que pueden estar en dos lugares al mismo tiempo.

«Estoy aquí, ahora», se dijo.

Miró su reloj. Era tan tarde que no había portero. Era tan tarde que no había un alma a la vista. La certeza de que tendría que caminar sola hasta la esquina terminó por devolverla a la realidad.

Las nubes se tragaron la luna, pero fueron perforadas por rayos de leche. Dos pupilas infernales se abrieron junto a un muro. Un gato se movía entre los arbustos, atento a su presencia. Como si fuera una señal, el disco lunar volvió a escapar de su vaporoso eclipse y alumbró al felino: un animal de plata. Cecilia estudió las sombras: la suya y la del gato. Era una noche azul, como la del bolero. Quizás por esa razón, volvió a evocar el relato de Amalia.

Espérame en el cielo

Lingao-fa decidió que era una noche propicia para morir. El aire cálido soplaba entre las espigas que emergían tímidamente de las aguas. Quizás fuera la brisa, con sus dedos de espíritu acariciando sus ropas, lo que la llenó con esa sensación de lo inevitable.

Se puso de puntillas para aspirar mejor las nubes. Todavía era esbelta, como los lotos que adornaban el estanque de los peces con colas de gasa. Su madre solía sentarse a contemplar los bulbosos tallos que se perdían en el cenagal, se inclinaba a tocarlos y eso la llenaba de paz. Siempre sospechó que su contacto con las flores había provocado en su hija aquellos rasgos delicados que tanta admiración despertaran desde su nacimiento: la piel tersísima, los pies suaves como pétalos, el cabello liso y brillante. Por eso, cuando llegó el momento de celebrar su llegada —un mes después del parto—, decidió que así se llamaría: Flor de Loto.

Contempló los campos húmedos que esa tarde parecían hincharse como sus pechos cuando amamantaba a la pequeña Kui-fa, su capullo de rosa. La niña tenía once años y pronto habría que buscarle esposo; pero esa tarea quedaría en manos de su cuñado Weng, como correspondía al pariente masculino más cercano.

Con paso vacilante se dirigió al interior. Debía ese equilibrio inestable al tamaño de sus pies. Durante años, su madre se los vendó para que no crecieran: requisito importante si deseaba conseguir un buen casamiento. Por eso ella se los vendaba ahora a la pequeña Kui-fa, pese a sus llantos y protestas. Era un proceso agónico: todos los dedos, excepto el mayor, debían quedar doblados hacia el suelo; después se colocaba en el arco una piedra que quedaba ajustada con las vendas. Aunque ella misma había abandonado la costumbre desde la muerte de su marido, algunos huesecillos rotos y mal fundidos habían dejado una huella permanente en su forma de moverse.

Llegó a la cocina donde Mey Ley trozaba unas verduras, y comprobó que su hija jugaba junto al fogón. Mey Ley no era una sirvienta cualquiera. Había nacido en casa adinerada e incluso aprendió a leer, pero varias desgracias sucesivas terminaron convirtiéndola en la concubina de un terrateniente. Únicamente la muerte del amo la había liberado de su condición. Sola y sin recursos, optó por ofrecer sus servicios a los Wong.

—¿Buscaste las coles, Mey Ley?

—Sí, señora.

—¿Y la sal?

—Todo lo que me encargó. —Y añadió tímidamente—: la señora no debe preocuparse.

—No quiero que suceda lo mismo del año pasado.

Mey Ley enrojeció de vergüenza. Aunque su ama nunca le reprochó nada, sabía que la pasada inundación había ocurrido por su culpa. Ya estaba vieja y olvidaba ciertas cosas.

—Este año no tendremos problemas —se animó a decir—. Los señores del templo tienen trajes lujosos.

—Ya sé, pero a veces los dioses son rencorosos. Es bueno que tengamos reservas, por si acaso.

Lingao-fa se dirigió al dormitorio, seguida por los vapores del caldo que se cocía. Su temprana viudez había despertado la codicia de varios hacendados, no sólo debido a su belleza, sino porque el difunto Shi le había dejado numerosos terrenos donde crecían el arroz y las legumbres, además de algún ganado. Modesta, pero firme, había rechazado todas las propuestas, hasta que su cuñado le propuso que se casara con un negociante de Macao, dueño de un banco que manejaba las finanzas del clan, para que el patrimonio familiar quedara asegurado. Entonces no supo qué hacer ni a quién acudir. Sus padres habían muerto y debía obediencia al hermano mayor del que fuera su marido. Un día supo que no podría seguir evadiendo su decisión. Weng se presentó en su casa y le dijo, sin más rodeos, que la boda se efectuaría el tercer día de la quinta luna.

Sobre una mesa reposaba la peineta de plata que le regalara su madre. Con gesto mecánico acarició las diminutas incrustaciones de nácar y, después de desenredar sus cabellos, los humedeció para refrescarse y salió al portal. En ese instante la luna emergió tras las nubes. «Tú tienes la culpa, maldito viejo», murmuró entre dientes, mirando con ira el disco brillante donde vivía el anciano caprichoso que ataba con una cinta los pies de aquellos destinados a ser marido y mujer —un sortilegio del cual nadie escapaba. Por eso se había convertido en esposa de Shi; y por igual razón se enfrentaba ahora a su difícil destino.

Era la última vez que vería sobre los campos esa luz azulada, pero no le importó. Cualquier cosa era mejor que soportar los tormentos infernales. La tenían sin cuidado las burlas de Weng, que muchas veces se había mofado de sus creencias. Ella sabía que el espíritu de su esposo la despedazaría en la otra vida si llegaba a casarse de nuevo. Una mujer sólo puede ser propiedad de un hombre, y semejante certeza era peor que la posibilidad de no ver más a los suyos.

Esa noche cenó temprano, arropó a Kui-fa y la acompañó en su sueño más tiempo del habitual. Después se despidió de Mey Ley, que ya se retiraba a dormir a los pies de la niña, y quedamente salió al patio, donde permaneció horas contemplando las constelaciones… Fue la cocinera quien la descubrió a la mañana siguiente, colgando del árbol, junto al estanque de los peces dorados.

Lingao-fa fue enterrada con grandes honores un brumoso amanecer de 1919. Su muerte, sin embargo, no resultó del todo inútil para Weng. Pese a que el comerciante vio desaparecer sus posibilidades de asociación, el prestigio de la familia aumentó ante aquella muestra de fidelidad conyugal. Además, como pariente encargado de velar por el futuro de Kui-fa, su capital creció con las propiedades que pasaron a sus manos. Eso sí, el dinero y las joyas correspondientes a la dote quedaron en las arcas del banco de Macao. Y en cuanto al patrimonio de ganado y cultivos, el comerciante se propuso multiplicar —mientras pudiera— lo que, por el momento, debía administrar.

Weng sentía un gran respeto por sus antepasados, y si bien no era supersticioso —a diferencia de otros lugareños— tampoco escamoteaba honores ante la interminable fila de parientes difuntos que iban acumulándose de generación en generación. Por esa lealtad hacia sus muertos, Weng dispuso de inmediato que su sobrina fuera tratada como uno de sus hijos; decisión poco común en un lugar donde las niñas eran vistas como estorbos. Y es que, deberes aparte, el comerciante también había percibido el lado práctico de su tutoría. Kui-fa era bonita como su madre, y contaba con una dote donde no faltaban las reliquias y las joyas familiares, además de las tierras que deberían pasar a su marido apenas se casara. Tres años antes, Weng se había hecho cargo del hijo de Tai Kok, un primo muerto en circunstancias algo confusas en una isla del mar Caribe, adonde fuera en busca de fortuna siguiendo los pasos de su padre. Síu Mend era un niño callado y hábil en las matemáticas, al que Weng deseaba iniciar en los negocios. Nadie mejor que ese niño para marido de su sobrina, que pronto estaría en edad de contraer nupcias.

Por el momento la pequeña Kui-fa quedaría al cuidado de Mey Ley, encargada de vigilar su virtud. La nodriza dormiría en el suelo, a los pies de su ama, como había hecho siempre, lo cual contribuyó a que Kui-fa se sintiera menos triste por la ausencia de su madre.

De todos modos, su nuevo hogar era un sitio bullicioso donde entraba y salía toda clase de gente. Aparte del tío Weng y su esposa, allí vivían el abuelo San Suk, que casi nunca abandonaba su habitación; dos primos ya casados, hijos de su tío, con sus esposas e hijos; ese niño llamado Síu Mend, que se pasaba el día estudiando o leyendo; y unos cinco o seis criados. Pero no era su profusa parentela lo que más curiosidad despertaba en ella. A veces llegaban unos visitantes pálidos, envueltos en ropas oscuras y ajustadas, que hablaban un cantonés apenas comprensible y tenían los ojos redondos y desteñidos. La primera vez que Kui-fa vio a una de esas criaturas entró a la casa gritando que había un demonio en el jardín. Mey Ley la tranquilizó después de salir a investigar, asegurándole que se trataba de un *lou-fan*: un extranjero blanco. Desde entonces, la niña se dedicó a observar las idas y venidas de aquellos seres luminosos a los que su tío trataba con especial reverencia. Eran altos como los gigantes de los cuentos y hablaban con una música extraña en la garganta. Uno de ellos la sorprendió espiándolo en cierta ocasión y le sonrió, pero ella salió disparada en busca de Mey Ley y no regresó hasta que las voces se alejaron.

Durante el día, Kui-fa pasaba horas junto al fogón, escuchando las historias que la anciana aprendiera en su juventud. Así se enteraba de la existencia del Dios del Viento, de la Diosa de la Estrella del Norte, del Dios del Hogar, del Dios de la Riqueza y de muchos más. También le gustaba oír del Gran Diluvio, provocado por un jefe que, lleno de vergüenza al ser derrotado por una reina guerrera, se golpeó la frente contra un inmenso bambú celestial que desgarró las nubes. Pero su favorita era la historia de los Ocho Inmortales que asistían al cumpleaños de la Reina Madre del Oeste, junto al Lago de las Joyas, y que al compás de una música tocada por instrumentos invisibles, participaban de un festín donde abundaban los manjares más delicados: lengua de mono, hígado de dragón, patas de oso, tuétano de fénix y otras exquisiteces. El punto culminante del banquete era el postre: los duraznos arrancados del árbol que sólo florece una vez cada tres mil años.

Mey Ley se veía obligada a bucear en su memoria para complacer la curiosidad de la criatura. Fueron años apacibles, como sólo pueden serlo esos que se viven sin conciencia y que, al final de la vida, se recuerdan como los más felices. Sólo una vez ocurrió algo que interrumpió la monótona existencia. Kui-fa enfermó gravemente. La fiebre y los vómitos se ensañaron con ella como si un mal espíritu quisiera robar su joven existencia. Ningún médico podía determinar el origen del mal, pero Mey Ley no perdió la cabeza. Fue al templo de los Tres Orígenes con tres listones de papel donde había escrito los caracteres del cielo, de la tierra y del agua. En la torre del templo, ofrendó al cielo el primer listón; después enterró bajo un montículo el papel correspondiente a la tierra; y por último sumergió en un manantial la escritura perteneciente al agua. A los pocos días, la niña comenzó a mejorar.

Mey Ley dedicó un rincón de su habitación a adorar a los Tres Orígenes, fuentes de felicidad, perdón y protección. Y le enseñó a Kui-fa a mantener siempre la armonía con aquellos tres poderes. Desde entonces, el cielo, la tierra y el agua fueron los tres reinos a los cuales Kui-fa enviaba sus pensamientos, sabiendo que allí estarían protegidos.

Pasaron los meses lluviosos y llegó la época en que el Dios del Hogar subía a las regiones celestiales para informar sobre las acciones de los humanos. Más tarde comenzó la temporada de cosechar y, tras ella, llegaron las ráfagas de un tifón. Pasaron los meses, y de nuevo el Dios del Hogar emprendió el vuelo a las alturas, llevando sus chismes divinos que los mortales pretendían endulzar embarrando de miel los labios de la estatua; y volvieron los campesinos a sembrar, y regresaron las lluvias y la temporada de los mil vientos que desgarraban las cometas de papel. Y entre los aromas de la cocina y las leyendas plagadas de dioses, Kui-fa se convirtió en una doncella.

A una edad en que muchas jóvenes ya amamantaban hijos propios, Kui-fa seguía prendida a la trenza de Mey Ley; pero Weng no pareció notarlo. Su cabeza desgranaba cifras y proyectos, y esa actividad febril hizo que fuera posponiendo la boda de su sobrina.

Cierta tarde, mientras conversaba en una de las casas de té donde iban los hombres a hacer negocios o a buscar prostitutas, escuchó las indirectas que lanzaban unos parroquianos sobre una jovencita casadera y con buena dote, condenada a una indigna soltería por culpa de un tío codicioso. Weng hizo como que no escuchaba nada, pero enrojeció hasta las raíces de su coleta que ya empezaba a encanecer. Cuando llegó a su casa, llamó a Síu Mend con un pretexto y observó al muchacho mientras éste revisaba unos papeles. El adolescente se había convertido en un joven robusto y casi apuesto. Esa misma noche, mientras la familia cenaba en torno a la mesa, decidió dar la noticia:

—He pensado que Kui-fa debe casarse.

Todos, incluyendo la propia Kui-fa, alzaron la vista de sus platos.

—Habrá que buscarle esposo —aventuró su mujer.

—No hace falta —dijo Weng, pescando un trozo de bambú—. Síu Mend será un buen marido.

Ahora los ojos se volvieron en dirección al azorado Síu Mend y después a Kui-fa, que clavó su mirada en la fuente de carne.

—Sería bueno celebrar la boda durante el festival de las cometas.

Era una fecha propicia. En el noveno día de la novena luna todos subían a un lugar alto, ya fuera una colina o la torre de un templo, para conmemorar un suceso ocurrido durante la dinastía Han, cuando un maestro salvó la vida de su discípulo al advertirle que una terrible calamidad se abatiría sobre la tierra. El joven huyó hacia la montaña y, al regresar, encontró que todos sus animales se habían ahogado. Esa fiesta de recordación inauguraba la temporada en que las brisas retozaban furibundas e interminables, anunciando futuras tormentas. Entonces, centenares de criaturas de papel remontaban el aire con sus abigarradas formas: dragones rosados, mariposas que aleteaban llenas de furia, pájaros con ojos móviles, insectos guerreros… Todo un conjunto de seres imposibles se disputaba los cielos en nuevas y legendarias batallas.

El mismo día de su boda Kui-fa pudo entrever, tras las cortinas de su silla de manos, la lejana silueta de un fénix. No logró distinguir sus colores porque un velo rojo le cubría el rostro. Además, debía mirar siempre en dirección a sus pies si no quería tropezar y caer.

La joven no había vuelto a ver a Síu Mend desde la noche en que su tío anunciara el casamiento. Mey Ley se encargó de mantenerla oculta. Espantada ante la imprudencia del hombre, al declarar el compromiso con ambos jóvenes sentados a la mesa, la sirvienta decidió contrarrestar el descuido. Aprovechando un momento en que todos estaban ocupados, fue hasta el altar de la Diosa del Amor y extrajo una de sus manitas de porcelana.

—Señora —pidió inclinándose ante la estatua, mientras apretaba la extremidad entre sus manos—, atrae la buena fortuna sobre mi niña y aleja los malos espíritus. Te prometo un buen regalo si la boda transcurre sin problemas, y otro mayor cuando tenga su primer hijo… —dudó un momento—, pero sólo si la madre y el niño gozan de buena salud.

Repitió tres veces su reverencia y guardó la mano de porcelana en un rincón de la cocina. Por supuesto, a nadie se le ocurrió preguntar por la extremidad ausente. Ya aparecería cuando el ruego del devoto se cumpliera.

Varias semanas después de la boda los ríos se inundaron, matando a mucha gente. Hubo hambre para los más pobres y saqueos para los más ricos; sólo la epidemia se repartió por igual entre todos. El nivel del agua en los campos se elevó con rapidez para después bajar con pereza, y los brotes de arroz se asomaron sobre las aguas turbias. El primer vientecillo del sur sopló por aquellos contornos, gélido y burlón, a tiempo para otro festival... Pero Kui-fa seguía sin dar señales de embarazo. Mey Ley fue a ver a la diosa.

—Procura cumplir lo que te pido o irás a parar a un rincón lleno de ratones —la amenazó, antes de virarle la espalda.

La advertencia dio resultado. A las pocas semanas, el vientre de Kui-fa empezó a hincharse y Mey Ley depositó junto al altar una cesta llena de frutas. Meses después, cuando las lluvias estaban de nuevo en su apogeo, nació Pag Li en pleno Año del Tigre. Gritaba como un demonio y enseguida se prendió del pezón de su madre.

—Tan pequeño y ya tiene el carácter de una pequeña fiera —vaticinó su padre al oírlo berrear.

Síu Mend había esperado el nacimiento de su hijo con alegría y preocupación, después de saber que el parto sería el preludio de un viaje a la isla donde había muerto su padre y donde aún vivía su abuelo Yuang, a quien no conocía. Se lo debía a Weng, que deseaba establecer contacto con varios comerciantes en ese país, deseosos de importar artículos religiosos y agrícolas.

—Yo mismo iría —le había dicho el hombre—, pero estoy demasiado viejo para una travesía tan larga.

Por la mente de Síu Mend pasaron lejanos recuerdos sobre

la partida de su padre: las noticias confusas, el llanto de su madre… ¿Y si la historia se repetía? ¿Y si no regresaba jamás?

—Las cosas han cambiado en Cuba —aseguró Weng, al notar la zozobra del joven—. Ya los chinos no son contratados como culíes.

Y eso lo decía por su propio abuelo, el venerable Pag Chíong, que durante siete años había trabajado doce horas diarias, sujeto a un contrato que firmara sin saber lo que hacía, hasta que una tarde cayó muerto sobre una pila de caña que intentaba cargar. A pesar de eso, Yuang siguió los pasos de su padre y también partió rumbo a la isla. Años después, su hijo Tai Kok, padre de Síu Mend, quiso reunirse con él y dejó a su hijo y esposa en manos de Weng. Aunque no fue a trabajar como peón, se vio involucrado en una complicada historia de deudas que le costó la vida en una reyerta. Al año siguiente, la madre de Síu Mend murió de unas fiebres y el niño quedó al cuidado del hombre que, aunque era primo de su padre, siempre llamó tío.

—Pero ¿cómo son las cosas? —insistió Síu Mend, poniendo un poco más de té en su tazón.

—Diferentes —dijo Weng—. Los chinos prosperan en la isla… Algo bueno para los negocios. Por lo menos, es lo que me cuenta tío Yuang.

Se refería al abuelo de Síu Mend, único sobreviviente de aquella migración familiar, que vivía en la isla desde hacía más de tres décadas.

—Háblame de La Habana, tío.

—Yuang asegura que su clima se parece al nuestro —respondió lacónicamente el comerciante, quien no pudo decirle más porque nada más sabía.

A la semana siguiente, en su acostumbrado viaje a Macao, Síu Mend compró un mapa en una tienda de artículos ultramarinos. Ya en casa, lo desplegó sobre el suelo y siguió con un dedo la línea del Trópico de Cáncer que pasaba sobre su provincia, atravesaba el mar Pacífico, cruzaba las Américas, y llegaba hasta la capital cubana. Síu Mend acababa de averiguar algo más. No era por casualidad que el clima de ambas ciudades fuera similar: Cantón y La Habana estaban exactamente en la misma latitud. Y aquel viaje límpido y directo sobre el mapa le pareció una buena señal. Un mes después del nacimiento de su hijo, Síu Mend partía rumbo al otro lado del mundo.

Yo sé de una mujer

Suspiró mientras encendía el auto. La mañana resplandecía de sueño y ella se moría de cansancio. A lo mejor era la vejez, que llegaba antes de tiempo. Últimamente se le olvidaba todo. Sospechaba que por su sangre navegaban los genes de su abuela Rosa, que había terminado sus días confundiendo a todo el mundo. Si hubiera heredado los de su abuela Delfina, habría sido clarividente y conocería de antemano quién iba a morir, qué avión se iba a caer, quién iba a casarse con quién, y qué decían los muertos. Pero Cecilia jamás vio ni oyó nada que los demás no percibieran. Así es que estaba condenada. Su patrimonio sería la vejez prematura, no el oráculo.

El pitazo de un automóvil la sacó de su ensueño. Se había detenido ante la garita de peaje y la fila de vehículos esperaba impaciente a que ella pagara. Arrojó el dinero en la bolsa metálica que se tragó las monedas de inmediato, y la barrera se alzó. Un auto más entre otros cientos, entre otros miles, entre otros millones. Antes de abandonar la autopista y llegar al parqueo, manejó diez minutos más con la inconsciencia de quien ha hecho lo mismo muchas veces. Otra mañana tomando el mismo elevador, recorriendo el largo pasillo hasta la redacción para entregar algún artículo sobre cosas que no le interesaban. Cuando entró en la oficina, notó un revuelo mayor del acostumbrado.

—¿Qué ocurre? —preguntó a Laureano, que se acercó con unos papeles.

—La cosa está en candela.

—¿Qué pasó?

—Qué pasó no, qué va a pasar —dijo el muchacho, mientras ella encendía la computadora—. Dicen que el Papa va a Cuba.

—¿Y?

Su amigo se le quedó mirando atónito.

—Pero ¿no te das cuenta? —contestó al fin—. Allí se va a acabar el mundo.

—Ay, Lauro, no se va a acabar nada.

—¡Niña, que sí! Que cada vez que el Papa pisa un país comunista: ¡Kaput! ¡Arrivederci, Roma! ¡Chao chao bambino!

—Sigue durmiendo de ese lado —murmuró Cecilia, que recogió unos viejos apuntes para echarlos a la basura.

—Allá tú si no me crees —dijo Lauro, dejando los papeles sobre su escritorio—. Mira, aquí está lo que querías.

Cecilia le echó una ojeada. Era aquel artículo que había pedido el día antes, cuando alguien le sugirió que retomara aquella historia de la casa fantasma que aparecía y desaparecía por todo Miami. No sabía si a su jefe le gustaría el tema, pero llevaba dos días rompiéndose la cabeza para presentar algo nuevo y eso era lo único que tenía.

—No me gusta mucho —dijo el hombre después de escucharla.

Cecilia fue a replicar, pero él la interrumpió.

—No lo digo por el tema. Pudiera ser interesante si le encontraras un ángulo distinto. Pero mejor ve trabajando en las otras historias. Si consigues datos más interesantes sobre tu casa fantasma, la programamos para cualquiera de los suplementos dominicales, aunque sea dentro de seis meses. Pero hazlo sin apuro, como algo adicional.

Así es que terminó dos reportajes que había comenzado la

semana anterior, y después se sumergió en la lectura del artículo sobre la casa, tomando nota de los nombres que luego le servirían de referencia para las entrevistas.

Casi al final de la jornada se detuvo para releer un párrafo. Tal vez fuera una casualidad, pero cuando aún vivía en La Habana había conocido a una muchacha que se llamaba así. ¿Sería la misma? Era la única persona que Cecilia había conocido con ese nombre. El apellido no le aclaró el misterio, porque no recordaba el de aquella muchacha; sólo su nombre, semejante al de una diosa griega.

Gaia vivía en uno de esos chalets ocultos por los árboles que cubren gran parte de Coconut Grove. Cecilia atravesó el jardín hasta la cabañita pintada de un profundo azul marino. La puerta y las ventanas eran de un tono aún más luminoso, casi comestible, como el merengue de una torta de cumpleaños. Un sonajero colgaba a un costado de la entrada, llenando la tarde de tañidos solitarios.

El flamboyán próximo dejó caer una llovizna naranja sobre ella. Cecilia se sacudió la cabeza antes de tocar la puerta, pero sus nudillos apenas lograron arrancar algún sonido de aquella madera espesa y antigua. Finalmente reparó en el tosco cencerro de cobre, semejante a los que suelen llevar las cabras, y agitó el cordel atado al badajo.

Después de un breve silencio, escuchó una voz al otro lado de la puerta.

—¿Quién es?

Alguien la observaba desde una diminuta mirilla en forma de ojo.

—Mi nombre es Cecilia. Soy reportera del…

La puerta se abrió sin dejarle terminar la frase.

—¡Hola! —exclamó la misma joven que recordara de sus años universitarios—. ¿Qué haces aquí?

—¿Te acuerdas de mí?

—¡Claro! —respondió la otra con una sonrisa que parecía sincera.

Cecilia sospechó que estaba muy sola.

—Pasa, no te quedes ahí.

Dos gatos se acomodaban sobre el sofá. Uno de ellos, blanco con un lunar dorado en la frente, la estudió entrecerrando los ojos. El otro, multicolor como sólo pueden serlo las hembras de esa especie, salió disparado hacia el interior.

—Circe es muy tímida —se excusó la joven—. Siéntate.

Cecilia se detuvo indecisa ante el sofá.

—¡Fuera, Poli! —espantó Gaia al animal.

Finalmente se sentó, después que el segundo gato se refugiara debajo de una mesa.

—¿Qué haces aquí? —preguntó Gaia, acomodándose en un butacón cercano a la ventana—. Ni siquiera sabía que estabas en Miami.

—Llegué hace cuatro años.

—¡Dios! Y yo hace ocho. ¡Cómo pasa el tiempo!

—Estoy escribiendo una historia para el periódico donde trabajo y encontré tu nombre en un artículo. La reportera aún tenía tu dirección, pero el teléfono ya no es el mismo. Por eso no avisé que vendría.

—¿De qué trata la historia?

—Es sobre aquella casa fantasma…

La expresión de Gaia se ensombreció.

—Sí, me acuerdo. Fue hace dos años, más o menos. Pero no quiero volver a hablar de eso.

—¿Por qué?

Gaia se puso a jugar con el ruedo de su vestido.

—No es la primera vez que veo una mansión fantasma. —Suspiró casi con dolor—. Vi otra en Cuba. O más bien, la visité.

—Eso es interesante.

—No tenía nada que ver con ésta —se apresuró a decir Gaia—. Aquélla era una casa maligna, terrible… Ésta es diferente. No sé qué significa.

—Los fantasmas no significan nada. Están ahí o no están. La gente los ve o no. Cree en ellos o se burla de quienes los ven. Nunca he oído que signifiquen algo.

—Porque nadie sabe.

—No te entiendo.

—Las mansiones fantasmas contienen secretos.

—¿Qué tipo de secretos?

—Depende. La que visité en La Habana guardaba los peores males de la isla. La que aparece aquí es distinta. No sé bien qué es, pero no me interesa averiguarlo. Con verla fue suficiente. No quiero saber más de fantasmas.

—Gaia, si no me ayudas con este artículo estoy frita. Mi jefe quiere que hable de algo más interesante que una simple aparición.

—Pregunta a otros.

—Se han mudado de trabajo o de casa. Sólo quedas tú. Y casualmente eres la única que conozco… Si los fantasmas tienen un significado, como dices, entonces este encuentro significa algo.

Gaia recorrió con la vista la alfombra que cubría la habitación.

—No te pido nada del otro mundo —insistió Cecilia—. Sólo quiero que me digas lo que viste.

—Lee el artículo.

—Ya lo hice, pero quiero que me lo cuentes de nuevo —y mientras hablaba, sacó de su bolso una grabadora del tamaño de una cajetilla de cigarros—. Hazte la idea de que no sé nada.

Gaia vio la cinta que comenzaba a rodar.

—Bueno —dijo a regañadientes—, la primera vez que la vi fue cerca de la medianoche. Yo regresaba del cine y todo estaba muy oscuro. No había caminado mucho cuando se encendieron las luces de *esa* casa.

—¿Dónde estaba?

Gaia se puso de pie, fue hasta la puerta, la abrió y caminó unos pasos entre los árboles, seguida por Cecilia que llevaba la grabadora.

—Aquí —señaló, deteniéndose en un curioso claro que interrumpía la vegetación.

Parecía uno de esos círculos sin hierba que, en los países celtas, se atribuyen a los bailes de las hadas. Cecilia miró en torno, inquieta. ¿Sentía miedo o deseaba que la visión se repitiera? Quizás se tratara de ambas cosas.

—¿Cómo era la casa?

—Antigua, de madera. Pero no como la mía, sino mucho más grande, de dos pisos. Tenía aspecto de haberse construido para vivir frente al mar. El piso alto estaba rodeado por un balcón.

—¿Viste a alguien?

—No, pero había luces por todas partes.

—¿Y qué hiciste?

—Di media vuelta, subí al auto y me fui a un hotel, sabiendo que aquello no podía ser real. —Echó otra ojeada a los alrededores antes de volver sobre sus pasos, rumbo a su propia casa—. Me quedé allí dos días, porque no me atrevía a regresar sola. Ni siquiera fui a trabajar. Al final llamé a un amigo y le mentí para que me acompañara hasta aquí, diciendo que tenía miedo de volver después que alguien tratara de asaltarme. Intentó convencerme para que fuera a la policía, pero insistí en que había sido un episodio aislado; además, no me habían robado nada. De todos modos, quiso entrar conmigo para asegurarse de que todo estaba en orden. Mientras él revisaba las habitaciones, cometí el error de encender la máquina de mensajes… Esto que voy a contarte ahora es *off the record* —se inclinó y apagó la grabadora que Cecilia había dejado nuevamente sobre la mesa—. No lo dije entonces y tampoco puede aparecer ahora.

—¿Por qué?

—Mientras estuve en el hotel, mi jefa se había cansado de llamar por teléfono. Como no contesté, vino a verme. En el mensaje decía que, al llegar, se había encontrado con mi prima. Por ella se enteró de que yo tenía mucha gripe y que me estaba recuperando en su casa. Se disculpaba por no haber entrado a saludarme, por temor al contagio. En el mensaje me deseaba lo mejor y le mandaba saludos a mi prima.

—¿Qué prima es ésa?

—Ninguna. Yo no tengo primas.

—Quizás se confundió de casa y alguien le tomó el pelo.

—Mi jefa ha estado aquí varias veces; sabe bien dónde vivo. Como podrás imaginarte, mi amigo se quedó de una pieza al escuchar el mensaje, que resultaba bastante incongruente después de mi historia sobre el asalto. Tuve que decirle la verdad.

—¿Y te creyó?

—No le quedó otro remedio, pero me prohibió mencionar su nombre si alguna vez contaba esta historia. Es un abogado muy conocido.

—¿Qué pasó la segunda vez que viste la casa?

—Nunca he dicho que la volviera a ver.

—Hablaste de una primera vez. Por tanto, hubo una segunda… Si quieres, te pongo la grabación.

Por un momento pareció que Gaia fuera a revelar algo, pero al final cambió de idea.

—Mejor busca a otros testigos. No quiero hablar más de esto.

—Ya te dije que no sé dónde están.

—Investiga en las tiendas esotéricas.

—¿Qué podría averiguar allí?

—En esos sitios siempre se oyen historias y hay gente dispuesta a hablar.

Cecilia asintió en silencio, antes de comenzar a guardar su grabadora. Y mientras Gaia la observaba, algo parecido a la compasión la golpeó en el pecho sin saber por qué.

De nuevo el tumulto del tráfico, los conductores desesperados por avanzar… Algo tendría que hacer, algo que sacudiera la rutina diaria. Lo peor era aquella sensación de soledad perpetua. Su escasa familia, excepto una tía abuela que había llegado treinta años antes, permanecía en la isla; el resto de sus amistades —con quienes había crecido, reído y sufrido— andaban dispersas por el mundo.

Ahora, cuando pensaba en sus amigos, se refería sólo a Freddy y a Lauro, dos muchachos tan semejantes como disímiles. Lauro era delgado y con grandes ojos de tísico, muy parecido a la legendaria cantante de boleros cuyo alias llevaba. Al igual que La Lupe, era todo aspavientos. Freddy, en cambio, era gordito y de ojos achinados. Esa apariencia y su voz de contralto le ganaron el mote de Freddy, en honor de la bolerista más gorda de la historia. Si Lauro era como una diva caprichosa, Freddy mostraba una gran compostura. Parecían reencarnaciones de ambas cantantes y se enorgullecían de aquella semejanza. Para Cecilia eran como dos hermanos gruñones a los que debía regañar y aconsejar continuamente. Los quería mucho, pero saber que eran su única compañía no dejaba de deprimirla.

Apenas abrió la puerta de su apartamento, se quitó la ropa y se metió en la ducha. El agua tibia cayó sobre su rostro. Aspiró con delicia la espuma de rosas que la esponja dejaba sobre su cuerpo. Un exorcismo. Una limpieza. Un conjuro para aliviar el alma. Se echó en la cabeza unas gotas del agua bendita que buscaba mensualmente en la ermita de la Caridad.

Le gustaba ese momento que dedicaba al baño. Allí comulgaba con sus pesares y sus desdichas frente a Aquel que destilaba poder sobre todos, cualquiera que fuese su nombre: Olofi o Yavé, Él o Ella, Ambos o Todos. Por principio, no iba a misa. No confiaba en ningún tipo de guías o caudillos, fueran o no espirituales. Prefería hablar a solas con Dios.

Se miró en el espejo, preguntándose si el bar ya estaría abierto, mientras rememoraba su encuentro con la anciana en aquel tugurio. Hasta la mujer se le antojaba ahora un espejismo. A lo mejor estaba borracha y la soñó. Bueno, se dijo, si los Martinis provocaban visiones tan interesantes, esa noche se tomaría algunos más. ¿Llamaría a Freddy o a Lauro? Decidió ir sola.

Media hora después arrimaba su auto junto a la acera. Pagó la entrada y atravesó el umbral. Era tan temprano que casi todas las mesas estaban vacías. En la pantalla, brillaba la divina Rita entonando su pregón: «Esta noche no voy a poder dormir, sin comerme un cucurrucho de maní… Maníííí… Maníííí… Si te quieres por el pico divertir, cómete un cucurruchito de maní…». Y arrastraba la *r* del cucuruchito. A Cecilia le fascinaba la gracia con que la mulata entornaba los ojos para ofrecer el cucurucho y luego lo retiraba con gesto de gata, como si hubiera cambiado de idea y prefiriera guardarse la golosina.

—La gente de antes se movía distinto.

Cecilia se sobresaltó. El comentario provenía de un oscuro rincón a su derecha, pero no tuvo necesidad de ver para adivinar de quién se trataba.

—Y hablaba distinto también —respondió la joven, y avanzó a tientas en dirección a la voz.

—No creí que volverías.

—¿Y perderme lo que sigue de esa historia? —replicó Cecilia, acomodándose a tientas—. Se ve que usted no me conoce.

Una sonrisa se asomó a los ojos de Amalia, pero la muchacha no lo notó.

—Tiene tiempo para contar algo, ¿verdad? —la apremió con impaciencia.

—Todo el tiempo del mundo.

Y tomó un sorbo de su copa, antes de empezar a hablar.

Fiebre de ti

—Esta niña está aojada.

En el centro de la habitación, la Obispa observaba diluirse y desaparecer las tres gotas de aceite en el plato lleno de agua: señal inequívoca del maleficio.

—¡Jesús! —susurró doña Clara, persignándose—. ¿Y ahora qué haremos?

—Tranquila, mujer —murmuró la Obispa, haciendo una señal a una ayudante—. Ya me trajiste a tu hija, que es lo principal.

Ángela asistía con indiferencia al ritual de su diagnóstico, demasiado inmersa en el fogaje que borboteaba por todos los recovecos de su cuerpo. Era un escalofrío que la bañaba en sudor, un infierno que la deshacía en suspiros, una vorágine confusa que la dejaba clavada en cualquier sitio, imposibilitada de hablar o moverse. Ajena al vaticinio sobre su mal de ojo, siguió sosteniendo el plato con agua como le había indicado la mujer. Encima de su cabeza, un candil oscilante vomitaba sombras por doquier, atrayendo quizás a más espectros de los que la vieja se aprestaba a conjurar.

La ayudante, que había salido momentos antes, entró ahora con un cazo que destilaba vapores casi apetitosos: ruda y culantro hervidos en vino.

—*Dos te han aojado,*

tres te han de sanar,
la Virgen María y la Santísima Trinidad…

La Obispa fue haciendo la señal de la cruz sobre Ángela, siguiendo las indicaciones del rezo.

—*Si lo tienes en la cabeza, santa Elena,*
si lo tienes en la frente, san Vicente,
si lo tienes en los ojos, san Ambrosio,
si lo tienes en la boca, santa Polonia,
si lo tienes en las manos, san Urbano,
si lo tienes en el cuerpo, dulcísimo Sacramento,
si lo tienes en los pies, san Andrés,
con sus ángeles treinta y tres.

Y al decir esto le arrebató el plato de las manos y lo arrojó contra un rincón. El agua dejó un rastro de oscuridad en la madera.

—Ya está, hija. Vete con Dios.

Ángela se levantó, ayudada por su madre.

—¡No! Por ahí, no —la atajó la Obispa—. No debes pisar esa agua o el maleficio regresará.

Ya era noche cerrada cuando abandonaron la casa. Don Pedro las había esperado sobre la piedra que se alzaba a una treintena de pasos, en los límites de la aldea que se alzaba junto a la sierra helada de Cuenca.

—¿Qué? —susurró con ansiedad.

Doña Clara hizo un leve gesto. Muchos años viviendo junto a la misma mujer lo ayudaron a comprender: «Todo está resuelto, pero hablemos más tarde». Hacía meses que ni él ni Clara lograban dormir tranquilos. Su hija, esa niña que hasta hace poco corría feliz a campo traviesa, persiguiendo toda clase de bichos y pájaros, se había transformado en otra persona.

Primero fueron las visiones. Aunque don Pedro estaba avisado, no por eso dejó de sorprenderse. Su propia mujer se lo había advertido la tarde en que él le propuso matrimonio: todas las mujeres de su familia, desde tiempos inmemoriales, andaban acompañadas de un duende Martinico.

—Yo comencé a verlo de moza —le contó Clara—. Y mi madre también, y mi abuela, y todas las mujeres de mi familia.

—¿Y si no nacen hembras? —preguntó él, con escepticismo.

—Lo hereda la esposa del primogénito. Eso le pasó a mi bisabuela, que había nacido en Puertollano y se casó con el hijo único de mi tatarabuela. Ella misma quiso mudarse a Priego, para no tener que dar explicaciones a su familia.

El hombre no supo si reír o enfadarse, pero el semblante de su novia le indicó la gravedad del asunto.

—No importa —dijo él finalmente, cuando se convenció de que la cosa iba en serio—. Con Martinico o sin Martinico, tú y yo nos casamos.

Aunque su mujer acostumbraba a quejarse de la invisible presencia, siempre creyó que todo surgía de su imaginación. Sospechaba que aquella historia, tan arraigada en su familia, la inducía a ver lo inexistente. Y para evitar lo que llamaba «el contagio», le hizo jurar que jamás le hablaría a la niña de esa tradición visionaria y que mucho menos le contaría historias de duendes ni de seres sobrenaturales. Por eso casi se murió del susto el día en que Angelita, con apenas doce años, se quedó mirando el estante donde él colocaba sus vasijas a secar y susurró con aire de sorpresa:

—¿Qué hace ese enano ahí?

—¿Cuál enano? —repuso su padre, tras echar una rápida ojeada a la repisa.

—Hay un hombrecito vestido de cura, sentado sobre esa pila de platos —respondió la niña, bajando aún más la voz; y al notar la expresión de su padre, agregó—: ¿No lo ves?

Pedro sintió que se le erizaban todos los pelos del cuerpo.

Esa fue la confirmación de que, pese a sus precauciones, la sangre de su hija estaba contaminada con aquella epidemia sobrenatural. Espantado, la agarró por un brazo y la arrastró fuera del taller.

—Lo ha visto —susurró al oído de su mujer.

Pero Clara recibió la noticia con regocijo.

—La niña ya es una moza —murmuró.

No fue sencillo convivir con dos mujeres que veían y escuchaban lo que él no podía percibir, por mucho que se esforzara. Sobre todo, le resultaba difícil aceptar el cambio en su hija. A su mujer ya la había conocido con esa manía. En cambio, Ángela siempre había sido una niña normal que prefería corretear tras las gallinas o treparse a los árboles. Jamás había prestado atención a las historias de aparecidos o de moras encantadas que a veces circulaban por el pueblo. ¡Y ahora aquello!

Clara tuvo una larga conversación con Ángela para explicarle quién era el visitante y por qué sólo ambas lo veían. No fue necesario pedirle que mantuviera la boca cerrada. Su hija siempre fue una niña juiciosa.

Sólo Pedro se veía abatido. Su hija lo sorprendió varias veces mirándola con aire consternado. Instintivamente comprendió lo que ocurría y trató de ser más cariñosa con él para demostrar que seguía siendo la misma. Poco a poco, el hombre comenzó a olvidar su ansiedad. Casi se había acostumbrado a la idea del Martinico cuando ocurrió lo otro.

Un buen día, cuando ya Ángela estaba por cumplir dieciséis años, la joven amaneció pálida y llorosa. Se negó a hablar y a comer. Permaneció quieta como una estatua, indiferente al mundo, y sintiendo que su pecho podría estallar como una fruta madura al caer del árbol.

Sus padres la mimaron, la tentaron con golosinas, y terminaron por gritarle y encerrarla en un cuarto. Pero no estaban furiosos, sólo asustados; y no sabían cómo hacerla reaccionar.

Cuando agotaron todos los recursos, Clara decidió llevarla a la Obispa, una mujer sabia y emparentada con los poderes del cielo porque su hermano era obispo en Toledo. Él curaba las almas con la palabra de Dios y ella curaba los cuerpos con la ayuda de los santos.

Los oficios de la aojadora confirmaron lo que Clara ya sospechaba: su hija era víctima del mal de ojo; pero la Obispa tenía remedios para cualquier eventualidad y después del exorcismo la madre se sintió más tranquila, segura de que las oraciones ayudarían. Pedro hubiera deseado tener la misma confianza. Mientras regresaban observó con disimulo a su hija, tratando de advertir alguna señal de mejoría. La joven caminaba cabizbaja, mirando el suelo como si tanteara por primera vez los senderos húmedos y fríos de la sierra que, en aquel plácido año de 1886, parecían más desolados que de costumbre.

«Habrá que esperar», se dijo.

El viento olía a sangre y las gotas de lluvia se prendían en su piel como dedos espinosos. Cada rayo de sol era un dardo que le perforaba las pupilas. Cada destello de luna era una lengua que lamía sus hombros. Tres meses después del exorcismo, Ángela se quejaba de esas y otras monstruosidades.

—No está aojada —sentenció la Obispa, cuando Clara volvió a llamarla—. Tu hija tiene el mal de madre.

—¿Qué es eso? —preguntó desde su susto doña Clara.

—El útero, el sitio de la paridera, se ha desprendido de su lugar y ahora está vagando por todo el cuerpo. Eso causa dolores de alma en las mujeres. Ésta, al menos, anda callada. A otras les da por chillar como lamias en celo.

—¿Y qué hacemos?

—Es un caso grave. Lo único que puedo recomendar son rezos… Ven aquí, Ángela.

Las tres mujeres se arrodillaron en torno a una vela:

—*En el nombre de la Trinidad,*
de la misa de cada día,
y el evangelio de San Juan,
Madre Dolorida,
vuélvete a tu lugar.

Pero el rezo no sirvió de nada. Amanecía, y Ángela lloraba por los rincones. Llegaba el sol al cenit, y Ángela contemplaba la comida sin tocarla. Atardecía, y Ángela se quedaba junto a la puerta de su casa, después de haber vagado durante horas, mientras el Martinico hacía de las suyas… Y eso fue lo más terrible: el mal de madre atontó a Ángela, pero empeoró la conducta del duende.

Todas las tardes, cuando la joven se sentaba a contemplar las crecientes sombras, las piedras volaban sobre los caminantes que traían sus ganados de pastar o de beber, o atacaban a los comerciantes que regresaban de vender sus mercancías. Los aldeanos se quejaron ante Pedro, quien no tuvo más remedio que revelarles el secreto del Martinico.

—Sea duende o espectro, sólo queremos que no nos rompa la crisma. —Era la súplica común, después de conocer la novedad.

—Hablaré con Ángela —decía el padre con un nudo en la garganta, sabiendo de antemano que la conducta del duende dependía del ánimo de su hija y que, al mismo tiempo, lo que el Martinico hacía era independiente de la voluntad de la muchacha.

—Ángela, tienes que convencerlo. Ese duende no puede seguir molestando a la gente o nos echarán de aquí.

—Díselo tú, padre —respondía ella—. Tal vez a ti te escuche.

—¿Crees que no se lo he pedido antes? Pero no parece oírme. Sospecho que nunca está presente cuando le hablo.

—Hoy sí.

—¿Está cerca?

—Ahí mismo.

Pedro casi volcó un tarro de mermelada.

—No lo veo.

—Si le hablas, te oirá.

—Caballero Martinico…

Empezó su respetuoso discurso como ya había hecho otras veces, a lo cual siguió una parrafada donde le explicaba los problemas que podía ocasionar su conducta a la propia Angelita. No se lo rogaba por él, que era un indigno y mísero alfarero, sino por su esposa y por su niña, gracias a las cuales el respetable duende podía vivir entre los humanos.

Era evidente que el Martinico lo escuchaba. Durante la charla, los alrededores permanecieron tranquilos. Dos vecinos pasaron de largo y oyeron la perorata del hombre, que parecía dirigirse al aire, pero como ya estaban al tanto de la existencia del duende, sospecharon lo que ocurría y se apresuraron a seguir antes de que los alcanzara algún proyectil.

Pedro terminó su discurso y, satisfecho de su gestión, dio media vuelta para regresar a sus labores. De inmediato las piedras volvieron a llover en todas direcciones hasta que una de ellas le dio en la cabeza. Ángela fue a socorrerlo y recibió un garrotazo en plenas posaderas. Ambos tuvieron que esconderse en el taller, pero las piedras siguieron sacudiendo la casucha y amenazaron con desplomarla. Por primera vez en muchos meses, Ángela pareció salir de su estupor.

—¡Eres un duende horrible! —le gritó, mientras limpiaba el rostro ensangrentado de su padre—. Te odio. ¡No quiero verte más!

Como por ensalmo, todo se calmó. Aún se escucharon los graznidos de algunas aves, asustadas por la ruidosa tempestad de piedras, pero Ángela estaba tan furiosa que no atendió a los ruegos de su padre para que no saliera del refugio.

—¡Si vuelves a golpear a mi padre, a mi madre, o a mí, te juro que te echaré para siempre de nosotras! —vociferó ella con toda la fuerza de sus pulmones.

Hasta el viento pareció detenerse. Pedro sintió la oleada de miedo que penetraba por sus cabellos y sospechó que ese terror eran las emociones del duende.

La familia se acostó temprano después de colocar emplastos en la cabeza de Pedro, quien juró que jamás volvería a hablar con el Martinico; prefería que fueran otros los que recibieran las pedradas. Además, no sabía si las palabras de su hija tendrían un efecto permanente y no deseaba exponerse de nuevo. De todos modos, debía descansar. Llevaba dos días trabajando en un pedido de vasijas que pensaba decorar a la mañana siguiente.

En medio de la noche los despertó un estruendo espantoso, como si un trozo de luna se hubiera desplomado sobre la tierra. Pedro encendió un cirio y salió de la casa tiritando, seguido por su mujer e hija. La campiña semejaba una gruta ciega.

En el taller de alfarería reinaba el pandemónium: las vasijas volaban en todas direcciones, estallando en mil fragmentos al chocar contra las paredes; las mesas temblaban sobre sus patas; el torno daba vueltas como un molino indetenible… Pedro contempló el desastre, ciego de desesperación. Con aquel duende impenitente, su oficio de alfarero estaba condenado a la ruina.

—Mujer, empieza a recoger las cosas —murmuró—. Nos vamos a Torrelila.

—¿Cómo?

—Que nos vamos con el tío Paco. Se acabó la alfarería.

Clara empezó a llorar.

—Con lo que has trabajado…

—Mañana venderé lo que pueda. Con ese dinero nos iremos a lo del tío, que ya me lo ha pedido muchas veces. —Y confiado en que el duende no lo oiría mientras siguiera destrozando cosas, agregó—: A partir de ahora, este Martinico comerá azafrán.

Humo y espuma

El mar reptaba hasta la orilla, derramando allí su cargamento de algas y besando los pies de quienes dormitaban cerca. Luego se replegaba como un felino furtivo para volver a su acoso con insistencia.

—No, nunca he vuelto —dijo Gaia—. Y creo que nunca lo haré.

—¿Por qué?

—Demasiados recuerdos.

—Todos los tenemos.

—No tan terribles como los míos.

El sol descendía en South Beach, y la multitud de cuerpos jóvenes y dorados comenzaba a cambiar sus atuendos de andar por otros más acordes con la noche sofisticada de Miami. Las muchachas llevaban horas sentadas frente al mar y habían tenido tiempo de conversar sobre sus experiencias comunes en la isla, aunque no de aquellas que son propias de cada persona. Cecilia lo había intentado, pero la otra se empeñaba en guardar un extraño silencio.

—¿Es por esa casa fantasma, verdad? —aventuró Cecilia.

—¿Cómo?

—No quieres regresar a Cuba por aquella casa que me contaste.

Gaia asintió.

—Tengo una teoría —murmuró Gaia después de un instante—. Pienso que ese tipo de casas que cambian de sitio o de apariencia son las almas de ciertos lugares.

—¿Y si hubiera dos o más merodeando por la misma zona? —preguntó Cecilia—. ¿Todas son almas de la misma ciudad?

—Un lugar puede tener más de un alma. O más bien, diferentes facetas de un alma. Los lugares son como las personas. Tienen muchas caras.

—La verdad es que jamás había oído hablar de casas fantasmas que cambiaran de esa manera que me has contado.

—Yo tampoco, pero te aseguro que en La Habana existe una mansión que se transforma cada vez que entras en ella; y ahora, en Miami, existe otra que se pasea por todas partes.

Cecilia escarbó en la arena y encontró un caracol.

—¿Cómo era la casa de La Habana? —preguntó.

—Un lugar de engaños, un monstruo hecho para confundir. Allí nada es lo que parece, y lo que parece nunca es. No creo que el espíritu humano esté preparado para vivir en semejante incertidumbre.

—Pero nunca podemos estar seguros de nada.

—En la vida siempre hay imprevistos y accidentes; ésa es la dosis de inseguridad que admitimos. Pero si ocurre algo que conmueve los cimientos de lo cotidiano, la desconfianza empieza a cobrar proporciones inhumanas. Es ahí donde se vuelve peligrosa para la cordura. Podemos soportar nuestros miedos individuales si sabemos que el resto de la sociedad fluye dentro de ciertos parámetros normales, porque en el fondo esperamos que esos temores sólo sean un pequeño disloque individual que no se reflejará en el exterior. Pero apenas el miedo afecta el entorno, el individuo pierde su sostén natural; pierde la posibilidad de acudir a otros en busca de ayuda o consuelo… Eso era la casa fantasma de La Habana: un pozo oscuro y sin fondo.

Cecilia la observó de reojo.

—¿Crees que la casa de Miami sea como aquella?

—Por supuesto que no —respondió Gaia vivamente.

—Entonces ¿por qué no quieres hablar de ella?

—Ya te dije que esas mansiones fantasmas contienen trozos del alma de una ciudad. Los hay oscuros y los hay luminosos. No quiero averiguar de qué tipo es éste. Por si acaso.

—Es una pena que nunca me contaras sobre la segunda vez que viste la casa —aventuró Cecilia, sin mucha esperanza.

—Estaba en la playa.

Cecilia se sobresaltó.

—¿Aquí?

—No, en la playita de Hammond Park, cerca de Old Cutler Road. ¿Nunca has ido?

—La verdad es que salgo muy poco —admitió Cecilia, casi avergonzada—. No hay mucho que ver en Miami.

Ahora fue Gaia quien la miró de un modo curioso, aunque no añadió nada.

—¿Y qué pasó? —la animó Cecilia.

—Una tarde fui al restaurante que hay frente a esa playa. Me gusta comer mirando el mar. Cuando acabé, decidí caminar un poco por el parque y me entretuve mirando una zarigüeya con su cría. Habían bajado de un cocotero y ya se metían en el bosquecito cuando la madre se detuvo, alzó la cola y huyó entre la maleza con su hijo. Al principio no supe qué los había espantado. A poca distancia, sólo había una casa que parecía vacía. Las matas la cubrían un poco, así es que no la distinguí bien hasta que estuve cerca. Entonces la puerta se abrió y vi a una mujer vestida con ropa de otra época.

—¿Un traje largo? —la interrumpió Cecilia, pensando en las doncellas fantasmas de los libros.

—No, nada de eso. Era una señora con un vestido de flores, parecido a los trajes de los años cuarenta o cincuenta. La señora me sonrió muy amable. Detrás salió un viejo que no me hizo el menor caso. Cargaba una jaula vacía, que colgó de un gancho. Me acerqué un poco más y entonces descubrí que había otro piso encima, rodeado por un balcón. Ahí fue cuando reconocí la casa: era la misma que había visto junto a la mía aquella noche.

—¿Y la mujer te habló?

—Creo que iba a decirme algo, pero no le di tiempo. Salí corriendo.

—¿Puedo contarlo en mi artículo?

—No.

—Pero esto es nuevo. No aparece en la historia anterior.

—Porque ocurrió después.

—Sólo tengo tu testimonio —se quejó Cecilia—, y a la vez no puedo contar nada de lo que dices.

Gaia se mordió una uña.

—Pregunta en el restaurante frente a la playita. A lo mejor algún empleado ha visto algo.

Cecilia movió la cabeza.

—No creo que pueda conseguir un testigo mejor.

—¿Sabes dónde está Atlantis?

—¿La librería de Coral Gables?

—Es de una amiga mía que puede darte información. Se llama Lisa.

—¿También vio la casa?

—No, pero conoce a personas que la han visto.

La oscuridad descendía sobre la arena y Gaia se había marchado, pero Cecilia continuaba oyendo a sus espaldas la música de los cafés abiertos al aire libre. Por alguna razón, el relato de la segunda visión la había deprimido. ¿Por qué Gaia no había ido a la playita con algún amigo? ¿Sería porque estaba tan sola como ella?

Su mirada resbaló entre las olas de un mar cada vez más

agitado a medida que avanzaba la noche. Pensaba cómo habría sido su vida si sus padres le hubieran regalado un hermano. Mucho antes de que pensara en irse, ambos murieron con pocos meses de diferencia y la dejaron abandonada en una casona de El Vedado, hasta que ella decidió huir durante aquellos días en que miles de personas se lanzaban a las calles gritando «¡libertad, libertad!» como una manada enloquecida…

Harta de soledad, recogió su toalla y la metió en su bolso. Se daría una ducha antes de ir al bar. La gente salía a fiestas, se reunía con amigos, hacía planes con su pareja; pero ella sólo parecía tener una rutina… si es que puede llamársele así a conversar un par de veces con la misma anciana. Sin embargo, no tenía otra cosa que hacer. Sólo necesitó media hora para llegar a su apartamento, y otra más para comer y vestirse.

Cuando llegó al bar, ya estaba lleno de juerguistas y de humo: una niebla asfixiante y naturalmente tóxica. Apenas se podía respirar en aquella atmósfera que parecía la antesala de un hospital oncológico. Estornudó varias veces, antes de que sus pulmones se acostumbraran a la concentración de veneno.

«El hombre es un ser adaptable a cualquier mierda», pensó. «Por eso sobrevive a todas las catástrofes que provoca.»

La gente se apretujaba en la pista, arrullada por la voz del cantante. Junto a la barra, una pareja se contemplaba amorosamente en esa oscuridad de ultratumba. No había nadie más en las mesas.

Cecilia se sentó en el otro extremo, pero ni siquiera había un camarero para atenderla. Quizás también huyera a la pista para mecerse con el septuagenario bolero: «Sufro la inmensa pena de tu extravío, y siento el dolor profundo de tu partida, y lloro sin que sepas que el llanto mío tiene lágrimas negras… tiene lágrimas negras como mi vida…». De pronto, el bolero abandonó su tono quejumbroso y se convirtió en un jolgorio rumbero: «Tú me quieres dejar, yo no quiero sufrir. Contigo me voy, mi santa, aunque me cueste morir…». Las parejas rompieron su abrazo para mover sabrosamente caderas y hombros, abandonando el ánimo fúnebre de la canción. Así era su pueblo, pensó Cecilia, gozador hasta en la tragedia.

—Ésa fue siempre una de mis canciones favoritas —dijo a sus espaldas una voz.

Cecilia saltó del susto, volviéndose hacia la mujer que parecía haber entrado sigilosamente.

—Y era también la favorita de mi madre —siguió diciendo la recién llegada—. Cada vez que la oigo, me acuerdo de ella.

Cecilia se fijó en su rostro. La oscuridad debió haberla engañado antes, porque la mujer apenas tendría cincuenta años.

—Nunca me dijo qué le ocurrió a Kui-fa cuando su marido se marchó a Cuba, ni qué fue de la muchacha medio loca.

—¿Cuál muchacha?

—Esa que tenía visiones… la que creía ver a un duende.

—Ángela no estaba loca —aseguró la mujer—. Tener visiones no convierte a nadie en un desquiciado. Tú, más que nadie, deberías saberlo.

—¿Por qué?

—¿Piensas que tu abuela estaba loca?

—¿Quién le dijo que ella tenía visiones?

—Tú misma.

Cecilia estaba segura de que jamás había mencionado la mediumnidad de su abuela. ¿O lo hizo la primera noche? Había estado un poco mareada…

—Sólo quería saber en qué acaba su relato —dijo Cecilia, pasando por alto el incidente—, pero sigo sin ver qué relación hay entre una familia cantonesa y una española que ve duendes.

—Porque falta la tercera parte de la historia —afirmó la mujer.

Lágrimas negras

El camino que conducía a la quinta estaba custodiado por todo tipo de árboles. Naranjales y limoneros perfumaban la brisa. Las guayabas maduras estallaban al caer, hartas de esperar por alguien que las recogiera en su rama. En ciertos tramos, los sembrados de maíz arañaban la tarde con sus afiladas hojas.

Aunque no había cesado de llorar, Caridad contemplaba el paisaje con una mezcla de curiosidad y admiración. Ella y varios esclavos más habían recorrido la distancia que separaba Jagüey Grande de esos parajes. Pero la niña no lloraba porque hubiera dejado atrás a su antiguo amo, sino porque en el ingenio habían quedado los restos de su madre.

Dayo —como fuera conocida entre los suyos— había sido secuestrada por unos hombres blancos cuando aún vivía en su lejana costa selvática de Ifé, a la que los blancos llamaban África. Por esa razón Caridad nunca supo quién fue su padre; la propia Dayo no lo sabía. Sirvió como mujer a tres de ellos durante la travesía hacia Cuba. Después fue vendida al dueño de un ingenio en la isla, donde dio a luz a una extraña criatura con piel de tonalidades lácteas.

Poco antes del parto, Dayo fue bautizada como Damiana. Años más tarde le explicó a su hija que su verdadero nombre significaba «la felicidad llega», porque eso había sido ella para sus padres: una gran dicha tras muchas peticiones a Oshún Fumiké, que concede hijos a las mujeres estériles. A Damiana también le hubiera gustado ponerle a su bebé un nombre africano que le recordara su tribu, pero sus amos no se lo permitieron. Sin embargo, la belleza de la niña era tan grande que decidió llamarla en secreto Kamaria, que significa «como la luna», porque así era su bebé de radiante. Pero ese nombre sólo lo usó en la intimidad. Para sus amos, la niña siguió siendo Caridad.

Madre e hija tuvieron suerte: nunca fueron enviadas a la plantación. Como Damiana tenía abundante leche, fue destinada a amamantar a la hija del amo, que acababa de nacer. Y cuando Caridad creció un poco, pasó a servir en las habitaciones de la señora, una mujer sonriente que le daba monedas por cualquier motivo, de manera que madre e hija empezaron a hacer planes para comprar su libertad. Por desgracia, el destino alteró sus planes.

Una epidemia que asoló la zona, durante el verano de 1876, mató a decenas de habitantes de la región, negros y blancos por igual. De nada valieron los cocimientos de hierbas, ni los sahumerios medicinales, ni las ceremonias que los negros hacían a escondidas: amos y esclavos sucumbieron a la fiebre. Caridad perdió a su madre, y el amo a su mujer. Sin ánimo para soportar la visión de la esclavita que le recordaba a su difunta esposa, el hombre decidió regalarla a un primo que vivía en una finca del naciente barrio habanero de El Cerro.

La muchachita se preparó para lo peor. Nunca antes había servido fuera de la casa y no estaba segura de que ahora tuviera iguales privilegios. Se imaginó trabajando de sol a sol, toda mugrienta y quemada, sin más ánimos en la noche que para emborracharse o cantar.

Caridad no sabía que iba a una quinta de recreo, un sitio destinado al reposo y a la contemplación. Observaba con recelo las haciendas junto a las cuales pasaba su carromato: palacetes de ensueño, rodeados de jardines y protegidos por árboles frutales. Por un instante olvidó sus miedos y prestó oídos a la conversación de dos capataces que guiaban el carromato.

—Ahí vivió doña Luisa Herrera antes de casarse con el conde de Jibacoa —decía uno—. Y aquélla es la casa del conde de Fernandina —indicó hacia otra mansión, adornada por un jardín lateral y un poderoso frontón al frente—, famosa por las estatuas de sus dos leones en la entrada.

—¿Qué pasó con ellas?

—El marqués de Pinar del Río las copió para ponerlas a un costado de su casa, así es que el conde se cabreó y mandó a retirar las originales. Mira, ahí están los leones del marqués…

Aunque su vida hubiera dependido de ello, Caridad nunca habría podido describir la majestuosidad de la verja custodiada por aquellos dos animales —uno dormido, con su cabeza descansando entre las patas, y el otro aún soñoliento—; tampoco habría sabido dar una descripción exacta de los vitrales elaborados con rojos sangrientos, azules profundos y verdes míticos, ni de las rejas bordadas que protegían los ventanales, ni de las columnas de esplendor romano que resguardaban el portal. Carecía de vocabulario para eso, pero su aliento se detuvo ante tanta belleza.

—Ésa es la finca del conde de Santovenia —dijo el hombre, desviándose un poco para que su acompañante pudiera ver mejor.

Caridad estuvo a punto de lanzar un grito. La mansión era un sueño esculpido en mármol y cristal donde se multiplicaban la luz y los colores del trópico, una maravilla de jardines que se perdían en el horizonte, con sus juegos de agua que murmuraban en las fuentes y sus estatuas blanquísimas que refulgían como perlas bajo el sol. Nunca había visto algo tan hermoso, ni siquiera en esos sueños donde paseaba junto a las murallas de piedra y los laberintos misteriosos, perdidos en la selva donde viviera su madre, quien le contara cómo había vagado entre esas ruinas cuando era niña.

Pronto perdieron de vista la mansión y se dirigieron a otra de fachada más austera. Al igual que muchas familias adineradas, los Melgares-Herrera se habían hecho construir un palacete con la esperanza de escapar a la vida citadina, cada vez más agitada y promiscua, repleta de comercios y vendedores que pregonaban a toda hora sus mercancías, con sus casas de huéspedes que albergaban a viajeros o negociantes provenientes de provincia, y sazonada de delitos y crímenes pasionales que enlutaban la prensa.

La quinta de José Melgares era famosa por sus fiestas, como la celebrada años atrás en honor a la boda de la niña Teresa, fruto de su unión con María Teresa Herrera, hija del segundo marqués de Almendares. El mismísimo gran duque Alejo de Rusia había estado entre los asistentes.

Ahora el carromato entraba a la hacienda con su carga de esclavos. Asustados los unos, resignados los otros, el grupo fue conducido de inmediato ante doña Marité, como llamaban a la señora sus allegados. La mujer salió al umbral mientras los esclavos permanecían a cierta distancia. Después de observarlos unos segundos, avanzó hacia ellos. A cada paso, su vestido crujía con un frufrú inquietante que no apaciguó el nerviosismo de los cautivos.

—¿Cómo te llamas? —preguntó a la única adolescente del grupo.

—Kamaria.

—¿Eso es un nombre?

—Fue el que me dio mi madre.

Doña Marité estudió a la muchacha, intuyendo algún dolor tras aquella desafiante respuesta.

—¿Dónde está?

—Muerta.

El temblor de su voz no pasó inadvertido para la mujer.

—¿Cómo te llamaban los señores de la otra hacienda?

—Caridad.

—Bueno, Caridad, creo que voy a quedarme contigo. —Y agitando su abanico de encajes, apuntó con él a dos niños que no habían dejado de agarrarse las manos en todo el viaje—. Tomás —se dirigió a uno de los hombres que los había conducido hasta allí—, ¿no hacían falta jardineros y alguien más en la cocina?

—Creo que sí, ama.

—Pues ocúpate de eso. Ustedes —dijo a la jovencita y a los niños—, vengan.

Dio media vuelta y echó a andar. La muchacha tomó de la mano a los pequeños y los condujo tras la señora.

La casa había sido construida en torno a un patio central rodeado de galerías. Pero a diferencia de otros palacetes similares, estas galerías eran corredores cerrados, y no pasillos abiertos al patio. Sin embargo, las amplias persianas francesas y los ventanales de diseños geométricos permitían el paso de la luz y la brisa, que iluminaban y refrescaban las habitaciones.

—Josefa —dijo la mujer a una negra—, encárgate de que se bañen y coman.

La vieja esclava los hizo bañar y vestirse de limpio antes de conducirlos a la cocina. Nacidos en la isla, ninguno de ellos entendía bien la lengua de sus padres. Por eso la anciana se vio obligada a amonestarlos en su mal castellano:

—Cuando suena campana, e' hora 'e comida pa'l esclavo... Lo amo no guta que su botine tengan la menor suciesa, así qui lo tienen con brillo la mañana —miró a los niños—. Eso le toca a vusé.

Caridad se enteró de que sería una especie de sirvienta de alcoba. Debería planchar, arreglar el tocado de su ama, lustrarle los zapatos, perfumarla, llevarle refrigerios o abanicarla. Josefa se encargaría de adiestrarla en todos los menesteres porque, aunque ya la joven tenía alguna experiencia, la sofisticada vida en La Habana de extramuros requería habilidades más refinadas.

De vez en cuando, la muchacha acompañaba a doña Marité en sus paseos a otras fincas. Había una hacienda especialmente hermosa que visitaban de vez en cuando. Pertenecía a don Carlos de Zaldo y a doña Caridad Lamar, quienes habían heredado la propiedad después que su dueña anterior falleciera.

La primera vez que la muchacha llegó a la quinta con su ama, tres esclavos se ocupaban de regar y podar el jardín, abrumado de rosales y jazmines. Uno de ellos, un mulato de tez parecida a la suya, se quitó el sombrero al verlas pasar, pero Caridad tuvo la impresión de que no lo hacía por respeto al ama blanca. Hubiera jurado que los ojos del sirviente estaban fijos en ella. Fue la primera vez que vio a Florencio, pero no fue hasta tres meses después que él se atrevió a hablarle.

Una tarde, aprovechando que Caridad estaba en la cocina preparando un refresco para las señoras, Florencio se le acercó. Así supo que, al igual que ella, era hijo de un blanco y de una esclava negra.

Su madre había logrado comprar su libertad después que el dueño anterior la vendiera a don Carlos, pero la mujer prefirió seguir viviendo en la nueva hacienda con su hijo. A Caridad le pareció una situación extraña, pero Florencio le aseguró que había casos parecidos. A veces los esclavos domésticos estaban mejor alimentados y vestidos bajo la tutela de un señor que trabajando por cuenta propia, y eso había hecho que algunos negros percibieran la libertad como una responsabilidad que no estaban dispuestos a enfrentar. Preferían al amo que les daba un poco de comida, antes que vagar a la buena de Dios sin saber qué hacer. Florencio había recibido una educación esmerada, sabía leer y escribir, y se expresaba con un acento extremadamente educado, producto del afán de sus amos de tener a un esclavo instruido que pudiera realizar tareas de cierta complejidad. Pero a diferencia de su madre, que había muerto dos años atrás, Florencio quería independizarse y emprender un negocio. Ya nada lo ataba a la finca. Además, para él, como para la mayoría de sus hermanos, era mejor una libertad llena de riesgos que aquella esclavitud degradante. Y para lograrla, llevaba bastante tiempo ahorrando… La presencia de otro esclavo interrumpió la conversación. Caridad no pudo decirle que ella también había guardado dinero con el mismo fin.

A veces doña Marité iba a casa de doña Caridad; otras, los Zaldo-Lamar visitaban a sus vecinos. Como calesero, Florencio acompañaba a los señores en esos trasiegos, lo cual le daba ocasión para intercambiar unas frases con la joven cuando ésta salía a brindarle un refresco.

Sin que ambos se dieran cuenta, el tiempo se convirtió en meses. Pasaron dos, tres, cuatro años, en que los amores de la mulata con el elegante esclavo dejaron de ser un secreto para todos, excepto para sus amos.

—¿Cuándo vas a hablar con doña Marité? —preguntó Florencio, una vez que llegaron a la conclusión de que ambos poseían capital suficiente para liberarse.

—La semana que viene —dijo ella—. Dame tiempo para prepararla.

—¿Tiempo?

—Ha sido muy buena. Por lo menos, le debo…

—No le debes nada —se quejó él—. Tal parece que no quisieras vivir conmigo.

Ella se le acercó amorosa.

—No es eso, Flor. Claro que quiero estar contigo.

—Entonces, ¿cuál es el problema?

Caridad sacudió la cabeza. No quería admitirlo, pero de pronto sentía ese miedo que antes le pareciera tan absurdo. Acostumbrada a tener un techo donde dormir y una cocina bien surtida, le aterraba la idea de verse en la calle, sin más protección que el cielo sobre su cabeza, obligada a ganarse el pan por sus propios medios y expuesta a cualquier desvarío de la vida. Era un reflejo que se había anclado en su pecho, como mismo queda sepulto el espíritu cuando ha vivido mucho tiempo a la sombra de un amo. Así se sentía ella: sin ánimos para valerse por sí sola, aterrada ante la perspectiva de un mundo que no conocía y que nunca le preguntaría si estaba o no preparada para vivir en él, un mundo con leyes que nadie le había enseñado… Pensó en esos pichones que tantas veces había visto balancearse indecisos sobre las ramas, llamados a puro grito por sus padres desde algún árbol cercano, y supo que tendría que hacer como ellos: abrir las alas y lanzarse al abismo. Seguramente se estrellaría contra el suelo.

—Está bien —dijo finalmente—, lo haré mañana.

Pero dejó pasar días y semanas sin decidirse a hablar con doña Marité. Florencio languidecía mientras podaba los rosales, más por el deseo de estar junto a su amada que por su frustrado plan de libertad.

Una tarde sorprendió una conversación que lo alarmó. Don Carlos lo había mandado a llamar. Florencio llegó al portal donde sus amos bebían champola y disfrutaban el fresco de la tarde.

—¡Es el desastre! —decía don Carlos, mientras agitaba un periódico ante el rostro lívido de su mujer—. No podremos seguir viviendo en esta quinta. ¿Sabes que solamente para atender los jardines y la casa tenemos veinte esclavos?

—¿Y qué vamos a hacer?

—No quedará más remedio que vender.

Florencio sintió que la sangre abandonaba su rostro. ¡Vender! ¿Vender qué? ¿La casa? ¿La dotación de esclavos? Lo separarían de Caridad. Nunca más volvería a verla… Don Carlos reparó en el mulato que aguardaba al pie de la verja.

—Florencio, prepara el quitrín. Vamos a la finca de don José.

El joven obedeció mientras un torbellino de ideas frustraba el empeño de sus manos por enjaezar los caballos. Después regresó a la casa y se vistió con botines, casaca y guantes. Estuvo a punto de olvidar su sombrero de copa. Don Carlos salió de la mansión como una tromba, periódico en mano, seguido por su atribulada mujer. Ambos cuchichearon durante el breve trayecto hasta la otra finca, pero Florencio no prestó atención a sus murmullos. En su cabeza sólo quedaba espacio para la única decisión posible.

La pareja se bajó del carruaje, sin darle tiempo a nada. Aún sentado en el quitrín, escuchó las voces agitadas y las exclamaciones de don José y de su amo. Aguardó unos segundos antes de entrar. Cuando ya cruzaba el patio, Caridad se interpuso en su camino.

—¿Qué vas a hacer?

—Lo que acordamos hace tiempo.

—No es un buen momento —susurró ella—. No sé qué ocurre, pero no parece bueno… Tengo miedo.

Florencio siguió andando sin atender a sus ruegos. Su entrada al salón fue tan intempestiva que ambos hacendados detuvieron su discusión para mirarlo. Doña Marité se abanicaba nerviosamente en su asiento y se veía más blanca que el encaje de su abanico.

—¿Qué ocurre? —preguntó don Carlos, con cara de pocos amigos.

—Mi amo… Disculpe su mercé, pero debo decir algo, ahora que están todos reunidos.

—¿No pudiera ser en otro momento?

—Déjalo que hable —le rogó su mujer.

—Bueno —resopló don Carlos, volviendo a hundir su rostro en el periódico como si ya se hubiera desentendido del asunto.

Florencio sintió que el corazón se le salía del pecho.

—Cachita y yo… —calló al darse cuenta de que nunca antes había usado aquel apodo frente a otros—. Caridad y yo queremos casarnos. Tenemos dinero para comprar nuestra libertad.

Don Carlos alzó la vista del periódico.

—Ya es tarde, hijo.

—¿Tarde? —Florencio sintió que las rodillas le temblaban—. ¿Qué quiere decir su mercé? ¿Tarde para qué?

Don Carlos blandió el periódico bajo las narices del esclavo.

—Para comprar la libertad de nadie.

A sus espaldas, Florencio escuchó un roce de sayas almidonadas. Caridad se recostaba a la pared, más pálida aún que su ama. Él fue a socorrerla, mientras doña Marité daba gritos a otra esclava para que acudiera con las sales.

—¿Por qué es tarde, su mercé? —preguntó Florencio con la vista empañada por las lágrimas—. ¿Por qué no podemos comprar nuestra libertad?

—Porque desde hoy sois libres —respondió el hombre, arrojando el periódico a un rincón—. Acaban de abolir la esclavitud.

Caridad y Florencio se mudaron a esa zona de la capital que veinte años atrás fuera de intramuros. Todavía la nobleza criolla ocupaba los grandes palacetes cercanos a la catedral y a sus plazas aledañas, pero ya se iban abriendo paso todo tipo de negocios, pertenecientes a plebeyos emprendedores y sin grandes capitales… muchos de ellos, antiguos esclavos que, como la joven pareja, contaban con algún dinero.

Florencio había buscado mucho por la zona de Monserrat, previendo el paso creciente de transeúntes hacia las nuevas barriadas de extramuros. Cerca de la plazuela, compró un local de dos pisos. La pareja se fue a vivir en la planta alta y convirtió la planta baja en una taberna, que también vendería productos de ultramar.

Nada parecía empañar la tranquilidad, excepto que el tiempo pasaba y Caridad se sentía cada vez más inquieta por la ausencia de un hijo. Año tras año ensayaba cuanto método de preñez le recomendaban, sin resultado alguno. Pero ella no desistía. De cualquier manera fueron años buenos, aunque difíciles; prósperos, pero angustiosos. Nada parecía seguro. Caridad prodigaba paciencia, en espera de su ansiada maternidad, y Florencio tuvo que derrochar encanto y habilidad en su negocio. Muchas veces se sentaba a tomar algún trago con los paisanos.

—Flor, ¿puedes venir un momento? —le llamaba Caridad, mientras fingía buscar algo detrás del mostrador; y cuando él se acercaba, lo alertaba—: Ya vas por el tercer trago.

Algunas veces Florencio atendía a su llamado, pero en otras ocasiones se justificaba:

—Don Herminio es un cliente importante —le decía—. Déjame terminar esta copa y ya vuelvo.

Pero los clientes importantes iban en aumento, y también la cantidad de copas que Florencio consumía a diario. Caridad lo veía, y a veces lo dejaba… hasta un día en que su vientre por fin comenzó a crecer. Ya no podía estar tan pendiente de su marido, absorta en bordar pañales y mantillas para el futuro bebé; y cuando bajaba al salón, nunca podía decir cuántos tragos se había bebido el hombre.

—Flor —lo llamaba ella, acariciándose el vientre.

Él se levantaba de la mesa malhumorado.

—¿No puedes quedarte tranquila? —le chillaba tras la cortina que separaba el almacén del local lleno de clientes.

—Sólo quería decirte que ya has bebido…

—¡Ya lo sé! —gritaba él—. Déjame atender a la gente como es debido.

Y salía con una gran sonrisa a servirse el siguiente trago. Caridad regresaba a su cuarto con aire de pesar, incapaz de entender por qué el buen carácter de su esposo se había agriado si el negocio parecía ir tan bien. La clientela se volvía cada vez más distinguida porque Florencio había sabido atender los reclamos de sus paisanos que muchas veces llegaban preguntando por cosas que él no tenía: medias negras berlinesas, jabones de Hetmerick contra la sarna y la tiña, piqué crudo de Viena, jarabe de Tolú, arreos para quitrín, elixires dentríficos, agua de Vichy... El nerviosismo que le provocaban sus deberes estaba más allá del entendimiento de su mujer.

—Precisamente está a punto de llegarme un cargamento —mentía con su mejor sonrisa—. ¿Adónde quiere vuestra señoría que le avise?

Anotaba la dirección y dejaba el negocio al cuidado de su mujer para recorrer los comercios de la ciudad en busca de algo semejante. Una vez que hallaba la mercancía, compraba varias muestras para regatear un descuento y, al día siguiente, le avisaba al cliente. A partir de ese día, exhibía el nuevo producto y, si se vendía bien, mandaba a buscar más.

La fama de su establecimiento traspasó los límites del vecindario y se expandió en ambas direcciones, llegando hasta la plazuela de la Catedral —el corazón oriental de intramuros— y más allá de las semiderruidas murallas, en pos de las estancias occidentales. De vez en cuando aparecía por allí alguno que otro conde o marqués, deseoso de obsequiar a su novia unas cuantas varas de telas orientales o algún chal de Manila.

El mal carácter de Florencio aumentaba en proporción al crecimiento de su negocio. Caridad pensaba que quizás el espíritu de su hombre no había estado preparado para tanto trasiego y recordaba con añoranza su vida en la quinta, cuando ella era lo único que le importaba. Ahora apenas la miraba. Todas las noches subía las escaleras arrastrando pesadamente los pies y se dejaba caer sobre la cama, casi siempre borracho. Ella se acariciaba el vientre y sus lágrimas fluían en silencio.

Cierta mañana en que ella regresaba del mercado, decidió entrar a su casa atravesando la taberna, en vez de usar la escalera lateral. Florencio estaba sentado ante una mesa, secundado por la algarabía de varios hombres que le animaban en su empeño por beber vaso tras vaso de aguardiente. A cada nuevo vaso, más monedas se agrupaban frente a él.

—¡Vaya! Se ve que aquí saben divertirse de verdad —comentó una voz agradable a sus espaldas—. Y esto sí que no me lo habían contado.

Caridad se volvió. Una mulata tan clara que hubiera podido pasar por blanca contemplaba el jolgorio desde la calle. Al parecer acababa de bajarse de una volanta, cuyo conductor aguardaba por ella. Caridad sólo tuvo tiempo para echar una breve ojeada a la desconocida. Aunque la madurez había dejado huellas en su rostro, las curvas de su vestido escarlata delataban un cuerpo sorprendentemente joven.

—¿También vienes a divertirte? —preguntó la desconocida.

—Es mi marido —respondió Caridad con un nudo en la garganta, señalando a Florencio.

—¡Ah! Vienes a buscar al palomo que se fue de casa…

—No. Ésta es mi casa. Ésta es nuestra taberna.

La mulata contempló a Caridad y, por primera vez, pareció reparar en su estado.

—¿Te falta mucho? —preguntó haciendo un leve gesto hacia el vientre.

—No creo.

—Bueno, ya que eres la dueña y que tu marido anda tan ocupado, me imagino que puedes atenderme… Necesito jabón de ácido fénico. Me dijeron que aquí tenían.

—No sé. Mi marido es quien se ocupa de la mercancía, pero puedo mirar.

Caridad atravesó el salón y se metió en el almacén posterior. Al cabo de unos instantes, asomó la cabeza tras la cortina de saco y preguntó a la desconocida:

—¿Cuántos necesitas?

—Cinco docenas.

—¿Tantos? —replicó ingenuamente—. Éstos no son para uso diario, sino contra las epidemias.

—Ya lo sé.

Caridad la miró fijamente como si quisiera recordar algo, pero al final volvió a esconderse tras la cortina. Desde la acera, la mujer le hizo señas al conductor para que acercara más el carruaje mientras ella se abanicaba con violencia. Un momento después, Caridad salió del interior arrastrando trabajosamente una caja, pero no pudo avanzar mucho. Sintió una punzada en el bajo vientre que la hizo saltar como si le hubieran dado un latigazo. Miró hacia la calle, pero la mujer parecía ensimismada en la contemplación de algo que ocurría en la esquina. Se volvió a su marido, que seguía ajeno a su presencia. Con dificultad, se abrió paso en medio del grupo.

—Flor, necesito que me ayudes.

El hombre la miró apenas y tomó otro vaso de la mesa.

—Flor...

Había seis vasos vacíos ante él. Uno más ahora. Siete.

—Flor —detuvo su brazo en el instante en que se llevaba el octavo a los labios.

De un formidable empujón, la derribó al suelo. Ella gritó de dolor mientras la algarabía de los hombres disminuía al darse cuenta de lo ocurrido. La desconocida fue a socorrerla.

—¿Estás bien?

Caridad sacudió la cabeza. Gruesas lágrimas resbalaban por su rostro. Se levantó, ayudada por la mujer y uno de los hombres.

—Deja —la atajó la desconocida, cuando vio que pretendía volver a arrastrar la caja—. Llamaré al conductor para que lo haga. ¿Cuánto es todo?

La mujer pagó lo que le dijeron y salió, no sin antes echarle una mirada que a Caridad se le antojó de lástima. Los gritos habían disminuido después del altercado y muchos parroquianos se marcharon, pero Caridad no prestó atención a nada más. Se dirigió al piso alto, apoyándose en la baranda.

Esa noche, Florencio subió tambaleándose y penetró en el

dormitorio. Un vaho denso y desagradable golpeó su olfato.

—Coño, mujer, ¿no puedes abrir las ventanas?

Un vagido extraño llenó la habitación. Florencio fue hasta el rincón donde apenas alumbraba una vela. Su mujer estaba echada sobre la cama, con un bulto que apretaba contra su pecho. Sólo entonces Florencio supo que el olor que flotaba en la habitación era sangre.

—¿Cachita? —la llamó por primera vez en mucho tiempo.

—Es una niña —murmuró ella con un hilo de voz.

Florencio se acercó a la cama. La vela le temblaba tanto que Caridad se la quitó de las manos y la colocó sobre la mesa de noche. Despacio, el hombre se inclinó sobre la cama y contempló a la criatura dormida, sujeta aún al pecho de su madre. La niebla que anegaba su cerebro se esfumó. Vagamente recordó los términos de una apuesta, los vasos que alguien le llenaba, las bromas, el gemido de una mujer…

—No llamaste. No… —se echó a llorar.

Caridad le acarició la cabeza. Y no dejó de hacerlo durante las dos horas que estuvo arrodillado, pidiéndole perdón.

Al día siguiente no quiso probar la bebida, ni al otro, ni siquiera al tercero, aunque varios habituales trajeron a un contrincante dispuesto a derrotar al *mascavidrios* más famoso de la zona. Pese a su súbita abstención, el apodo que ya le gritaban los muchachos del barrio no decayó. Ninguno quiso aceptar sus propósitos de redención, pero Florencio decidió no hacer caso. Otras ideas ocupaban su mente.

Con la llegada de María de las Mercedes, ahora tendría más bocas que alimentar. Supo que la reputación del negocio había mermado debido a sus continuas borracheras, y decidió recuperarla. Durante los meses siguientes, trabajó más que nunca. Si desde el inicio se había empeñado en que su establecimiento tuviera un buen surtido de mercancías, ahora decidió que sería el mejor. Contrató a un empleado para que atendiera el negocio cuando él iba al puerto en busca de artículos raros o curiosos. La Flor de Monserrat volvió a convertirse en un punto de referencia para viajeros y caminantes que buscaban direcciones. El lugar se hizo tan conocido que pronto se usó como guía.

Pero la ciudad crecía y el número de comercios también. Nuevas familias y nuevos barrios se establecieron en los suburbios de extramuros. Florencio sospechó que no podría competir con los negocios que prosperaban al otro lado de las antiguas murallas. Tras mucho pensar en la forma de llegar a los clientes más alejados, se le ocurrió que su peón llevara mercancías de puerta en puerta, con un gran letrero que indicara el nombre y la dirección de su establecimiento. La idea no era suya, por cierto. Semanas atrás había visto el carromato de Torcuato, un antiguo calesero que tenía fama de pendenciero y al que apodaban Botija Verde, con un letrero que decía:

SIÑÓ TOCUATO,
VINOS FINO, SIDRA I VELMU

Insistió en que su empleado tomara la Calzada del Monte y llegara hasta las alejadas quintas de El Cerro, con muestras de telas y otros artículos semejantes. Pronto comenzó a recibir encargos que a veces él mismo se ocupaba de llevar. Durante los cuatro años siguientes, todo fue un ir y venir por aquellas barriadas que iban creciendo a ojos vistas. La ciudad perdía los restos de sus murallas y se expandía como un monstruo maravilloso y múltiple. Florencio hubiera podido recorrerla con los ojos cerrados y, de paso, recitar a algún viajante los pormenores de su vida social.

—¿A que no sabes quiénes se han mudado a la plaza de la Catedral? —preguntó un día a su mujer.

—¿Quiénes?

—Don José y doña Marité.

—¿Estás seguro?

Su marido asintió sin dejar de comer.

—¿En cuál palacio? —insistió ella, recordando sus días al servicio de los Melgares-Herrera.

—Donde antes vivía el marqués de Aguas Claras —le aclaró después de tragar.

—¿Y la quinta?

—Está en venta.

—¿Por qué habrán hecho eso? Falta de dinero no será, si se han mudado a ese sitio…

—Dicen que el conde de Fernandina quiere comprarles la hacienda.

—¿Y la suya?

—Yo creo que no quiere verle más la jeta a don Leopoldo. Desde que el marqués le copió los leones, lo tiene atravesado en el gaznate como un hueso de gallina.

—Eso fue hace años.

—Hay cosas que los ricos no perdonan.

—Bueno, ahora doña Marité estará más cerca. ¿Crees que nos comprará algo?

—Voy a llevarle una muestra de los piqués franceses.

Fue entonces cuando su único empleado decidió marcharse. En lugar de contratar a otro, Caridad le dijo a su marido que ella se encargaría del local y, pese a la resistencia de Florencio, terminó por convencerlo. La pequeña Meche ya tenía edad suficiente para acompañarla.

—Este sitio siempre me sorprende —dijo una voz desde la puerta, a la semana siguiente de comenzar a trabajar—. Ya veo que ña Caridad decidió ocuparse.

Alzó la vista y vio una figura que le pareció conocida.

—¿Hay jabones de ácido fénico? —preguntó la mujer, avanzando desde la calle.

Pese a que había transcurrido bastante tiempo desde su

único encuentro, Caridad recordó a la desconocida que había llegado a la tienda con tan raro encargo, la tarde en que naciera su hija.

—Necesito cinco docenas —dijo la mujer, sin esperar respuesta—. Pero no voy a llevarlos conmigo ahora. Dile a don Floro que los envíe a ña Cecilia, a la dirección de siempre… Le pago cuando despache.

La mujer dio media vuelta para salir, pero tropezó con un negro malencarado que entraba.

—¿Tá Florencio? —preguntó él con voz tan estentórea que la niña lo miró asustada.

—No, tuvo que ir a…

—Pue dale mi recao. Dile que Tocuato ástao aquí, y que no se meta conmigo poqque no será mi primé muettecito.

—¿Qué le ha hecho mi marido? —atinó a musitar Caridad.

—Me tá quitando clientela. Y eso no pué pemmitilo…

—Mi marido no le quita clientes a nadie. Él sólo trabaja…

—Me tá quitando clientela —repitió el negro—. Y a Botija Verde naiden le pone pie alante.

Y salió como mismo había entrado, dejando a Caridad con el corazón en la boca.

—Ándese con cuidado —escuchó—. Ese negro es peligroso.

No había notado que doña Cecilia permanecía junto a la puerta.

—Mi marido no le ha hecho nada a ese hombre.

—Eso no le importa a Botija Verde. Basta que él crea lo contrario.

Le volvió la espalda y sólo se detuvo un momento ante la criatura que la miraba con ojos desmesuradamente abiertos.

—Es muy chula —comentó antes de salir.

Esa noche, cuando Florencio regresó de su recorrido, Caridad ya había dado de comer a la niña y lo aguardaba ansiosa.

—Tengo un recado… —comenzó a decir ella, pero se interrumpió al notar la expresión de su rostro—. ¿Qué pasa?

—El conde de Fernandina va a dar una fiesta. ¿Sabes dónde?

Su mujer se encogió de hombros.

—En la quinta de los Melgares.

—¿Por fin compró la hacienda?

—¡Ajá! Ahora quiere homenajear a esos príncipes de los que tanto se habla.

—¿Eulalia de Borbón? —preguntó Caridad, que estaba al tanto de los últimos acontecimientos sociales.

—Y su marido, Antonio de Orleáns… El conde quiere hacer un sarao a todo trapo. ¿Y quién crees que le venderá el cargamento de velas y de bebidas que necesita? —hizo una reverencia—. Servidor.

—No tenemos velas para tanto caserón. Y no creo que los toneles sean…

—Ya lo sé. Mañana me voy al puerto de madrugada.

Caridad empezó a servirle la cena.

—Torcuato vino a buscarte.

—¿Aquí?

—Está furioso.

—¡Ese negro!… Ya me ha mandado varios recaditos. No pensé que se atreviera a venir aquí.

—Debes tener cuidado.

—Es un bocón. No hará nada.

—A mí me da miedo.

—No pienses en eso —dijo él, atragantándose con un pedazo de pan—. ¿Pasó alguien más?

—Sí, una señora que encargó cinco docenas de jabones…

—Ña Ceci. Siempre compra lo mismo.

—¿Para qué quiere tantos jabones? ¿Tendrá una lavandería?

—¿Y Mechita? —la interrumpió Florencio.

Caridad olvidó su pesquisa para concentrarse en los progresos de su hija que ya comenzaba a conocer las letras. No era mucho lo que Caridad podía enseñarle, pero sí lo suficiente para que la niña comenzara a deletrear sus primeras palabras.

La fiesta en casa del conde fue uno de los grandes sucesos de la ciudad. La fastuosidad de la vajilla y de los adornos, el ajuar de los asistentes, la magnificencia de los manjares —todos los elementos que contribuyen a dar realce a un evento semejante— habían sido cuidados hasta el último detalle. Y no era para menos. Dos representantes de la corte española serían los homenajeados. La propia princesa de Borbón escribiría más tarde en su diario secreto: «La fiesta que en mi honor dieron los condes de Fernandina me impresionó vivamente por su elegancia, su distinción y su señorío, todo bastante más refinado que en la sociedad madrileña». Y después recordaba cómo los había conocido cuando era niña, en casa de su madre, pues eran frecuentes invitados al palacio de Castilla. Impresión especial dejó en la princesa la hermosura de las criollas. «Había oído ponderar la belleza de las cubanas, su señorío, su elegancia y, sobre todo, su dulzura; pero la realidad superó en mucho a lo que había imaginado.»

En medio de tanto lujo, quizás la infanta pasara por alto el brillo de los centenares de velas que iluminaban los salones y los corredores más apartados de la mansión. Pero Florencio observó su efecto antes de partir. Desde la calzada era posible percibir la vaharada multicolor de los vitrales. El portal custodiado por ciclópeas columnas se incendiaba de resplandores, como si la piedra hubiera adquirido una cualidad traslúcida... Y acaso la princesa tampoco reparara en las sidras y los tintos que habían contribuido a encender aún más las sonrosadas mejillas de las habaneras, que los consumían a granel.

Florencio había pasado dos días transportando toneles y cajas de velas. Ahora que en el cielo apenas quedaban algunas franjas violetas de luz solar, emprendió el regreso a su casa. Varios carruajes se cruzaron con el suyo mientras se alejaba, y transcurrió bastante rato antes que dejara de escuchar el sonido de la música. Las monedas le pesaban en el saquito que llevaba dentro de la camisa. Acarició el mango de su machete y azuzó al caballo.

Mientras memorizaba los accidentes del camino, iba pensando en lo que haría con aquel dinero. Hacía tiempo acariciaba una idea y creyó que, por fin, había llegado el momento; vendería su local y compraría otro en un sitio mejor de la ciudad.

Las luces de los faroles callejeros le guiaron en el trayecto final hacia intramuros. Rodeado de un ambiente conocido, tras recorrer aquella calzada inhóspita, comenzó a canturrear mientras se bajaba del carretón y forcejeaba con el caballo para hacerlo entrar al improvisado zaguán lateral de su tienda. Un chirrido inusual captó su atención. Reparó entonces en que la puerta del almacén estaba abierta.

—¿Cacha? —llamó, pero no recibió respuesta.

Dejó el caballo con los arreos puestos y se acercó con sigilo, alzando el farol de su carromato.

Caridad sintió el tropelaje del forcejeo y el ruido de un estante que se desplomaba. Bajó corriendo, vela en mano, sin acordarse de agarrar el machete que Florencio siempre dejaba bajo la cama. Cuando llegó, apenas se dio cuenta del desorden que reinaba en la tienda porque casi enseguida tropezó con un obstáculo que le cerraba el paso. Levantó la vela y se inclinó. El suelo estaba cubierto de cristales rotos, pero sus ojos sólo pudieron ver el charco oscuro que crecía bajo el agonizante cuerpo de Florencio.

SEGUNDA PARTE

Dioses que hablan
el lenguaje de la miel

De los apuntes de Miguel

Tengo un chino atrás:

Expresión común en Cuba para indicar que a alguien lo persigue la mala suerte. Su origen pudiera ser la creencia de que la brujería china es tan fuerte que nadie puede anular o destruir sus «trabajos», como puede hacerse con la africana.

En la isla también se dice que alguien «tiene un muerto atrás» para indicar que la desgracia persigue a una persona, pero «tener un chino atrás» significa una fatalidad aún peor.

Por qué me siento sola

Cecilia se adentró por el antiguo camino, ahora pavimentado, que conducía a la playita de Hammond Park. A su izquierda, una pareja de cisnes flotaba ingrávidamente sobre las aguas verdes de una laguna, pero ella no se detuvo a contemplarlos. Siguió hasta la caseta de peaje, pagó la entrada y condujo hacia la playa. Cuando vio el letrero del restaurante, buscó dónde aparcar y después se dirigió a la puerta.

Su excursión había sido una corazonada. En lugar de ir a la librería, como le recomendara Gaia, había decidido indagar en el sitio de la segunda visión. No tuvo dificultad en encontrar lo que buscaba; Bob, el trabajador más viejo del lugar, tenía casi sesenta años y ahora era el administrador allí, aunque había comenzado siendo camarero.

El hombre no sólo conocía la leyenda de la casa fantasma, sino que había escuchado los testimonios de varios empleados que tropezaron con ella. Lo curioso era que los vecinos más antiguos de la zona no recordaban haber oído hablar de las apariciones hasta fecha relativamente reciente.

—Algo debe de haber disparado ese fenómeno —aseguró el viejo—. Cuando surgen esas cosas es porque reclaman o buscan algo.

Aunque nunca pudo ver la casa ni sus ocupantes, estaba convencido de su existencia. Era imposible que tantas personas coincidieran en los mismos detalles. Todos describían la aparición como un chalet playero de dos pisos, coronado por un techo de dos aguas, semejante a las primeras construcciones que se hicieran en Miami un siglo atrás. Sin embargo, sus misteriosos inquilinos llevaban ropas de épocas más recientes. Y era sólo aquí donde diferían las historias. Algunos daban razón de dos ancianos: ella, con un traje de flores, y él, con una jaula vacía en las manos. Otros añadían una segunda mujer. Quienes las habían visto juntas, aseguraban que eran madre e hija, o quizás hermanas. La aparición masculina, sin embargo, no parecía tener ningún vínculo con ellas. Ni siquiera reparaba en su presencia. Lo mismo ocurría por parte de ellas. Intrigado, Bob había pasado más de una noche en vela con la esperanza de ver algo, pero nunca tuvo suerte.

—Yo creo que hay personas con visión para el más allá y otras que no pueden ver —dijo antes de despedirse—. Por desgracia, pertenezco al segundo grupo.

Cecilia sólo atinó a asentir, recordando a su abuela Delfina, y respiró con alivio cuando salió a la terraza. Por fin tenía algún material nuevo que podía usar.

La brisa golpeó su olfato con un violento olor a sal y yodo. A lo lejos, una pareja paseaba sobre el muro que separaba la playa del mar abierto. Todavía quedaban dos o tres horas para que el sol se ocultara.

Se acercó a la orilla, atenta al rumor de los cocoteros. No había nadie a la vista y echó a andar hacia el bosquecito, pensando nuevamente en su abuela Delfina. Si hubiera estado viva, habría conocido toda la historia con sólo acercarse al lugar. Su abuela era capaz de ver a voluntad los acontecimientos pasados o futuros. No era como ella ni como el viejo gringo, criaturas ciegas para las visiones. Sospechó que la soledad era el único fantasma que siempre la acosaría.

Tras andar un rato por el bosquecito, sin más compañía que un cangrejo y varias lagartijas saltarinas, decidió irse a casa. Al día siguiente tendría que volver al periódico para poner en orden sus notas.

Sintió una especie de ahogo cuando pensó en el apartamento vacío que la aguardaba. El cielo se iba tiñendo de púrpura a medida que recorría las calles. En pocos minutos, la noche cubriría la ciudad y haría relucir sus incontables anuncios. Los clubes, los cines, los restaurantes y los cabarets se llenarían de turistas.

De pronto no resistió la idea de encerrarse entre cuatro paredes, a solas con sus libros y sus recuerdos. Pensó en Amalia. A diferencia de aquella casa intangible que deambulaba por Miami, la historia que comenzara a contarle tenía un comienzo y seguramente un final. Sintió que aquellos personajes, perdidos en la distancia y en el tiempo, eran mucho más reales que su propia vida y que aquella mansión ilusoria que insistía en esfumarse entre sus dedos. Sin pensarlo mucho, hizo girar su auto rumbo a La Pequeña Habana.

«Al doblar de cada esquina, siempre está el pasado», pensó.

Y con ese ánimo, se adentró en las callejuelas atestadas de gente.

Llanto de luna

El ánimo de Kui-fa quedó dividido entre la tristeza y el gozo. Cada tarde se sentaba con su hijo junto al paraván que mostraba escenas de la vida de Kuan Yin, protectora de las madres; y cada tarde le rogaba por el regreso de Síu Mend. La diosa flotaba sobre un nenúfar de nácar mientras viajaba hacia la isla maravillosa donde tenía su trono, y Kui-fa sonreía ante esa imagen. Cerca de ella se sentía segura. ¿Cómo iba a ser de otro modo cuando la Diosa de la Misericordia había desdeñado el cielo para regresar a la tierra en busca de los afligidos? A otros inmortales se les temía, a ella se la amaba; muchos mostraban expresiones temibles en sus rostros, pero los rasgos de Kuan Yin despedían una claridad radiante como la luna. Por eso Kui-fa le confiaba sus temores.

Cada cierto tiempo, Weng iba hasta la ciudad a manejar los asuntos legales relacionados con las exportaciones, y a veces traía noticias de Síu Mend. El pequeño Pag Li, a quien su madre había apodado Lou-fu-chai porque tenía el carácter de un tigrillo, crecía mimado y atendido por todos. Mey Ley, la nodriza que criara a Kui-fa, había asumido su cuidado como si se tratara de su propio nieto. Y mientras su madre rezaba y aguardaba por noticias de su marido ausente, el pequeño sólo parecía vivir para escuchar las historias de dioses y reinos celestiales que Mey Ley le narraba cada tarde junto al fogón. Con sus cinco años, ya tenía el vocabulario y la inteligencia de un niño mayor: nada raro en alguien nacido bajo el signo del Tigre.

La historia favorita de Pag Li era la leyenda del intrépido Rey Sol, que se alimentaba de flores.

—*Ayíí* —pedía el niño casi a diario—, cuéntame de cuando el Rey Sol quiso tener la píldora de la inmortalidad.

Y Mey Ley tosía para aclararse la garganta, mientras revolvía la sopa donde nadaban legumbres y trozos de pescado.

—Pues resulta —empezaba— que la píldora estaba en manos de una diosa que la guardaba con celo. Por nada del mundo quería desprenderse de ella. Aunque el Rey Sol le rogó muchas veces que se la entregara, todo fue en vano. Un día, el rey tuvo una idea. Se fue a la Montaña de la Tortuga de Jade Blanco y allí levantó un hermoso castillo con un techo de cristal. Era tan magnífico y radiante que la diosa quiso poseerlo de inmediato. Así es que el Rey Sol se lo ofreció a cambio de la píldora. Ella aceptó, y el rey se la llevó para su casa muy contento...

—Te faltó que no podía tragársela enseguida —la interrumpió Pag Li.

—¡Ah, sí! La diosa le recomendó que no se la tomara enseguida porque antes debía ayunar doce meses, pero la Reina Luna descubrió el escondite donde...

—¡Ya se te volvió a olvidar! —la interrumpió el niño—. El rey había salido y dejó la píldora escondida en el techo...

—Sí, sí, claro —dijo Mey Ley, añadiendo más especias al caldo—. La Reina Luna descubrió la píldora por casualidad. El Rey Sol había salido y, mientras ella vagaba por el palacio, observó una claridad que brotaba desde lo más alto. Era la píldora divina. Así fue como la descubrió y se...

—Primero se subió a un mueble.

—En efecto, trepó a un mueble porque el techo del palacio era muy alto. Y apenas se tragó la píldora empezó a flotar...

—Tuvo que agarrarse a las paredes para no chocar contra el techo —apuntó Pag Li, a quien le encantaba este detalle.

—Cuando su esposo regresó y preguntó por la píldora, ella abrió la ventana y escapó volando. El rey trató de perseguirla, pero ella voló y voló hasta llegar a la luna, que está llena de árboles de canela. De pronto, la reina empezó a toser y vomitó parte de la píldora, que se convirtió en un conejo muy blanco. Este conejo es el antepasado del *yin*, el espíritu de las mujeres.

—Pero el Rey Sol estaba furioso —continuó Pag Li, demasiado emocionado para esperar por el resto del relato—, y juró que no descansaría hasta castigar a la reina. El Dios de los Inmortales, que todo lo oye, escuchó sus amenazas y se le apareció para ordenarle que la perdonara.

—Así fue. Y para tranquilizarlo le regaló el Palacio del Sol y un pastel mágico de zarzaparrilla. «Este pastel te protegerá del calor», le dijo. «Si no lo comes, morirás abrasado por el fuego del palacio.» Y por último, le dio un talismán lunar para que pudiera visitar a la reina.

—Pero ella no podría visitar al rey porque no tenía el pastel mágico para protegerse.

—Ajá. Cuando la reina lo vio llegar, quiso huir; pero él la tomó de la mano y, para demostrarle que no le guardaba rencor, echó abajo algunos árboles de canela y con sus troncos olorosos construyó el Palacio del Inmenso Frío y lo adornó con piedras preciosas. Desde entonces, la Reina Luna vive en ese palacio y el Rey Sol la visita el día quince de cada mes. Así es como ocurre en los cielos la unión del *yang* con el *yin*.

—Y por eso la luna se pone toda redonda y brillante —gritaba Pag Li—. ¡Porque está tan contenta!

A la tarde siguiente, el niño corría de nuevo a la cocina, después de haberse pasado horas retozando entre los sembrados, para pedir otra narración que él recordaba mejor que la anciana.

Llegaron las lluvias, y Pag Li vio cómo se inundaban los

campos. Su madre lo encerró en casa para que empezara a estudiar con un maestro que Weng le buscó. Ya no pudo salir a jugar con sus amigos. Pasaba largas horas entre papeles y con los dedos embarrados de tinta, mientras se afanaba por reproducir los complicados caracteres; pero se consolaba con la promesa de que algún día podría desentrañar por sí mismo las historias ocultas en los libros. Y aún tenía los relatos que Mey Ley seguía regalándole por las tardes, junto al fogón, cuando terminaba sus deberes.

Una fría mañana de otoño, llegó una carta donde Síu Mend anunciaba su regreso. Kui-fa pareció abrirse como la flor de su nombre. No en vano el altar de los Tres Orígenes era el más cuidado de todos. Ella misma se encargaba de atenderlo, pues conservar la buena fortuna no era algo que podía dejarse al azar, y Mey Ley estaba demasiado vieja y olvidaba con facilidad las cosas.

Por primera vez en cinco años, Kui-fa desplegó una actividad febril. Acompañada por una sirvienta fue al pueblo y compró varios paquetes de incienso, un pote de la mejor miel y centenares de velas. También encargó ropa nueva para ella, para Pag Li, para su marido y para Mey Ley.

Mucho antes de que comenzaran los preparativos para el Festival de Invierno, los altares de la familia Wong ya resplandecieron con el brillo de los cirios y las flores. Los rezos de las mujeres se esparcieron en el aire invernal, rogando por otro año de salud y prosperidad. Kui-fa se acercó al altar del Dios del Hogar y untó sus labios con néctar de las colmenas del norte. Ése era el lenguaje que hablaban y entendían los dioses; la miel dulce y las flores olorosas, el humo del incienso y las ropas de colores alegres que los humanos les ofrecían cada año. Mucha miel le regaló al dios que subiría a las regiones celestes llevando sus chismes y peticiones. Con tantos agasajos, estaba segura de que Síu Mend regresaría sano y salvo.

Todo este ajetreo le proporcionó a Pag Li un respiro. Las

clases se suspendieron y, por si fuera poco, ningún adulto tenía tiempo para ocuparse de él. Junto con otros amigos, recorría los campos y se dedicaba a lanzar cohetes y admirar los fuegos artificiales que estallaban en las tardes. Para colmo de regocijos, era la época en que Mey Ley preparaba unas galletas azucaradas que los niños robaban al menor descuido, aun cuando sabían que después la anciana se las regalaría; pero la mitad del placer estaba en hurtar las golosinas y comerlas a escondidas.

Cada noche, Kui-fa se acercaba al altar del dios y le untaba más miel en los labios.

—Cuéntale al soberano del Primer Cielo cómo he criado a mi hijo. Estoy sola. Necesito a su padre.

Y entre el humo del incienso que escapaba de los aromados palillos, el dios parecía entrecerrar los ojos y sonreír.

Una noche, Síu Mend apareció inesperadamente. Venía más quemado por el sol, y con un aire relajado que sorprendió a toda la familia. Durante el tiempo que permaneció en la isla, estuvo en contacto diario con su abuelo Yuang y se encargó de distribuir los primeros cargamentos de velas, estatuas, símbolos de prosperidad, incienso y otros objetos de culto que Weng enviara a La Habana.

Deslumbrado por aquella ciudad de luz, casi olvidó su país. Síu Mend pensaba que era culpa del abuelo, en cuya casa había vivido. El anciano recibía una pensión del gobierno republicano por haber sido mambí —como se les llamaba en Cuba a los insurrectos que pelearan contra la metrópoli española. Su vida cargada de peligros había contribuido a multiplicar el hechizo.

Cada tarde, la familia se sentaba a escuchar los relatos de Síu Mend sobre esa isla que parecía sacada de una leyenda de la dinastía Han, con sus frutos exóticos y pletórica de seres fascinantes en su infinita variedad. Las historias más interesantes eran las del propio abuelo mambí, que había llegado allí cuando era muy joven y que había conocido a un hombre extraordinario, una especie de iluminado que hablaba con tanto convencimiento que Yuang se le unió en su lucha por la libertad de todos. Así se hizo mambí y vivió decenas de aventuras que le fue contando a Síu Mend, mientras fumaba su larga pipa en el umbral de la casa. Cinco años después de su llegada, llegó el momento de regresar y, dividido entre su reticencia a abandonar aquel país y el deseo de retornar a su familia, Síu Mend se hizo nuevamente a la mar.

Pasó mucho tiempo, y Síu Mend no lograba olvidar la atmósfera salada y transparente de la isla; pero su recuerdo quedó atrapado en las redes silenciosas de su memoria, sofocado por deberes más cercanos. Soplaban vientos nuevos, con noticias de una guerra civil que amenazaba con cambiar el país. También se decía que los japoneses avanzaban desde el oriente. Pero eran rumores dispersos que iban y venían como la época de lluvias, y en la comarca nadie les prestó atención.

De ese modo se aprestaron a recibir un nuevo Año de la Rata. Con dos años más, habría transcurrido un ciclo completo desde que naciera Pag Li y vendría nuevamente otro Año del Tigre. Sólo que el pequeño había nacido bajo el elemento fuego y el próximo ciclo sería de tierra. De cualquier modo, Síu Mend pensó que ya podía comenzar a buscarle esposa. Kui-fa protestó, diciendo que era demasiado pronto, pero él no le hizo caso. Tras muchas dudas y algunas consultas secretas con su tío, decidió hablar con el padre de una de las jóvenes candidatas. Hubo intercambio de regalos entre las familias y votos por el futuro enlace, tras lo cual todos regresaron a ocuparse de sus asuntos en espera del acontecimiento.

Y una tarde llegó la guerra.

Las cañas se alzaban verdemente bajo el sol y los campos se movían como un mar azotado por la brisa. Kui-fa bordaba unas zapatillas en su alcoba cuando escuchó los gritos:

—¡Ahí vienen! ¡Ahí vienen!

Por puro instinto se lanzó hacia el escondite donde guardaba las joyas, cogió el envoltorio que le cabía en un puño y lo escondió en su ropa. Antes de que los gritos se repitieran, ya había arrastrado a Pag Li hacia la puerta. Su marido tropezó con ella. Venía sudoroso y con la ropa en desorden.

—¡A los campos! —exclamó con ansiedad.

—¡*Ayíí!* —llamó Kui-fa en dirección a la cocina—. ¡*Ayíí!*

—¡Déjala! —dijo su marido, mientras la arrastraba hacia fuera—. Debe de haber huido con los otros.

Los primeros disparos brotaron cuando aún se hallaban a un centenar de pasos de las siembras. Después fueron los gritos... lejanos y terribles. Se sumergieron en las cañas cuyas hojas les arañaban los rostros y les cortaban la piel, pero Síu Mend insistió en seguir andando. Mientras más se alejaran, más seguros estarían. La lluvia de disparos creció tras ellos a medida que se internaban en las cañas. Pag Li protestaba por el escozor, pero su padre no le permitió detenerse. Sólo cuando la artillería se convirtió en un vago rumor, Síu Mend los dejó descansar.

Se acomodaron como pudieron entre los matorrales, pero nadie durmió en toda la noche. A ratos escuchaban algún grito. Kui-fa se retorcía las manos de angustia, imaginando a quién pertenecerían las voces, y el niño gimoteaba dividido entre el pánico y las molestias.

—Por lo menos, estamos vivos —decía Síu Mend, tratando de tranquilizarlos—. Y si eso es así, es posible que los otros también lo estén... Ya los encontraremos.

La luna se alzó sobre sus cabezas; una luna mojada como el rocío que empapaba sus ropas. El frío y la humedad penetraban hasta sus huesos. Abrazando a su hijo, Kui-fa levantó la vista hacia el disco de plata que tanto le recordaba el rostro de Kuan Yin, la Diosa de la Misericordia, y le pareció que todo el cielo lloraba con ella. ¿O era sólo el llanto de la luna lo que anegaba los sembrados? Síu Mend se pegó más a ellos. Así permanecieron los tres hasta que llegó la mañana.

La frecuencia de los disparos había ido menguando hasta desaparecer. Kui-fa respiró con alivio cuando entrevió el disco solar entre las largas y aserradas hojas, pero Síu Mend no les dejó abandonar el refugio. Allí permanecieron todo el día, acosados por los insectos, el hambre y la sed. Sólo cuando el sol descendió de nuevo para ocultarse y las estrellas brillaron en el cielo, Síu Mend decidió que ya era hora.

Llenos de miedo, desandaron sus pasos hasta el borde del sembrado, donde Síu Mend les ordenó que se detuvieran.

—Voy a salir —anunció a su mujer—. Si no regreso, da media vuelta y huye. No te quedes aquí.

Kui-fa esperó con angustia, temiendo escuchar a cada momento el grito agonizante de su marido, pero sólo le llegó el murmullo de los grillos que volvía a adueñarse del silencio. Recordó las joyas que había guardado en sus ropas. Tendría que hallarles un sitio más seguro. La ausencia de su marido le recordó algo. Sí, había un lugar donde nadie las descubriría…

Los insectos acallaron sus voces con la llegada de la brisa que precede al amanecer. El disco de la luna llena se movió un poco. Hubo más frío y humedad. Una niebla interminable y lacrimosa se elevó sobre sus cabezas. Sopló el fantasma del viento y unos pasos se acercaron entre las cañas. La mujer apretó al niño dormido contra su pecho. Era Síu Mend. Pese a la poca luz, la expresión en su rostro era tan elocuente que Kui-fa no tuvo que preguntar. Cayó de rodillas ante su marido, sin fuerzas para sostener al niño.

—Vámonos —dijo él con los ojos llenos de lágrimas, ayudándola a levantarse—. Ya no hay nada que podamos hacer.

—Pero la casa… —murmuró ella—. Los sembrados…

—La casa no existe. El terreno… es preferible venderlo. Los soldados se han marchado, pero volverán. No quiero quedarme aquí. De todos modos, se lo he prometido a Weng.

—¿Lo viste?

—Antes de que muriera.

—¿Y Mey Ley? ¿Y los otros?

En lugar de contestar, Síu Mend tomó al niño de una mano y a ella de la otra.

—Nos iremos a otro sitio —anunció con voz ahogada.

—¿Adónde?

El hombre la miró un instante, pero ella supo que sus ojos no la veían. Y cuando respondió, su voz tampoco parecía la suya, sino la de un mortal que ansía regresar de nuevo al reino del Emperador de Jade:

—Nos iremos a Cuba.

Te odio y, sin embargo, te quiero

Como cada sábado, Cecilia se había ido a caminar por el embarcadero. Contempló el parque lleno de patinadores, parejas con niños, ciclistas y corredores. Era una imagen bucólica y a la vez desoladora. Tantos rostros felices, lejos de animarla, la dejaban con una sensación de aislamiento. Pero no era sólo aquel parque lo que le producía tanta angustia, sino el mundo; todo lo que llamaban civilización. Sospechaba que hubiera sido más feliz en algún sitio salvaje e inhóspito, libre de compromisos sociales que sólo servían para provocarle más ansiedad. Pero había nacido en una ciudad cálida, marina y latina, y ahora vivía en otra ciudad cálida, marina y anglosajona. Lo suyo era karmático.

Siempre se había sentido una extranjera de su tiempo y de su mundo, y aquella percepción había aumentado en los últimos años. Quizás por eso regresaba una y otra vez al bar donde podía olvidar su presente a través de las historias de Amalia.

Toda su vida le interesaron los personajes lejanos en la geografía, contrario a su madre que amaba cuanto tenía que ver con su isla. Por eso le había puesto Cecilia, en homenaje a la novela de Cirilo Villaverde *Cecilia Valdés,* un clásico de obligada referencia. Pero ella no había heredado ni sombra de esa pasión. Su pasado la tenía sin cuidado. En la escuela no se cansaban de repetir que en la isla siempre hubo hambrientos o poderosos, unos con mucho y otros con poco, en diferentes estadios de la historia: el mismo cuento de explotadores y explotados *ad infinitum*... hasta que llegó La Pelona, como lo bautizó enseguida su abuela clarividente para gran escándalo de los vecinos que vitoreaban su entrada triunfal.

Lo ocurrido después fue peor que todo lo anterior, aunque de eso no se hablaba en clases. Blandiendo su guadaña, La Pelona arrasó con propiedades y vidas humanas; y en menos de cinco años, el país era la antesala del infierno. Una vez más, Delfina había visto lo que nadie pudo prever y, desde entonces, quienes habían dudado de ella reconocieron que por su boca hablaba alguien cercano a Dios. Se convirtió en el oráculo oficial del pueblo, que más tarde se declaró en duelo cuando la familia se trasladó a Sagua.

Pero su abuela no se dedicó a decir la buenaventura. Después de casarse, se mudó a La Habana para criar a su hija y cultivar flores. Tenía tanta pericia en lograr rosas y claveles que muchos vecinos querían comprárselos, pero ella siempre se negó a mutilar sus matas. Sólo de vez en cuando, en alguna ocasión especial, regalaba ramitos que eran recibidos como joyas.

Cecilia echó a andar por el sendero que serpenteaba entre la hierba, salpicada a ratos por mazos de campanillas silvestres y adelfas. La casa de su abuela también era un jardín. Su vajilla de porcelana, sus muebles, sus copas de bacará, incluso sus ropas, tenían motivos florales. Ahora, en medio de tanta naturaleza fastuosa, no podía dejar de evocarla.

El timbre del celular la sacó de su ensueño. Era Freddy.

—¿Qué haces? —preguntó él.

—Paseo un poco.

—¿Tienes algo para esta noche?

Ella abandonó el sendero y se dirigió a la costa.

—Quiero ver un programa sobre pirámides que anunciaron en el Discovery.

—¿Por qué no vamos al bar?

Ella caminó un poco más antes de responder.

—No sé si tenga ganas de salir.

Comenzó a quitarse los zapatos.

—Pero, mi china, tienes que espabilarte. El año pasado te quedaste encerrada en las vacaciones.

—Ya sabes cómo soy.

—Una antisocial.

—Una ermitaña —lo corrigió.

—Con vocación de monja —añadió él—. Y con la desgracia de que, como no eres católica, no puedes meterte en un convento. Y la verdad es que eso te vendría de maravillas, porque no haces nada por buscarte un hombre.

—Ni tengo intenciones de hacerlo. Prefiero quedarme para vestir santos.

—¿Lo ves? Santa Cecilia de La Habana en Ruinas. Cuando se muera Barba Azul, levantarán una ermita en tu honor, en el monte Barreto que quedaba por tu casa, y la gente irá en peregrinación hasta allí, lanzándose en carriolas y chivichanas loma abajo desde Tropicana, todos borrachos y con lentejuelas. Me imagino que hasta darán un premio: el que llegue vivo y sin destarrarse será proclamado santo o santa del mes…

Dejó de escuchar a Freddy, absorta en el mar que golpeaba las rocas. Era una ermitaña en aquel lugar. Allí no tenía pasado. Su biografía había quedado en otra ciudad que se esforzaba en olvidar aunque era parte de su infancia feliz, de su adolescencia perdida, de sus padres muertos… O quizás por eso mismo. No quería recordar que estaba irremediablemente sola.

De pronto pensó en su tía abuela, la única hermana de su abuela vidente. Vivía en Miami desde hacía treinta años, tras marcharse de Cuba siguiendo los consejos de Delfina. Cecilia sólo la había visitado en una ocasión y después no había vuelto a verla.

—¿Me estás oyendo? —chilló Freddy.

—Sí.

—Entonces, ¿vienes o no?

—Déjame pensarlo. Te avisaré más tarde.

La soledad se había espesado en torno a ella como un círculo dantesco. Buscó su agenda para llamar a Lauro. Siempre se proponía pasar los teléfonos al celular, pero olvidaba hacerlo; por eso llevaba consigo aquella libretita descuartizada. Su mirada cayó sobre otro número que aparecía en la misma página... Sí, aún tenía familia: una ancianita que vivía en el centro de la ciudad. ¿Por qué no había regresado a verla? La respuesta estaba en su propio dolor; en el miedo a recordar y a perpetuar lo que, de todos modos, nunca más tendría. Pero ¿no estaría siendo muy egoísta? ¿Qué era peor: evitar el recuerdo o enfrentarlo? Haciendo un esfuerzo, comenzó a marcar aquel teléfono.

Loló vivía en un vecindario con amplias aceras de hierba recién cortada, muy cerca de esos dos emporios de la cocina cubana que eran La Carreta y Versailles, a los cuales acudían los noctámbulos. Mientras casi todos los negocios cerraban antes de la medianoche y perdían dinero a manos llenas (o más bien vacías), esos restaurantes se mantenían abiertos hasta bien entrada la madrugada.

Cecilia intentó guiarse por su memoria, pero todos esos edificios eran idénticos. Tuvo que sacar el papel y mirar los números. Se había equivocado de esquina. Caminó un par de calles más hasta que lo encontró. Tras subir los escalones, tocó un timbre que no sonó. El chillido de una cotorra interrumpió un misterioso zumbido proveniente del interior.

—*Pin, pon, fuera...* —gritó la cotorra.

Los pasos se arrastraron hasta la puerta. Cecilia vio la sombra a través del cristal de la mirilla.

—¿Quién es?

Cecilia suspiró. ¿Por qué los viejos hacían esas cosas? ¿No estaba viendo que era ella?

—Soy yo, tía… Ceci.

¿Se sentían tan inseguros que querían comprobar que la persona que veían era la misma que parecía ser? ¿O es que no se acordaba de ella?

La puerta se abrió.

—Pasa, m'hijita.

La cotorra seguía alborotando.

—*Que se vayan, que se vayan…*

—¡Cállate, Fidelina! Si sigues así, voy a echarte perejil.

Los chillidos cesaron.

—Ya no sé qué hacer. Los vecinos están a punto de hacerme un consejo de guerra. Si no fuera porque me la dejó el difunto Demetrio, ya la hubiera regalado.

—¿Demetrio?

—Mi pareja de jugar al bingo durante nueve años. Estaba aquí el día que viniste a verme.

Cecilia no se acordaba.

—Me dejó de herencia la puñetera cotorra, que no para de chacharear en todo el santo día.

El pajarraco chilló de nuevo.

—*Pin, pon, fuera… Abajo la gusanera.*

—¡¡Fidelina!!

El grito sacudió el apartamento.

—El día menos pensado también me acusan de comunista.

—¿Quién le enseñó a decir eso?

Cecilia recordaba aquella frase, coreada en la isla contra miles de refugiados que buscaran asilo en la embajada de Perú, poco antes del éxodo del *Mariel*.

—Ese demonio lo aprendió de un video que trajeron de La Habana. Cada vez que viene alguien de visita, repite la cantaleta.

—*Pin, pon, fuera…*

—Ay, los vecinos me van a quemar viva.

—¿No tienes un trapo?

—¿Para qué?

—¿Lo tienes?

—Sí.

—Tráelo.

La anciana se fue al cuarto y regresó con una sábana doblada y perfumada. Cecilia desplegó la tela y la arrojó sobre la jaula. Los chillidos cesaron.

—No me gusta hacer eso —dijo la mujer, frunciendo el ceño—. Es cruel.

—Más cruel es lo que esa cotorra le hace a los tímpanos de los humanos.

La mujer suspiró.

—¿Quieres café?

Fueron a la cocina.

—No sé por qué no te deshaces de ella.

—Me la dejó Demetrio —repitió la anciana con obstinación.

—No veo qué tiene de malo que la regales.

—Bueno, le preguntaré. Pero tendré que esperar a que a él le dé la gana de venir porque yo no soy Delfina.

Aunque Cecilia había estado absorta en la cafetera, la última frase la obligó a levantar la vista.

—¿Cómo?

—Que si fuera Delfina podría llamarlo ahora mismo para saber qué hacer, pero voy a tener que esperar.

Cecilia se quedó mirando a la anciana. Nunca dudó de la mediumnidad de su abuela Delfina; las anécdotas que circulaban en su familia eran demasiadas. Pero ahora no pudo determinar si lo que su tía abuela decía era real o producto de la vejez.

—No estoy loca —le dijo la mujer, sin inmutarse—. A veces siento que él anda por aquí cerca.

—¿Tú también ves cosas?

—Ya te dije que no soy como mi hermana. Ella era un oráculo, como el de Delfos. Creo que mamá tuvo una premonición cuando la bautizó así. Delfina podía conversar con los muertos cuando se le antojaba. Ella los llamaba, y venían en tropel. Yo también puedo hablarles, pero tengo que esperar a que se presenten.

—¿Puedes hablar con mi madre?

—No, sólo con mi hermana y con Demetrio.

Cecilia empezó a endulzar su café. Aún no podía decidir si todo eso era cierto. ¿Cómo averiguarlo sin ofender a su tía abuela?

—¿Cuándo te empezó lo de hablar con los muertos?

—Desde niña, cuando conversé con mi abuela en el jardín pensando que había venido a visitarnos. Al otro día me enteré que, a esa misma hora, estaba agonizando en una cama de la clínica Covadonga. Sólo se lo conté a Delfina, que me consoló y me dijo que no me preocupara, que a ella le habían pasado cosas peores. Ahí fue cuando me enteré de lo suyo.

—Pero ella no presintió esa muerte. ¡Y nadie en la familia me habló nunca de tus visiones!

—Lo mío no tuvo importancia. A Delfina le sucedían cosas más extraordinarias. Siempre conocía de antemano las buenas y las malas noticias: algún avión que se iba a caer, quién se casaría con quién, cuántos hijos tendría una pareja de novios, desastres naturales que matarían a miles de gentes en cualquier sitio del mundo… Cosas así. Delfina supo que tu madre estaba embarazada de ti antes que ella misma, porque tu abuelo, que en paz descanse, se lo confirmó desde el más allá. Desde que tenía cuatro o cinco años, conversaba con personas de la familia que habían vivido mucho antes. Al principio creyó que se trataba de visitas. Y como nadie le comentaba al respecto, presumía que no debía darse por enterada. Pero cuando creció y empezó a preguntar, se dio cuenta de que había estado hablando con personas que no eran reales… O más bien, que no estaban vivas.

—¿Y no se asustó?

—Quienes se asustaron fueron mamá y papá cuando ella mencionó a «los visitantes». Pensaron que estaba loca o que inventaba cosas. Mi hermana quiso convencerles de lo contrario y les contó lo que los bisabuelos le habían revelado sobre sus infancias… Secretos imposibles de saber por Delfina. Eso los espantó aún más.

Cecilia puso su taza en el fregadero.

—No sé por qué estamos hablando de esas cosas —masculló Loló—. Vamos a la sala.

Abandonaron la cocina y fueron hasta la otra habitación, donde se sentaron junto a la puerta abierta.

—Cuéntame de ti —pidió la anciana.

—No tengo nada que contar.

—Eso es imposible. Una muchacha tan joven y tan bonita debe tener enamorados.

—El trabajo no me deja tiempo.

—El tiempo se lo hace uno. No puedo creer que no vayas a ninguna parte.

—A veces voy a la playa.

No se atrevió a mencionar el bar, imaginando que no le gustaría saber que la nieta de su hermana andaba por esos antros.

—A tu edad, yo tenía un par de rinconcitos que eran mis preferidos.

—En esta ciudad no hay adónde ir. Es lo más aburrido del mundo.

—Aquí hay lugares muy bonitos.

—¿Como cuáles?

—El Palacio de Vizcaya, por ejemplo. O el Castillo de Coral.

—No los conozco.

—Pues ya te llamaré algún fin de semana para ir a verlos. Y que conste —la amenazó con el dedo—, que no voy a echar esta frase en saco roto.

Media hora más tarde, mientras bajaba las escaleras, Cecilia volvió a escuchar el chillido de la cotorra, al parecer liberada de su prisión.

Su tía abuela tenía razón. No había motivos para que permaneciera encerrada como si fuera un adefesio. Recordó el bar, donde había estado varias veces y nunca había bailado; y eso que estaba tan oscuro que nadie se daría cuenta de que no sabía dónde ponía los pies. Además, con todos aquellos suecos y alemanes que no tenían ni idea de lo que era un guaguancó, casi podía ser la reina del solar. Pero la historia de Amalia era tan fascinante que lo olvidaba todo apenas llegaba.

Arrancó su auto. Todavía le quedaba tiempo para cambiarse de ropa y refugiarse en una mesa con su Martini en la mano. Sintió un cosquilleo en el corazón. En verdad, ¿qué importancia tenía su soledad cuando todo el pasado aguardaba por ella en el recuerdo de una anciana?

Alma de mi alma

La aldea se hallaba en las inmediaciones de Villar del Humo, un poco al oeste, como quien va en dirección a Carboneras de Guadazaón. Era un sitio muy parecido a otros dispersos por la serranía de Cuenca, pero a la vez diferente. Para empezar, ni siquiera aparecía en los mapas. Sus pobladores lo llamaban Torrelila, aunque su nombre no guardaba relación con los amasijos de campánulas que inundaban las faldas de la sierra y que se extendían como una alfombra hasta el río; tampoco tenía que ver con el color de los azafranes que abundaban en la zona.

Torrelila debía su nombre a una criatura feérica. Según la leyenda, era un espíritu más antiguo que la propia aldea y vivía en un manantial desde hacía siglos. Le llamaban «La mora de la fuente» y muchos aseguraban que era posible verla el día de San Juan, cuando abandonaba su mansión acuática y se sentaba junto a un torreón semiderruido para peinar sus cabellos. Algunas viejas suponían que estaba emparentada con las *mouras* gallegas, que también salen a peinarse en esa fecha; otras afirmaban que era prima de las *xanas* asturianas, habitantes de arroyos y ríos, y que padecen igual obsesión por acicalarse. De cualquier manera, el hada de la sierra vestía una túnica lila, a diferencia de sus parientas del norte que preferían el blanco.

Ángela no sabía nada de eso cuando llegó a Torrelila; y de haberlo escuchado, tampoco habría mostrado el menor interés. Ella y sus padres estaban demasiado ocupados en remozar la diminuta vivienda que se hallaba a unos cien pasos de la casa del tío Paco. Años atrás, la choza había servido de almacén. Ahora la luz del sol penetraba por los agujeros del techo, y la frialdad vespertina se colaba por las ventanas cuarteadas.

Por suerte, era la época de menos trabajo en el campo. Las espigas apenas asomaban y sólo era necesario cuidar que las malas hierbas no ahogaran los retoños. Pedro, el tío Paco y otros dos lugareños se afanaron en reparar la casa, mientras las mujeres bordaban cobertores y cortinas. Entre puntada y puntada, la esposa de Paco, una aldeana rolliza y de nariz roja, alertaba a Ángela sobre los modos y costumbres de la zona.

—No te alejes de los trillos —advertía doña Ana—. Por esta sierra vagan todo tipo de criaturas… ¡Y no te fíes de ningún desconocido, por muy inofensivo que parezca! No vaya a ocurrirte como a la pobre Ximena, que se tropezó con el mismísimo diablo cuando éste tocaba su flauta en la cueva de las pinturas, y desde entonces anda loca de remate…

Ángela la escuchaba a medias, preguntándose a ratos qué habría sido del Martinico. El duende no había vuelto a aparecer desde que pasaran por Ciudad Encantada, donde se detuvieron un rato a descansar, fascinados por la belleza de esos parajes. La región debía su nombre a un conjunto de piedras talladas por la mano milenaria de las aguas. Vagar entre ellas era como pasear por un pueblo fantasmagórico o por los jardines de algún castillo mítico.

El Martinico, que los había perseguido haciendo toda clase de ruidos y quebrando ramas a su paso, guardó un silencio de muerte cuando vislumbraron la silueta de los promontorios. Ángela pensó que por lo menos el fastidioso duende no era indiferente a ciertos actos de Dios. Horas más tarde, notó que parecía haberse eclipsado. No le dio mucha importancia, pues supuso que estaría explorando algunos de los recovecos —escaleras, toboganes, senderos— que abundaban en el lugar. Sólo dos noches después de llegar a Torrelila, se dio cuenta de que no había vuelto a verlo. ¿Se habría librado de él para siempre? Tal vez sólo fuera un duende que buscaba un sitio mejor para vivir.

—… pero ese estado le dura pocas horas —decía doña Ana, tras comprobar la terminación de un volante—. Así es que ella sigue esperando por algún mozo que la libere del hechizo; y aquel que lo logre, se casará con ella y conseguirá muchas riquezas… algunos dicen que hasta la inmortalidad.

Ángela no supo si la mujer había estado narrando un cuento de hadas o una leyenda de la zona, pero no se molestó en averiguar. En ningún caso le interesaba. Absorta en su labor, ni siquiera notó que los hombres ya estaban de regreso, hasta que su madre le pidió ayuda para sacar el asado del horno.

Cada mañana escuchaba el mudo quejido de la sierra, como si allí palpitara un sufrimiento antiguo. Por las tardes, al final de sus labores, salía a vagar por las inmediaciones en busca de algunas hierbas para cocinar, después de meter en su morral pan, miel y alguna fruta que se iba comiendo por el camino. Recorría los trillos apenas hollados y se perdía entre el follaje multiverde de la cordillera. Poco a poco sintió regresar su melancolía: la misma que precediera, meses atrás, la llegada del Martinico; pero ahora venía cargada de angustia. Quizás fuera aquel silencio expectante de los bosques. O ese latido omnipresente que golpeaba, constante y doloroso, su corazón.

Así transcurrieron algunas semanas.

Una mañana se deslizó de su cama más temprano que de costumbre y decidió salir en busca de hierbas. Toda la noche había sentido una rara ansiedad, y ahora su pecho palpitaba mientras subía hacia una zona que nunca antes había explorado.

Impulsada por su instinto, anduvo en dirección a la cumbre oscurecida de nubes. El viento soplaba con un ulular extraño y muy pronto descubrió el origen del sonido: el aire jugueteaba entre los resquicios de un torreón que se caía a pedazos junto a una fuente. Agotada por la subida, se detuvo a descansar.

Pese a la cercanía del verano, los entornos de la sierra rezumaban su frialdad matutina. Ángela levantó el rostro al sol para sentir sus rayos, que ya comenzaban a calentar con fuerza. A sus espaldas, el susurro de unas gasas cubrió la voz de la brisa. Ángela se volvió sobresaltada. Junto a la fuente, una joven se peinaba con los pies sumergidos en el agua.

—Hola —dijo Ángela—. No te sentí llegar.

—No me viste —le aclaró la otra, sin dejar de acicalarse—. Ya estaba aquí cuando apareciste por ese trillo.

Ángela no replicó. Observó las hebras doradas que caían sobre los hombros de la desconocida y sintió un ramalazo de inquietud, pero la joven abandonó su arreglo y le sonrió.

—No deberías andar por estos lugares.

—Ya me lo advirtieron —reconoció Ángela, recordando las palabras de doña Ana.

—Una joven se expone a muchos peligros en esta sierra.

—Tú también eres joven y estás tan campante, peinándote en el bosque.

La desconocida contempló a Ángela unos segundos, antes de afirmar:

—Algo te está sucediendo.

—¿A mí?

Pero la otra se limitó a observarla, esperando una respuesta. Los pies de Ángela juguetearon con un helecho empapado en rocío.

—Ni yo misma lo sé —admitió finalmente—. A veces quiero llorar, pero no encuentro razón.

—Mal de amores.

—No estoy enamorada.

—Arranca ese helecho y llévalo a casa —recomendó la doncella—. Te dará suerte.

—¿Eres bruja?

La desconocida se rió, y su gorjeo fue como el murmullo de los arroyos que bajan de las cumbres. Ángela observó la peineta que la joven enterraba de nuevo en sus cabellos y tuvo un presentimiento.

—Te diré algo más —continuó la doncella, estudiando las nubes que comenzaban a sombrear la mañana—. Hoy es un día especialmente peligroso… ¿Trajiste miel?

—¿Quieres? También tengo pan.

—No es para mí. Pero si te encuentras con alguien más, ofrécele lo que llevas.

—Nunca le he negado comida a nadie.

—Nadie te pedirá nada; eres tú quien deberá ofrecer, hoy o cualquiera de estos días en que empieza el verano —los ojos de la doncella se oscurecieron—. Si no lo haces…

Dejó la frase inconclusa, pero Ángela prefirió no escuchar algo que podría atemorizarla aún más, pues acababa de notar la extremidad que afloraba bajo las gasas violetas que se hundían en la fuente; una extremidad muy diferente a la tez sonrosada de la doncella, porque era una cola escamosa y verde que se retorcía bajo la superficie líquida.

—Y tú —añadió Ángela, temblorosa—, ¿no necesitas nada?

La doncella volvió a sonreír.

—Sí, pero no está en tus manos ofrecérmelo.

Ángela se puso de pie, indecisa.

—Sé quién eres —susurró, debatiéndose entre la pena y el terror.

—Todos saben quién soy —repuso la doncella sin inmutarse.

—Perdona, pero soy forastera en la zona… ¿Hay otras como tú?

—Sí, pero viven lejos —contestó la joven, mirándola fijamente—. Por aquí habitan otras criaturas que tampoco son humanas.

—¿Duendes? —aventuró Ángela, pensando en su Martinico.

—No. Algunas han estado aquí mucho antes de que llegaran los hombres; otras vinieron con ellos. Yo misma soy extranjera, pero me siento parte de este lugar y apenas recuerdo el mío. —La joven alzó el cuello y pareció olfatear el aire—. Ahora vete. No me queda mucho tiempo.

Ángela no quiso averiguar qué le ocurriría a la doncella cuando se le terminara el tiempo. Arrancó el helecho, dio media vuelta y emprendió el regreso sin mirar atrás.

—Niña, ¿dónde te habías metido? —la regañó doña Clara, junto al fogón de leña donde se asaba un cuarto de cabra.

Ángela se apresuró a sacar las hierbas aromáticas que recogiera, pero guardó el helecho tras unas vasijas, indecisa sobre lo que haría con él.

—Tío Paco tiene una visita esperando para comer, y tú perdida por ahí. ¿Por qué demoraste tanto? —repitió y, sin dejarle responder, agregó—: Lleva el pan y sirve el vino. Pusimos la mesa debajo del viñedo.

—¿Cuántos somos?

—A ver: Ana y tío Paco, dos vecinos, nosotros tres, doña Luisa y su hijo.

—¿Doña Luisa?

—La viuda que vive cerca de la salida del pueblo.

Ángela se encogió de hombros. Había conocido a mucha gente desde su llegada, pero no tenía cabeza para tantos rostros. Antes de salir, tomó la cesta de pan y el garrafón de vino. Doña Ana repartía platos y cubiertos en torno a la mesa ocupada por los hombres y una señora vestida de negro.

—Angelita, ¿te acuerdas de doña Luisa? —le preguntó su padre en cuanto la vio aparecer.

La muchacha asintió, pensando que jamás la había visto.

—Éste es Juan, su hijo.

—Puedes decirle Juanco —propuso la mujer—. Así lo llamaba su padre, que en paz descanse, y así le llamo yo.

Ángela se volvió hacia el joven. Unos ojos oscuros, como el fondo de un pozo, se alzaron para mirarla, y ella sintió que se hundía en ese abismo.

La tarde se les fue en discutir cuál era la mejor manera de tostar las estigmas, cómo atacar el gusano que se comía las plantas, y el modo en que un cultivador de la zona estaba desgraciando la reputación de todos, alterando el azafrán con carbonato y otras porquerías. El asado desapareció en medio de abundantes libaciones de tinto. Los hombres siguieron bebiendo mientras las mujeres, incluida la viuda, entraban a la casa con los platos y los restos de la comida.

—… Es que quiero hacerlo antes de que oscurezca —decía doña Luisa—. Ahora mismo, aunque todavía es de tardecita, no me atrevería a ir sola.

—Ángela puede acompañarte —dijo Clara—. Deja que el muchacho se quede un rato con los hombres… Niña, ve con doña Luisa y ayúdala a encontrar unos helechos.

Por primera vez, la joven pareció salir de su estupor. Recordó la planta que tenía escondida.

—¿Para qué?

—¿Para qué va a ser, niña? —la conminó su madre, bajando la voz—. Hoy es el día de San Juan.

—Con esos helechos se curan empachos y fiebres el resto del año —explicó doña Luisa.

—Vamos, apúrate que se hace tarde.

Ángela tomó su morral y salió tras la viuda.

—Y tú también deberías recoger algunos —le aconsejó doña Luisa, cuando ya se alejaban de la casa—. Son buenos para atraer los amores y la buena suerte.

Ángela enrojeció, temiendo que la mujer hubiera descubierto lo que ya se había asentado en su corazón, pero la viuda parecía absorta en repasar los arbustos del trillo.

La muchacha la guió por un sendero que se desviaba del camino que recorriera horas antes. No quería asustar a la buena mujer con la visión de un hada peinándose al borde de su fuente. Así es que la condujo en dirección contraria, hacia una zona especialmente boscosa. Anduvieron media hora, antes de que Ángela se detuviera.

—Voy a mirar por este lado —murmuró la joven—. Detrás de aquel árbol hay varias cuevas.

—Bueno, yo buscaré por aquí, pero te advierto que no caminaré más de veinte pasos sola. Si no encuentro nada, te esperaré en este sitio.

Cada una tomó por un sendero distinto. Ángela anduvo un corto trecho y, casi enseguida, tropezó con un mazo de helechos aún húmedos de rocío. Recogió una cantidad suficiente para la viuda y para ella. Había decidido que un solo helecho no sería suficiente para conseguir lo que tanto necesitaba ahora…

Un silbido se extendió sobre los árboles y ella se detuvo a escuchar. No era un sonido repetitivo, como el de cualquier pájaro de la sierra, sino un clamor armonioso y continuo, la cadencia esquiva de una música como jamás oyera. Volvió la cabeza para ubicar su origen y, presa de una súbita urgencia, salió a buscarla.

La melodía fue saltando de roca en roca, y de árbol en árbol, hasta la entrada de una cueva. Ahora brotaba con acordes de cascada prístina y espumosa, de tempestad veraniega, de noches antiguas y heladas… En aquella canción vibraba la sierra y cada criatura que la habitaba. Ángela penetró en la gruta, incapaz de sustraerse a su llamado. En el fondo, junto a las llamas que alumbraban el lugar, un anciano tocaba un instrumento construido con cañas de diferentes tamaños. El soplo de sus labios arrancaba una oleada de cadencias graves o agudas, gráciles o ríspidas. Ella contempló los dibujos que adornaban las paredes rocosas: enormes bestias de alguna época remota y figuritas humanas que se agitaban a su alrededor. Pero no se movió hasta que el músico alzó la vista y dejó de tocar.

—Son muy antiguos —explicó él, notando su interés.

Después hizo un gesto como si quisiera desentumecer sus extremidades, y ella descubrió que sus pies se parecían a las patas de las cabras, y notó dos cuernecillos medio ocultos bajo los enmarañados cabellos. Recordó la historia sobre el demonio de la sierra, pero su instinto le indicó que aquel viejecito con pezuñas debía ser una de esas criaturas de las que hablara el hada lila. Instintivamente abrió su morral, buscó el tarro de miel que le sobrara del desayuno y se lo tendió. El anciano olió su contenido y la miró con sorpresa.

—Hacía siglos que nadie me ofrecía miel —suspiró.

Metió un dedo en el almíbar y lo chupó con deleite.

—¿Eres de aquí? —preguntó Ángela, más curiosa que atemorizada.

El viejo suspiró.

—Soy de todas partes, pero mi origen se encuentra en un archipiélago al que se llega cruzando el mar —y señaló en dirección al oriente.

—¿Viniste con los hombres?

El viejo movió la cabeza.

—Los hombres me echaron, aunque no a propósito. Más bien se olvidaron de mí… Y cuando los hombres olvidan a sus dioses, no queda otro camino que ocultarse.

Ángela comenzó a sentir un escozor en la nariz, síntoma de confusión. Una cosa eran los espíritus de la sierra —cuya existencia había aprendido a aceptar después de la aparición del Martinico—, y otra la existencia de muchos dioses.

—¿No hay un solo Dios?

—Existen tantos como quieran los hombres. Ellos nos

crean y nos destruyen. Podemos soportar la soledad, pero no su indiferencia; es lo único que puede volvernos mortales.

La joven sintió lástima de aquel dios solitario.

—Me llamo Ángela —y le tendió una mano.

—Pan —respondió él y le alargó la suya.

—Creo que no me queda —dijo ella, buscando en su morral.

—¡No, no! —se apresuró a aclarar el anciano—. Ése es mi nombre.

La muchacha se quedó de una pieza.

—Deberías cambiártelo. Confundirás a todos.

—Nadie recuerda —suspiró él.

—¿Recordar qué?

El rostro del viejo se iluminó.

—No importa. Has sido muy amable conmigo. Puedo ayudarte en lo que quieras. Todavía conservo algunos poderes.

El corazón de Ángela latió sin concierto.

—Hay algo que quiero más que nada.

—Dime… —comenzó a decir él, pero se interrumpió para mirar algo detrás de la joven.

Ella se volvió. De pie, junto a la entrada de la cueva, el Martinico brincaba y hacía unas muecas absolutamente idiotas.

—No puedo creerlo —gimió Ángela—. ¡Creí que te habías ido al infierno!

Se mordió la lengua, mirando de reojo al viejo, pero éste no pareció ofendido. Por el contrario, preguntó con genuina sorpresa:

—¿Puedes verlo?

—¡Claro que puedo! Es una maldición.

—Puedo librarte de ella.

—¿Y me ayudarías a conseguir algo más?

—Sólo puedo ayudarte con una cosa. Aunque si uno de tus descendientes necesitara de mí, incluso sin conocer nuestro pacto, podría otorgarle lo que quisiera… dos veces.

—¿Por qué?

—Es la ley.

—¿Cuál ley?

—Órdenes de allá arriba.

Así, pues, existía un poder más fuerte que el de los dioses de la sierra. Pero ese poder había restringido sus posibilidades de escoger.

Observó angustiada las cabriolas del Martinico y pensó en la mirada que aguardaba por ella en las faldas de la sierra.

—Muy bien —decidió—. Tendré que seguir viviendo con mi maldición a cuestas.

—No entiendo —repuso él—. ¿Qué puede ser más deseable que librarte de *eso*?

Y la joven le contó al dios Pan sobre el dolor de un alma que ha descubierto su propia alma.

Juan le aseguró que la había amado desde el momento en que la vio, pero ella sospechaba que aquel convencimiento era una creación del dios exiliado —la obra perfecta de un espíritu antiguo. Cada mes iba a la cueva a dejarle miel y vino, segura de que el anciano se zampaba sus golosinas con deleite, aunque nunca pudo verlo de nuevo.

Su noviazgo, por otro lado, no fue muy largo. Duró el tiempo suficiente para que Juan terminara de construir el nuevo hogar, ayudado por varios aldeanos, en una parcela vacía que se hallaba cerca de la casa de sus padres. Mientras los hombres se afanaban cortando, lijando y clavando tablones, las mujeres ayudaron a la novia con el ajuar, hilando y tejiendo toda clase de manteles, cortinas, ropa de cama y alfombras.

Los primeros meses de matrimonio fueron idílicos. Por alguna razón, el Martinico volvió a desaparecer. Quizás había comprendido que existía alguien más importante en su vida y se había retirado a algún rincón de la cordillera. No le dolió su

ausencia. Era un duende malcriado que sólo producía molestias, y pronto lo olvidó. Además, comenzaron a surgir otros
problemas.

Por un lado, los gusanos devoraban las cosechas de la zona
y Juanco se devanaba los sesos pensando en una solución. Por
si fuera poco, Ángela lo sorprendió varias veces leyendo un papel misterioso que siempre guardaba cada vez que ella se acercaba. ¿Quién podría escribirle a su marido? ¿Y por qué tanto
secreto? Además, su propia salud pareció declinar. Siempre estaba cansada y vomitaba con frecuencia. No le dijo nada a su
madre, porque no quería que volviera a llevarla a una curande-
ra. Sólo cuando notó que los lazos de su vestido apenas cerraban, sospechó lo que ocurría.

—Ahora sí tendremos que hacerlo —dijo Juan al recibir la
noticia.

—¿Hacer qué?

El hombre sacó de su bolsillo aquel papel arrugado y se lo
tendió.

—¿Qué es? —preguntó ella, sin intentar leerlo.

—Una carta de tío Manolo. Me ha escrito varias veces, di-
ciéndome que necesita un ayudante. Quiere que vayamos allá.

—¿Adónde?

—A América.

—Eso está muy lejos —replicó la joven y se acarició el
vientre—. No quiero viajar así.

—Escúchame, Angelita. La cosecha está perdida y no nos
queda dinero para reponerla. Muchos vecinos ya se han mudado o están empezando otro negocio. No creo que vaya a haber
más azafrán por aquí. Podríamos ir más al sur, pero no tengo
dinero ni quién me lo preste. Esto del tío Manolo es una buena oportunidad.

—No puedo dejar a mis padres.

—Será por poco tiempo. Ahorraremos algo y después re-
gresamos.

—¿Pero qué voy a hacer sola en un país extraño? Necesito a alguien que sepa de niños.

—Mamá vendría con nosotros. Siempre me ha dicho que le gustaría ver a su hermano, antes de morir.

Ángela suspiró, casi vencida.

—Tendrás que hablar con mis padres.

Pero la noticia les cayó como un rayo, y poco pudo decir Juan para consolarlos. El propio Pedro había hablado con su mujer sobre la posibilidad de marcharse a la ciudad, pero doña Clara no quiso ni oír hablar de eso. Y ahora, de pronto, se enteraba de que no sólo se separaría de su hija, sino que ni siquiera vería nacer a su nieto. Sólo se tranquilizó un poco cuando supo que Luisa los acompañaría. Al menos, la mujer estaría junto a su hija durante el parto.

Entre los cinco empacaron lo necesario. Como el viaje hacia la costa era largo y Juan no quería que sus suegros desandaran solos el camino de vuelta, los convenció para que se despidieran allí mismo. Entre lágrimas y consejos se dijeron adiós. Ángela nunca olvidaría la silueta de sus padres, a la vera de aquel trillo polvoriento que moría en la puerta de su casa. Fue la última imagen que tuvo de ellos.

Desde la popa del barco vio esfumarse la línea del horizonte. Perdida en la bruma de las aguas grises, su tierra semejaba un país de hadas, con sus torrecillas y palacetes medievales, sus tejados rojizos y la agitación portuaria que ahora se alejaba de ellos.

La joven se quedó mucho rato en cubierta, junto a doña Luisa y Juan. Su marido hablaba sin cesar, haciendo planes sobre su nueva vida. Parecía ansioso por emprender algo distinto y había oído hablar mucho de América; un lugar mítico donde todos podían enriquecerse.

—Tengo frío —se quejó Ángela.

—Ve con ella, Juanco —lo animó doña Luisa—. Yo me quedaré un poco más.

Amorosamente, la ayudó a arrebujarse en su chal y, juntos, bajaron las escaleras hasta el camarote. Juan tuvo que forcejear un poco con la cerradura oxidada del modesto aposento. Después se apartó para dejarla pasar. Ángela gimió.

—¿Qué te pasa? —preguntó él, temeroso de que el parto ya hubiera empezado.

—Nada —susurró ella, cerrando los ojos para borrar la visión.

Pero su treta no resultó. Cuando volvió a abrirlos, el Martinico seguía sentado en medio del desorden de ropas, cubriéndose cómicamente la cabeza con su mejor mantilla.

El destino me propone

Freddy y Lauro habían arrastrado a su amiga a ver la Feria del Renacimiento que cada año se celebraba en el Palacio de Vizcaya. Llevándola de quiosco en quiosco, hicieron que se probara todo tipo de ropas hasta que lograron transformarla en una imagen que —según ellos— estaba a la altura del evento. Ahora la joven caminaba entre los artesanos y las adivinas, dejando que la brisa batiera su falda agitanada. Sobre su cabeza llevaba la guirnalda de flores con que Freddy la coronara.

El jolgorio era general. Niños y adultos exhibían sus máscaras y sus trajes de colores vivos, la música de las arpas flotaba en el aire, los juglares se paseaban entre las fuentes con sus mandolinas, sus flautas y sus tamboriles, y Cecilia se codeaba con las princesas que deambulaban por los jardines perfectamente recortados. Aquel juego de los *alter egos* también incluía a vendedores y artesanos. Aquí, un herrero martillaba una herradura sobre las brasas de su hornillo; allá, una tejedora gorda y sonriente hilaba en una rueca que parecía sacada de un cuento de Perrault; más acá, un anciano con barba plateada y aspecto merlinesco vendía cayados con incrustaciones de piedras y minerales semipreciosos: cuarzo para la clarividencia, ónix contra los ataques psíquicos, amatista para conocer las vidas pasadas…

—¿Dónde estaría yo que nunca me enteré de esto? —susurró Cecilia.

—En la luna —respondió Lauro, probándose un sombrero rematado por una pluma.

—Y eso que no has visto la Feria de Broward —le dijo Freddy—. Es mucho más grande.

—¡Y la hacen en un bosque encantado! —lo interrumpió Lauro—. Allí sí que hay bellezas: hasta una justa medieval donde los caballeros se embisten al galope, como los del rey Arturo. ¡Si los ves cuando se quitan las armaduras, te caes muertecita de un infarto!

Pero ya Cecilia no lo escuchaba, absorta en una tarima llena de cofrecillos de madera.

—¡Melisa!

La exclamación de Lauro logró sacarla de su embeleso. Una joven se volvió hacia ellos.

—¡Laureano!

—Niña, no me llames así —susurró él, mirando en todas direcciones.

—¿Te cambiaste el nombre?

—Aquí soy Lauro —y añadió, engolando la voz—, pero mis íntimos me llaman La Lupe: «Se acabó, lo nuestro está muerto. Se acabó, te juro que es cierto…».

La desconocida se echó a reír.

—Melisa, ésta es Cecilia —dijo Lauro—. ¿Conoces a Freddy?

—No creo.

—Sí, chica —le recordó Freddy—. Edgar nos presentó en La Habana. Nunca se me olvida porque ibas regia con aquel vestido blanco. Y cuando leíste tus poemas, la gente casi se desmayó…

—Creo que me acuerdo —dijo Melisa.

—¿Qué haces aquí?

—Siempre vengo a comprar cosas —contempló los dos cayados que sostenía en sus manos—. No sé con cuál quedarme.

—¿No te gusta éste? —intervino Cecilia, alargándole uno.

Por primera vez, Melisa fijó sus ojos en ella.

—Ya lo toqué y no sirve.

Le volvió la espalda y siguió sopesando ambos báculos.

—Pues yo estoy casi tentada a comprarlo —insistió Cecilia—. Se ve tan lindo.

—No importa cómo se vea —replicó la otra—. El cayado que necesito debe *sentirse* diferente.

Lauro arrastró a Cecilia hasta una tarima algo alejada.

—No discutas con ella —susurró.

—¿Por qué?

—Es bruja desde que vivía en Cuba. Practica la magia celta o algo así. Ten cuidado.

—Si es así, no hay de qué preocuparse —aseguró Freddy, que se había acercado—. Esa gente cree que las cosas regresan por triplicado. Así es que lo menos que desean es hacer daño. Es más, se cuidan hasta de lo que piensan.

—Una bruja es una bruja. Tienen todas esas energías alrededor y, si te descuidas, puedes caer fulminado por un rayo.

—¡Por Dios! —exclamó Freddy—. ¡Mira que eres ignorante!

Cecilia dejó de prestarles atención. Poco a poco se acercó al quiosco donde la muchacha regateaba con el artesano.

—¿Te puedo preguntar algo?

Melisa se volvió.

—Ajá.

—¿Para qué necesitas un cayado?

—Es muy largo de explicar, pero si te interesa —buscó en su bolso y sacó una tarjeta— búscame el viernes en esta dirección. Vamos a empezar un curso.

Había un nombre en la tarjeta: Atlantis, y debajo se leía una lista de mercancía: libros místicos, velas, inciensos, cristales de cuarzo, música…

—¡Qué casualidad! —exclamó Cecilia.

—¿Por qué? —dijo la otra con aire distraído, sacando unos billetes para pagar.

—Alguien me dijo hace unos días que fuera a ver a Lisa, la dueña de esa librería. Soy periodista y busco información sobre una casa.

—Tienes una sombra en el aura —la interrumpió la muchacha.

—¿Qué?

Melisa terminó de pagar.

—Tienes una sombra en al aura —repitió, pero no la miraba a los ojos, sino a algo que parecía flotar encima de su cabeza—. Deberías protegerte.

—¿Con algo que vas a vender en tu curso? —preguntó Cecilia sin poder evitar el sarcasmo.

—La protección que necesitas no la conseguirás comprando nada. Es algo que debes hacer aquí adentro —y le tocó las sienes con un dedo—. No quiero asustarte, pero algo malo va a pasarte si no tomas medidas *dentro de tu cabeza.*

Dio media vuelta y se sumergió en la multitud, apoyándose en su cayado como una hechicera druida que emprendiera viaje, mientras la túnica revoloteaba en torno a su cuerpo.

—¿Qué te dijo? —preguntó Lauro.

Cecilia contempló unos instantes la silueta que ya se perdía.

—No estoy segura —murmuró.

Observó la vitrina desde la acera: pirámides, juegos de tarot, cristales de cuarzo, campanillas tibetanas, incienso de la India, bolas de cristal… y como soberano absoluto de aquel reino, un Buda cobrizo con un ojo diamantino en la frente. En torno a él colgaban telarañas tejidas dentro de aros con plumas colgantes: los tradicionales atrapasueños que los indios navajos colocaban sobre el lecho para apresar las visiones buenas y destruir las pesadillas.

Cuando empujó la puerta, ésta se abrió con un tintineo. De inmediato sintió un aroma que se pegó a sus cabellos como una melaza dulcísima. Adentro, la atmósfera era gélida y perfumada. Una música de hadas poblaba el ambiente. Encima de un mostrador, varias piedras de colores crujían como insectos al ser sobadas por dos mujeres. Una de ellas era una clienta; la otra, probablemente su dueña.

En silencio, para no molestar, Cecilia curioseó en los estantes llenos de libros: astrología, yoga, reencarnación, cábala, teosofía... Finalmente la clienta escogió tres piedras, pagó por ellas y salió.

—Hola —saludó Cecilia.

—Buenos días, ¿en qué puedo ayudarla?

—Mi nombre es Cecilia. Soy periodista y estoy escribiendo un artículo sobre una casa fantasma.

—Ya sé, Gaia me llamó. Pero hoy no es un buen día porque dentro de un rato habrá una conferencia y tengo que ocuparme de varias cosas.

Las campanillas de la puerta retumbaron. Una pareja saludó al entrar y fue hacia el rincón teosófico.

—¿Por qué no me llamas y nos vemos otro día? —le sugirió Lisa.

—¿Cuándo?

—Ahora no sabría decirte. Puedes llamarme mañana o... ¡Hola! ¡Qué bueno que llegaste!

Melisa acababa de entrar.

—¿Cómo estás? —la saludó Cecilia.

Melisa la observó como si tuviera delante a una desconocida hasta que levantó la vista y se quedó mirando encima de su cabeza.

—Perdona, no te conocí con esas ropas.

—Voy a preparar el salón —dijo Lisa, perdiéndose tras una cortina.

—¿Puedo preguntarte algo? —preguntó Cecilia cuando quedaron a solas.

Melisa asintió levemente.

—El día que nos conocimos me dijiste que tenía una sombra en el aura.

—Aún la tienes.

—Pero nunca me aconsejaste qué debo hacer.

—Porque no lo sé.

Cecilia la contempló estupefacta.

—De veras, no tengo idea. Con el aura, todo es cuestión de energías, de sensaciones... No siempre puedes estar segura. ¿Por qué no te quedas a mi conferencia? Quién sabe si eso te ayude más adelante.

Cecilia no lo creía, pero se quedó porque no tenía otra cosa que hacer. Además, necesitaba hablar con la dueña del lugar para su artículo. Así se enteró que la gente irradia todo tipo de efluvios. Según Melisa, cualquiera podía lanzar, conscientemente o no, cargas dañinas o curativas en dirección a otros. Con el entrenamiento apropiado, era posible percibir esas energías y también protegerse. Existían muchas herramientas para encausar la energía: el agua, los cristales, objetos puntiagudos como las dagas, las espadas o los cayados... En su próxima conferencia, los interesados podrían practicar algunos ejercicios para ver el aura. Ése era uno de los primeros pasos para reconocer la presencia de un ataque psíquico.

Más tarde en su casa, mientras escuchaba los testimonios grabados de Bob y Gaia, una pizca de intuición —quizás heredada de su abuela Delfina— le sugirió que no desechara nada en su investigación, ni siquiera una conferencia tan alucinante como aquélla. Últimamente sus puntos de referencia parecían coincidir, como si todo tuviera una conexión. Y podían existir universos invisibles, dignos de ser explorados. Además, ¿quién era ella para dudar? Como si no hubiera tenido una abuela sibilina.

Por un instante pensó en Amalia. ¿Qué habría opinado de todas esas auras y energías? Cecilia no tenía idea de lo que pasaba realmente por la mente de la mujer. Apenas le había hablado de algo ajeno a su propia historia. Siempre la escuchaba con la esperanza de que algún episodio acabara por desembocar en ella. Por eso regresaba al bar. Aquellos recuerdos se habían convertido en su vicio. Mientras más conocía, más quería saber. Era imposible evadir su hechizo. Y esa noche, se dijo, no sería la excepción.

Perdóname, conciencia

Caridad se asomó a la ventana y observó a los primeros transeúntes. La madrugada había dejado un rastro húmedo en el antepecho de madera. Era su último día en aquella casa a la cual había llegado con tanta esperanza, soñando que su vida sería otra e imaginando muchos desenlaces, pero ninguno como ése.

Después del entierro de Florencio había regresado a la tienda, dispuesta a sacar adelante el negocio. Aunque no sabía de números y malamente de letras, se las arregló para mantener a flote aquel almacén de ultramarinos, aunque la oferta de productos mermó bastante sin la habilidad del difunto para regatear y conseguir buenos precios. Además, los proveedores no parecían responder a sus demandas del mismo modo en que habían respondido a las de Florencio. Tuvo que buscar un intermediario, pero no fue igual.

Tal vez hubiera podido permanecer allí, ganándose la vida a duras penas o quizás prosperando, pero finalmente decidió irse por razones que nunca le confesaría a nadie: la sombra de su marido la perseguía. A cada rato escuchaba sus pasos. Otras veces sentía su respiración detrás de ella, sobre su nuca. O le llegaba su olor, arrastrado por el viento. Varias noches notó que el colchón de su cama se hundía bajo el peso de un cuerpo que se acostaba junto a ella… No pudo aguantarlo y decidió vender. Con ese dinero compraría otro local e iniciaría un negocio distinto. Quizás una tienda de artículos para damas.

Esa mañana se levantó más temprano que de costumbre. A mediodía llegaría el notario, que le haría firmar unos papeles. Tiritando de frío —cercano ya el invierno tropical, que suele ser mojado y taladrante—, levantó el quinqué. Todavía estaba oscuro en el interior de la casa, aunque ya las calles se clareaban con un brillo que dejaba en los objetos un halo dorado. Así iluminada, la ciudad semejaba una visión espectral. La luz del trópico impregnaba la isla con esa magia; algo que sus habitantes apenas notaban, demasiado abrumados por sus problemas… Y el principal problema de Caridad era su hija, una niña ansiosa por conocerlo todo, pero extrañamente silenciosa. La mujer nunca sabía qué pensamientos transitaban detrás de aquellos ojos, en los que —eso sí— resplandecía la misma pasión que llenara la mirada de su padre.

Caridad colocó el quinqué en el suelo y se agachó a encender el horno de leña para calentar agua. Observó cómo las llamas lamían los carbones que se ruborizaban hasta volverse rojas brasas, antes de palidecer y teñirse de gris. Así estaba, en la contemplación de aquella metamorfosis, cuando unos dedos rozaron sus hombros. Pensó que su hija se había despertado y se dio vuelta. La imagen de su marido, con el pecho destrozado a machetazos y el rostro lleno de sangre, se alzaba ante ella. Dio un grito y retrocedió, volcando el quinqué sobre las llamas del horno. El metal estalló en medio del fuego y el combustible multiplicó la hoguera, que salió de su entorno de piedra para cubrir las paredes de la cocina, quemándole levemente las piernas. Durante unos instantes se afanó por apagar las llamas, azotándolas con un trozo de tela que halló a mano; pero el fuego creció, alimentado por la seca madera.

—¡Mercedes! —gritó, lanzándose hacia el cuarto de su hija dormida—. ¡Mercedes!

La niña abrió unos ojos absortos y espantados, sin comprender aún qué ocurría.

—¡Sal de la cama! —rugió Caridad, sacándole las sábanas—. ¡Se quema la casa!

Cuando llegaron los bomberos, La Flor de Monserrat era un montón de ruinas humeantes que los vecinos contemplaban con una mezcla de horror y fascinación. Muchas mujeres se habían acercado a Caridad y le ofrecían agua, café y hasta traguitos de licor para que se animara, pero ella no hacía más que contemplar con la mirada perdida los restos de lo que fuera su mayor capital.

Al mediodía seguía allí, sentada junto al bordillo de la acera, balanceándose con las manos en torno a sus piernas, mientras su hija le acariciaba los cabellos y trataba de arroparla contra su pecho. Así las encontró el notario, que observó por unos instantes las ruinas y las dos criaturas sentadas en la acera, como si no comprendiera que ese desastre se relacionaba con él de alguna manera. Al final suspiró y, viendo que nada más podría hacer, dio media vuelta y se alejó.

Ña Ceci se había levantado muy animada. Atrás habían quedado esos eternos calores estivales que siempre la ponían de tan mal humor. En casa, todos dormían. Decidió usar su brío madrugador para llegarse hasta La Flor de Monserrat y hacer su encargo habitual. Ignoró los coches que pasaban vacíos por su lado y se fue a pie. Era sabroso pasear al aire libre, disfrutando de esa brisa fresquita como granizada. A sus sesenta y tantos años, parecía una mujer de apenas cincuenta que incluso algunos tomaban por cuarentona; y tenía un porte atractivo que muchas veinteañeras envidiaban. Era un ejemplar de hermosura en aquella tierra donde abundaban las bellezas.

Caminó con paso ligero, sorteando los charcos en medio de los adoquines. Mucho antes de llegar, el aire comenzó a traerle un tufillo al que no prestó atención hasta que dobló la esquina y descubrió el desastre. Durante unos instantes contempló los restos del incendio, inmóvil y estupefacta. Después vio las dos figuras agazapadas frente al edificio y se acercó a ellas casi con sigilo.

—Doña Caridad —llamó en susurros, porque no se atrevió a darle los buenos días.

La mujer alzó la vista, pero no atinó a responder. Sólo cuando volvió a contemplar su antigua casa, murmuró:

—Hoy no tengo jabones.

Cecilia se mordió los labios y observó a la criatura que continuaba aferrada a su madre.

—¿Tienes a dónde ir?

La mujer movió la cabeza.

Cecilia le hizo señas a un carruaje que se había apostado en la esquina.

—Vamos —le dijo, inclinándose para ayudarla—. No pueden quedarse aquí.

Sin oponer resistencia, Caridad se dejó guiar hasta el coche. Ña Ceci gritó una dirección y el cochero azuzó a sus caballos que corrieron en dirección al mar, pero nunca llegaron a él. Tras andar algunas calles, se desviaron hacia la izquierda y se detuvieron en una barriada silenciosa.

Un hombre que las vio desde la otra acera, cruzó la calle.

—¿Cuánto es lo tuyo, linda? —preguntó, arrimándose a Caridad.

Por primera vez desde el desastre, la mujer reaccionó. Le dio un empujón al hombre que casi lo tumba. Éste se abalanzó hacia ella como si fuera a pegarle, pero doña Cecilia se interpuso.

—No estamos abiertos a esta hora, Leonardo. Y ella no está a la venta.

La actitud altiva de Cecilia fue suficiente para que el hombre retrocediera.

—Lo siento —murmuró Cecilia, mientras abría la puerta.

Caridad dudó unos segundos, pero acabó por cruzar el umbral. Dentro no vio una sala ni un comedor, sino un patio enorme enmarcado por cuatro galerías techadas y puertas a todo lo largo. Varias prendas femeninas descansaban sobre los muebles diseminados por doquier. Y de pronto recordó cómo había conocido a la mujer.

—¿Entonces los jabones…? —comenzó a decir, sin saber qué debía preguntar.

Doña Cecilia la miró unos instantes.

—Pensé que lo sabías —dijo—. Tengo una casa de citas.

No le quedaba otra alternativa. Era la calle o aquel prostíbulo. Doña Ceci dejó que se instalaran en el único cuarto vacío, abandonado por una pupila que había desaparecido sin dejar rastros. Cada tarde, madre e hija se encerraban en su habitación. Sólo por las mañanas permitía Caridad que la niña saliera a jugar al patio, mientras ella se empeñaba en servir de criada. Pero Cecilia ya tenía a una mujer que hacía la limpieza. Caridad aprovechaba cualquier descuido suyo para barrer, lavar alguna ropa que hubiera quedado abandonada o limpiar un poco. La mujer se quejó a doña Ceci, creyendo que intentaban quitarle su puesto.

—¿Por qué no trabajas de verdad? —le propuso una tarde—. Dejaré que escojas a tus clientes. Ya sé que vienes de otro ambiente y no estás acostumbrada.

—Nunca podría hacerlo.

—Eres más bonita que ninguna. ¿Sabes lo que podrías ganar?

—No —repitió Caridad—. Además, ¿qué ejemplo le daría a mi hija? Ya es casi una señorita.

Cecilia suspiró.

—Me apena decírtelo, pero si no trabajas no podrás quedarte. Llevo meses sin usar ese cuarto, y es dinero que pierdo. Ya tengo a dos muchachas interesadas en ocuparlo.

—En cuanto tenga un trabajo, podré pagarte por él. La gente necesita criadas…

—Nadie quiere niños ajenos en su casa —le aseguró doña Cecilia.

Caridad la miró aterrada.

—Yo podría… yo podría…

—Te estoy ofreciendo lo que no le ofrezco a ninguna: escoger sus clientes… Créeme, eso subirá tu precio.

—No sé —tartamudeó—. Déjame pensarlo.

—No tengas miedo. Llevo toda la vida en este oficio y no es tan malo como dicen.

—¿Toda la vida?

—Desde que era una criatura.

—¿Cómo…? —dudó—. ¿Cómo ocurrió?

—Vivía por la Loma del Ángel y jugaba por las calles medio desnuda, sin casa y sin familia, sobreviviendo como podía. Ya empezaba a tener pechos, pero no me daba cuenta. Me recogió una mujer que vendió mi virginidad por una fortuna, y aquí me ves: todavía no me he muerto —se rió suavemente—. Fíjate si me ha ido bien que hasta aparezco en una novela.

—¿En una novela? —repitió Caridad, que no entendía cómo alguien vivo podía aparecer en un libro.

—Cuando todavía andaba mataperreando por las calles, me descubrió un abogado que había abandonado su bufete para hacerse profesor. Siempre que me veía, me llamaba y me daba algunas monedas o caramelos. Creo que se enamoró de mí, aunque yo sólo tenía doce años y él debía de andar por sus treinta. Después que me llevaron al prostíbulo, dejé de verlo, pero luego me enteré por un cliente que el profesor había escrito una novela y que la protagonista se llamaba igual que yo.

—¿Escribió tu historia? —preguntó Caridad súbitamente interesada.

—¡Claro que no! Si no sabía nada mí. Su Cecilia Valdés y yo sólo teníamos de parecido el nombre y que habíamos correteado por la Loma del Ángel.

—¿Leíste la novela?

—Un cliente me la contó. ¡Dios mío! La de cosas que inventó don Cirilo. Imagínate que en la novela yo era una inocente muchacha, engañada por un niño blanco y rico que me seduce, y al final resulta que somos medio hermanos. ¡Qué perversidad! Al final, el niño rico paga con su vida, porque un negro celoso le dispara a la salida de la iglesia en el momento en que se está casando con una dama de alcurnia. Yo me vuelvo loca y termino en un manicomio… ¿Cómo pueden inventar tantos disparates los escritores? —Arrugó el ceño y pareció perderse en sus pensamientos—. Siempre he pensado que deben de andar medio trastornados.

—¿Y nunca volviste a verlo?

—¿A don Cirilo? Me lo encontré por casualidad un día. Había estado preso, creo que por algún lío político, y salió del país; pero regresó después de un indulto. Resultó que me tenía como el gran amor de su vida, aunque nunca nos dimos ni un beso. No me dejó ir hasta que no supo mi dirección. ¿Y puedes creer que vino varias veces al prostíbulo, preguntando por mí?

—¿Lo recibiste?

—Ni que estuviera loca. Ya le había contado la historia a la dueña anterior, que se asustó más que yo. Cada vez que venía, le decía que yo estaba ocupada. Nunca quise enredarme con lunáticos —suspiró—. Pero un día nos tropezamos en la calle y me dio lástima. Así es que le acepté una invitación para cenar. Vino a verme antes de irse a Nueva York. Después regresó un par de veces a La Habana, y siempre me traía flores o dulces, como si yo fuera una gran dama. La última vez fue hace tres años. Tenía más de ochenta años, y todavía tocó a la puerta de esta casa con un ramo de rosas.

—¿Volvió a Nueva York?

—Sí, y se murió casi enseguida… Pero la vida tiene cosas raras. ¿Te acuerdas de aquel joven que se nos arrimó cuando llegaste a casa?

—Sí.

—Se llama Leonardo, igual que el señorito blanco de la novela. Unos días después que murió don Cirilo, se apareció en mi puerta. Quería que lo atendiera, pero a esta edad no estoy para esos menesteres. Ya ha venido varias veces y siempre se va furioso con mis desplantes, sin interesarse por las muchachas. A veces creo que es la sombra del propio Cirilo, o una maldición que me dejó con esa novela suya… Bueno, ahora está obsesionado contigo.

Doña Cecilia pareció salir de su embeleso y se dio una palmada en la frente.

—¿Cómo no se me ocrrió antes? ¿Sabes quién es tu orisha regente?

—Creo que Oshún.

—Déjame hacerle una rogación. Ya verás que te quita ese miedo a los hombres.

Caridad vaciló unos segundos. No sabía si seguirse negando o dejar que la mujer hiciera lo que le viniera en ganas. Ella no creía que ningún orisha pudiera quitarle sus escrúpulos, pero no dijo nada. Quizás la ceremonia le daría algunos días más para pensar en lo que debía hacer. Una sola cosa le preocupaba.

—No quiero que Mechita se entere de nada.

—Lo haremos a la medianoche, cuando ella duerma.

Pero Mercedes no durmió esa noche. Un canturreo monótono y saltarín alejó el sueño que comenzaba a asentarse sobre sus párpados. Se deslizó de la cama y vio que su madre no estaba en la suya. Abrió la puerta con sigilo, pero sólo vio el fulgor de la luna que bañaba el patio desierto. Siguiendo la voz, avanzó por el pasillo hasta un ventanal de donde escapaba una luz temblorosa y amarilla. Sin hacer ruido, buscó una silla y se subió a mirar. En un rincón, una anciana sin dientes se mecía al ritmo de su propio canto mientras ña Ceci vertía un líquido oleaginoso sobre la cabeza de una mujer desnuda. El aroma punzón de la miel hirió su olfato. El oñí —como lo llamaba su madre con el mismo vocablo que usara Dayo, la abuela esclava— hacía brillar su piel.

—Oshún Yeyé Moró, reina de reinas, vierto esta miel sobre el cuerpo de tu hija y te ruego en su nombre que le permitas servirte —decía ña Cecilia, dando vueltas en torno a la figura inmóvil—. Ella quiere ser fuerte, ella quiere ser libre para amar sin compromisos. Por eso te pido, Oshún Yeyé Kari, líbrala de pudores, déjala sin miedo y sin vergüenza…

Las llamas de las velas se agitaron ante una corriente invisible, como si alguien abriera una puerta lateral. La mujer, que hasta el momento permaneciera inmóvil, pareció estremecerse bajo una ráfaga helada y deslizó las manos por sus muslos, esparciendo el oñí. Mercedes no podía verle el rostro, pese a la luna que centelleaba sobre ella desde la ventana.

—*Oshishé iwáaa ma, oshishé iwáaa ma omodé ka siré ko bará bi lo sóoo….* —cantó la anciana negra con voz ahogada, mientras la mujer comenzaba a reír con suavidad y a moverse en un baile extrañamente voluptuoso.

La niña experimentó un cosquilleo entre las piernas. Oscuramente deseó que la miel cayera también sobre ella y se mezclara con el rocío que humedecía la ciudad y sus habitantes. Le hubiera gustado perderse en aquel trance que hacía reír a la mujer como si fuera una loca, y agitar sus caderas con un temblor telúrico.

Ña Cecilia se apartó de ella. Ahora la ancestral voz africana transformaba el ritmo en una cadencia sensual y agitada como el galope de una bestia. La mujer desnuda se arqueó sobre sí y gimió.

—Es tuya, Leonardo —dijo doña Cecilia.

De las sombras surgió una figura. Mercedes reconoció de inmediato al hombre que las había asustado. La mujer le dio la espalda al hombre que se acercaba y, por primera vez, la niña vio el rostro de su madre. El hombre se pegó a ella, pero su madre, en vez de rechazarlo, dejó que la acariciara.

El patio empezó a dar vueltas alrededor de Mercedes y todo se puso más negro que la noche. La luna desapareció y el mundo también.

Leonardo tomó en sus brazos el cuerpo desnudo de Caridad y entró con ella a un cuarto aledaño, mientras el canto seguía estremeciendo la noche. Doña Cecilia abrió la puerta para salir al patio y encontró a la niña desfallecida. Enseguida comprendió lo ocurrido. La cargó y la llevó hasta la cama. Buscó agua en una jofaina cercana, pero no había. Recordó el jarrón de miel que había dejado junto a la puerta y fue a buscarlo. Tomó un poco con el dedo y humedeció con ella los labios y las sienes de la criatura. El fuerte dulzor del oñí pareció reavivarla.

—Parece que estuviste soñando —le dijo doña Ceci cuando se encontró con la mirada de la niña—. Te caíste de la cama.

Mercedes no dijo nada. Cerró los ojos para que la dejara sola, y eso fue lo que hizo doña Cecilia.

Tan pronto como la puerta se cerró, se incorporó en su cama y descubrió el cántaro de miel. Sin pensarlo, metió su mano en la vasija. Afuera los tambores continuaban adorando a la orisha del amor, mientras Mercedes se untaba con miel todos los recovecos del cuerpo. Oñí para sus ardores, fuego para su impaciencia… El hechizo de Oshún había penetrado en ella.

TERCERA PARTE

La ciudad
de los oráculos

De los apuntes de Miguel

QUEDARSE EN CHINA:

En Cuba, cuando alguien dice «Fulano se quedó en China», eso no significa que la persona haya decidido permanecer en ese país, sino que no entendió nada de lo que vio o escuchó.

Es probable que la frase haya surgido de la incomunicación o confusión que experimentaron los inmigrantes chinos recién llegados a la isla, sin conocimiento alguno del idioma, ante una cultura tan diferente a la que dejaron.

Noche cubana

Los hombres más bellos del mundo se paseaban por South Beach. Lauro y ella se habían escapado del periódico para ir a almorzar a esa zona llena de boutiques y cafés al aire libre.

Mientras devoraba una ensalada de arúgula, queso azul y nueces, pensaba en su extraño destino: sin padres ni hermanos, languidecía sola en una ciudad donde jamás imaginó que viviría. No era raro que le hubiera dado por asistir a aquellos cursos sobre el aura. Después del primero, regresó por el segundo, y después por un tercero... Lauro se burlaba, diciendo que un novio le curaría esos arrebatos. Ella lo ignoró, aunque en el fondo se preguntaba si no tendría razón. ¿No estaría inventándose emociones para ignorar carencias más terrenales?

Todavía se afanaba con su ensalada cuando Lauro, aburrido de esperar, abrió el periódico.

—Mira —dijo él—, ya que te ha dado por el misticismo, a lo mejor te interesa esto.

Sacó un pliego y se lo entregó.

—¿Qué tengo que mirar?

El muchacho buscó un recuadro que le señaló con el dedo, antes de volver a su lectura. Era el anuncio de otra conferencia en Atlantis, la tienda de Lisa: «Martí y la reencarnación». Casi sonrió ante la audacia.

—¿Quieres ir? —preguntó ella.

—No, tengo mejores ofertas para la noche.

—Tú te lo pierdes.

Un mozo se llevó los platos vacíos y otro trajo los cafés.

—¡Dios mío! —exclamó Lauro, mirando su reloj—. Pidamos la cuenta rápido. Llevamos casi una hora aquí y todavía me quedan tres artículos por traducir.

—Tenemos tiempo.

—Y necesito llamar a la agencia de viajes para lo del crucero. No quiero perderme la caída del muro por nada.

—Ya el muro que iba a caerse, se cayó.

—Estoy hablando del muro del malecón. Cuando el viejito de Roma aterrice en La Habana, con su bata blanca toda vaporosa, ya verás la que se arma en la isla.

—No va a pasar nada.

—Sigue durmiendo de ese lado, pero yo quiero estar en primera fila cuando suenen las trompetas de Jericó.

—Como no sea la corneta china de las comparsas, no sé qué vas a oír en ese país de locos.

El sol se iba poniendo. Media hora después de llegar a casa, ya estaba lista para sus ejercicios. Fue apagando las luces hasta quedarse en una penumbra donde apenas podían distinguirse los objetos. Era lo que necesitaba. O al menos, lo que había recomendado Melisa en sus conferencias.

Arrastró la palma enana que adornaba una esquina, y la colocó contra la pared. Se sentó a unos pasos de la maceta, cerró los ojos y trató de calmarse. Después entreabrió los párpados y observó la planta, pero sin fijar la vista en ella. Recordaba bien las instrucciones: «Mirar sin ver, como si no les interesara lo que tienen delante». Creyó distinguir una línea lechosa que bordeaba las hojas. «Pudiera ser una ilusión», pensó. El halo creció. A Cecilia le pareció que latía suavemente. Adentro, afuera, adentro, afuera… como un corazón de luz. ¿Estaba viendo el aura de un ser vivo?

Cerró de nuevo los ojos. Cuando volvió a abrirlos, una claridad lunar rodeaba la palma; pero no provenía de una fuente externa. Brotaba de sus hojas, del tronco fino y grácil que se curvaba en reverencia, incluso de la tierra donde se anclaban sus raíces. Cuba, su patria, su isla… ¿Por qué la recordaba ahora? ¿Sería por aquella luminiscencia de leche? En su mente vio la luna sobre el mar de Varadero, sobre los campos de Pinar del Río… Le pareció que allí la luna alumbraba diferente, como si estuviera viva. O quizás se había contagiado con esos viejos que decían que en Cuba todo sabía distinto, olía distinto, se veía distinto… como si la isla fuera el paraíso o estuviera en otro planeta. Trató de sacudir aquellas ideas. Si su isla había sido un paraíso, ahora estaba maldito; y las maldiciones no se llevaban en el corazón. Por lo menos, no en el suyo.

Fatigada, abrió los ojos. El halo pareció consumirse, pero no desapareció del todo. Se puso de pie y encendió la luz. La planta dejó de ser un espectro fosforescente para transformarse en una vulgar palmita sembrada en una maceta. ¿Habría visto realmente algo? Sospechó que había hecho el papel de idiota.

«Menos mal que nadie me vio», se dijo.

Miró el reloj. Dentro de una hora empezaría la cuarta conferencia del ciclo. Arrastró la planta hasta su lugar y apagó la luz, antes de entrar a su cuarto. No se quedó para ver aquella claridad de plata, que aún flotaba en torno a las hojas.

Lauro la acompañó a regañadientes, desalentado por su cambio de planes para esa noche. Cuando llegaron a la librería, habría unas cuarenta personas zumbando como abejas enloquecidas.

—Esa chismosa… —murmuró Lauro, arrastrándola al otro extremo del salón y señalando con disimulo a un muchacho que conversaba con dos señoras—. No quiero ni que se me acerque.

—Hola, Lisa —dijo Cecilia.

La muchacha se volvió.

—¡Ah! ¿Qué tal?

—Hoy traje mi grabadora. Hay un sitio cercano donde…

—Lo siento, Ceci. Hoy tampoco podremos hablar.

—Pero llevo tres semanas dejándote mensajes. Vine a las dos últimas conferencias y tampoco te vi.

—Disculpa, estuve enferma y todavía no me siento bien. Si no es por una amiga que me ha estado ayudando…

Un rumor junto a la puerta indicó que el orador había llegado. Al principio, Cecilia no supo distinguirlo del grupo que acababa de entrar. Para su sorpresa, una anciana casi centenaria se acercó hasta la mesa donde se hallaba el micrófono, sosteniéndose a duras penas con su bastón.

—Te veo después —susurró Lisa, alejándose.

Ya no había asientos, pero la alfombra parecía nueva y limpia. Cecilia se sentó con Lauro, cerca de la puerta.

—¿Puedes creer que ese tipo siempre se las arregla para armar un enredo donde quiera que llega? —cuchicheó Lauro a su oído—. Cuando yo estaba en Cuba, hizo que dos amigos míos se pelearan porque… ¡Ay, no puedo creerlo! ¿Aquél es Gerardo?

Se levantó de un salto y salió disparado hacia el otro extremo del salón. Cecilia colocó su bolso en el espacio abandonado, pero unos segundos después Lauro le indicó que se quedaría allí.

La anciana comenzó su disertación leyendo varios textos donde Martí hablaba del regreso del alma tras la muerte para proseguir su aprendizaje evolutivo. Después citó un poema que parecía concebir el sufrimiento de su país como resultado de la ley del karma, como si el exterminio de la raza indígena y las matanzas de esclavos negros exigieran una purga por parte de las almas reencarnadas en la posteridad. Cecilia la escuchaba boquiabierta. Resultaba que el apóstol de la independencia cubana era casi espiritista.

Cuando acabó la conferencia quiso acercarse a la anciana, pero el número de gente que deseaba hablarle parecía mayor que el que la había escuchado. Desistió de su intento y fue hasta el mostrador donde Lisa se afanaba por atender a los clientes. Tampoco pudo acercarse a ella. Resolvió esperar mientras exploraba los libreros.

Miami se había convertido en un enigma. Comenzaba a sospechar que allí se conservaba cierta espiritualidad que los más viejos habían rescatado amorosamente de la hecatombe; sólo que ese hálito se ocultaba en los pequeños rincones de la ciudad, alejados muchas veces de las rutas turísticas. Tal vez la ciudad fuera una cápsula del tiempo; un desván donde se guardaban los trastos de un antiguo esplendor, en espera del regreso a su lugar de origen. Pensó en la teoría de Gaia sobre las múltiples almas de una ciudad.

—Oye, m'hijita, hace media hora que te estoy hablando y tú ni me miras.

Lauro resoplaba indignado.

—¿Qué?

—Ni sueñes con que volveré a hacer todo el cuento. ¿Qué te pasa?

—Estoy pensando.

—Sí, en cualquier cosa, menos en lo que te decía.

—Miami no es lo que parece.

—¿Qué quiere decir eso?

—Por fuera parece frío, pero por dentro no lo es.

—Ceci, *please*, ya tuve mi dosis de metafísica. Ahora quiero irme al Versailles a tomarme un café con leche, comerme unas masitas de puerco y ponerme al día con los chismes del festival de ballet en La Habana. ¿Quieres venir?

—No, estoy cansada.

—Entonces nos vemos mañana.

Cecilia comprobó que apenas quedaban unos minutos para cerrar. Sacó entre los estantes un ejemplar del *I Ching* y, al volverse, tropezó con una muchacha.

—Disculpa —musitó Cecilia.

—Eres como yo —susurró la joven por toda respuesta—. Andas con muertos.

Y sin decir más se alejó, dejando a Cecilia pasmada. Otra loca suelta por Miami. ¿Por qué debía ser ella quien se las encontrara? Bueno, eso le ocurría por estar en lugares adonde iba ese tipo de gente.

—¿Conoces a ésa que acaba de salir? —preguntó a Lisa, cuando se acercó a la caja con su *I Ching*.

—¿Claudia? Sí, es la amiga que me ha estado ayudando. ¿Por qué?

—Por nada.

Vio cómo buscaba una bolsa para envolver su libro.

—Podemos vernos el miércoles al mediodía —propuso Lisa, apenada por no haber cumplido su promesa anterior.

—¿Seguro? Mira que la otra vez me quedé esperando.

—Hablaremos en casa —dijo Lisa, garrapateando una dirección en el recibo de la compra—. No llames para confirmar, a menos que seas tú quien no puede ir. Te estaré esperando.

Una vez afuera, Cecilia respiró aliviada. Por fin podría terminar su artículo.

Su auto se hallaba al final de la calle, pero no tuvo que acercarse mucho para notar que tenía una rueda desinflada. ¿Estaría agujereada o sólo falta de aire? Se agachó para examinarla, aunque no tenía idea de lo que debía buscar. ¿Un hueco? ¿Una rajadura? El aire podía irse por un orificio invisible. ¿Cómo saber lo que le ocurría al puñetero neumático?

Una sombra cayó sobre ella.

—*Do you need help?*

Cecilia dio un respingo. El farol a espaldas del desconocido impedía verle el rostro, pero enseguida supo que no era un delincuente. Vestía un traje que, incluso a contraluz, parecía elegante. Se movió para verle el rostro. Algo en su aspecto le indicó que no era americano. Y en aquella ciudad, cuando alguien no era gringo, tenía 99 papeletas sobre 100 de ser latino.

—Creo que tengo una rueda ponchada —aventuró ella en su español cubanizado.

—*Yes, you're right*. ¿Tienes cómo cambiarla? —preguntó el hombre, saltando de un idioma a otro con naturalidad.

—Hay un repuesto en el maletero

—¿Quieres llamar a la Triple A?… *I mean*, si no tienes celular, puedes usar el mío.

Lauro se lo había dicho mil veces. Una mujer necesita afiliarse a un servicio de auxilio para carreteras. ¿Qué iba a hacer si se le rompía el auto en pleno *expressway* o en medio de la noche, como ahora?

—No tengo Triple A.

—Bueno, no te preocupes. Yo te la cambio.

No era un hombre especialmente bello, pero sí muy atractivo. Y expelía masculinidad por todos los poros. Cecilia lo observó mientras cambiaba el neumático, una operación que había visto muchas veces, pero que era incapaz de repetir.

—No sé cómo agradecerte —le dijo ella, tendiéndole una loción limpiadora que siempre llevaba en el bolso.

—No fue nada… *By the way*, me llamo Roberto.

—Cecilia, mucho gusto.

—¿Vives cerca?

—Más o menos.

—¿Eres cubana?

—Sí, ¿y tú?

—También.

—Soy de La Habana.

—Yo nací en Miami.

—Entonces no eres cubano.

—Sí lo soy —porfió él—. Nací aquí por casualidad, porque mis padres se fueron…

No era la primera vez que Cecilia se enfrentaba a ese fenómeno. Era como si la sangre o los genes surgidos de la isla fueran tan fuertes que se necesitaba más de una generación para renunciar a ellos.

—¿Puedo invitarte a cenar?

—Gracias, pero no creo…

—Si te decides, llámame —sacó una tarjeta del bolsillo y se la dio.

Varias calles más allá, Cecilia aprovechó la luz roja de un semáforo para leerla: Roberto C. Osorio. Y una frase en inglés que tuvo que releer. ¿Dueño de un concesionario de autos? Nunca había conocido a alguien que se dedicara a semejante cosa. Pero podría ser un cambio interesante, el comienzo de una aventura… Tuvo un instante de pánico. Los cambios la aterraban. Los cambios nunca habían sido buenos en su vida.

Llegó al apartamento, sin ánimos de cocinar. Se sirvió una lata de sardinas, otra de peras en almíbar y algunas galletas. Comió de pie, junto al mostrador de la cocina, antes de sentarse a leer el *I Ching*. A mitad de la lectura, se le ocurrió hacer una consulta al oráculo sólo para ver qué decía. Después de lanzar tres monedas seis veces, resultó el hexagrama 57: *Sun, Lo suave (lo penetrante, el viento)*. El dictamen fue: «Es propicio tener a dónde ir. Es propicio ver al gran hombre». No se tomó el trabajo de leer las diferentes líneas por separado. Si lo hubiera hecho, tal vez habría tomado otra decisión que no fuera llamar al número que aparecía en la tarjeta.

Dejó un recado y colgó. Ahora sólo le quedaba esperar… pero no en la soledad de su refugio.

Si me comprendieras

Subieron al barco, empujados por la marea humana que se apretujaba en los muelles, pero antes tuvieron que pagar una suma exorbitante: unos pendientes de oro y dos pulseras de plata. Gracias a aquel puñado de joyas que Kui-fa rescatara, la familia consiguió un espacio sobre cubierta. Antes de zarpar, habían logrado vender el terreno y la casa, si bien a un precio mucho menor de lo que valían. Mecidos por el furioso oleaje, marido y mujer hicieron planes, contando el dinero y las alhajas que podrían ayudarles a comenzar una nueva vida. Los otros refugiados estaban demasiado mareados y dormían casi todo el tiempo. O eso parecía.

Dos días antes de llegar, alguien les robó su pequeño tesoro. Pese a que las autoridades registraron a muchos pasajeros, el hacinamiento era tan grande que fue imposible realizar una pesquisa a fondo. Síu Mend sintió que el pánico lo invadía. Confiaba en la ayuda de su abuelo, pero le aterraba la idea de llegar a un país extraño sin nada que ofrecer. Se encomendó a sus antepasados, pensando en la ciudad que los aguardaba.

Los olores del mar habían cambiado, ahora que la embarcación se mecía grácilmente sobre las aguas oscuras del Caribe.

—Mira, Pag Li, hay luna llena —susurró Kui-fa al oído de su hijo.

Estaban recostados sobre la borda, contemplando la claridad que surgía en el horizonte. Cada cierto tiempo, una ráfaga de luz centelleaba en medio de aquel resplandor.

—¿Qué es eso, padre?

—El Morro—. Y al adivinar la pregunta en los ojos de su hijo, aclaró—: Una linterna gigante que sirve de guía a los barcos en la noche.

—¿Una linterna gigante? ¿De qué tamaño?

—Como una pagoda. Quizás más grande…

Y siguió describiendo a Pag Li otras maravillas. El niño escuchaba con asombro aquellos relatos sobre criaturas que tenían la piel negra, de divinidades que entraban en los cuerpos de hombres y mujeres para obligarlos a ejecutar danzas salvajes… ¡Ah! Y la música. Porque había música por doquier. Los isleños se reunían en familia y oían música. Cocinaban al son de la música. Estudiaban o leían, y la música acompañaba esos momentos que debían ser de silencio y recogimiento. Aquella gente parecía incapaz de vivir sin música.

Kui-fa contempló la luna, que parecía rodeada por un halo sobrenatural. Su aspecto de gasa brumosa multiplicaba la sensación de irrealidad. Comprendió que su vida anterior había desaparecido para siempre, como si ella también hubiera muerto junto al resto de su familia. Tal vez su cadáver reposaba en los sembrados de arroz mientras su espíritu navegaba rumbo a una ciudad desconocida. Tal vez se acercaba a la mítica isla donde Kuan Yin tenía su trono.

«¡Diosa de la Misericordia, señora de los afligidos!», rogó Kui-fa. «Calma mis temores, cuida de los míos.»

Y siguió rezando mientras nacía el amanecer y el buque se acercaba, con su agotada carga, a la isla donde dioses y mortales coexistían bajo un mismo cielo.

Pero ningún relato de Síu Mend hubiera podido prepararla para la visión que apareció ante sus ojos, a media mañana, brillando en el horizonte. Un muro estrecho y blanco, semejante a una muralla china en miniatura, protegía a la ciudad del embate de las olas. El sol parecía colorear los edificios con todos los tonos del arco iris. Y vio los muelles. Y el puerto. Todo aquel mundo abigarrado y sobrenatural. Qué multitud de gentes raras. Como si las diez regiones infernales hubieran dejado escapar a sus habitantes. Y los gritos. Y las vestimentas. Y aquella lengua gutural.

Tras bajarse del barco, y guiándose por sus recuerdos, Síu Mend los condujo a través de las intrincadas callejuelas. De vez en cuando se cruzaba con algún coterráneo y pedía instrucciones en su lengua. Kui-fa notaba las miradas de todos, incluyendo las de los propios chinos. No tardó en darse cuenta de que sus vestimentas resultaban ajenas al húmedo calor de la ciudad, llena de mujeres que enseñaban las piernas sin ninguna vergüenza y que llevaban vestidos que permitían adivinar sus formas.

Pero era Pag Li quien mostraba mayor entusiasmo con tanta fiesta para los sentidos. Ya había notado que, de una acera a otra, y a veces desde la calle, los niños lanzaban monedas con la intención de golpear o alcanzar otras. No entendía bien en qué consistía el juego, pero se adivinaba una fiebre de aquel pasatiempo que se repetía de calle en calle, y que provocaba gritos y discusiones entre los participantes.

Por fin la familia penetró en una barriada repleta de paisanos, donde el aroma a incienso y vegetales hervidos flotaba en el aire, más omnipresente que el olor del mar.

—Me parece haber vuelto a casa —suspiró Kui-fa, que no había abierto la boca en todo el trayecto.

—Estamos en el Barrio Chino.

Kui-fa se preguntó cómo regresaría a ese vecindario si alguna vez tenía que salir de él. En cada esquina había una losa metálica con el nombre de la calle, pero eso no le serviría de nada. Con la excepción de los letreros que inundaban aquel barrio, el resto de la ciudad exhibía un alfabeto ininteligible.

Se consoló al recordar la cantidad de rostros asiáticos que había visto.

—¡Abuelo! —gritó Síu Mend, al divisar a un anciano que fumaba plácidamente en un escalón.

El viejo pestañeó dos veces y se ajustó las gafas, antes de ponerse de pie y abrir los brazos.

—Hijo, pensé que no volvería a verte.

Se abrazaron.

—Ya ves que regresé… y he traído a tu bisnieto.

—Así es que éste es tu primogénito.

Observó al niño con aire distante, aunque era evidente que deseaba besarlo. Finalmente se contentó con acariciarle las mejillas.

—¿Y ésa es tu mujer?

—Sí, honorable Yuang —dijo ella, haciendo una leve reverencia.

—¿Cómo me dijiste que se llamaba?

—Kui-fa —dijo él.

—Tienes suerte.

—Sí, es una buena mujer.

—No lo digo por eso, sino por el nombre.

—¿El nombre?

—Tendrán que buscarse un nombre occidental para relacionarse con los cubanos. Hay uno muy común, que significa lo mismo que su nombre: Rosa.

—*Losa* —repitió ella con dificultad.

—Ya aprenderás a pronunciarlo. —Se les quedó mirando con tardía sorpresa—. ¿Por qué no me avisaste que vendrías? *La Voz del Pueblo* publicó algo sobre unos disturbios, pero…

El rostro de Síu Mend se ensombreció.

—Abuelo, tengo malas noticias.

El anciano miró a su nieto, y la barbilla le tembló ligeramente.

—Vamos adentro —murmuró con un hilo de voz.

Síu Mend levantó la pipa de agua que reposaba junto a la puerta y los cuatro entraron a la casa.

Esa noche, cuando ya el pequeño Pag Li dormía en el improvisado lecho de la sala, el matrimonio se despidió del anciano y entró al cuarto que sería su dormitorio hasta que pudieran tener un techo propio.

—Mañana iré a ver a Tak —susurró Síu Mend, recordando al comerciante que había tenido tratos con el difunto Weng—. No seré una carga para el abuelo.

—Tú eres parte del negocio familiar.

—Pero he llegado sin nada —suspiró Síu Mend—. Si no se lo hubieran robado todo…

Captó la expresión de Kui-fa.

—¿Qué pasa?

—Voy a enseñarte algo —susurró ella—. Pero prométeme que no vas a gritar… La casa es pequeña y todo se oye.

Síu Mend asintió, mudo de asombro.

Con parsimonia, su mujer se acostó sobre la cama, abrió las piernas y comenzó a hurgarse con el dedo la abertura por donde tantas veces había penetrado él mismo y por donde su hijo llegara al mundo. Una esferilla nacarada emergió de la flor enrojecida que era su sexo, como un insecto que brotara mágicamente entre sus pétalos. De aquella cavidad, escondrijo natural de toda hembra, fue saliendo el collar de perlas que Kui-fa llevara consigo desde que Síu Mend la dejara sola en el cañaveral. Con él adentro había soportado la larga travesía donde los despojaron de casi todo cuanto llevaran, excepto ese collar y algo más que ella no le mostró. Ahora colocó las perlas ante su marido, como una ofrenda que éste recibió maravillado y estupefacto.

El hombre miró a Kui-fa como si se tratara de una desconocida. Se dio cuenta de que él nunca hubiera tenido la imaginación —y quizás el valor— para realizar semejante acto, y pensó que su esposa era una mujer excepcional; pero nada de esto dijo en voz alta. Mientras sobaba el collar, se limitó a murmurar:

—Creo que ya podemos tener un negocio propio.

Su mujer sólo supo lo emocionado que estaba cuando él apagó la luz y se le echó encima.

Comenzó entonces una vida completamente diferente para Pag Li. En primer lugar, tuvo un nombre nuevo. Ya no se llamaría Wong Pag Li, sino Pablo Wong. Sus padres serían ahora Manuel y Rosa. Y él comenzó a pronunciar sus primeras palabras en aquel idioma endemoniado, ayudado por su bisabuelo Yuang, que para los cubanos era el respetable mambí Julio Wong.

La familia se había mudado a un cuartico aledaño. Cada madrugada, Pablito marchaba con sus padres a arreglar el pequeño almacén que habían comprado cerca de Zanja y Lealtad, con la idea de convertirlo en un tren de lavado. Medio dormido aún, el niño iba trastabillando por las calles oscuras, arrastrado por su madre, y sólo se despabilaba cuando comenzaba a trasladar objetos de un lado a otro.

Trabajaban hasta bien entrado el mediodía. Entonces se iban a una fonda y comían arroz blanco y pescado con verduras. A veces el niño pedía bollitos de carita, unas frituras deliciosas hechas con masa de frijoles. Y una vez por semana, su padre le daba unos centavos para que fuera a la sorbetera del chino Julián y probara alguno de sus helados de frutas —mamey, coco, guanábana— que tenían fama de ser los más cremosos de la ciudad.

Por las tardes, cuando volvían a casa, encontraban a Yuang sentado en el umbral, contemplando la ajetreada vida del barrio mientras fumaba.

—Buenas tardes, abuelo —saludaba Pag Li con respeto.

—Buenas, Tigrillo —contestaba Yuang—. Cuéntame, ¿qué hicieron hoy?

Y escuchaba el relato del muchacho, mientras sobaba su pipa de bambú. Había construido aquel artefacto con un enorme envase de lata, al que le había cortado la parte superior. Después de llenarlo con agua hasta la mitad, se sentaba en su escalón. En la otra parte de la lata cortada, colocaba las brasas de carbón. La pipa era una gruesa caña de bambú a la que se le insertaba un fino tubo en un costado. Dentro de esa rama hueca, introducía la picadura de tabaco en forma de bolita y la encendía con un periódico enrollado que acercaba a las brasas. Era un ritual que Pablito no se perdía por nada del mundo, pese al cansancio con que regresaba del almacén. Ni siquiera alteró aquella costumbre cuando empezó la escuela.

Ahora que debía andar solo por aquel vecindario, su bisabuelo lo aleccionaba sobre peligros que al niño le parecían imaginarios.

—Cuando veas a un chino vestido como un blanco rico, apártate de él; lo más probable es que sea uno de esos gángsters que extorsionan los negocios de las personas decentes. Y si ves a alguien gritando y repartiendo papeles, no te le acerques; la policía pudiera estar cerca y arrestarte por creer que andas apoyando las arengas de los dirigentes sindicales…

Y de ese modo, el anciano iba numerando todos los posibles desastres que acechaban en el mundo. Pablito notaba, sin embargo, que el bisabuelo tenía palabras más suaves hacia esos agitadores o dirigentes sindicales, hacia los «revolucionarios», como les llamaba a veces. Pero aunque intentó preguntarle varias veces a qué se dedicaban, el viejo sólo respondió:

—Todavía no tienes edad para ocuparte de esas cosas. Primero estudia y después veremos.

Así, pues, Pablo se sentaba entre aquellos niños y trataba de adivinar el tema de la clase a través de las láminas y los dibujos, pero su chapurreado español era objeto de burlas. Y aunque dos condiscípulos de origen cantonés lo ayudaban, regresaba a casa muy deprimido. De cualquier manera, se esmeraba en embadurnar su cuaderno de signos y en chapurrear las lecciones entendidas a medias.

Por las tardes, como siempre, se iba a charlar con el anciano. Más que nada, disfrutaba con las historias que a veces parecían un ciclo legendario de la dinastía Han. En esos relatos había un personaje que al niño le gustaba especialmente. Su bisabuelo le llamaba «el Buda iluminado». Debió de haber sido un gran hechicero, pues aunque Yuang insistía en que muchas veces no comprendía bien de qué hablaba, nunca pudo dejar de seguirlo a todas partes; y siempre hablaba de una luz que veía cuando él llegaba.

—*Akún* —pedía el niño casi a diario, en su habitual mezcla de cantonés y castellano—, cuéntame del Buda iluminado con el que fuiste a pelear.

—¡Ah! El respetable *apak* José Martí.

—Sí, *Maltí* —lo animaba el niño, luchando con las erres.

—Un gran santo…

Y su bisabuelo le contaba del apóstol de la independencia cubana, cuyo retrato colgaba en todas las aulas; y recordaba la noche en que lo conoció, en una reunión secreta a la que lo llevaron otros culíes, cuando aún la libertad era un sueño. Y de cómo, siendo todavía un niño, el joven había sufrido prisión y tuvo que arrastrar un grillete con una bola enorme; y que de aquel grillete había hecho una sortija que llevaba consigo para no olvidar nunca la afrenta.

—¿Y qué más? —lo animaba el muchacho cuando su bisabuelo cabeceaba.

—Estoy cansado —se quejaba él.

—Bueno, *akún,* ¿quieres que encienda el radio?

Entonces se sentaban a escuchar las noticias que llegaban de la patria lejana, a la que Pag Li comenzaba a olvidar.

Y mientras el niño aprendía a conocer su nuevo país, Manuel y Rosa iban llenándose de clientes que, atraídos por la fama de su lavandería, solicitaban cada vez más sus servicios. Pronto tuvieron que emplear a otro coterráneo para que repartiera la ropa a domicilio. A veces Pablito también ayudaba, y como ninguno de sus padres escribía ni leía el castellano, tuvo que aprenderse de memoria los motes con que habían bautizado a sus clientes.

—Lleva el traje blanco al mulato del lunar en la frente, y los dos bultos a la vieja resabiosa.

Y buscaba el traje con el papel donde se leía en cantonés «mulato con lunar» y los dos bultos atados que rezaban «vieja bruja», y los entregaba a sus dueños. De igual modo, apuntaba los nombres de los clientes a quienes recogía la ropa sucia. Y delante de las narices de don Efraín del Río escribía «patán afeminado»; y en el recibo de la señorita Mariana, que se tomaba el trabajo de pronunciar bien su nombre («Ma-ria-na») para que el chinito lo entendiera, garrapateaba con expresión muy seria «la joven del perro tuerto»; y en el de la esposa del panadero ponía «mujer habladora»... Y así sucesivamente.

Esos primeros tiempos fueron de descubrimiento. Poco a poco, las clases comenzaron a tener sentido. La maestra, dándose cuenta de su interés, se empeñó en ayudarlo; pero eso significó duplicar sus tareas escolares.

Ahora tenía menos tiempo para charlar con el bisabuelo. Al regreso de las clases, marchaba a saltos por las aceras, oyendo las canciones que escapaban de los bares donde los músicos iban a tomar o a comer. Pag Li no se detenía a escucharlos, aunque le hubiera gustado oír más de aquella música pegajosa que estremecía la sangre. Seguía de largo, pasaba delante de la puerta del viejo Yuang, y enseguida corría a meter la cabeza en sus cuadernos hasta que su madre lo obligaba a bañarse y cenar.

Así pasaron muchos meses, un año, dos... Y un día Pag Li, el primogénito de Rosa y Manuel Wong, se convirtió definitivamente en el joven Pablito, al que sus amigos también comenzaron a llamar Tigrillo cuando supieron el año de su nacimiento.

En otro país del hemisferio ya hubiera sido otoño, pero no en la capital del Caribe. Las brisas azotaban los cabellos de sus habitantes, levantaban las faldas de las damas y hacían ondear las banderas de los edificios públicos. Era la única señal de que el tiempo comenzaba a cambiar, porque aún la calidez del sol castigaba las pieles.

Tigrillo regresaba de la fonda de la esquina, después de cumplir con el encargo de su padre: la apuesta semanal a la *bolita*, una lotería clandestina que todos jugaban, en especial los chinos. La pasión por el juego era casi genética en ellos, tanto que su famosa charada china o *chiffá* —que trajeran a la isla los primeros inmigrantes— había permeado y contagiado al resto de la población. No existía cubano que no supiera de memoria la simbología de los números.

La charada estaba representada por la figura de un chino, cuyo cuerpo mostraba todo tipo de figuras acompañadas por cifras: en la cima de la cabeza tenía un caballo (el número uno); en una oreja, una mariposa (el dos); en la otra, un marinero (el tres); en la boca, un gato (el cuatro)… y así, hasta el treinta y seis. Pero la *bolita* tenía cien números, y por eso se habían añadido nuevos símbolos y cifras.

La madre de Tigrillo había soñado la noche anterior que un gran aguacero se llevaba sus zapatos nuevos. Con esos dos elementos —agua y zapatos—, los Wong decidieron jugar al número once —que aunque equivalía a gallo, también significaba lluvia— y al treinta y uno —que aunque era venado, también podía ser zapatos. Aquella variedad de acepciones se debía a que ya se habían creado otras charadas: cubana, americana, india… Pero la más popular —y la que todos recitaban de memoria— era la china.

Antes de llegar al bar donde el bolitero Chiong recogía las apuestas, el muchacho lo vio conversando con un curioso personaje: un paisano con traje y corbata occidentales, y un fino bigotito recortado, algo bastante inusual en un chino… al menos, en los que Pag Li conocía. Chiong tenía cara de susto y miraba en todas direcciones. ¿Buscaba ayuda o temía que lo vieran? El instinto le dijo a Pag Li que se mantuviera a distancia. Mientras fingía leer los carteles del cine, observó con disimulo cómo Chiong abría la caja, sacaba unos billetes y se los entregaba al individuo. La imagen alertó su memoria. «Cuando veas a un chino vestido como un blanco rico, apártate de él. Lo más probable es que sea uno de esos gángsters que extorsionan los negocios de las personas decentes…», le había advertido Yuang. Bueno, la *bolita* no era precisamente un negocio decente, pero el chinito Chiong no le hacía daño a nadie. Siempre se le podía ver en aquel rincón, saludando a sus coterráneos y brindando direcciones a los marchantes que las pedían.

El muchacho suspiró. De todos modos, no debía meterse en política. Tan pronto el hombre se alejó, cruzó la calle y pagó por las apuestas con aire de quien no ha visto nada.

—¡Eh! ¡Tigre!

Se volvió en busca de la voz.

—Hola, Joaquín.

Joaquín era Shu Li, un compañero de clases nacido en la isla, pero hijo de cantoneses.

—Iba a buscarte. ¿Quieres ir al cine?

Pablo lo pensó un poco.

—¿Cuándo?

—Dentro de media hora.

—Pasaré por ti. Si no llego a tiempo, es que no me dejaron ir.

Yuang estaba sentado en el umbral. Saludó al muchacho con un movimiento de mano, pero éste corrió al interior de su casa.

—Mami, ¿puedo ir al cine? —preguntó en cantonés, como hacía siempre que hablaba con sus padres y, a veces, con su bisabuelo.

—¿Con quién?

—Shu Li.

—Está bien, pero primero lleva esta ropa a casa del maestro retirado.

—No lo conozco.

—Vive al lado del grabador de discos.

—Tampoco sé quién es. ¿Por qué no mandas a Chíok Fun?

—Está enfermo. Tienes que llevarlo tú. Después sigues para casa de Shu Li… ¡Y alégrate de que tu padre no haya llegado, porque a lo mejor ni te dejaba ir!

El joven se vistió a la carrera y agarró el bulto de ropa.

—¿Cuál es la dirección?

—¿Sabes dónde está la fonda de Meng?

—¿Tan lejos?

—Dos o tres casas después. En la puerta hay una aldaba que parece un león.

Pablito se bañó, se vistió y comió algo, antes de salir corriendo. Durante el trayecto iba preguntando la hora a todos los transeúntes. No llegaría a tiempo. Siete cuadras después, pasaba por delante de la fonda y buscaba la aldaba con el león, pero en esa calle había tres puertas parecidas. Maldijo su suerte y la desgraciada costumbre de sus padres de no poner direcciones en los recibos. Tantos años de vivir en aquella ciudad y todavía no se habían aprendido ni los números… ¿Le había dicho su madre que era dos casas después de la fonda? ¿O cuatro? No recordaba. Decidió tocar de puerta en puerta hasta dar con la indicada. Y fue una suerte que así lo hiciera. O una desgracia… O quizás ambas cosas.

Herido de sombras

The Rusty Pelican era un restaurante rodeado de agua, situado a la entrada del cayo Biscayne. Apenas vio las letras rojas sobre las maderas vírgenes, Cecilia recordó que su tía se lo había mencionado. Visto desde el inmenso puente no era muy atractivo. Sólo la cantidad de barcos y yates que lo rodeaban, desmentía que se tratara de un lugar abandonado. Pero cuando entró en su atmósfera helada y contempló el mar, más allá de las paredes de vidrio, reconoció que la anciana tenía razón. En Miami existían lugares de ensueño.

Vieron el atardecer desde aquella pecera cristalina que los aislaba de la canícula. A lo lejos, las lanchas dejaban estelas de espuma tibia sobre las aguas cada vez más oscuras mientras los edificios se iban llenando de luces. Después de comer, sobre dos copas de Cointreau, hablaron de mil cosas.

Roberto le contó sobre su infancia y sus padres, dos inmigrantes sin conocimiento del inglés que se habían abierto camino en un país generoso y rudo a la vez. Mientras sus amigos tenían novias y se iban de fiesta, él y sus hermanos trabajaban en un taller —después de clases— para ayudar a cambiar neumáticos, sacar mercancía del almacén y atender los teléfonos. De algún modo se las arregló para llegar a la universidad, pero no terminó su carrera. Un día decidió emplear el dinero de sus estudios en un negocio… y funcionó. Los dos primeros años trabajó doce horas diarias y apenas dormía cinco o seis, pero finalmente consiguió lo que quería. Ahora era dueño de una de las agencias de autos más prósperas de la Florida.

Cecilia se daba cuenta de lo alejados que estaban sus mundos y sus vivencias, pero le fascinaba aquella sonrisa y su pasión por una isla que no conocía y que consideraba su patria. Por eso decidió seguir viéndolo.

La noche siguiente fueron a un club; y cuando él la besó por primera vez, ya estaba decidida a pasar por alto su furor por las carreras de autos y aquella manía de llamar al concesionario cada dos horas para saber qué estaba ocurriendo con las ventas. «Nadie es perfecto», se dijo. Casi olvidó que al día siguiente tendría su entrevista con Lisa. Esa noche se despidió temprano y regresó a su casa con el corazón más ligero.

Lisa vivía en los límites de Coral Gables, muy cerca de la Calle Ocho, pero el bullicio del tráfico no llegaba hasta la acogedora casita de color ocre. Había plantas por doquier, y muebles de madera oscura y antigua. Cecilia había encendido su grabadora sobre una mesa en forma de baúl y escuchaba la explicación de Lisa. A través de la puerta de cristal, podía ver unos pájaros azules que se bañaban en la fuente del patio.

—Generalmente los fantasmas regresan por venganza o porque reclaman justicia en un crimen sin resolver —decía Lisa—, pero los habitantes de esa casa parecen felices.

—¿Entonces…?

—Yo creo que han vuelto porque añoran algo que no quieren abandonar. Lo raro es que los fantasmas vuelven siempre al mismo sitio, pero esta casa viaja todo el tiempo.

—A lo mejor hay otros detalles que nadie ha notado. ¿Dónde está lo que me prometiste?

Lisa fue hasta un aparador y sacó un cuaderno bastante manoseado.

—Aquí está todo —dijo, tendiéndole la libreta—. Revísalo mientras voy a la cocina.

Las anotaciones eran irregulares. Algunas se leían perfectamente, otras apenas se entendían; pero en cada página se hallaba registrada una aparición distinta, con fecha, hora y lugar. Las más antiguas habían ocurrido en Coconut Grove, no muy lejos del estudio donde Cecilia viviera cuando llegó de Cuba. Las últimas se habían registrado en una zona de Coral Gables, limítrofe con La Pequeña Habana.

Cecilia iba a copiar el nombre del primer testigo cuando se fijó en la fecha: madrugada del primero de enero, cinco meses después del año en que ella llegara. El segundo fue siete días más tarde: el ocho de enero. Luego había otro testimonio, el veintiséis de julio. Y a continuación otro más, el trece de agosto. Cecilia observó las fechas y, pese al aire acondicionado, sintió que una gota de sudor le corría por la espalda. Nadie había notado aquello.

—¿Te gusta el café con mucha azúcar?

—¿Por qué no me dijiste lo de las fechas?

—¿De qué hablas?

—Las fechas en que ocurrieron las apariciones.

—¿Para qué, si no hay una secuencia coherente? Los intervalos son irregulares.

—Hay un patrón —enfatizó Cecilia—, pero no es de tiempo.

Lisa quedó en suspenso, sospechando que escucharía algo impensable.

—Son fechas patrias… Mejor dicho, *malas* fechas patrias.

—¿Qué quieres decir? —preguntó la otra, sentándose en el sofá junto a ella.

—Veintiséis de julio. No me digas que no sabes qué ocurrió el veintiséis de julio.

—¿Cómo no voy a saberlo? Fue el asalto al Cuartel Moncada.

—Peor que eso: fue el inicio de lo que vino después.

—¿Y qué hay con las otras fechas?

—El primero de enero triunfó la revolución, el ocho de enero los rebeldes entraron en La Habana, un trece de agosto nació quien tú sabes…

—Hay fechas desconocidas.

—No, no hay ninguna.

—Sí las hay —porfió Lisa.

—¿Cuáles?

—Trece de julio.

—La matanza de los que escapaban en el trasbordador *13 de marzo*.

—Diecinueve de abril.

—Derrota de los exiliados en Playa Girón.

—Dieciséis de abril.

—Se oficializó el comunismo en Cuba.

—Veintidós de abril.

—Los muertos del camión.

Lisa intentó recordar.

—¿Qué muertos son ésos?

—Los que dejaron asfixiarse en un camión cerrado. Eran prisioneros de guerra, capturados en Playa Girón. No hay mucha gente que recuerde la fecha.

—¿Y tú cómo la sabes?

—Entrevisté a dos que sobrevivieron.

Lisa guardó silencio, todavía sin entender lo que se infería de aquel listado cronológico.

—No tiene ningún sentido —dijo finalmente—. ¿Por qué demonios una casa que aparece en fechas desgraciadas para Cuba tiene que materializarse en Coral Gables?

—No tengo la menor idea.

—Deberíamos consultar con Gaia.

—¿Por qué?

—Ella tiene experiencia en eso de las casas fantasmas.

—Ah, es verdad. Me contó que había visitado una en La Habana. ¿Sabes algo de lo que le ocurrió allí?

—No —aseguró Lisa, desviando la vista al decirlo.

Cecilia supo que mentía, pero no insistió.

—Tendré que hablar con ella. ¿Me prestas el cuaderno?

—¿Ya te vas? —se sorprendió Lisa.

—Tengo un compromiso esta noche.

—¿Y el café?

—Lo tomo otro día.

—Por favor, no pierdas la libreta. Saca fotocopias, ¿lo harás?

Cecilia vio apagarse la luz del portal, antes de poner en marcha su auto. Camino a casa, trató de organizar aquel amasijo de ideas confusas que golpeaban en sus sienes, pero sólo consiguió evocar escenas y rostros sin conexión entre sí. Nunca había tomado muy en serio aquel asunto, pero ahora todo había cambiado: la casa fantasma de Miami tenía su origen en Cuba.

Vendaval sin rumbo

Ángela miraba la calle desde su balcón. La mañana mojó su olfato con un sabor casi gélido que le recordó la umbría vegetación de la sierra. Cuán lejos habían quedado esos días en que recorría los bosques poblados de criaturas inmortales. Ahora, mientras contemplaba a los transeúntes, su juventud le parecía el recuerdo de otra vida. ¿Alguna vez habló con una ninfa? ¿Había sido bendecida por un dios triste y olvidado? De no haber sido por la persistencia del duende, hubiera creído que todo era un sueño.

Dos décadas es mucho tiempo, sobre todo si uno vive en tierra extraña. La angustia palpitaba en su pecho cuando escuchaba las canciones llegadas de su patria: «Si llegan tristes hasta esos mares ¡ay! los cantares que exhalo aquí, ése es mi pecho que va cautivo porque no vivo lejos de ti». Sí, añoraba su tierra, los hablares de su gente, la vida plácida y eterna de la serranía donde no existía un mañana, sino sólo el ayer y el ahora.

Sus padres habían muerto junto a las faldas de la sierra. Ella les había prometido regresar, pero nunca lo hizo, y llevaba esa promesa rota como un fardo pesado y antiguo.

Juanco, por suerte, había sido un buen marido. Algo cascarrabias, eso sí, sobre todo después que heredara el almacén de tío Manolo… o la bodega, como le decían los lugareños. Mientras ella criaba a su hijo, Juanco acumulaba dinero con la esperanza de abrir el único negocio que le apasionaba: una compañía de grabaciones.

—Es una locura —le confiaba a Guabina, una mulata de cabellos rojizos que vivía en la casa aledaña—. ¿Te imaginas? A duras penas mantiene una bodega en este barrio de mala muerte y todavía pretende competir con el gringo del perrito.

Se refería al logotipo de la Victor Records, que mostraba a un perro frente a la bocina de un gramófono.

Juanco le había explicado por qué sería tan provechoso abrir una compañía de grabaciones en La Habana: los músicos no tendrían que viajar más hasta Nueva York. Pero ella no quería oír de aquella locura.

Ángela llegó a odiar tanto al gringo del perrito que Guabina, sabedora de cuestiones mágicas, le propuso hacer una brujería… no al hombre, sino al animalito.

—Muerto el perro, se acabó la rabia —dijo—. Y seguro que al dueño le da una sirimba después. Se ve que lo quiere mucho para sacarlo en todos sus anuncios.

—Jesús —decía Ángela—, que tampoco quiero cargar con una muerte en mi conciencia. Además, la culpa no es del condenado perro, sino de esas vitrolas que han puesto por todas partes. ¡Son una maldición!

—Tampoco así, doña Ángela, que la música es una bendición de los dioses, un descanso en este valle de lágrimas, un traguito de aguardiente que nos endulza la vida…

—Pues a mí me la amarga, Guabina. Y para serte franca, creo que a mi hijo lo ha desquiciado un poco.

—¿A Pepito? —replicó la mulata—. ¡Qué va a desquiciarse ese muchacho! Si está más alebrestao que nunca.

—Demasiado. Algún bicho raro lo ha picado, y tiene que ver con esos sonsonetes que se oyen a toda hora por las esquinas.

Ángela suspiró. Su Pepito, su niño del alma, llevaba semanas viviendo en otro mundo. Todo había empezado poco después de regresar una madrugada, medio ebrio, apoyado en los hombros de dos amigos. Ella había estado al borde de un infarto y amenazó con prohibirle todas las salidas nocturnas, pero su hijo no se dio por enterado. La borrachera sólo le hacía sonreír, pese a que Ángela manoteaba como un ventilador frente a su rostro, a punto de abofetearlo.

De pronto, como era de esperar con tanta algarabía, el Martinico apareció en medio de una nubecilla liliputiense y saltó sobre la vitrina abarrotada de mayólica. Ángela se puso histérica, lo cual alborotó aún más al Martinico. Los muebles comenzaron a brincar mientras ella gritaba —mitad contra el Martinico, mitad contra su hijo— hasta que Juanco salió del cuarto, asustado por el escándalo.

—El muchacho ya es un hombre —dijo cuando se enteró del motivo original del disturbio, aunque ignorando el segundo de ellos—. Es normal que llegue un poco tomado a casa. Ven, vamos a dormir...

—¿Un poco tomado? —chilló Ángela, olvidando la hora y los vecinos—. ¡Está hecho una uva!

—De todos modos, ya es mayor de edad.

—¡Valiente cosa!

—Déjalo tranquilo —dijo Juanco en un tono que rara vez usaba, pero que impedía nuevas réplicas—. Vamos a dormir.

Y ambos se fueron a la cama, después de acostar a su hijo, dejando al duende sin público y frustrado.

Al día siguiente, su hijo se levantó y se metió en la ducha durante una hora hasta que Ángela lo llamó a gritos para preguntar qué le pasaba. El muchacho salió rozagante del baño y salió de casa sin desayunar —algo insólito en quien nunca hacía nada si antes no se zampaba su café con leche, media rebanada de pan con mantequilla y tres huevos fritos con jamón—, dejando atrás una estela de perfume que mareó a su madre.

—Está de vacaciones —solía contestar Juanco si ella se quejaba de las tardanzas de su hijo—. Cuando vuelva a la universidad, no tendrá tiempo ni para soplarse las narices.

Pero las clases se hallaban a dos meses de distancia y todas las mañanas el joven se pasaba horas bajo la ducha cantando a voz en cuello: «Por ella canto y lloro, por ella siento amor, por ti, Mercedes querida, que extingues mi dolor…». O aquella otra canción que la enloquecía por su tono quejumbroso y rumbero: «No la llores, no la llores, que fue la gran bandolera, enterrador no la llores…».

Ahora, más que nunca, odiaba al gringo del perrito. Estaba segura de que ese ejército de vitrolas cantando en cada esquina los enloquecería a todos. Su hijo había sido uno de los primeros en sucumbir, y ella, sin duda, sería de las próximas. ¿Cómo iba a gustarle la música cuando era algo que tenía que escuchar por obligación, y no por placer? En los últimos años, aquella plaga de trovadores ambulantes y tragamonedas infernales habían invadido la ciudad como una peste bíblica.

—El problema del niño Pepe no es la música —la interrumpió Guabina una tarde, cuando su amiga iba por la mitad de su queja—. Aquí se mueven fuerzas mayores.

Ángela calló de golpe. Cada vez que su amiga comenzaba a hablar de esa manera sibilina, se producía alguna revelación.

—¿No es la música?

—No, aquí hay lío de faldas.

—¿Una mujer?

—Y no de las buenas.

El corazón de Ángela dio un vuelco.

—¿Cómo lo sabes?

—Recuerda que yo también tengo mi Martinico —respondió la mulata.

Guabina era la única persona, además de su marido y de su hijo, que conocía la existencia del duende. Juanco, que había sido testigo de extraños hechos, aceptaba su presencia sin referirse a él. Su hijo se burlaba de aquella historia, tachándola de superstición. Sólo Guabina había acatado el hecho sin aspavientos ni asombros, como un percance cotidiano más. Ángela se lo había confesado una tarde en que la mulata le habló de un espíritu mudo que se le aparecía cuando algo malo rondaba cerca.

—¿Una mujer? —repitió Ángela, intentando comprender el significado de la idea: su hijo ya no era un muchacho, su hijo podía enamorarse, su hijo podía casarse e irse a vivir lejos—. ¿Estás segura?

Guabina desvió la mirada hacia un rincón de la habitación.

—Sí —afirmó.

Y Ángela supo que la respuesta provenía de alguien a quien ella no podía ver.

Leonardo había salido más temprano que de costumbre. A su paso, las puertas se abrían como estuches en una tienda de fantasía: los prostíbulos del barrio se preparaban para recibir a sus clientes.

Cuando llegó a casa de doña Ceci, la entrada ya estaba abierta.

—Pasa —lo saludó la propia dueña, envuelta en la estola negra que nunca se quitaba—. Voy a avisarle a las muchachas.

Leonardo la agarró por el brazo.

—Ya sabes por quién vine. Avísale sólo a ella.

—No sé si quiera recibirte hoy.

Leonardo contempló a la mujer con repugnancia y se preguntó cómo pudo haberle gustado alguna vez. Había sido en otra época, claro. Su sangre corría tan impetuosa que su cerebro apenas le dejaba pensar. Pero ahora contemplaba las ruinas de la que fuera una de las mujeres más hermosas de la ciudad: una anciana llena de afeites que trataba de ocultar el perenne temblor de sus manos con los mismos gestos altivos de su juventud.

—He venido porque ella me prometió esta tarde.

Cecilia se zafó de las garras del hombre.

—Con Mercedes una promesa no es una garantía —le aseguró, arreglándose el manto—. Es más caprichosa que su difunta madre, que Dios la tenga en la gloria.

Leonardo sonrió con sarcasmo.

—¿En la gloria? Dudo que allí haya espacio para las que son como ustedes.

Cecilia clavó su mirada de fuego en el rostro del hombre.

—Tienes razón —respondió—. Seguramente acabaremos en el mismo lugar adonde irán los que son como tú.

Leonardo fue a responder como se merecía, pero se encogió de hombros. El recuerdo de la joven ocupó toda su atención. La había visto por primera vez cuando su madre aún vivía. Caridad lo había enloquecido desde que se le entregara bañada en miel. En aquellos tiempos, Mercedes era sólo una chiquilla que salía de la recámara materna, a veces medio dormida, cuando él llegaba a visitar a su amante; y nunca la vio de otro modo hasta que Caridad murió en aquel incendio que casi arruinó el negocio. Pero Leonardo no se fijó en ella de inmediato. Casi olvidó su existencia porque dejó de visitar el lugar. Y cuando por fin regresó, dos años después, sus visitas fueron escasas y en horas de la madrugada. Así es que tampoco coincidió con ella.

—Dice que no puede atenderte ahora.

La voz de doña Cecilia, a sus espaldas, lo sacó de su embeleso.

—Pero ella me dijo…

—No es que no vaya a recibirte en toda la noche, pero ahora está ocupada.

Leonardo se dejó caer sobre un sofá y encendió un cigarro.

Meses atrás un amigo había insistido en que lo acompañara hasta allí, aunque apenas era mediodía.

—Doña Cecilia no está —les advirtió una muchacha de

cutis dorado que salió a la puerta—, pero pueden esperar si lo desean.

La joven vestía un salto de cama que no ocultaba sus formas espléndidas. Leonardo la vio alejarse y desaparecer por una de las puertas. Su aspecto le resultaba familiar, pero sus sentidos embotados no lo dejaron reconocerla. Sólo cuando él salió de una habitación, horas más tarde, y la vio a la luz de las lámparas que iluminaban la oscuridad del patio, su corazón dio un vuelco hacia el pasado. La joven era la imagen de su difunta madre, pero una imagen de tez más clara y con un rostro angelical. Ya era tarde y no tenía tiempo para quedarse… pero regresó a la noche siguiente y pidió verla.

—El amante quiere revivir antiguas pasiones —dijo burlonamente doña Ceci—. Ya no está la madre, pero queda la hija… que es mucho más codiciada, dicho sea de paso.

—Déjate de palabrerías y búscala.

—Lo siento, pero Mercedes está con alguien.

—Esperaré.

—No te hagas ilusiones. Hoy vino a verla Onolorio.

—¿Quién?

—Su protector, su primer hombre… Cuando él viene, ella debe estar a su disposición.

—Ni que fuera su dueño… —comenzó a decir Leonardo, pero se interrumpió al ver la expresión de Cecilia—. ¿Qué pasa?

—Es su dueño.

—¿Qué quieres decir?

—La compró.

—¿De qué estás hablando?

—¿Cómo crees que reconstruí mi casa después del incendio? Hacía tiempo que don Onolorio estaba que se le hacía la boca agua por la niña, pero su madre no lo hubiera permitido por nada del mundo. Cuando Caridad murió, Onolorio me ofreció una fortuna si lo dejaba convertirse en «mentor» de la muchacha. No me quedó otro remedio que aceptar.

—¿Le entregaste la niña a un hombre?

—Ya no era una niña, y además, Mercedes estaba encantada. Siempre me pareció una criatura medio endemoniada...

—¿Esa muchacha? —insistió él, recordando el rostro de la joven—. No puede ser.

—Sólo te advierto.

Leonardo se marchó de madrugada, sin haber podido verla. Pero volvió al día siguiente, y al otro, y al otro. Por fin, cerca de la medianoche, Mercedes salió de una habitación acompañada por un hombre. Era un mulato achinado, vestido con un impecable traje de dril blanco. Ella le dio un beso de despedida y volvió a entrar, dejando la puerta semiabierta. El mulato pasó junto a Leonardo.

—Ya sé que estás encaprichado con mi hembra —le dijo—. Muchos se aburren y se van con otra, pero tú sigues en lo mismo.

—¿Quién te dijo...?

—Eso no importa. Esta noche puedes verla, pero ándate con cuidado y no te pases de macho.

Y dejando a Leonardo con la palabra en la boca, atravesó la puerta de la calle, seguido por un individuo corpulento que parecía esperarlo junto a la entrada.

—Tu adorada ya está libre —le dijo doña Ceci.

—Eres una vieja chismosa —la increpó Leonardo—. No tenías que andar diciendo por quién vengo.

—No soy yo quien da esa clase de informes. Onolorio tiene sus propios medios para saber lo que ocurre, sobre todo si concierne a su querida.

En ese instante alguien salió de las sombras, tropezó con él y casi lo tumba al suelo.

—Buenas noches —dijo el muchacho con aire humilde—. Me llamo José, pero los amigos me dicen Pepe...

Era evidente que estaba borracho.

—Perdone, caballero —intercedió otro joven, que pugnó por arrastrar a su amigo de allí—. No quisimos molestarlo.

Leonardo les dio la espalda, deseoso por concluir lo que ya estaba dilatándose demasiado.

—Después arreglamos el precio —le informó a la mujer en un susurro y caminó hasta la puerta entreabierta.

Nunca había pensado en los hombres más que como animalitos que estaban allí para cumplir sus deseos. Otras mujeres se vestían para atraerlos, pero Mercedes creía que eran ellos quienes debían de comprarle vestidos y joyas. Nadie le explicó nunca que su sistema de prioridades estaba errado; y ella tampoco lo comentó, creyendo que se trataba del orden natural de las cosas.

Jamás supo en qué momento brotaron tales ideas. Después del desmayo, su cabeza se volvió un lío. Únicamente Cecilia notó el cambio. Comprendió que había cometido un error al intentar revivirla con la misma miel empleada en la ceremonia, pero ya el daño estaba hecho.

Primero fueron las miradas que descubrió en la criatura cuando observaba a los hombres. Varias veces la sorprendió atisbando lo que ocurría en el interior de los cuartos y, más tarde, revolcándose extrañamente entre las sábanas. Pronto su conducta dejó de ser un secreto y fue motivo de chistes. La niña se pintaba los labios con licor de café, se echaba azúcar en los párpados para que brillaran bajo las lámparas rojas y se paseaba desnuda por los pasillos, cubierta por un chal de seda dorada. Cecilia concluyó que el espíritu de Oshún la había convertido en una diablesa.

Pero el problema principal era que la niña no era tan niña. Con casi quince años, su madre se veía obligada a reprenderla para que se vistiera. Por si fuera poco, hubo que mantener a raya a los clientes que ofrecieron dinero por ella. Onolorio era el más peligroso. Cecilia se sentía amenazada cada vez que el hombre entraba a su casa, acompañado por aquellos guardaespaldas de mala calaña.

La muerte de Caridad, dos años después, fue providencial. Aunque el incendio casi acabó con su negocio, doña Cecilia vio los cielos abiertos cuando Onolorio le ofreció el doble de lo que le costaría arreglarlo, si le daba los derechos de por vida sobre la criatura. No pretendía comprarla, claro que no. Sólo quería tener prioridad y acceso ilimitado a su alcoba cada vez que quisiera verla.

Cecilia no dudó en entregarla. La muchacha parecía ansiosa por entrar en esa vida… algo que seguramente haría, tarde o temprano, ahora que su madre había muerto. Según el convenio, Mercedes no recibiría ningún dinero por esas visitas; pero Onolorio estaba prendado de ella, y la joven hizo con él lo que se le antojó.

Muy pronto los hombres se convirtieron en un instrumento para cumplir sus caprichos y aplacar ese ardor que la azotaba día y noche. Ninguno despertó en ella nada que no fueran instintos. Ni Onolorio, que durante los primeros meses apenas se separó de su lecho, ni todos los que llegaron después, incluyendo a Leonardo, aquel señoritingo que siempre le traía regalos.

Las visitas de Onolorio, que habían menguado un tanto, volvieron a repetirse cuando apareció Leonardo. Ella sospechó que existía una batalla silenciosa para ganársela. Onolorio le pidió que se fuera con él, pero ella se negó. Le gustaba esa vida y esa casa, que consideraba suya, y no estaba dispuesta a someterse a la voluntad de un solo hombre que tal vez no la trataría tan bien cuando la supiera de su exclusiva propiedad. Pero aquella existencia no iba a durar mucho.

El primer atisbo de cambio se produjo de manera vaga e inesperada, como uno de esos sueños que después se confunden con algo real. Casualmente, ocurrió la primera noche que Leonardo estuvo con ella.

Esa madrugada, cuando casi todos los clientes se habían marchado, hubo un eclipse de luna sobre La Habana. Mercedes no sabía lo que era un eclipse. Sólo escuchó el alboroto de las mujeres en el patio, mientras gritaban que la luna se estaba oscureciendo y que era el fin del mundo. Pero cuando ella salió a mirar, no notó nada extraordinario. Era la misma luna de siempre a la que le faltaba un trozo. Varios jóvenes, al parecer estudiantes, trataban de tranquilizar a las mujeres. Mercedes se aburrió del alboroto y volvió a su habitación.

Nunca supo si aquel eclipse desencadenó potencias mágicas o si ocurrió algún otro fenómeno desconocido.

Mientras iba de regreso a su alcoba, una criatura diferente pasó junto a ella, y su rostro fue el ramalazo de algo que la atrajo más que el espíritu de Oshún. No pensó en esa aparición como en un hombre, aunque lo era, debido a esa cualidad crepuscular en su mirada. La criatura clavó sus ojos en Mercedes, pero aquella expresión no era igual que otras. Su demonio interior —aquel súcubo que penetrara en ella cuando la miel de la diosa mojó sus labios— retrocedió furioso ante la mansedumbre de ese rostro. Con todas sus fuerzas se aferró al hermoso cuerpo que habitaba desde hacía años, negándose a abandonarlo. La joven batalló contra la potencia, casi al borde del ahogo, y fue como si un velo cayera a sus pies. Durante unos instantes, el mundo pareció otro. Repetidamente pugnó por arrojar de sí aquella voluntad ajena que la ataba a un universo oscuro y desesperado; pero al final acabó por entregarse de nuevo a la entidad que la dominaba, y pasó junto al hombre, enajenada e indiferente, como si él nunca hubiera existido.

Pepe se burlaba de las supersticiones de su madre, pero sólo de boca para afuera. El joven había heredado aquel sexto sentido que, aunque no le permitía ver duendes, le dejaba intuir presagios y corazonadas. Sin embargo, no era consciente de su existencia. Más bien lo percibía a un nivel remoto y subterráneo.

Años después pensaría en eso, al revisar los hechos que cambiaron su vida la tarde en que Fermín y Pancho lo invitaron a una función del Teatro Albisu. La zarzuela celebraba las victorias del antiguo ejército español sobre las tropas mambisas; y aunque la República ya llevaba varios años instaurada, el muchacho sentía en carne propia la sangre derramada por los cubanos. No importaba que fuera hijo de españoles. Había nacido en aquella isla y se consideraba cubano.

Durante el intermedio, Fermín y Pancho notaron su semblante hosco.

—No lo tomes tan en serio —le susurró Fermín al oído—. Todo eso pasó a la historia.

—Pero sigue aquí —contestó Pepe, tocándose las sienes.

—Anímate, hombre —le dijo Pancho—. Mira cómo hay damitas rondándote.

José se encogió de hombros.

—La verdad es que Dios le da pañuelo al que no tiene narices —suspiró Pancho.

Cuando terminó la función, lo invitaron a cenar.

—No llegues tarde —le había rogado su madre.

No sólo llegó muy tarde, sino completamente borracho y custodiado por sus amigos, más o menos en igual estado. Quizás si le hubieran dicho de inmediato el origen de su comportamiento, Ángela no se habría molestado tanto: su Pepito estaba enamorado. Pero enamorarse es un concepto bastante ecuánime, casi reposado, en comparación con el ánimo en que se hallaba el joven.

Después de cenar, habían ido a tomar unos tragos. Bastaron cuatro para que el joven José, que jamás bebía, quisiera conocer a todo el que pasaba cerca. El mundo se le antojó un lugar lleno de personas amables y queridas; algo que nunca antes había notado.

A las diez de la noche, y sin que supiera cómo, se sorprendió vagando por una zona desconocida de la ciudad escoltado por sus amigos. Dando traspiés, atravesaron la puerta de un caserón desconocido. De inmediato, el muchacho se fijó en un caballero que conversaba con una momia. La momia no estaba muerta, como hubiera sido normal. Sonreía, y al hacerlo se arrugaba aún más. Todo estaba muy oscuro, excepto por los bombillos rojos que llenaban de sombras el patio. Se acercó un poco para observar mejor. El caballero le pareció muy distinguido, digno de figurar entre sus más selectas amistades. Pese a la expresión de contrariedad que endurecía su rostro, sintió el deseo inmediato de contar con su simpatía.

—Buenas noches —dijo, tendiéndole una mano—. Me llamo José, pero los amigos me dicen Pepe…

El desconocido dejó de hablar para mirarlo.

—Perdone, caballero —dijo Fermín, acercándose—. No quisimos molestarlo.

Y tomó del brazo al joven para alejarlo de allí.

—Si vas a quedarte, mejor te callas la boca —le susurró Fermín—. Puedes meternos en un lío.

Pero José no estaba en condiciones de decidir si se quedaba o se iba a casa. Así es que Fermín y Pancho lo dejaron con una mujer, y ellos se fueron con otras.

—Me llamo José —repitió, cuando ella lo hizo sentar sobre una cama—. Pero me dicen Pepe…

Enseguida cerró los ojos y comenzó a murmurar insensateces. La mujer comprendió que no podría esperar nada de él; pero como ya había cobrado, lo dejó dormir.

Despertó una hora después, sobresaltado por un gran escándalo. No le dolía mucho la cabeza, pero el mundo daba vueltas sin parar. Fue hasta una palangana con agua y se mojó la cara. Tambaleándose, abrió la puerta. El aire frío de la madrugada alertó sus sentidos. ¿Dónde estaba? Varias luces rojas iluminaban el patio. Se recostó a una pared, intentando imaginar dónde podría hallarse.

Y en ese momento, la vio. Un ángel. Una criatura que Dios le enviaba para conducirlo a su morada definitiva, cualquiera que ésta fuera. Se quedó atónito ante la fragilidad de sus rasgos, pero más que todo ante sus ojos: de odalisca, de maga legendaria... La criatura se detuvo, estudiándolo con sorpresa. Notó las alas que se movían detrás de sus hombros, con una cualidad lenta y acuática. Irreal. Una mora de agua debía ser, como aquella que hablara con su madre antes de que él naciera.

Pero el prodigio fue breve. La ninfa desvió su mirada, como aquejada por un dolor antiguo, recuperó su expresión hermética y siguió andando. Sólo entonces José descubrió que no tenía alas, sino una túnica casi transparente que el aire de la noche alzaba sobre sus hombros.

Media hora más tarde, cuando sus amigos llegaron, estaba más borracho que nunca, después de haberse tomado varias líneas de ron que la momia le sirviera.

Mercedes lo hubiera olvidado, pero el ente de mirada crepuscular regresó. Y con un regalo insólito: rosas y un trío de trovadores que dio una serenata en el patio por primera vez en la historia del lupanar. El demonio que habitaba en ella, aturdido por el homenaje, abandonó su cuerpo durante varias horas; el tiempo suficiente para que Mercedes pudiera hablar con José, conocer quién era y de qué misterioso universo había surgido aquel hombre que no se parecía a ninguno.

José le habló de sus sueños y de pensamientos que rondaban por su cabeza; de imágenes imposibles, como esas que aparecen en los instantes de éxtasis amoroso, cuando el ser humano se convierte en una criatura más mística... Ella lo escuchó arrobada y también le contó los suyos; sueños diferentes a cuantos albergara hasta el momento y que surgían de algún rincón nunca antes visitado.

Volvió a su infancia, a la época en que sus padres la acunaban para dormir, cuando doña Cecilia encargaba docenas de jabones a su padre, aún vivo. Porque José le hablaba, y ella se convertía en una niña. Junto a él se esfumaban los clientes de mirada torva, las bromas de las meretrices, los olores del prostíbulo. Fue feliz, de una manera nueva, hasta que él se marchó, dejándola otra vez en compañía de mortales y demonios. ¿Habría soñado?

Esa noche, Leonardo la visitó. Y también Onolorio. Pero ella estuvo ausente de su cuerpo durante esas visitas, con la mirada perdida y ajena al collar de rubíes que Onolorio le había comprado… algo que él no dejó de notar.

Sin que ella lo supiera, ordenó a su escolta que montara guardia frente al lugar. Aunque no se había tropezado con Leonardo, sospechó que la actitud de Mercedes se debía a aquel petimetre. Era un asunto que tendría que acabar de resolver. Una cosa era que el tipejo se acostara con ella, y otra que siguiera pensando en él cuando estaban juntos. Todo tenía un límite y Onolorio se lo había advertido.

Dos veces se encontró con Leonardo, que negó saber de qué le hablaba. Onolorio no se dio por vencido. Algo extraño estaba ocurriendo y decidió vigilar desde las cuatro de la tarde, cuando empezaban a llegar los clientes.

Por suerte, José no era uno de ellos. Había decidido visitar a Mercedes durante los mediodías, cuando ella parecía más descansada y apenas había personas en el lugar; pero se propuso llenar las noches con su recuerdo.

No tardó en llegar a Onolorio la historia de las serenatas. Cada noche, algún trovador solitario, o un dúo, o un trío, se acercaba a la ventana de Mercedes para entonar el bolero de ocasión. La primera semana, Onolorio intentó averiguar quién era el perpetrador. La segunda, los matones la emprendieron a guitarrazos contra los infelices cantantes. La tercera, destrozó tres ramos de rosas —sin remitente, pero con destinataria— que un mensajero dejó en manos de doña Cecilia. La cuarta, amenazó con golpear a Mercedes si no le decía el nombre de su galán. La quinta, cuando Pepe llegó después del mediodía, Mercedes tenía un ojo amoratado.

—Recoge tus cosas —le dijo José—. Nos vamos de aquí.

—No —respondió la voz del demonio—. Yo no me marcho.

Su mirada le dolió tanto que, por primera vez, ella se justificó.

—Tus padres nunca me aceptarán.

—Si yo te acepto, ellos lo harán.

La joven luchó contra el espíritu que dominaba su voluntad.

—Onolorio no dejará de buscarnos —insistió ella—. Nos matará.

José la besó brevemente en los labios y el demonio retrocedió aturdido.

—Confía en mí.

Ella asintió, sacudida por una angustia de muerte.

—Ve recogiendo tus cosas —propuso él—. Espérame en la puerta del fondo, pero no te preocupes si me demoro un poco.

Y eso lo decía porque, antes de buscar las maletas, debía ir a casa de sus padres.

Guabina le alcanzó un vaso de agua helada que Ángela se bebió entre sollozos. Pepe le había dado la noticia, y la pobre mujer no quería ni pensar en lo que ocurriría cuando su marido se enterara. Llevar una prostituta a su casa. ¿Cómo había sucedido semejante cosa? Un muchacho bien criado, que estudiaba una carrera… ¿Cómo Dios permitía aquello?

Guabina se sentó a su lado, incapaz de consolarla. No se

atrevía. Sobre todo porque, junto al rincón donde reposaban sus santos, había vuelto a aparecer aquel espíritu que le avisaba de cualquier peligro. La mujer se había quedado muda del susto. Allí estaba, agachado en su habitual pose de espera. Algo sucedería si no tomaba cartas en el asunto.

Fue hasta la sopera blanca de Obba, una de las tres diosas «muerteras», la enemiga mortal de Oshún. Sólo ella podría ayudarla a arrebatarle una víctima a aquel fantasma.

Se enfrentó a la sopera, hizo sonar las piedras y rezó una oración ante las imágenes de los santos católicos y africanos que llenaban el altar. Ángela la miró por encima de su pañuelo, esperanzada ante los poderes de la mulata vidente. El sonido de las piedras estalló en la habitación y saltó por las paredes como una risa cloqueante y enloquecida.

Ya había pasado una hora desde que Pepe se marchara. Tal vez se había arrepentido. ¿A qué hombre normal se le ocurriría llevar una prostituta a casa de sus padres? No, José era distinto. Mercedes estaba segura de que regresaría. Algún percance le habría retrasado. Demasiado inquieta para esperarlo en su habitación, arrastró dos maletas a lo largo del pasillo en dirección a la salida del fondo. Ya regresaba por la tercera cuando una mano le dobló el brazo y la hizo ponerse de rodillas.

—No sé adónde crees que vas. —Onolorio apuntaba a su rostro con una navaja abierta—. Ninguna mujer, óyeme bien, *ninguna* me ha abandonado. Y tú no vas a ser la primera.

La agarró por los cabellos y la sacudió con tanta fuerza que Mercedes gritó, sintiendo que las vértebras del cuello se le quebraban.

—¡Déjala tranquila!

La voz surgió del patio. De reojo, porque la posición de su cabeza le impedía hacer otra cosa, vio acercarse a Leonardo.

—Si no la dejas, llamo a la policía.

—¡Ahora todo está claro! —dijo Onolorio sin soltarla, blandiendo la navaja cerca de su vientre—. Así es que los tortolitos iban a fugarse.

Mercedes comenzó a rezar por que José no apareciera ahora.

—No sé de qué estás hablando —aseguró Leonardo—, pero ahora mismo vas a entregarme a esa mujer o terminas en la cárcel.

—Te la voy a entregar… después que acabe con ella.

Mercedes sintió un frío en su costado. Aterrada, sabiendo que ya nada podía perder, excepto la vida que comenzaba a escapársele, clavó un codo con todas sus fuerzas en las costillas del hombre que, sorprendido, la soltó.

Con un instinto más cercano a la supervivencia que a la lucha por una hembra, Leonardo se lanzó contra el otro. Ambos se enredaron en una batalla feroz que Mercedes, demasiado mareada, no pudo seguir. Mientras trataba de contener la sangre, algo tiró de sus entrañas como si también quisiera escapar por la herida. Algo, que no era su alma, la abandonaba a regañadientes. Su vista se nubló. Escuchó gritos —unos gritos agudos y aterrados de mujer—, pero el mundo daba tantas vueltas que cayó al suelo, aliviada de haber hallado un sitio que la sostuviera.

Antes de que José llegara a la puerta, supo que había ocurrido algo terrible. Varias mujeres gritaban histéricas en la calle y había policías por doquier.

Cuando entró, tuvo que apoyarse en una pared. Dos hombres se desangraban en medio del patio. Uno de ellos, cuyo rostro le resultó familiar, yacía inmóvil en el cemento. El otro, un mulato de mal aspecto, se arrastraba aún sobre su vientre; pero José comprendió que no viviría mucho.

El patio había quedado momentáneamente vacío. Las mujeres seguían gritando en la calle y la policía había salido en busca de auxilio. José se acercó a la única persona que le interesaba. Mercedes respiraba agitada, pero suavemente.

—Por Dios, ¿qué ha pasado? —murmuró sin esperar respuesta.

El aliento sibilante del mulato llegó a él, desde el otro extremo del patio.

—Si me muero de ésta, juro que me vengaré de todas las putas desde el otro mundo —masculló en dirección a Mercedes, aunque ella no parecía escucharlo—. No hallarán paz aquí, ni en el infierno.

El hombre bajó la cabeza, vomitó un buche de sangre y quedó con la nariz clavada en el suelo.

—José —susurró Mercedes, sintiendo crecer una ola tibia en su pecho; y supo que esa frialdad que la habitara durante años se marchaba definitivamente con la sangre que salía de su herida.

Guabina oraba, haciendo chocar las piedras de Obba. Ángela se había quedado dormida, como si la fuerza del hechizo hubiera agotado sus fuerzas. De pronto, Guabina dejó de rezar. Había escuchado un ruido a sus espaldas, más bien un sonido gutural, un crujido inconexo como la vibración de un papel agitado por el viento. Se volvió para enfrentarse a aquel espíritu mensajero de desgracias. Allí estaba, acuclillado como siempre, el indio mudo y plagado de cicatrices, asesinado siglos atrás, cuya alma continuaba aferrada a aquel trozo de ciudad por razones que ella desconocía. La imagen comenzó a temblar como si un huracán intentara deshacerla, y Guabina comprendió que sería la última vez que lo veía. El indio había llegado para avisarle de un peligro enorme, pero el peligro ya había pasado. La mujer respiró aliviada y se volvió para despertar a su amiga, tras decir adiós a la silueta que se esfumó poco a poco.

Y es cierto que nunca más volvió a verlo, pero no sería la última vez que el indio se le aparecería a alguien en aquella ciudad.

No me preguntes por qué estoy triste

Llovía a cántaros cuando parqueó su auto junto al chalet de Gaia. Eran apenas las cinco de la tarde, pero la tormenta se había tragado la escasa luz y ahora parecía de noche.

Adentro, en la seca y acogedora atmósfera de la sala, Circe y Polifemo dormitaban sobre un almohadón que su dueña había colocado a los pies del sofá. El ronroneo de los gatos era perceptible por encima de la lluvia que golpeaba amablemente las maderas. Gaia sirvió el té y abrió una lata de bizcochos.

—A mi abuela le hubiera gustado hacer chocolate con un tiempo así —dijo—. Por lo menos, era lo que siempre decía cuando se acercaba un ciclón; pero como el chocolate ya era cosa del pasado durante mi infancia, freíamos un poco de pan en aceite y lo comíamos oyendo las ráfagas.

Cecilia recordó que su abuela Delfina también hablaba de tomar chocolate caliente cuando el tiempo se volvía huracanado; pero ella pertenecía a la misma generación que Gaia, así es que su abuela tampoco pudo ofrecerle la prometida taza.

—¿Qué piensas de las fechas? —preguntó después de probar su té.

—Lo mismo que tú: no se trata de una casualidad. Hay ocho fechas, y todas marcan desgracias diferentes en la historia de Cuba. Algunas se repiten más de una vez. Para saber por qué las apariciones de la casa coinciden con esas fechas, yo investigaría a sus habitantes.

—¿Por qué?

—Porque la casa es un símbolo. Ya te dije que las mansiones fantasmas revelaban aspectos del alma de un lugar.

—Pero ¿de cuál? ¿De Miami o de Cuba? Porque esta casa aparece en un sitio, en ciertas fechas relacionadas con el otro...

—Por eso debemos averiguar quiénes la ocupan. Usualmente es la gente la que se mueve de un lado a otro. Yo creo que la casa sigue el impulso de sus habitantes. Ése es el vínculo que hay que buscar: las personas. ¿Quiénes fueron? ¿Qué hacían? ¿A quién o qué perdieron en esas fechas o a causa de ellas?

—Podrían ser familiares de cualquiera de los miles de cubanos que viven en Miami —aventuró Cecilia, exprimiendo más limón dentro de su taza.

—¿Y no has pensado que podrían ser personas famosas? Actores, cantantes, políticos... Gente que simboliza algo.

Cecilia movió la cabeza.

—No creo. Nadie los ha reconocido. Según los testimonios, parecen personas corrientes.

Polifemo roncaba a los pies de su dueña. Había rodado del almohadón sin darse cuenta, desplazado por Circe que ahora dormía patas arriba.

—Hay algo más que puedes hacer —dijo Gaia, cuando vio que Cecilia se ponía de pie para marcharse—. Marca los sitios de las apariciones en un mapa. ¿Quién sabe si eso pueda darte otra pista?

—No sé si deba seguir investigando. Tengo que acabar mi artículo en algún momento.

Gaia la acompañó hasta la puerta.

—Cecilia, reconoce que ya no estás interesada en el artículo, sino en el misterio de la casa. No tienes por qué limitarte.

Se miraron un instante.

—Bueno, ya te contaré —murmuró Cecilia, antes de volver la espalda y perderse entre los árboles.

Pero no se fue enseguida. Desde la oscuridad de su auto, observó los alrededores. Gaia tenía razón. Su interés por el misterio iba más allá del artículo. La casa fantasma se había convertido en su Grial. De alguna manera también se había convertido en un foco de angustia, como si presintiera el dolor de aquellas almas encerradas en la mansión. No había necesitado verla para palpar el rastro de melancolía que reinaba en los lugares donde había aparecido, y la atmósfera de nostalgia, casi rayana en tristeza, que quedaba en cada sitio tras su desvanecimiento.

Recordó a Roberto. ¿Qué hubiera pensado de eso? Había querido contarle sobre la casa, pero constantemente evadía el tema. Cada vez que trataba de acercarlo a su mundo, él debía hacer una llamada o recordaba que tenía una reunión o le proponía ir a un club. Era como si sólo tuvieran una zona común para coexistir: las emociones. Cecilia comenzaba a sentir una especie de ahogo, como si estuviera atrapada, aunque no sabía por qué, ni de qué. Roberto también se mostraba distante y retraído.

Decidió pasar por el concesionario. Él le había dicho que estaría allí hasta las ocho. Lo encontró en el salón donde se exhibían algunos modelos deportivos.

—Necesito contarte algo —dijo Cecilia.

—Vamos a mi oficina.

Y mientras caminaban empezó a hablarle por primera vez de la casa, de las entrevistas y de las apariciones.

—¿Por qué no vamos a tomar algo? —preguntó él de pronto.

—De nuevo.

—¿De nuevo qué?

—Cada vez que quiero hablar de mis cosas, cambias de conversación —dijo ella.

—No es cierto.

—He tratado de contarte sobre esa casa dos veces.

—No me interesan los fantasmas.

—Es parte de mi trabajo.

—No, tú eres tú y tu trabajo es otra cosa. Háblame de ti y te escucharé.

—Mi trabajo es parte de mí.

Roberto pensó un segundo antes de responder:

—No quiero hablar de cosas que no existen.

—Quizás la casa no existe, pero muchas personas la han visto. ¿No te interesa averiguar por qué?

—Porque siempre hay gente dispuesta a creer en cualquier cosa, en lugar de ocuparse de asuntos más productivos.

Ella se le quedó mirando casi con dolor.

—Ceci, tengo que ser sincero contigo…

En lugar de marcharse, como había pensado hacer, se quedó en su asiento y lo escuchó durante media hora. Él le confesó que todo ese mundo de espectros, auras y adivinaciones, lo inquietaba. O más bien le molestaba. Cecilia no entendía. Siempre creyó que lo intangible era reconfortante; significaba que uno podía contar con un arsenal de poderes si el entorno se hacía demasiado doloroso o terrible. Pero a Roberto esas cuestiones lo llenaban de incertidumbre. Terminó diciendo que todas esas historias eran idioteces que sólo podían creer otros idiotas. Aquello la hirió de veras.

Volvieron a verse tres días más tarde… y de nuevo se alejaron. Recordó el hexagrama del *I Ching* que consultara la noche en que decidió llamar a Roberto. Abrió la página aún marcada y descubrió, bajo el epígrafe que decía «diferentes líneas», el número nueve que ella había sacado en la tercera línea y que había pasado por alto en su lectura anterior:

> La penetrante e insistente lucubración no ha de llevarse demasiado lejos, pues frenaría la capacidad de tomar decisiones. Una vez que un asunto ha sido debidamente sometido a la reflexión, es cuestión de decidir y actuar. Pensar y cavilar con reiterada insistencia provoca el aporte de escrúpulos una y otra vez y, por consiguiente, la humillación, puesto que uno se muestra inepto para la acción.

Eso era. Se había empeñado en darle vueltas a un asunto que debió haber terminado. Sin duda se había equivocado, pero aquella comprensión tardía no le sirvió de consuelo.

A partir de ese instante dejó de maquillarse, de comer, y hasta de salir, excepto para ir a la oficina. Así la encontró Lisa, echada sobre el sofá y rodeada de tazas de tilo, una tarde en que fue a verla para llevarle otro testimonio que acababa de grabar. Contrario a lo que esperara, Cecilia no mostró ningún entusiasmo. Sus sentimientos hacia Roberto habían relegado a un segundo plano el asunto de la casa.

—Eso no es saludable —le dijo Lisa, tan pronto como se enteró—. Vas a venir conmigo.

—No se me ha perdido nada afuera.

—Eso lo veremos. ¡Vístete!

—¿Para qué?

—Quiero que me acompañes a un sitio.

Sólo a mitad de camino le dijo que la llevaba a ver una cartomántica que vivía en Hialeah. La mujer compraba productos en su tienda y, siempre que la recomendaba, los clientes le hablaban maravillas de ella.

—Y no se te ocurra quejarte —añadió Lisa—, que la consulta te sale gratis gracias a mí.

Molesta, pero decidida a sobrellevar el asunto lo mejor posible, Cecilia se reclinó en el asiento del auto. Se haría la idea de que estaba en una función de teatro.

—Te esperaré en la sala —susurró Lisa cuando tocaron a la puerta.

Cecilia no contestó; pero su escepticismo recibió una sacudida cuando la cartomántica, tras barajar el mazo de cartas y pedir que lo dividiera en tres, desplegó el primero y preguntó:

—¿Quién es Roberto?

Cecilia brincó en su silla.

—Un novio que tuve —musitó—. Una relación pasada.

—Pero todavía estás en ella —afirmó la sibila—. Hay una mujer pelirroja que también tuvo que ver con ese hombre. Le ha hecho un amarre, porque sigue obsesionada con él. No deja de llamarlo, no lo suelta.

Cecilia no podía creer lo que escuchaba. Roberto le había hablado de esa relación que terminó antes de que ellos se conocieran; y era cierto que la mujer lo había seguido llamando porque él mismo se lo contó, pero eso del maleficio…

—No puede ser —se atrevió a contradecirla—. Esa muchacha nació aquí y no creo que sepa nada de brujerías. Trabaja en una compañía de…

—Ay, m'hijita, qué inocente eres —le dijo la anciana—. Las mujeres recurren a cualquier cosa con tal de recuperar a su hombre, no importa dónde hayan nacido. Y ésta —miró de nuevo sus cartas— si no ha hecho el amarre con brujería, lo ha hecho con su mente. Y créeme que los pensamientos, cuando están llenos de rabia, son muy dañinos.

La mujer hizo otra tirada de cartas.

—¡Qué hombre tan raro! —dijo—. En el fondo, cree en el más allá y en los hechizos, pero no le gusta admitirlo. Y si lo hace, enseguida trata de pensar en otra cosa… ¡Muy extraño! —repitió y levantó la vista para mirarla—. Tú lo quieres mucho, pero no creo que ése sea el hombre para ti.

Cecilia la miró con tanto desconsuelo que la vieja, un tanto compadecida, añadió:

—Bueno, haz lo que quieras. Pero si quieres oír mi consejo, deberías esperar por algo distinto que aparecerá en tu vida.

Volvió a recoger el mazo y le pidió que lo dividiera.

—¿Ves? Aquí sale de nuevo —y fue señalando las cartas a medida que las leía—. La pelirroja… El demonio… Ése es el trabajo que te dije… ¡Jesús! —La mujer se persignó, antes de seguir mirando las cartas—. Y éste es el hombre que aparecerá, alguien que tiene que ver con papeles: alto, joven, quizás dos o tres años mayor que tú… Sí, definitivamente trabaja con papeles.

La mujer volvió a barajar las cartas.

—Escoge tres grupos.

Cecilia obedeció.

—No te preocupes, m'hijita —añadió la pitonisa, mientras estudiaba el resultado—. Tú eres una persona muy noble. Te mereces al mejor hombre, y ése va a aparecer más pronto de lo que te imaginas. Quien va a perderse a la gran mujer es ese otro por el que ahora lloras. A menos que sus guías lo iluminen a tiempo, quien saldrá perjudicado será él—. Levantó la vista—: Sé que no va a gustarte esto, pero deberías esperar por el segundo hombre. Es lo mejor para ti.

Sin embargo, cuando Roberto la llamó, aceptó su invitación para cenar con otras dos parejas. Todavía se aferraba a él, tanto como él a ella… o eso le dijo: no había podido sacarla de su mente en todos esos días. ¿Por qué no salían juntos otra vez? Irían a aquel restaurante italiano que a Cecilia le gustaba tanto porque sus paredes recordaban las ruinas romanas de Caracalla. Pedirían ese vino oscuro y espeso, con un aroma a clavo que punzaba el olfato… Sí, Roberto había pensado en ella cuando escogió aquel lugar.

Todo fue bastante bien al inicio. Los amigos de Roberto trajeron a sus respectivas esposas, llenas de joyas y miradas inexpresivas. Cecilia terminó su cena en medio de un aburrimiento mortal; pero estaba decidida a salvar la noche.

—¿Les gusta bailar? —preguntó.

—Un poco.

—Bueno, conozco un sitio donde se puede oír buena música… si es que les gusta la música cubana.

El bar era un manicomio esa noche. Quizás fuera culpa del calor, que trastocaba las hormonas, pero los asistentes al local parecían más estrafalarios que de costumbre. Cuando entraron, una japonesa —solista de un grupo de salsa nipón— cantaba en perfecto español. Había llegado allí después de una función en la playa, pero terminó subiendo al escenario con una banda de músicos que se había ido formando desde el comienzo de la noche. Tres concertistas canadienses se unieron al jolgorio. En la pista y las mesas, el delirio era total. Gritaban los italianos en una mesa cercana, vociferaban los argentinos desde la barra, y hasta un grupo de irlandeses bailaba una especie de jota mezclada con algo que ella no pudo definir.

Roberto decidió que había demasiada gente en la pista. Bailarían cuando hubiera más espacio. Cecilia suspiró. Eso no ocurriría nunca. Mientras él seguía conversando con los hombres, la muchacha comenzó a replegarse. Se sentía fuera de lugar, sobre todo frente a esas mujeres que parecían estatuas de hielo. Trató de inmiscuirse en la conversación de los hombres, pero éstos hablaban de cosas que ella no conocía. Aburrida, recordó a su antigua amiga. Pero en la mesa donde solía sentarse, unos brasileños gritaban como desquiciados. Una chica que servía tragos pasó junto a Cecilia.

—Oye —murmuró, sujetándola por una manga—. ¿No has visto a la señora que se sienta en aquella mesa?

—En las mesas se sientan muchas señoras.

—La que te digo siempre está allí.

—No me he fijado —concluyó la muchacha y siguió su camino.

Roberto trataba de dividir su atención entre Cecilia y sus amistades, pero ella se sentía perdida. Era como caminar a tientas por un territorio desconocido. Tres nuevos conocidos de Roberto se acercaron a la mesa, todos muy elegantes y rodeados de mujeres demasiado jóvenes. A Cecilia no le gustó ese ambiente. Olía a falsedad y a interés.

La canción terminó y los ánimos se sosegaron un poco. Los músicos abandonaron el escenario para descansar, mientras la pista volvía a iluminarse. Por los altavoces se escuchó una grabación, famosa en la isla cuando ella era muy pequeña: «Herido de sombras por tu ausencia estoy, sólo la penumbra me acompaña hoy…». Sintió algo en el ambiente, como una especie de impresión indefinida. No pudo entender qué era. Y de pronto la vio, esta vez sentada al final de la barra.

—Voy a saludar a una amiga —se disculpó.

Mientras se abría paso entre los bailadores que regresaban a la pista, buscó en la oscuridad. Allí estaba, agazapada como un animal solitario.

—Un Martini —pidió al barman, y enseguida rectificó—. No, mejor un mojito.

—Mal de amores —observó Amalia—. Lo único que persiste en el corazón humano. Todo termina o cambia, menos el amor.

—Vine aquí porque deseo olvidar —explicó Cecilia—. No quiero hablar de mí.

—Pensé que deseabas compañía.

—Sí, pero para pensar en otras cosas —dijo la joven, probando un sorbo del cóctel que acababan de dejar frente a ella.

—¿Cómo qué?

—Me gustaría saber a quién espera cada noche —insistió Cecilia—. Me ha hablado de una española que ve duendes, de una familia china que escapó de una matanza, y de la hija de una esclava que terminó en un prostíbulo… Creo que se ha olvidado de su propia historia.

—No me he olvidado —aseguró Amalia con suavidad—. La conexión viene ahora.

Como un milagro

Durante cuatro meses, su herida la mantuvo entre la vida y la muerte. Pero eso no era lo peor: aquella frialdad que penetrara en su cuerpo desde la infancia pugnaba de nuevo por poseerla. Era como si dos mujeres habitaran dentro de ella. Cuando José iba al hospital por el día, se encontraba con una joven dulce y tímida que apenas hablaba; por las noches, los ojos enloquecidos de Mercedes se negaban a reconocerlo.

Lo más difícil fue enfrentar la oposición de sus padres. Juan dejó de hablarle y su madre se quejaba de dolores en el pecho, resultado —según decía entre suspiros entrecortados— del sufrimiento. Pero José no se dejó intimidar por aquel chantaje.

Sus credenciales como estudiante de medicina le valieron un préstamo, con el que sufragó los gastos del hospital. Nada lograría alejarlo de su meta; y se consolaba al ver que, pese a sus cambios de humor, Mercedes se iba recuperando… no sólo de su herida, sino de aquel trastorno en su alma.

Poco a poco la confusión se fue retirando a un rincón oscuro de su subconciencia, revelando a una doncella inocente que parecía mirar el mundo por primera vez. José se sorprendía de sus preguntas: ¿Dónde se escondía Dios? ¿Por qué llovía? ¿Cuál era el número más grande de todos? Era como si tuviera delante a una niña. Y quizás fuera así. Tal vez algún incidente, desconocido para él, había provocado la fuga de su espíritu durante la infancia, y ahora ese espíritu regresaba para reanudar su crecimiento.

Una noche, poco antes de salir del hospital, una enfermera entró para traerle agua. La joven se despertó al escuchar el sonido del líquido que llenaba el vaso. La luz se reflejaba en él —luz de luna— y en el líquido que seguía cayendo interminable. De pronto, lo recordó todo: la ceremonia nocturna, el baño de miel, su desmayo… Supo que había estado posesa desde la infancia, y que aquel espíritu que la poseyera era frío como un témpano de hielo. Apenas el pensamiento afloró a su conciencia, una mano piadosa lo cubrió para siempre. Su memoria se llenó de imágenes tranquilizantes. El asesinato de su padre se transformó en una enfermedad súbita; la horrible muerte de su madre, en un benévolo accidente; y sus vivencias del burdel, en una larga estancia en el campo, donde había vivido rodeada de primas.

José, único testigo de su vida anterior, no dijo nada, ni siquiera a ella, y se guardó para sí la verdadera historia.

Antes de convertirse en su marido, José fue el padre y el hermano que nunca tuvo, el amigo que la cuidó y le reveló modales desconocidos; también fue el maestro que le enseñó a leer.

Después de graduarse, abrió su propio consultorio. Y ella, sin nada que hacer, se aficionó a la lectura. El propio José se sorprendía de los libros que descubría cada noche junto a su cama: sobre héroes del pasado y amores imposibles, sobre viajes míticos y milagros… como aquel que Mercedes deseaba. Porque los años empezaron a pasar y ella comprendió que, pese al amor de aquel hombre, nada la alegraría tanto como un hijo. Pero la cicatriz que afeaba su vientre parecía una prohibición divina. ¿Sería el castigo por algún pecado que ella desconocía?

Tras mucho rezar, finalmente se produjo el milagro. Un día de otoño, su vientre comenzó a crecer. Y supo entonces que su vida y su cordura dependían de aquel bulto que latía en su interior...

Mercedes se acarició el vientre y contempló las nubes rojizas que adornaban el cielo de La Habana, huyendo de un huracán que acechaba la isla. Suspirando, abandonó el balcón.

Últimamente apenas dormía siesta, pegada a la radio para escuchar los novelones de turno. El capítulo de ese día podía ser decisivo para el padre Isidro.

—Yo te amo, María Magdalena —había dicho Juan de la Rosa, el marido de su rival—, pero no puedo abandonar a Elvira. Si ella no se hubiera sacrificado por salvar a Ramirito...

María Magdalena, tan comprensiva al inicio, fraguaba un asesinato sólo conocido por el cura Isidro, su confesor, que había estado enamorado de Elvira desde su juventud y escogió el sacerdocio cuando se enteró de su boda. Ahora que la vida de su amada estaba en sus manos, parecía que nada podría hacer para salvarla, pues debía respetar el secreto de confesión. Aunque ¿se atrevería a revelar lo que sabía? O al menos ¿podría hallar una manera de hacerlo sin faltar a su juramento?

Mercedes se adormeció. En aquel día ventoso y casi nublado, sueños confusos sacudieron su espíritu: unas garras heladas apretaban su vientre y le impedían respirar. Se llevó las manos a la antigua herida, pero una punzada más fuerte le indicó que el dolor no provenía de allí. Despertó casi mareada. El techo de la habitación vibraba con un sonido apagado, como si muchos pies corrieran descalzos. Luego los cristales de la vitrina chocaron entre sí, produciendo arpegios disonantes. Mercedes alzó la mirada y vio a un enano estrafalario colgando de la araña: el mismo que había visto el día de su boda, corriendo por los pasillos del hotel. En aquel momento le pareció muy curioso que sólo ella pudiera notarlo. Cuando se lo dijo a José, su marido —algo turbado— le contó una historia fantástica. El enano era un duende que sólo podían ver las mujeres de su familia, incluidas aquellas que entraban a formar parte de ella por medio de un casamiento. Después de aquel día, el duende nunca volvió a aparecer. Casi lo había olvidado... hasta hoy.

—Bájate de ahí, duende del infierno —gritó ella, furiosa—. Como rompas esa lámpara, te mato.

Pero el hombrecito no se dio por enterado; por el contrario, duplicó su imagen para mecerse en el balcón. Ahora había dos duendes en la casa.

—Maldito demonio —murmuró Mercedes, y trató de ignorarlo.

Una punzada la obligó a apoyarse sobre una mesita donde solía colocar flores. Escuchó chillidos a sus espaldas y se volvió. Ahora había cuatro duendes. El tercero se balanceaba encima de un cuadro del Sagrado Corazón de Jesús. Y un cuarto brincaba de mecedora en mecedora.

En ese instante, José abrió la puerta y se detuvo perplejo. Las macetas del balcón giraban como trompos. El cuadro y la lámpara competían con el péndulo del reloj en sus balanceos. Cuatro sillones se mecían solos, haciendo pensar en una reunión de fantasmas. De inmediato supo quién era el causante de ese parque de diversiones.

Un gemido de Mercedes lo sacó de su embeleso. Corrió a levantarla, mientras el apartamento se estremecía con el estruendo del cuadro que caía al suelo. Ajeno a todo, la alzó en brazos y bajó las escaleras hasta el auto, olvidando cerrar la puerta.

Mercedes gemía con los ojos cerrados y, mucho antes de llegar a la clínica, un líquido tibio le empapaba las piernas. El dolor era agónico, como si una fuerza dentro de ella amenazara con partirla en dos. En ese momento no pensó en el hijo que tanto había deseado. Hubiera querido morir. En el hospital no escuchó las recomendaciones del médico, ni las exhortaciones de las enfermeras. Se dedicó a gritar como si la estuvieran matando.

Al cabo de muchas horas confusas —de manos que la tocaban, la exprimían o la reconfortaban— escuchó el vagido de una voz nueva. Sólo cuando le trajeron a la pequeña que berreaba como una bendita reparó en las enfermeras con sus enormes tocados de monja, que iban y venían por los pasillos. Tardó unos momentos en comprender que su niña había nacido en la clínica Católicas Cubanas, antaño la quinta de José Melgares y María Teresa Herrera, donde su madre había trabajado como esclava hasta que conoció a Florencio, el calesero que sería su padre. De aquella misma mansión había salido Florencio una noche, tras dejar su encargo de velas y vinos, antes de ser asesinado... Mercedes cerró los ojos para borrar el recuerdo prohibido.

—José —susurró a su marido, que se inclinaba embobado sobre la criatura—, alcánzame la cartera.

El hombre obedeció, sin imaginar para qué necesitaba una cartera en ese momento. Ella hurgó en el fondo y sacó un envoltorio pequeñísimo.

—Lo compré hace tiempo —dijo, antes de revelar lo que ocultaba el paquete.

Era una piedrecita negra y brillante, engarzada a una argolla en forma de mano. Mercedes la enganchó a la manta que envolvía a su hija, usando un imperdible.

—Cuando sea mayor se la colgaré al cuello con una cadena de oro —anunció—. Es contra el mal de ojo.

Pepe no hizo ningún comentario. ¿Cómo hubiera podido negarse a semejante petición, teniendo una madre que se pasaba la vida viendo duendes y que había legado esa maldición a su mujer y, posiblemente, a la pequeña que ahora dormía junto a ellos?

—¿Ya están listos para inscribirla? —preguntó una voz desde la puerta.

—Preferimos bautizarla.

—Por supuesto —respondió la monjita—, pero primero hay que inscribirla. ¿Ya han pensado en un nombre?

Ambos se miraron. Por alguna razón, siempre habían creído que tendrían un hijo, pero Mercedes recordó un nombre de mujer que siempre le había gustado; un nombre dulce y, a la vez, henchido de fuerza.

—Le pondremos Amalia.

CUARTA PARTE

Pasión y muerte
en el Año del Tigre

De los apuntes de Miguel

A ÉSE NO LO SALVA NI EL MÉDICO CHINO:
Así se dice todavía en Cuba ante un caso de enfermedad incurable y, por extensión, a quienes enfrentan situaciones de mucha gravedad. Se supone que la frase alude a uno de los médicos chinos que llegaron a la isla en la segunda mitad del siglo XIX —según algunos, Chan Bombiá, que desembarcó en 1858; según otros, Kan Shi Kon, que murió en 1885. De cualquier manera, se trata del homenaje popular a los galenos chinos, que lograron curas asombrosas e inexplicables en la Cuba colonial.

Oh, vida

Después de arrimar su auto a la acera, el chofer se bajó para abrir la puerta. La mujer salió, enfundada en un apretadísimo traje verde, y el hombre estuvo a punto de hacer una reverencia, pero hizo un esfuerzo y sólo se inclinó un poco.

—¿Cuánto le debo? —dijo ella, abriendo la cartera.

—Ni siquiera lo mencione, doña Rita. Me iría directico al infierno si le cobrara un centavo. Para mí ha sido un honor llevarla.

La mujer sonrió, acostumbrada a esas muestras de admiración.

—Gracias, bonito —agradeció al taxista—. Que Dios te ilumine el día.

Y cruzó la acera en dirección a la puerta donde se leía: EL DUENDE, GRABACIONES.

La campanilla sobresaltó a una jovencita que dibujaba junto a un estante lleno de partituras.

—Hola, mi niña —sonrió la mujer.

—¡Papi, mira quién llegó! —gritó la criatura, corriendo hacia la recién llegada.

—¡Ten cuidado, Amalita! —la regañó Pepe, que salía de la trastienda con unos discos—. ¡Vas a estropearle el sombrero!

—¿No es lindo? —chilló la niña, desplegando el tul sobre el rostro de la visitante.

—Vamos, pruébatelo —dijo la mujer, sacándose la prenda.

—¡Usted la malcría mucho! —se lamentó el hombre, encantado—. Me la va a estropear.

La actriz, normalmente recelosa cuando se enfrentaba a tantos mimos, se transformaba frente a esa criatura de doce años con la cual mantenía un vínculo especial. También su madre se le antojaba interesante, aunque por otras razones. Si la niña vibraba como un torrente dispuesto a arrasar con misterios y oscuridades, Mercedes era un enigma que los generaba. Nunca olvidaría la noche en que José las presentó tras una función de *Cecilia Valdés*.

Con la mirada perdida, Mercedes había comentado:

—¿Quién iba a decirme que de una verdad tan fea saldría una mentira tan bonita?

La actriz se quedó estupefacta. ¿A qué se refería? Cuando quiso indagar sobre el asunto, Mercedes no pareció entender de qué hablaba. Era como si jamás hubiera hecho aquel comentario. Rita volvió a encontrársela en otras ocasiones, pero apenas intercambiaron algunas frases. La mujer vivía absorta en su mundo.

Amalia, en cambio, irradiaba un encanto especial. A veces se comportaba como si en la habitación hubiera un amigo invisible a quien sólo ella podía ver. Entablaba conversaciones llenas de frases incomprensibles que Rita achacaba a su imaginación, aunque no por ello dejaban de fascinarla. Sólo en los últimos meses, la jovencita pareció olvidar esos juegos. Ahora prestaba más atención a otros detalles, como el ajuar de Rita.

—¿Ya llegó Ernesto?

—Llamó para decir que estaba retrasado —respondió Pepe, ordenando los discos por orden alfabético.

—Cada vez que tengo ensayo, me hace lo mismo.

—¿En qué teatro vas a actuar? —preguntó Amalia, con su aire entre inocente y descarado.

—En ninguno, mi reina. Vamos a hacer una película.

Pepe dejó los discos.

—¿Se nos va a Estados Unidos?

—No, hijo —sonrió Rita—. Guárdame el secreto, pero estamos preparando una película musical.

El hombre tragó en seco.

—¿En Cuba?

Ella asintió.

—Pues eso es el acontecimiento del siglo —articuló por fin.

—A ver si me entero qué se cocina a mis espaldas.

Todos se volvieron hacia el recién llegado.

—Lo que ya sabes —respondió Rita sin inmutarse—. La primera película musical de Cuba.

—¡Maestro Lecuona! —exclamó Pepe.

—¡Ah! —suspiró el hombre—. Ahora estamos entusiasmados con el proyecto, pero esos experimentos darán al traste con la creación. Ahogarán el talento…

—¡Y dale con lo mismo, Ernesto! —exclamó Rita—. Ya se han hecho unas cuantas películas así; no podemos quedarnos atrás.

—Ojalá me equivoque, pero creo que esa mezcolanza acabará por fabricar falsos ídolos. El verdadero arte debe ser en vivo, o por lo menos, sin tanto traqueteo técnico. Ya verás como pronto ponen a cantar al que no tiene voz. En fin… ¿Está todo preparado?

—Sí, don Ernesto.

—¿Puedo entrar yo también, papi?

—Bueno, pero allá adentro no puedes ni respirar.

La niña asintió, muda de antemano. Aún con el sombrero de Rita en la cabeza, siguió a los adultos hasta el estudio situado en el fondo de la tienda, protegido de los ruidos por capas aislantes. Los técnicos abandonaron sus bromas y ocuparon sus puestos en la cabina.

Amalia adoraba esas grabaciones. De su padre había heredado la pasión por la música. O mejor dicho, de su abuelo

Juanco, el verdadero fundador del negocio que luego pasara a su hijo. José no dudó un segundo en abandonar su carrera de médico por aquel mundo lleno de sorpresas.

A padre e hija también les fascinaban las tertulias que surgían después de las grabaciones, donde se enteraban de los chismes de aquella Habana bohemia de principios de siglo. Así escucharon del histórico despiste de Sarah Bernhardt que, furiosa porque el público cubano cuchicheaba en medio de su función, quiso insultarlos gritándoles que eran unos indios con levitas, pero como en la isla ya no quedaban indios, nadie se dio por aludido y todos siguieron hablando como si tal cosa. O se reían de las locuras de los periodistas locales, que cada noche sacaban un micrófono a la azotea para transmitir a toda la isla el cañonazo de las nueve, disparado en La Habana desde la época de los piratas… Eran jornadas gozosas que, años después, atesorarían en sus recuerdos.

A Amalia le gustaba salir con doña Rita, y a doña Rita con ella; y últimamente, cuando quería irse de tiendas, la mujer pasaba por el local donde la niña ayudaba a clasificar las grabaciones, después de clases.

—Préstemela un ratico, don José —rogaba la actriz con aire trágico—. Es la única persona que no me atormenta y que me ayuda a encontrar lo que quiero.

—No faltaba más —aceptaba el padre.

Y las dos se iban muy juntitas, como colegialas, a recorrer las lujosas tiendas y a admirar esas vitrinas que hasta los europeos envidiaban. Entre chismes y risas, se probaban montones de ropas. La actriz se aprovechaba de la adoración que despertaba en cualquier sitio para pedir a las empleadas que trajeran más y más cajas de sombreros y zapatos, chales, abrigos de pieles y todo tipo de accesorios. Al regreso, merendaban helados y dulces empapados en almíbar, y algunas veces terminaban en el cine.

Una tarde, después de comprar algunas cosas —incluidos un par de primorosos zapatos para la jovencita—, Rita propuso algo nuevo.

—¿Alguna vez te han leído las cartas?

—¿Las cartas?

—Sí, los naipes. Como hacen las gitanas.

—¡Ah! Eso de la suerte.

—Y el futuro, mi niña.

Amalia no sabía lo que eran las gitanas, pero estaba segura de que nadie le había leído su futuro.

—Por aquí vive una persona que puede hacerlo —dijo doña Rita—. Se llama Dinorah, y es amiga mía. ¿Te gustaría acompañarme?

Por supuesto. ¿A qué muchacha no le hubiera encantado?

Caminaron tres cuadras, atravesaron un parque, subieron unas estrechas escaleras y, dos puertas después del último escalón, tocaron el timbre.

—Hola, mi negra —saludó Rita a la mujer que salió a recibirla: una rubia bajita, enteramente vestida de blanco como si fuera un ángel.

—Llegaste a buena hora. No hay nadie.

Amalia comprendió que la actriz la visitaba a menudo.

—Espérame aquí, cariño —le dijo Rita, antes de seguir a la mujer.

Veinte minutos después, se asomó a la sala.

—Vamos, te toca a ti.

Una vela alumbraba la habitación en penumbras. La mujer estaba sentada ante una mesita donde había un vaso lleno de agua. Antes de barajar las cartas, las salpicó con el líquido y murmuró una oración.

—Corta —le dijo, pero Amalia no entendió a qué se refería.

—Escoge un montón —le sopló Rita.

La mujer comenzó a colocar los naipes de arriba abajo y de derecha a izquierda.

—Mmm… Naciste de milagro, criatura. Y tu madre se libró de una buena… A ver… Aquí hay un hombre… No, un niño… Espera… —sacó otra carta y otra—. Esto es raro. Hay alguien en tu vida. No es un amante, ni tu padre… ¿Tienes algún amigo especial?

La joven negó.

—Pues hay una presencia que vela por ti, como si fuera un espíritu.

—Ya sabía yo —exclamó Rita—. Esta niña siempre me pareció distinta.

Amalia no dijo nada. Sabía a quién se refería, pero sus padres le habían advertido que no debía hablar de esas cosas con nadie, ni siquiera con doña Rita.

—Sí, tienes un guardián muy poderoso.

«Y muy fastidioso», pensó la joven, recordando los alborotos del Martinico.

—¡Ah! Vienen amores…

—¿Sí? —se entusiasmó Rita como si el anuncio fuera para ella—. A ver, cuenta.

—No voy a engañarte —reveló la cartomántica con aire sombrío—. Serán amores muy difíciles.

—Todos los grandes amores son así —sentenció la actriz con optimismo—. Alégrate, chiquita. Se acercan tiempos buenos.

Pero Amalia no quería ningún amor, por grande que fuera, si eso iba a complicar su vida. Mentalmente se juró que siempre permanecería en la tienda de su padre, ayudándolo a ordenar sus discos y escuchando las historias de los músicos que iban a grabar.

—Mmm… A ver, tendrás hijos. Tres… —Miró a la muchacha como si dudara en hablar—. No, uno… y será hembra. —Sacó tres cartas más—. Anda con cuidado. Tu hombre se meterá en líos.

—¿Con otra mujer? —indagó Rita.

—No creo…

Amalia ahogó un bostezo, poco interesada en alguien con quien jamás se casaría.

—¡Dios mío, qué tarde se ha hecho! —exclamó de pronto Rita.

—¿Qué hay con mis entradas? —preguntó la mujer, después de acompañarlas hasta la puerta.

—No te preocupes —le dijo Rita—. Te prometo que irás al estreno.

José dio una fiesta «íntima y acogedora», según rezaba la nota, para los artistas y productores involucrados en la película. También envió invitaciones a algunos músicos que aún no habían grabado o visitado su tienda. Eso serviría para establecer nuevos contactos.

Por primera vez se alegraba de que su mujer le hubiera propuesto mudarse a una casa. Al principio, rechazó la idea. Siempre había preferido los lugares altos; pero hasta su madre había apoyado a Mercedes en su decisión. La anciana también se agotaba subiendo aquellas escaleras interminables.

—Si a ustedes les cuesta trabajo subir —había insistido Pepe—, lo mismo le pasará a los ladrones. Este apartamento es más seguro.

—Pamplinas —dijo Ángela—. Es tu herencia serrana la que te pide vivir en las alturas, pero no estamos en Cuenca.

—Hablo por razones de seguridad —respondió él.

—Lo llevas en la sangre —insistió Ángela.

Sin embargo, Mercedes estaba harta de escaleras y él terminó cediendo. Ahora se alegraba del cambio. Se dio cuenta de que contaba con un gran espacio para fiestas: un patio que su esposa había adornado con tinajones cuajados de jazmines.

Bajo la frialdad de las estrellas colocaron una mesa repleta de licores. Un gramófono llenaba el aire de melodías. El aroma de los manjares —pasteles de carne, huevos rellenos, quesos, *hors d'œuvres* con abundante caviar rojo y negro, rollitos de angula y mezclas condimentadas— había avivado el apetito de los concurrentes. Pero la más alborotada era Amalia, que consiguió permiso para quedarse hasta la medianoche; momento en que los adultos planeaban irse al Inferno, un cabaret insomne en el cruce de las calles Barcelona y Amistad. La niña se quedaría con su abuela, que ahora trajinaba en la cocina preparando el ponche para los invitados.

Casi todos habían llegado, ansiosos por compartir la velada con la gran Rita Montaner, que aún no aparecía, y con los maestros Lecuona y Roig, cuya entrada se esperaba de un momento a otro. El reloj dio nueve campanadas y, como si hubiera aguardado aquella señal, el timbre de la puerta sonó. Cuando Amalia fue a abrir, se produjo un suspenso que muchos aprovecharon para tragar el último sorbo de su bebida o terminar su emparedado.

La brisa de la noche sopló entre los jazmines. Hubo un cambio perceptible en el ambiente y algunos alzaron la vista para buscar su causa. Un «oh» nada fingido se elevó de la multitud. Enfundada en un traje gris perla y llevando sobre los hombros un chal plateado, la silueta de una diosa apareció en el umbral. Escoltada por los dos músicos, la actriz atravesó la sala.

Amalia se había quedado tan pasmada como el resto, saboreando el hechizo, pero pronto advirtió que el encantamiento no emanaba de la diva. Su mirada se fijó en un objeto: el manto que cubría sus hombros. Nunca había visto nada tan bello. No parecía una tela, sino un trozo de luna líquida.

—¿Qué es eso que llevas puesto? —le susurró la joven cuando logró abrirse camino entre la turba de admiradores.

Rita sonrió.

—Sangre mexicana.

—¿Cómo?

—Lo compré en México. Dicen que allí la plata brota de la tierra como la sangre de la gente.

Y al notar la expresión de Amalia, se sacó de encima esa especie de azogue amorfo y lo colocó sobre su cabeza.

Un silencio de muerte se extendió por el patio. Incluso don José, que ya se preparaba para reprender a su hija por estar acaparando a la invitada principal, se quedó sin habla. Tan pronto como el chal cubrió a Amalia, una claridad de otro mundo brotó de su piel.

—Pesa mucho —murmuró la joven, sintiendo el peso de los centenares de escamillas metálicas.

—Es de pura plata —le recordó su dueña—. Y está encantado.

—¿De verdad? —se interesó la niña.

—Con un hechizo de la época en que las pirámides se cubrían con sangre y flores: «Si el manto de luz roza un talismán de sombras en presencia de dos desconocidos, éstos se amarán para siempre».

—¿Qué es un talismán de sombras?

—No lo sé —suspiró la mujer—. Nunca se lo pregunté a quien me lo vendió. Pero es una leyenda muy bonita.

La joven palpó el chal, que se plegó dócilmente entre sus dedos, casi vivo. Sintió la fuerza que brotaba de la prenda y se hundía en su cuerpo, provocándole euforia y miedo a la vez.

«¿Qué es esto, Dios mío?», pensó.

—Mira qué bonita estás —le dijo Rita, empujándola hacia el espejo de la entrada—. Corre a verte.

Y se desentendió de ella, mientras los invitados recuperaban el aliento después de aquella metamorfosis.

Frente al espejo, Amalia recordó el cuento de la princesa fugitiva que se ocultaba bajo una piel de asno durante el día, pero que guardaba un traje de sol y un traje de luna con los que se vestía en secreto cada noche. Fue así como la conoció el príncipe que se enamoraría de ella… Se arrebujó en la gélida belleza, sintiéndose más protegida bajo el peso del tejido.

El timbre de la entrada sonó dos veces, pero nadie pareció escucharlo. Amalia fue a abrir la puerta.

—¿Aquí vive el maestro retirado? —preguntó una voz desconocida.

—¿Quién?

Ella se adelantó un poco para distinguir mejor la sombra que se agazapaba en el umbral, pero sólo vio a un muchacho chino con un bulto de ropa en las manos. El azabache que llevaba al cuello se desprendió de su engarce y cayó a los pies del joven, que se apresuró a cogerlo. Sin querer, sus dedos rozaron el manto plateado.

Él levantó el rostro para mirarla y en ese momento vio a la mismísima Diosa de la Misericordia, cuyas facciones aman todos los mortales. Y ella recuperó la piedra con manos temblorosas, porque acababa de reconocer al príncipe de sus sueños.

Muy junto al corazón

Coral Castle: un nombre mágico para un rincón perdido en las brumas de Miami. Eso pensaba Cecilia, con la mirada en el infinito. Su tía abuela la había convencido para ir a ver «la octava maravilla de Miami». Y mientras viajaban rumbo al sur, observaba las bandadas de patos en aquellos ríos artificiales que corrían paralelos a las calles, besando los patios de las casas. «Miami, la ciudad de los canales», la bautizó mentalmente, otorgándole con ello cierta condición veneciana y hasta una cualidad vagamente extraterrestre por aquello de los *canalli* de Schiaparelli. Y es que en aquella ciudad casi tropical, donde se celebraban ferias renacentistas, cualquier cosa podía ocurrir.

Regresó de su ensueño cuando su tía aparcó junto a un muro de aspecto tosco y medieval, más semejante a una diminuta fortaleza que a uno de los románticos castillos de Ludwig II, el rey loco de Bavaria. La construcción tenía un aire inequívocamente surrealista. Parecía una visión de Lovecraft, con todos esos símbolos esotéricos y astronómicos. Y la energía... Era imposible dejar de sentirla. Fluía del suelo como una corriente telúrica que trepaba hasta la cúspide de la cabeza. ¿Quién diablos habría hecho aquello? ¿Y para qué?

Echó una ojeada al folleto. Su constructor había sido Edward Leedskalnin, nacido en Letonia, en 1887. El día antes de su boda, su novia le dijo que no se casaría y él huyó a otras tierras con el corazón destrozado. Tras mucho viajar y enfermo de tuberculosis, decidió mudarse al sur de la Florida donde el clima era bueno contra su mal.

—Estaba obsesionado con ella —dijo Loló sentándose en una mecedora de piedra, al notar el interés con que su sobrina leía el folleto—. Por eso construyó este sitio. Algunos decían que estaba loco, otros que era un genio. Yo creo que se puede ser las dos cosas a la vez.

Enloquecido o no, el hombre había buscado un terreno para hacer un monumento a su amor. Fue así como se dio a la tarea de levantar aquella fortaleza durante la década de los años veinte. Las rocas, talladas como objetos hogareños o arquitectónicos, ofrecían un aspecto extrañamente onírico. En el dormitorio había una cama para él y su novia perdida, dos camitas para niños y hasta una cuna rocosa que se mecía. Cerca había una talla gigantesca, bautizada como el Obelisco; también un reloj de sol que marcaba las horas, desde las nueve de la mañana hasta las cuatro de la tarde. Y estaba el Portón de las Nueve Toneladas: una roca irregular que giraba —por un milagro de ingeniería— como la puerta de un hotel moderno. Pero los dos sitios que más fascinaron a Cecilia fueron la Fuente de la Luna y la Pared del Norte. El primero tenía tres piezas: dos hoces lunares y una fuente que imitaba la luna, con una islita en forma de estrella. La Pared del Norte era un muro coronado por varias esculturas: la luna en creciente, Saturno con sus anillos, y Marte con un arbolito tallado en su superficie para apoyar la idea de que allí existía vida. Contemplando la Mesa del Corazón —donde florecía una ixora—, Cecilia sospechó cuál era el origen de aquella obsesión por tallar rocas inmensas. Quizás la única manera que tuvo aquel hombre de lidiar con su angustia fue convertir su amor en piedra.

—Éstas eran sus herramientas —comentó la anciana, entrando a un cuarto.

Cecilia vio un amasijo de hierros, poleas y ganchos. Nada pesado, ni particularmente grande.

—Aquí dice —observó Cecilia, fijándose en su folleto— que hay más de mil toneladas de rocas sólo en los muros y la torre. El peso promedio de las piedras es seis toneladas y media… y hay varias con más de veinte toneladas. Es imposible mover todo esto sin una grúa.

—Pues así fue —afirmó Loló— y nadie pudo conocer su secreto. Trabajaba de noche, en la oscuridad. Y si llegaba un visitante, no volvía a su labor hasta que se había marchado.

Cecilia deambuló por el lugar, absorta en un resplandor que oscilaba alrededor de las piedras. Casi podía verlo brotar de cada roca, rodeándolas con un halo traslúcido y levemente violeta.

—¿Qué pasa? —preguntó su tía—. De pronto te quedaste muda.

—Mejor no lo digo. Vas a creer que estoy loca.

—Yo decidiré lo que debo creer.

—Veo un halo alrededor de las piedras.

—Ah, ¿eso? —la anciana pareció desilusionada.

—¿No te asombras?

—Para nada. Yo también lo veo.

—¿Tú?

—Siempre aparece por las tardes, pero casi nadie lo nota.

—¿Qué es?

Loló se encogió de hombros.

—Algún tipo de energía. A mí me recuerda el aura de la difunta Delfina.

—¿Mi abuela tiene un halo?

—Como ése —señaló hacia la Fuente de la Luna—, bien fuerte. Porque el de Demetrio es más clarito, yo diría que un poco aguado.

—Bueno —comentó Cecilia, dudando de su propia cordura por tomar en serio a su tía—, no es raro que tú puedas verlo, ¿pero yo? La mediumnidad en la familia terminó contigo y con mi abuela.

—Esas cosas siempre se heredan.

—No en mi caso —le aseguró Cecilia—. Tal vez sean los ejercicios.

—¿Qué ejercicios?

—Para ver el aura.

Cecilia pensó que la anciana no sabría de qué le hablaba porque se quedó en silencio por unos segundos.

—¿Y eso dónde lo aprendiste? —preguntó finalmente, con un tono que no dejaba dudas de saber a qué se refería.

—En Atlantis. ¿Conoces el lugar?

—No sabía que te interesaran las librerías esotéricas.

—Fui por casualidad. Estaba haciendo una investigación.

Y mientras se acercaban a la Mesa Florida, la joven le contó sobre la casa fantasma.

Cuando Cecilia cruzó el umbral, haciendo sonar las campanillas de la puerta, un aroma a rosas se arrojó sobre ella. Detrás del mostrador no estaba Lisa, sino Claudia, aquella joven con la que tropezara después de la conferencia sobre Martí. Estuvo a punto de marcharse, pero recordó a lo que venía y se dirigió al estante donde había visto los libros sobre casas embrujadas. Escogió dos y fue hasta la caja registradora. Quizás no se acordara de ella. Sin decir palabra, le tendió los libros y observó las manos de Claudia mientras ésta los envolvía.

—Sé que te asustaste la otra noche cuando te dije que andabas con muertos —le dijo Claudia sin levantar la vista—, pero no tienes por qué preocuparte. Los tuyos no son como los míos.

—¿Y cómo son los tuyos? —se atrevió a preguntar Cecilia.

Claudia suspiró.

—Tuve uno especialmente terrible cuando vivía en Cuba:

un mulato que odiaba a las mujeres. Parece que lo asesinaron en un prostíbulo.

«Después dicen que las casualidades no existen», se dijo Cecilia.

—Era un muerto desagradable —continuó Claudia—. Por suerte dejó de perseguirme en unos pocos meses. Cuando dejé la isla, tampoco volví a ver a un indio mudo que me avisaba de las desgracias.

Cecilia se quedó de una pieza. Guabina, la amiga de Ángela, también veía un espíritu que le advertía de peligros, aunque no recordaba si era indio. Volvió a recordar el amante mulato de Mercedes, que la celaba tanto... Pero ¿qué estaba pensando? ¿Cómo iba a tratarse de los mismos muertos?

—No te preocupes —insistió Claudia al notar su mirada—. No tienes nada que temer de los tuyos.

Pero a Cecilia no le gustaba la idea de andar con muertos, ni aunque fueran suyos, ni aunque fueran buenos. Y mucho menos si de pronto toda esa cuestión se convertía en algo mucho más misterioso debido a la existencia de muertos parecidos, provenientes de mujeres que no se conocían. ¿O sí?

—¿Conoces a una señora que se llama Amalia?

—No, ¿por qué?

—Tus muertos... ¿Alguien más sabe de ellos?

—Solamente Úrsula y yo podíamos verlos. Úrsula es una monja que todavía está en Cuba.

—¿Fuiste monja?

La otra se sonrojó.

—No.

Por primera vez, Claudia pareció perder los deseos de hablar y bruscamente le entregó el libro a Cecilia, perpleja ahora ante su actitud. ¿Qué le habría dicho para provocar aquel cambio? Quizás su pregunta había despertado algún recuerdo. Muchas crónicas dolorosas habitaban en la isla.

A su mente acudieron esquinas de su infancia, la textura de

la arena, el azote de la brisa sobre el malecón… Había luchado por olvidar su ciudad, por desterrar ese recuerdo que era mitad pesadilla, mitad añoranza, pero el efecto producido por las palabras de Claudia le indicó que no lo había logrado. Le pareció que todos los caminos conducían a La Habana. No importa cuán lejos viajara, de algún modo su ciudad terminaba por alcanzarla.

¡Dios! ¿Sería masoquista y nunca se dio cuenta? ¿Cómo podía odiar y añorar algo a la vez? Tantos años en aquel infierno debieron fundirle las neuronas. Pero ¿acaso la gente no se volvía loca cuando la aislaban? Ahora le había dado por sentir nostalgia de su ciudad, ese sitio donde sólo había conocido un miedo agónico que no la abandonaba nunca. «Siempre tú estás conmigo, en mi tristeza. Estás en mi agonía, en mi sufrir…» Mira si estaba desquiciada que hasta pensaba en forma de boleros. Cualquier cosa que le sucediera, ya fuera buena o mala, llevaba música. Hasta el recuerdo de Roberto. Así vivía últimamente, con el alma dividida en dos mitades que no lograba olvidar: su ciudad y su amante. Así los llevaba ella, como decía el bolero, muy junto al corazón.

Quiéreme mucho

El león de papel se movía como una serpiente, intentando morder a un anciano que iba delante haciéndole muecas. Era el segundo año en que la tradicional Danza del León abandonaba el Barrio Chino para sumarse a los festejos del carnaval habanero. Pero los cubanos veían en aquel león a una criatura diferente que se retorcía al son de címbalos y cornetas, mientras avanzaba rumbo al mar.

—Mami, vamos a ver la Comparsa del Dragón —le rogó Amalia a su madre.

No era que le interesara mucho ver al gigantesco títere que a veces saltaba convulsivamente, cuando uno de los chinitos que lo manipulaba se contagiaba con el ritmo lejano de los tambores. Sólo sabía que Pablo la aguardaba en la esquina de Prado y Virtudes.

—Podemos ir mañana —dijo su padre—. Ya la comparsa debe haberse ido de Zanja.

—Doña Rita me dijo que era más divertido verla en Prado —insistió Amalia—. Allí los chinos se olvidan de seguir las matracas cuando empiezan a oír las congas del malecón.

—No son matracas, niña —rectificó su padre, que no soportaba que le cambiaran el nombre a ningún instrumento musical.

—Da lo mismo, Pepe —lo interrumpió Mercedes—. De todos modos, esa música china hace un ruido infernal.

—Si seguimos discutiendo, me quedaré sin ver nada —chilló Amalia.

—Está bien, está bien… ¡Vamos!

Bajaron por Prado, sudando copiosamente. Febrero es el mes más fresco en Cuba, pero —a menos que haya llegado un frente frío— las muchedumbres de un carnaval pueden derretir un iceberg en segundos.

Se acercaron a Virtudes, rodeados por la multitud que bailaba y tocaba sus silbatos. Amalia arrastró a sus padres rumbo a la zona de la cual brotaba una señal audible para su corazón. Ella misma desconocía adónde se dirigía, pero su instinto parecía guiarla. No descansó hasta ver a Pablo, que se tomaba un helado en mitad de la calle.

—Podemos quedarnos aquí —decidió, soltando la mano de su madre.

—Hay mucha gente —se quejó Mercedes—. ¿No sería mejor acercarnos a la bahía?

—Allí es peor —le aseguró la niña.

—Pero, hija…

—¡Pepe!

El grito surgió de un portal donde varios hombres bebían cerveza.

—Es el maestro —susurró Mercedes a su marido, que parecía más atontado que ella.

—¿Dónde? No lo veo…

—¡Don Ernesto! —lo saludó ella con un gesto, mientras iba hacia él.

Sólo entonces lo vio. Amalia siguió a sus padres, contrariada ante aquel encuentro que la alejaba de su meta.

—¿Sabes quién me ha escrito desde París? —preguntó el músico, después de un efusivo apretón de manos.

—¿Quién?

—Mi antiguo profesor de piano.

—¿Joaquín Nin?

—Parece que piensa regresar el año que viene.

La mirada de Amalia se perdió entre la multitud, buscando esos ojos rasgados y oscuros que no la habían abandonado desde aquella noche en el umbral de su puerta. Vio a su dueño, absorto en la contemplación de los autos descapotados que se sumarían al desfile de carrozas unas calles más abajo. Aprovechando la distracción de sus padres, y antes de que nadie pudiera darse cuenta, corrió junto a Pablo.

—Hola —lo saludó, tocándolo ligeramente en el hombro.

La sorpresa en el rostro del muchacho se transformó en un regocijo que no pudo ocultar.

—Pensé que ya no vendrías —dijo, sin atreverse a añadir más.

Los tres adultos que lo acompañaban se volvieron.

—Buena talde —dijo uno de los hombres con un tono que pretendía ser amable, pero que no ocultó su desconfianza hacia aquella damita blanca.

—Papi, mami, *akún*, ésta es Amalia, la hija del grabador de discos.

—¡Ah! —dijo el hombre.

La mujer exclamó algo que sonó como «¡ujú!» y el más viejo se limitó a estudiarla con aire de disgusto.

—¿Con quién viniste? —preguntó Pablo.

—Con papi y mami. Están por allí con unos amigos.

—¿Y dejan niña sola? —preguntó la mujer.

—Bueno, ellos no saben que estoy aquí.

—Malo peol —dijo la china en su terrible castellano—. Pale y male tiene que etá atento su niña.

—¡*Ma!* —susurró el joven.

—Vinimos a ver la Comparsa del Dragón —dijo ella, con la esperanza de hacerles olvidar su evidente desagrado.

—¿Qué es eso? —preguntó el muchacho.

—¿No lo sabes? —se extrañó ella, y como todos la observaran con expresión vacía, insistió—: Varias personas mueven un dragón anaranjado… así —y trató de imitar el vaivén de la criatura de papel.

—No sel dlagón, sel león —replicó la mujer.

—Y non sel compalsa, sel danza —refunfuñó el viejo, más molesto aún.

—¡Amalia!

El llamado llegó muy oportuno.

—Me voy —susurró ella.

Y escapó angustiada hacia el portal donde se hallaban sus padres.

—Ya ves lo que son estas jovencitas cubanas —dijo su madre en cantonés, cuando Amalia se perdió entre la multitud—. No las educan como es debido.

—Bueno, nosotros no tenemos por qué preocuparnos —repuso el bisabuelo Yuang en su idioma—. Pag Li se casará con una muchacha hija de cantoneses legítimos… ¿Verdad, hijo?

—No hay muchas en la isla —se atrevió a decir el muchacho.

—La mandaré a traer de China. Todavía me quedan algunos conocidos por allá.

Pablito notó que se le hacía un nudo en la garganta.

—Estoy cansada —se quejó Kui-fa—. Abuelo, ¿no quisiera irse a casa?

—Sí, tengo hambre.

Lejos de disminuir, la multitud pareció aumentar a lo largo del camino. La ciudad bullía durante esos días en que el aire se llenaba de comparsas, y el Barrio Chino no era una excepción. La llegada del Año Nuevo Lunar, que casi siempre ocurría en febrero, había contribuido a que los chinos se sumaran a los festejos habaneros mientras organizaban su propia fiesta.

A punto de terminar otro Año del Tigre, casi todos habían

concluido los preparativos. Más que en años anteriores, la madre de Pablo se había esmerado en cada detalle. Los trajes nuevos colgaban de las perchas, listos para estrenarse. Sobre las paredes se mecían las tiras de papel rojo y crujiente, con letras que invocaban la buena suerte, la riqueza y la felicidad. Y días antes había untado los labios del Dios del Hogar con abundante melado de azúcar, más dulce que la miel, para que sus palabras llegaran bien empalagosas al cielo.

En todo el barrio, los farolitos de colores se agitaban en la brisa invernal. Se los veía por doquier: en el umbral de los comercios, en las tendederas que cruzaban de una acera a otra, en los postes solitarios… Rosa también había colocado algunos, que ahora se balanceaban desde dos estacas sobre el dintel de la puerta.

El anciano sonrió al contemplar las lámparas, respiró los familiares olores del barrio donde viviera durante tantos años y recordó sus correrías por los campos de la isla donde se había jugado el pellejo en compañía de otros mambises, que se lanzaban sobre el enemigo llevando los machetes desnudos en alto.

—Buenas noches, abuelo —dijo Síu Mend, esperando a que el viejo entrara.

—Buenas…

El chirrido de unos neumáticos sobre el asfalto interrumpió la despedida. Los Wong se volvieron para ver un auto negro que se detenía en la esquina. Desde las ventanillas abiertas, dos hombres blancos comenzaron a disparar contra tres asiáticos que conversaban bajo un farol. Uno de los chinos cayó al asfalto. Los otros consiguieron parapetarse tras un puesto de frutas y dispararon contra los agresores.

Síu Mend agarró a su mujer e hijo, obligándolos a tenderse sobre la acera. El anciano ya se había acurrucado en un rincón de su puerta. El griterío del barrio podía sentirse por encima de la balacera. Algunos transeúntes, demasiado aterrados para pensar, corrían de un lado a otro, buscando donde guarecerse.

Por fin el auto hizo chillar sus neumáticos y desapareció tras la esquina. Poco a poco, la gente volvió a asomarse de los sitios donde se refugiara. Síu Mend ayudó a su mujer a ponerse de pie. Pablito se acercó para ayudar a su bisabuelo.

—Ya se fueron, *akún*…

—Diosa de la Misericordia —exclamó la mujer en su lengua—. Esos gángsters van a terminar desgraciando el barrio.

—¿*Akún*?

Rosa y Manuel Wong se volvieron a mirar a su hijo.

—¡*Akún*!

El anciano continuaba acurrucado sobre la acera. Manuel se acercó para alzarlo, pero su intento lo hizo gemir. Wong Yuang, que tantas veces desafiara el peligro a lomos de un caballo, acababa de ser alcanzado por una bala que ahora ni siquiera iba dirigida a él.

El Año Nuevo Lunar llegó sin celebraciones para los Wong. Mientras el anciano agonizaba en el hospital, el barrio desfiló por la casa con regalos y remedios milagrosos. Pese a tanta ayuda, los gastos de hospital eran excesivos. Dos médicos ofrecieron sus servicios gratuitos, pero tampoco fueron suficientes. Entonces Síu Mend, alias Manuel, pensó que necesitaban otro sueldo en casa. Recordó la cocina de El Pacífico, un restaurante colmado de los olores más sabrosos del mundo, y fue a pedir humildemente el más miserable de los trabajos para su hijo, pero ya toda la comunidad sabía de su desgracia y las preguntas sobre la seriedad del muchacho fueron casi una formalidad. Comenzaría a trabajar al día siguiente.

—Date prisa, Pag Li —le regañó su madre esa mañana—. No puedes llegar tarde en tu primera semana.

Pablito se apresuró a sentarse a la mesa. Hizo sus rezos brevemente y atacó con los palillos su tazón de arroz y pescado. El té hirviente le quemó la lengua, pero a él le gustaba esa sensación por las madrugadas.

Síu Mend nunca había sido especialmente religioso, pero ahora rezaba cada mañana frente a la imagen de San-Fan-Con, aquel santo inexistente en China que era una figura omnipresente en la isla. Así lo dejó Pag Li cuando se fue al cuarto a buscar sus zapatos. Mientras se los abrochaba, recordó la historia que su bisabuelo, ahora agonizante, le contara sobre el santo.

Kuan Kong había sido un valiente guerrero que vivió durante la dinastía Han. Al morir, se transformó en un inmortal cuyo rostro rojizo era reflejo de su probada lealtad. Durante la época en que los primeros culíes chinos llegaron a la isla, un inmigrante que vivía en la zona central aseguró que Kuan Kong se le había aparecido para anunciar que protegería a todo aquel que compartiera su comida con sus hermanos en desgracia. La noticia se extendió por el país, pero ya en Cuba habitaba otro santo guerrero llamado Shangó, que vestía de rojo y había llegado en los barcos provenientes de África. Pronto los chinos pensaron que Shangó debía de ser un avatar de Kuan Kong, una especie de hermano espiritual de otra raza. Pronto ambas figuras formaron el binomio Shangó-Kuan Kong. Más tarde, el santo se fue convirtiendo en San-Fan-Con, que protegía a todos por igual. Pablo también había oído otra versión, según la cual San-Fan-Con era el nombre mal pronunciado de Shen Guan Kong («el ancestro Kuang a quien se venera en vida»), cuya memoria habían vulgarizado algunos compatriotas. El joven sospechaba que, a ese paso, podrían aparecer más versiones sobre el origen del misterioso santo.

En todo esto pensaba mientras escuchaba los rezos de su padre. Cuando abandonó la habitación, su madre terminaba de desayunar. Síu Mend bebió un poco de té, y enseguida todos se pusieron sus chaquetas y salieron.

Sus padres caminaban en silencio, dejando escapar vapores de niebla por la boca. El muchacho intentaba sobreponerse al frío, curioseando a través de las puertas que permitían ver los patios interiores. Al abrigo de las miradas, aquellos madrugadores se movían con los lentos movimientos de la gimnasia matinal que Pablo había practicado tantas veces con su bisabuelo.

Cualquier otro día, Pablo hubiera ido a la escuela en la mañana y trabajado por la tarde. Pero ese sábado la familia se despidió frente al edificio y el muchacho subió para comenzar su faena. Debería encender los hornos, limpiar y trozar verduras, lavar calderos, sacar la mercancía de las cajas, o cualquier otra cosa que fuera necesaria.

A mitad de mañana, sobre la cocina flotaba una nube con los aromas del arroz pegajoso y humeante, la carne de cerdo cocida con vino y azúcar, los camarones salteados con decenas de vegetales, el té verde y claro que acentuaba los sabores del paladar… Seguramente así sería el olor del cielo, pensó Pablo; una mezcla alucinante y deliciosa que estrujaba las tripas y desataba un apetito descomunal.

El joven observaba de reojo la pericia de los cocineros, que constantemente regañaban y azotaban a los más morones. Pablo nunca tuvo problemas, excepto un día, cuando ya llevaba algunos meses trabajando allí. Normalmente realizaba su labor con toda dedicación, pero aquella mañana parecía más distraído que de costumbre. No era su culpa. Había recibido una nota de Amalia, que leyó junto a los calderos donde se cocinaban las sopas:

Querido amigo Pablo:
(Pues ya puedo decirte amigo ¿no?) Me dio mucho gusto conocer a tu familia. Si tuvieras libre una de estas tardes, podríamos reunirnos a conversar un rato, si es que quieres, pues me gustaría saber más de ti. Hoy mismo, por ejemplo, mis padres no estarán en casa después de las cinco de la tarde. No es

que quiera recibir a nadie cuando ellos no están (ya que no hay nada malo en conversar con un amigo), pero creo que podríamos hablar mejor si no hay personas mayores delante.

Afectuosamente,

AMALIA

La leyó tres veces antes de guardarla y seguir en su tarea, pero anduvo con su mente en las nubes hasta que, en el colmo de su ensoñación, dejó caer una carga de pescado en la cocina. El coscorrón del capataz le quitó las ganas de soñar.

Cuando llegó a su casa, no había nadie. Recordó que sus padres irían al hospital para saber del abuelo, quien había vuelto a ingresar la noche antes debido a complicaciones en aquella herida que nunca terminaba de sanar; pero él no se quedaría esperando noticias. Se bañó, se cambió de ropa y salió. No pudo evitar una ojeada al umbral donde solía sentarse el anciano y sintió un ardor en el corazón. Se alivió un poco ante la perspectiva de ver nuevamente a esa extraña muchacha que ocupaba sus pensamientos noche y día.

Una vez más, volvió a confundirse ante las puertas de aldabas parecidas; se detuvo indeciso, sin saber qué hacer. La tercera de la izquierda se abrió en sus narices.

—Me imaginé que ibas a perderte —lo saludó Amalia, que añadió con candidez—, por eso estaba vigilando.

Pablo entró cohibido, aunque sin demostrarlo.

—¿Y tus padres?

—Fueron a recibir a un músico que viene de Europa. Mi abuela también fue con ellos… Siéntate. ¿Quieres agua?

—No, gracias.

La cordialidad de la muchacha, en lugar de tranquilizarlo, lo puso más nervioso.

—Vamos a la sala. Quiero enseñarte mi colección de música.

Amalia se acercó a una caja de la cual salía una especie de cornetín gigante.

—¿Has oído a Rita Montaner?

—Claro —dijo Pablo, casi ofendido—. ¿Tienes canciones suyas?

—Y del trío Matamoros, de Sindo Garay, del Sexteto Nacional...

Siguió recitando nombres, algunos conocidos y otros que él escuchaba por primera vez, hasta que la interrumpió:

—Pon lo que quieras.

Amalia colocó una placa redonda sobre la caja y levantó con cuidado un brazo mecánico.

—«Quiéreme mucho, dulce amor mío, que amante siempre te adoraré...» —surgió una voz clara y temblorosa del altavoz.

Durante unos instantes escucharon en silencio. Pablo observó a la muchacha, que por primera vez parecía retraída.

—¿Te gusta el cine? —aventuró él.

—Mucho —respondió ella, animándose.

Y comenzaron a comparar películas y actores. Dos horas después, ninguno de los dos cesaba de maravillarse con ese otro ser que tenía delante. Cuando ella encendió la lámpara, Pablo se dio cuenta de lo tarde que era.

—Tengo que irme.

Sus padres no sabían dónde se hallaba.

—Podemos vernos otro día —aventuró él, rozando el brazo de la muchacha.

Y de pronto ella sintió una ola de calor que se extendía por su cuerpo. También el muchacho percibió aquella marejada... Ah, el primer beso. Ese miedo a perderse en tierras peligrosas, ese aroma del alma que podría morir si el destino tomara rumbos imprevistos... El primer beso puede ser tan temible como el último.

Sobre sus cabezas la lámpara comenzó a balancearse, pero Pablo no lo notó. Sólo el estruendo de un objeto que se hacía añicos lo sacó del ensueño. Junto a ellos yacían los restos de una porcelana destrozada.

—¿Ya llegaron? —susurró Pablo, aterrado ante la posibilidad de que el agresor fuera el padre de su amada.

—Es ese idiota del Martinico haciendo de las suyas.

—¿Quién?

—Otro día te cuento.

—No, dímelo ahora —insistió él, contemplando el inexplicable destrozo—. ¿Quién más está aquí?

Amalia dudó un instante. No quería que el príncipe de sus
sueños se esfumara ante aquella historia de aparecidos, pero el
rostro del muchacho no admitía excusas.

—En mi familia hay una maldición.

—¿Una qué?

—Un duende que nos persigue.

—¿Qué es eso?

—Una especie de espíritu… un enano que aparece en los
momentos más inoportunos.

Pablo guardó silencio, sin saber cómo digerir la explicación.

—Es como un espíritu que se hereda —aclaró ella.

—¿Que se hereda? —repitió él.

—Sí, y maldita sea esa herencia. Sólo la padecemos las mujeres.

Contrario a lo que esperara, Pablo tomó el hecho con bastante naturalidad. Cosas más raras se aceptaban como ciertas
entre los chinos.

—A ver, explícamelo bien —pidió curioso.

—Heredé esto de mi papá. Él no puede verlo, pero mi
abuela sí. Y mami, por ser su esposa, también.

—¿Quieres decir que cualquier mujer podría ver el duende si se casa con un hombre de la familia?

—Y antes de casarse también. Así le pasó a una de mis tatarabuelas: vio al duende apenas le presentaron a mi tatarabuelo.
Se pegó un susto terrible.

—¿Nada más de conocerlo?

—Sí, parece que el duende puede saber quién se casará con quién.

Pablo le acarició la mano.

—Tengo que irme —murmuró de nuevo, acuciado por un nerviosismo mayor que el provocado por un duende invisible—. Tus padres pueden llegar y los míos no saben dónde estoy.

—¿Nos seguiremos viendo? —preguntó ella.

—Toda la vida —le aseguró él.

Durante el camino de regreso, el muchacho se olvidó del Martinico. Su corazón sólo tenía espacio para Amalia. Iba saltando feliz y ligero, como si él mismo se hubiera convertido en un espíritu. Trató de pensar en lo que le diría a sus padres por la demora. Tuvo el tiempo justo para inventar una excusa, antes de empujar la puerta entreabierta.

—Papi, mami…

Se detuvo en el umbral. La casa estaba llena de personas. Su madre lloraba en una silla y su padre permanecía cabizbajo junto a ella. Vio el ataúd en una esquina y fue entonces cuando notó que todos vestían de amarillo.

—*Akún…* —murmuró el muchacho.

Había regresado de la Isla de los Inmortales para enfrentarse a un mundo donde los humanos morían.

Recordaré tu boca

Pese a la advertencia de la cartomántica, Cecilia se negó a abandonar su relación con Roberto. Aunque no podía alejar la aprensión que sentía junto a él, decidió atribuirla a su inseguridad y no a su instinto. Era cierto que todo aquel oráculo la había sorprendido con su exactitud, pero no pensaba actuar siguiendo los consejos de una adivina.

Roberto le había presentado a sus padres. El viejo era un tipo simpático que hablaba continuamente de los negocios que haría en una Cuba libre. Montaría una fábrica de pinturas («porque en las fotos que traen de la isla todo se ve gris»), una tienda de zapatos («porque esos pobres de allá andan casi descalzos») y una librería donde se venderían ediciones baratas («porque mis compatriotas se han pasado medio siglo sin poder comprar los libros que les da la gana»). A Cecilia le divertía mucho aquella mezcla de inversionista con buen samaritano, y nunca se escabullía cuando el hombre la llamaba para contarle de algún nuevo proyecto que se le había ocurrido. Su mujer lo regañaba por aquel afán delirante de pensar en más trabajo cuando ya se había retirado hacía diez años; pero él le decía que su retiro era temporal, un descansito antes de emprender la última jornada. Roberto no participaba de aquellas discusiones; sólo parecía interesado en conocer más sobre la isla que nunca había pisado. Sin embargo, ésa era una manía común en los de su generación, hubieran o no nacido en Cuba, y ella no se detuvo a reflexionar más en el asunto.

Las fiestas de Navidad habían reavivado su relación en las últimas semanas. El ánimo de Cecilia, que siempre se alborotaba durante la época invernal, ahora bullía. Se fue de tiendas, por primera vez en mucho tiempo, dispuesta a remozar su aspecto. Ensayó maquillajes y se compró trajes nuevos.

La última noche del año, Roberto pasó a recogerla para ir a una fiesta que se celebraría en uno de esos islotes privados, llenos de mansiones donde vivían actores y cantantes que se pasaban la mitad del año filmando o grabando en algún confín del planeta. El anfitrión era un antiguo cliente de Roberto que ya lo había invitado otras veces.

Se perdieron un poco por callejas oscuras y frondosas antes de llegar. El patio, con su hierba recién cortada, terminaba en un muelle desde el cual se veían los grandes edificios del centro y un trozo de mar. Gente desconocida iba y venía por las habitaciones, curioseando entre las obras de arte que complementaban la decoración minimalista. Después de saludar al dueño de la casa, abandonaron el tumulto y se acercaron al muelle, se quitaron los zapatos y aguardaron la llegada del nuevo año hablando naderías.

Cecilia tuvo la certeza de que, por fin, sus tribulaciones amorosas terminaban. Ahora, chapoteando con los pies desnudos en el agua fría, se sentía completamente feliz. A sus espaldas había comenzado la cuenta regresiva de la televisión, mientras la costa oriental de Estados Unidos veía subir la manzana luminosa de Nueva York, en pleno Times Square. Los fuegos artificiales comenzaron a estallar sobre la bahía de Miami: racimos blancos, esferas rodeadas por anillos verdes, sauces de ramas rojas...

Cuando Roberto la besó, ella se abandonó con los sentidos borrachos de gusto, saboreando aquel zumo de uvas en su boca como una golosina divina y sobrenatural. Fue una litúrgica sensual e inolvidable; última estación de aquel romance.

Una semana después, Roberto llegó a su apartamento al anochecer.

—Vamos a tomar algo —le dijo.

Desde una mesita al aire libre, junto a la bahía, se veía un velero —mezcla de barco pirata y clíper— repleto de gentes que no tenían nada más que hacer, excepto pasearse por las tranquilas aguas contemplando el bullicio en tierra. Entre uno y otro Martini, Roberto le dijo:

—No sé si debemos seguir viéndonos.

Cecilia creyó que oía mal. Poco a poco, enredándose con las palabras, él le confesó que había vuelto a ver a su antigua novia. Cecilia aún no entendía. Él mismo había insistido para que volvieran a salir juntos; le había asegurado que no existía nadie más. Ahora parecía confundido, como si se debatiera entre dos fuerzas. ¿Estaba de veras embrujado? Le confesó que habían conversado, intentando aclarar lo ocurrido en su pasada relación. Y mientras Roberto hablaba, ella se iba muriendo con cada palabra suya.

—No sé qué hacer —concluyó él.

—Yo te ayudaré —dijo Cecilia—. Ve con ella y olvídate de mí.

Él la miró extrañado… o quizás atónito. Las lágrimas no la dejaban ver. Ahora actuaba con esa especie de instinto irracional, y un poco suicida, que la acompañaba cada vez que se veía ante una situación injusta. Si la perseverancia y el amor no bastaban, ella prefería retirarse.

—Necesito que hablemos —dijo él.

—No hay nada de qué hablar —musitó ella, sin gota de rencor.

—¿Puedo llamarte?

—No. No puedo seguir así o acabarás con la poca cordura que me queda.

—Te juro que no sé lo que me pasa —murmuró él.

—Averíigualo —le dijo ella—, pero lejos de mí.

Cuando llegó a casa de Freddy, estaba al borde del colapso. Ajeno a lo que ocurría, el muchacho la invitó a pasar en medio de un desorden de casetes y discos compactos. La grabadora dejaba escapar un bolero quejumbroso. Cecilia se sentó en el suelo, a punto de llorar.

—¿Ya sabes que el Papa llegó a La Habana? —preguntó el muchacho, mientras apilaba los discos en diferentes montones.

—No.

—Menos mal que se me ocurrió grabar el recibimiento. Fue espectacular —dijo él, tratando de decidir dónde colocaba a Ravi Shankar—. ¡Ah! Tengo un chiste. ¿Sabes para qué el Papa va a Cuba?

Ella movió la cabeza con desgana.

—Para conocer de cerca el infierno, ver al diablo en persona y averiguar cómo se vive de milagro.

Cecilia apenas esbozó una sonrisa.

—Van a transmitir en vivo todas las misas —dijo él finalmente—, así es que no te las pierdas. A lo mejor arde Troya delante de las barbas de quien tú sabes.

—No puedo quedarme en casa viendo televisión —murmuró ella—. Tengo que trabajar.

—Para eso inventaron el video, m'hijita.

Una voz femenina comenzó a cantar: «Dicen que tus caricias no han de ser mías, que tus amantes brazos no han de estrecharme…». Cecilia sintió que el nudo en su garganta le impedía respirar.

—Voy a grabarlo todo para la historia —comentó Freddy, amontonando varios casetes de cantos gregorianos—. Para que nadie me haga un cuento…

Y cuando aquel bolero de medio siglo gimió: «Dame un

beso y olvida que me has besado, yo te ofrezco la vida si me la pides…», los sollozos sobresaltaron a Freddy. Del susto dejó caer los casetes y dos columnas completas se derrumbaron.

—¿Qué te pasa? —preguntó asustado—. ¿Qué tienes?

Nunca la había visto así.

—Nada… Roberto… —tartamudeó ella.

—¡Otra vez ése! —exclamó—. Mal rayo lo parta.

—No digas eso.

—¿Qué pasó ahora? ¿Volvieron a separarse?

Ella asintió.

—¿Y ahora por qué? —preguntó él.

—No sé… No sabe. Cree que a lo mejor sigue enamorado de la otra.

—¿Aquella que me contaste?

Ella asintió.

—Pues oye bien lo que te voy a decir —dijo, colocándose frente a ella—. Yo sé quién es esa mujer. Hice mis averiguaciones…

—¡Freddy! —comenzó a regañarlo Cecilia.

—Sé quién es —insistió él— y te digo que no te llega ni al tobillo. Si quiere seguir con esa mujercita sosa y desabrida, allá él. Tú vales más que cualquier tipa de esta ciudad. ¿Qué digo yo de esta ciudad? ¡Del planeta! Si él quiere perderse la última maravilla del mundo moderno, buen tonto es y no vale una lágrima tuya.

—Quisiera estar en otro sitio —sollozó ella.

—Ya se te pasará.

Freddy le acarició la cabeza, sin saber cómo consolarla. Ése era el dilema de Cecilia: una sensibilidad que siempre terminaba por convertirse en fuga. La mayor parte del tiempo intentaba mostrarse distante, como si huyera de sus afectos, pero él sabía que se trataba de un mecanismo de defensa para no salir herida… como ahora. También sospechaba que la temprana muerte de sus padres era culpable de aquel temperamento que buscaba refugiarse por los rincones, huyéndole al dolor del mundo. Pero esa sospecha no era suficiente para saber cómo podía ayudarla.

—Odio este país —dijo ella finalmente.

—¡Vaya! Siempre la agarras con los países. Primero fue Cuba, porque te caía mal Barba Azul. Ahora la coges con éste, por una tipa del montón. Los países no tienen la culpa de albergar gente abominable.

—Las ciudades son como las personas que viven ahí.

—Perdona que te lo diga, pero estás hablando sandeces. En una ciudad viven millones de gentes: buenas y malas, sabias y estúpidas, nobles y asesinas.

—Pues me ha tocado la peor parte en la lotería. ¡Ni siquiera tengo amigos! No tengo a nadie con quién hablar, sólo tú y Lauro.

Estuvo a punto de mencionar a Gaia y Lisa, pero decidió no incluirlas en su lista de confidentes.

—Ya va siendo hora de que hagas más amistades —le aconsejó Freddy.

—¿Dónde? A mí me gusta caminar, y aquí no puedo ir andando a ningún sitio. Todo está a mil millas de distancia. No sabes lo que me gustaría perderme en alguna calle para olvidarme de todo… A ver, dime ¿dónde puedo encontrar aquí nada parecido a los parques de El Vedado, o al muro del malecón, o a los bancos del Prado, o al teatro Lorca cuando había un festival de ballet, o al portal de la Cinemateca cuando ponían un ciclo de Bergman…?

—Si sigues hablando así, soy capaz de irme a vivir otra vez a Cuba… con Lucifer y todo en el poder. ¡Y no confundas las cosas! Tu problema es amoroso, no cultural. Te encanta mezclarlo todo para no enfrentar lo peor.

La última acusación dio en el blanco y la hizo regresar de golpe a la realidad. Tuvo la certeza de que jamás volvería a ver a Roberto, pero ¿cómo sobreponerse a él? Nadie había hallado una cura para esa clase de dolor y seguramente no se hallaría nunca. Desde que sus padres la dejaran… Sacudió la cabeza para alejar aquellos demonios y buscó un pensamiento protector: el relato de Amalia. Era un consuelo saber que no estaba sola. Sintió un soplo de esperanza. No iba a dejarse aplastar.

—Me voy —dijo de pronto, secándose las lágrimas.

—¿Quieres que te acompañe? —preguntó Freddy, sorprendido por el súbito cambio.

—No, voy a ver a una amiga.

Y apenas sin despedirse, salió a la noche azul de Miami.

No puedo ser feliz

—Amalia, ¿ya está el café? —la llamó su padre.

Salió de su ensueño delante del fregadero, y notó que el agua del grifo se desbordaba del jarrito.

—Vete de aquí —le dijo su abuela, entrando en la cocina—. Yo lo haré.

Con gestos cansados, muy diferentes a los ágiles saltos con los que antaño trepara por la serranía en busca de helechos, su abuela Ángela cerró la llave y puso a hervir el jarro con agua sobre el fuego de la hornilla.

Amalia regresó a la sala. Junto al ventanal mayor, conversaban su padre y Joaquín Nin, ese pianista con un apellido que a ella le sonaba tan chino. ¿O es que ahora todo se lo parecía? Hacía tres años que se veía a escondidas con Pablo y no dejaba de pensar en él.

—¿Cuándo se estrena su ballet?

—Dentro de una semana.

—¿No va a extrañar Europa?

—Un poco, pero hacía tiempo que quería volver. Este país es como un hechizo. Te arrastra, te llama siempre… Se lo comenté a mi hija la última vez que hablamos; Cuba es una maldición.

Otro más, pensó Amalia. Porque ella también estaba maldita. Y con un fardo peor que cargar con la sombra de un Martinico por los siglos de los siglos.

—Tal vez lo más difícil del regreso sea alejarse de los hijos —comentó Pepe.

—No para mí. Recuerde que me separé de su madre cuando ellos eran muy pequeños.

—He oído que Joaquinito salió a usted: un músico brillante.

—Sí, pero a Thorvald le dio por la ingeniería, y Anaïs anda obsesionada con la literatura y la psiquiatría… Es una joven diferente a todas. Atrae a la gente como si fueran moscas.

—Hay personas con ángel.

—O con duende —replicó el músico, provocando un sobresalto en Amalia—, como diría Lorca. Pero aquí, entre nosotros, Anaïs tiene un demonio.

—Con permiso —los interrumpió la joven, saliendo de las sombras.

—Ah, la hermosa Amalia —exclamó el pianista.

Ella sonrió levemente y pasó entre los hombres rumbo al comedor, donde otros músicos fumaban frente a las ventanas abiertas… tan abiertas que de inmediato distinguió a Pablo, que se paseaba nerviosamente por la esquina.

—¿Adónde vas? —la atajó su madre cuando la vio abrir la puerta.

—Abuela me mandó a comprar azúcar.

Y salió sin darle tiempo a nada.

Él la descubrió enseguida: una aparición cuyos cabellos se encrespaban al menor soplo de brisa, ojos como centellas líquidas y piel de cobre pálido. Para Pablo seguía siendo la reencarnación de Kuan Yin, la diosa que se movía con la gracia de un pez dorado.

—Qué bueno que pasaste por aquí —lo saludó ella—. El viernes no podremos vernos. Papi quiere llevarme al estreno de un ballet y no podré zafarme.

—Pensaremos en otra fecha —la miró unos segundos antes de darle la noticia—. ¿Sabes que mis padres van a vender la lavandería?

—¡Pero si les va tan bien!

—Quieren abrir un restaurante. Es mejor que un tren de lavado.

—¿Dejarás El Pacífico?

—Tan pronto como se abra el negocio. Tendremos que buscar otra manera de comunicarnos...

—¡Amalia!

El grito atravesó las rejas de la ventana.

—Me voy —lo interrumpió—. Ya te diré cuándo podemos vernos.

La expresión de su padre no dejaba dudas: estaba furioso. Su madre la miraba de igual forma. Sólo su abuela parecía preocupada.

—Fui a comprar azúcar...

—Vete a tu cuarto —susurró su padre—. Después hablamos.

Durante media hora, Amalia se comió las uñas elaborando su mentira. Diría que no había encontrado azúcar para el café y que había ido por ella. De pura casualidad se había tropezado con Pablo y...

Alguien tocó.

—Tu padre quiere hablar contigo —dijo Mercedes, metiendo la cabeza por la puerta.

Cuando llegó a la sala, los invitados se habían marchado, dejando cenizas y tazas vacías por doquier.

—¿Qué estabas haciendo? —le preguntó su padre.

—Fui a buscar...

—No creas que no me he dado cuenta de que ese muchacho anda rondándote desde hace tiempo. Al principio me hice el sueco porque pensé que eran niñerías, pero ya tienes casi diecisiete años y no voy a permitir que mi hija se ande viendo con cualquier gentuza...

—¡Pablo no es ninguna gentuza!

—Amalita —intervino su madre—, ese muchacho está muy por debajo de nosotros.

—¿Muy por debajo? —repitió la muchacha, sintiéndose cada vez más ofendida—. A ver, ¿a qué categoría pertenecemos que sea tan diferente de la suya?

—Nuestro negocio…

—Tu negocio es una tienda de grabaciones —lo interrumpió ella— y el de su padre es una lavandería que, por cierto, va a vender para comprar un restaurante. A ver, ¿cuál es la diferencia?

La respiración agitada de Amalia empañaba el silencio.

—Esa gente es… china —dijo finalmente el padre.

—¿Y?

—Nosotros somos blancos.

Un plato se estrelló con estrépito en el fregadero. Todos, menos Amalia, volvieron sus rostros hacia la cocina vacía.

—No, papá —rectificó la joven, sintiendo que la sangre se le acumulaba en el rostro—. Tú eres blanco, pero mi madre es mulata y tú te casaste con ella. Eso me deja fuera de esa categoría tan exquisita de la que hablas. Y si un blanco pudo casarse con una mulata, no veo por qué una mulata que pasa por blanca no podría casarse con un hijo de chinos.

Y abandonó la sala rumbo a su cuarto. Al estrépito de su portazo le siguió el estallido de un jarrón lleno de flores frescas. Sobre sus cabezas, la araña de cristal comenzó a oscilar con furia.

—Voy a tener que tomar medidas —repuso Pepe.

—Toma las que quieras, hijo —musitó Ángela suspirando—, pero la niña tiene razón. Y perdona que te lo diga, pero tú y Mercedes sois las personas menos indicadas para oponerse a ese noviazgo.

Y con pasitos cortos y trabajosos, la anciana marchó a su cuarto, dejando un rastro de rocío serrano sobre las losas de mármol.

La crema y nata de la sociedad habanera deambulaba por los pasillos del teatro. Toda clase de personajes —hacendados y marquesas, políticos y actrices— se codeaban esa noche en el estreno de *La condesita*, ballet con música de Joaquín Nin, «hijo dilecto y gloria de Cuba, después de su fructífero exilio artístico por Europa y Estados Unidos», según lo saludara un diario de la capital. Y por si alguien dudara de su pedigrí musical, la posdata de que había sido maestro de piano del propio Ernesto Lecuona bastó para atraer a los más incrédulos.

En medio del bullicio, sólo Amalia, con su traje de tul rosa y el *bouquet* de violetas sobre su pecho, parecía la estampa de la desolación. La muchacha se aferraba con insistencia a su bolsito de plata mientras buscaba entre la multitud a la única persona que podría ayudarla. Finalmente la vio, perdida en un gentío de galanes.

—Doña Rita —susurró la joven, que se escurrió hasta ella en un descuido de sus padres.

—¡Pero qué hermosura de niña! —exclamó la mujer al verla—. Caballeros —dijo al público masculino que la rodeaba—, quiero presentarles a esta monada de criatura que, por cierto, está soltera y sin compromisos.

Amalia tuvo que saludar, toda sonrisas, a los presentes.

—Rita —le rogó Amalia al oído—, tengo que hablarle con urgencia.

La mujer miró a la joven y, por primera vez, su expresión la alarmó.

—¿Qué ocurre? —preguntó, apartándose del grupo.

Amalia dudó unos segundos, sin saber por dónde empezar.

—Estoy enamorada —pronunció de sopetón.

—¡Santa Bárbara bendita! —exclamó la diva a punto de persignarse—. Cualquiera diría que… ¿No estarás embarazada, no?

—¡Doña Rita!

—Perdona, hija, pero cuando existe un amor como ése que aparentas, todo es posible.

—Lo que ocurre es que a mi papá no le gusta mi novio.

—¡Ah! Pero ¿ya hay noviazgo por medio?

—Mis padres no quieren verlo ni en pintura.

—¿Por qué?

—Es chino.

—¿Qué?

—Es chino —repitió ella.

Por un momento la actriz contempló a la muchacha con la boca abierta y, de pronto, sin poder contenerse, soltó una carcajada que hizo volver los rostros de cuantos se hallaban cerca.

—Si eso le da tanta risa…

—Espera —le rogó Rita, aún riendo y agarrándola por un brazo para que no se fuera—. Dios mío, siempre me pregunté en qué acabaría aquella predicción de Dinorah…

—¿De quién?

—La cartomántica a la que te llevé hace unos años, ¿no recuerdas?

—Me acuerdo de ella, pero no de lo que dijo.

—Pues yo sí. Te advirtió que tendrías amores complicados.

Amalia no estaba de humor para discutir oráculos.

—Mis padres están furiosos —tragó en seco antes de abrir el bolso—. Necesito un favor y nadie más que usted me puede ayudar.

—Pide por esa boca.

—Tengo una nota que le escribí a Pablo…

—Así es que Pablo —repitió la mujer, disfrutando la historia como si se tratara de una golosina.

—Trabaja en El Pacífico. Yo sé que a veces usted va por allí. ¿Podría hacer que alguien le entregara esta nota?

—Con todo gusto. Mira, si es que me están entrando unas ganas tan grandes de cenar arroz frito que creo que me voy corriendo para allá después de la función.

Amalia sonrió. Sabía que aquel antojo de comida china no tenía nada que ver con el apetito y sí mucho con la curiosidad.

—Que Dios se lo pague, doña Rita.

—Calla, niña, calla, que eso sólo se dice ante las acciones nobles y yo voy a cometer una locura. Si tus padres se enteran, perderé una amistad de toda la vida.

—Usted es una santa.

—¡Y dale con la iglesia! ¿No te irás a meter a monja, verdad?

—Claro que no. Si lo hago, no podré casarme con Pablo.

—¡Jesús! ¡Pero qué acelerón el de esta niña!

—Gracias, mil gracias —dijo Amalia conmovida, abrazando a la mujer.

—¿Se puede saber a qué viene tanto entusiasmo?

Pepe y Mercedes se acercaban sonrientes.

—Estábamos planeando una salidita.

—Cuando guste. Para mí siempre ha sido un honor considerarla como de la familia —y estrechó las manos de la mujer entre las suyas—. Si me muriera, le entregaría a mi hija con los ojos cerrados.

La actriz sonrió, algo incómoda ante aquella muestra de confianza que estaba a punto de traicionar, pero enseguida pensó «todo sea por el amor» y se sintió un poquito menos culpable.

Un timbre retumbó por los pasillos.

—Nos vemos —la besó Amalia, y su sonrisa terminó por borrar todo rastro de escrúpulos.

«Ay, qué lindo es enamorarse así», suspiró la actriz para su coleto, como si estuviera en una de sus películas.

«Si te sorprenden», le había advertido Rita, «yo no sé nada.» Así es que cuando le pidió permiso a su padre para ir de compras, supo a qué se exponía.

Los jóvenes ni siquiera fueron al cine, como habían acordado. Pasearon por El Vedado, merendaron en una cafetería y terminaron sentados en el muro del malecón para cumplir con el ritual sagrado de todo amante o enamorado que deambulara por La Habana.

Años más tarde un arquitecto diría que, desde la construcción de la pirámide de Giza, nunca se había levantado otra obra arquitectónica con mayor tino que ese muro de once kilómetros de largura. Era, sin duda, el mejor lugar para ver una puesta de sol. Ningún atardecer en el mundo, afirmaba el arquitecto, tenía la transparencia y la longeva visibilidad de los crepúsculos habaneros. Era como si cada tarde se realizara una cuidadosa puesta en escena para que el Supremo se sentara a recrear su vista con las estrellas que iban surgiendo entre el aura dorada de las nubes y el cielo verdeazul, semejante al paisaje de otro planeta... En esos instantes, los espectadores sufrían una amnesia momentánea. El tiempo adquiría otra cualidad física, y entonces —así lo atestiguaban algunos— era posible ver ciertas sombras del pasado y del futuro que deambulaban junto al muro.

Por eso Amalia no se asombró al ver que el Martinico, tras brincar sin tregua sobre las rocas salpicadas de espuma marina, se quedaba inmóvil ante el extraño espejismo que ella también observó, sabiendo que no se trataba de una imagen real o presente, sino de otra época: cientos de personas trataban de hacerse a la mar sobre balsas y otros objetos flotantes. Pablo también enmudeció ante la visión de una joven con traje escandalosamente corto que se paseaba junto al muro, mientras era observada por el santo favorito de su difunto bisabuelo. No entendía qué hacía allí el espíritu del *apak* Martí, ni tampoco la tristeza con que miraba a la joven que llevaba en sus andares la huella de la prostitución.

Visiones... Fantasmas... Todo el pasado y todo el futuro coincidían junto al malecón habanero en esos minutos en que Dios se sentaba allí para descansar de su ajetreo por el universo. En otra ocasión los jóvenes se hubieran asustado, pero los testigos de esos atardeceres conocen de sus efectos sobre el espíritu que, por un momento, acepta sin reticencias cualquier metamorfosis. Absortos en la contemplación de tantos espectros, ninguno de los dos pudo ver el automóvil de José, que atisbaba desde lejos la inconfundible figura de su hija.

Una ráfaga volcó los claveles que Rosa acababa de colocar sobre la tumba de Wong Yuang. Con cuidado, volvió a levantar el florero más cerca del nicho para protegerlo del viento, mientras Manuel y Pablito terminaban de arrancar las malas hierbas que rodeaban la losa.

El cementerio chino de La Habana era un mar de velas y varillas encendidas. La brisa se inundaba con el humo del sándalo que subía hasta las narices de los dioses, perfumando esa mañana de abril en que los inmigrantes visitaban las tumbas de sus antepasados.

Durante dos horas, los Wong limpiaron el lugar y compartieron con el muerto algunas porciones de cerdo y dulces, pero la mayor parte de la comida quedó sobre el mármol para que el difunto se sirviera a gusto: pollo, vegetales hervidos, té, rollitos rellenos de camarones... Antes de irse, Rosa quemó algunos billetes de dinero falso. Después abandonaron el lugar, algo más tristes que antes.

Pablo tenía muchas más razones que nadie para sentirse deprimido. Amalia no había vuelto a llamar, ni a escribir. El muchacho husmeó por el vecindario, pero sus habituales rondas sólo arrojaron un par de ventanazos cuando don Pepe lo sorprendió atisbando entre las persianas.

—Me tomaría un té —dijo Manuel, haciéndole señas a un taxi.

—Pues yo tengo hambre —comentó Rosa.

—¿Por qué no vamos a la fonda de Cándido? —propuso el

joven—. Ahí hacen el mejor té y la mejor sopa de pescado de esta ciudad.

Su idea era otra: espiar la casa de la muchacha.

—Muy bien —dijo su padre—. De paso, compraré unos billetes de lotería.

—Deberías apostarle al 68 —le aconsejó su mujer—. Anoche tuve un sueño rarísimo…

Y mientras Rosa contaba su sueño sobre un lugar muy grande lleno de muertos, Pablo se comía las calles con los ojos como si esperara ver a Amalia en cualquier momento. Diez minutos después se bajaban del taxi y entraban a un local que olía a frituras de bacalao.

—¡Miren quiénes están ahí!

Los Wong se acercaron a la mesa donde conversaba la familia de Shu Li ante tazones de cerdo y arroz.

—¿Dónde te metes? —cuchicheó Pablito al oído de su amigo—. Te he estado buscando desde hace días.

—La escuela me tiene loco. He tenido que estudiar como nunca.

—Necesito que tu hermana le lleve un recado a Amalia —susurró Pablo, mirando de reojo a la joven.

—Elena ya no estudia con ella.

—¿La cambiaron de escuela?

—A Elena no, a Amalia…

Pablito se quedó en una pieza.

—¿A cuál? —preguntó finalmente.

—No sé, parece que se mudaron.

—Eso es imposible —exclamó Pablo, sintiendo que el pánico lo invadía—. He visto varias veces a sus padres.

—Quizás se la llevaron a otra ciudad. Tú me contaste que ellos no querían…

Pablo no pudo escuchar el resto; tuvo que sentarse con sus padres, y pedir té y sopa. Ahora comprendía por qué Amalia había desaparecido. ¿Qué haría para encontrarla? Se devanaba los sesos, imaginando actos de heroísmo que conmovieran a los padres de Amalia. Una vitrola dejó escapar los acordes de un pregón: «Esta noche no voy a poder dormir, sin comerme un cucurucho de maní…». Pablo dio un respingo tan fuerte que su madre se volvió a mirarlo. Fingiendo una leve tos, se cubrió el rostro para ocultar su azoro. ¿Cómo no lo pensó antes?

Un soplo de brisa besó sus mejillas y el calor se hizo menos agobiante. Más allá de los techos, las nubes huían velozmente. Y el cielo era tan azul, tan brillante…

Por mucho que Pablo lo intentó, le fue imposible ver a la actriz… y no por falta de información —¿quién no conocía a la gran Rita Montaner?—, sino porque su ajetreada vida hacía difícil localizarla.

Viendo que las semanas transcurrían, decidió pedir a sus padres que hablaran con don Pepe. Apenados, pero firmes, le aconsejaron que se olvidara del asunto; ya aparecería otra muchacha para esposa. Sus súplicas tampoco surtieron ningún efecto sobre Mercedes, quien le cerró la puerta y amenazó con avisar a la policía si no los dejaba en paz. No le quedó otro remedio que insistir en su afán por encontrar a la actriz.

Después de muchos contratiempos, logró hallarla a la salida de una función, rodeada de espectadores que no la dejaban avanzar y protegida del aguacero por el paraguas de un admirador. A empujones, llegó junto a ella. Trató de explicarle quién era, pero no hizo falta. Rita lo reconoció de inmediato. Era imposible olvidar ese rostro huesudo de mandíbulas masculinas y cuadradas, y esos ojos rasgados que echaban chispas como dos puñales que se cruzan en la oscuridad. Recordaba perfectamente la noche en que deslizara la nota en su delantal de cocina, accediendo a los ruegos de Amalia. Una ojeada le había bastado para comprender por qué la joven se había fascinado con el muchacho.

Para sorpresa de todos, la actriz lo agarró por un brazo y lo hizo subir al taxi, cerrando la puerta ante las narices de los presentes, incluyendo al admirador del paraguas que se quedó bajo la lluvia mirando el auto que se alejaba.

—Doña Rita… —comenzó a decir, pero ella lo interrumpió.

—Yo tampoco sé dónde está.

Más que su desaliento la mujer sintió su angustia, pero no había nada que pudiera hacer. Pepe no había revelado a nadie el paradero de su hija, ni siquiera a ella, que era como su segunda madre. Sólo había conseguido que le hiciera llegar una nota. A cambio, había recibido otra donde la joven le explicaba que se había matriculado en una escuela pequeña y que no sabía cuándo volvería a verla.

—Ven el sábado a esta misma hora —fue lo único que pudo ofrecerle ella—. Te mostraré la nota.

Tres días más tarde volvió a reunirse con Pablo, que guardó la nota como si se tratara de una reliquia sagrada. La mujer lo vio marchar triste y cabizbajo. Hubiera querido añadir algo más para animarlo, pero se sentía atada de pies y manos.

—Muchas gracias, doña Rita —se despidió—. No volveré a molestarla.

—No es nada, hijo.

Pero ya él había dado media vuelta y se perdía en la oscuridad.

El joven cumplió su palabra de no regresar… lo cual fue un error porque, algunas semanas después, Pepe la llamó para que fuera a ver a su hija. El matrimonio y la actriz viajaron hasta un pueblito llamado Los Arabos, a unos doscientos kilómetros de la capital, donde vivían los parientes que cuidaban de su hija. Amalia casi lloró al verla, pero se contuvo. Tuvo que esperar más de tres horas antes de que todos se fueran a la cocina a colar café.

—Necesito que le lleve esto a Pablo —susurró la muchacha, entregándole un papelito arrugado que sacó de un bolsillo.

Rita se lo guardó en el escote, le contó brevemente su conversación con Pablo y le prometió regresar con una respuesta.

Pero Pablo ya no trabajaba en El Pacífico. Un camarero le informó que su familia había abierto un restaurante o una fonda, pero por más que lo intentó, no logró que le dijera dónde estaba; ningún chino le daría esa información, por muy actriz y cantante famosa que fuera. Aquellos inmigrantes cantoneses no confiaban ni en su sombra.

Siguiendo las indicaciones de Amalia, que tenía una idea aproximada del sitio donde vivía Pablo, intentó hallar su casa; pero tampoco tuvo éxito. Envió a varios emisarios para que averiguaran, con el mismo resultado. Las esperanzas de Amalia se esfumaron cuando Rita le devolvió la carta sin entregar.

Pablo jamás se enteró de estas angustias. Durante las vacaciones, y también algunos fines de semana, continuaba atisbando la casa de su novia. Pepe, viendo que no desistía, abandonó la idea de traerla de vuelta. Así transcurrieron meses y años. Y a medida que fue pasando el tiempo, Pablo frecuentó cada vez menos el vecindario hasta que, en algún momento, dejó de visitarlo del todo.

El joven contempló con desgana la ropa que su madre le había preparado para su primer día en la universidad: un traje confeccionado con una tela clara y elegante.

—¿Ya estás listo? —preguntó Rosa, asomándose en la penumbra del dormitorio—. Solamente falta calentar el agua para el té.

—Casi —murmuró Pablo.

El éxito del restaurante había permitido que se realizara el sueño de Manuel Wong. Su primogénito Pag Li ya no sería el chinito que repartía la ropa, ni el ayudante de cocina en El Pacífico, ni siquiera el hijo del dueño de El dragón rojo. Ya estaba en camino de convertirse en el doctor Pablo Wong, médico especialista.

Pero el joven no sentía ninguna emoción; nada era importante desde que Amalia desapareciera. Su entusiasmo pertenecía a otra época en la que era capaz de imaginar las batallas más intensas, los amores más delirantes…

—¿Lo despertaste? —susurró su padre desde el comedor.

—Se está vistiendo.

—Si no se apura, llegará tarde.

—Tranquilízate, Síu Mend. No lo pongas más nervioso de lo que debe de estar.

Pero Pablo no estaba nervioso. En todo caso, se sintió rabioso cuando comprendió que Amalia había desaparecido para siempre. Sucesivos ataques de furia y de llanto hicieron que sus alarmados padres localizaran a un reputado médico chino para que lo examinara. Pero aparte de recetarle unas hierbas y de clavarle decenas de agujas que apaciguaron ligeramente su ánimo, poco pudo hacer el galeno.

—Vamos, hijo, que se hace tarde —lo apuró su madre, abriendo la puerta de par en par.

Cuando Pablo salió del cuarto, afeitado y vestido, su madre dejó escapar una exclamación. No había joven más guapo en toda la colonia china. No le sería difícil encontrar a alguna joven de buena familia que le hiciera olvidar a esa otra muchacha… Porque su hijo seguía triste; pese al tiempo transcurrido, nada parecía alegrarlo.

—¿Tienes dinero?

—¿Revisaste la carpeta?

—Déjenme tranquilo —contestó Pablo—. Ni que me fuera a China.

Su madre no dejaba de acariciarle las mejillas, ni de sacudirle el traje. Su padre trató de mostrarse más ecuánime, pero sentía un escozor incontrolable en la punta de la nariz; algo que sólo le ocurría cuando estaba sumamente inquieto.

Por fin Pablo pudo librarse de sus zalamerías y salió a la mañana fresca. El vecindario se desperezaba como había hecho siempre desde que él llegara a la isla. Mientras buscaba la parada del tranvía que lo llevaría a la colina universitaria, observó a los comerciantes que colocaban los cajones de mercancías a lo largo de las aceras, a los ancianos que practicaban *tai-chi* en los patios interiores, a los estudiantes que caminaban hacia sus clases con el sueño aún pegado a los ojos. Era un paisaje apacible y familiar que, por primera vez, calmaba un poco la desazón que lo había acompañado durante los últimos años.

La separación de Amalia le había costado la pérdida de un curso, además del que ya perdiera al llegar a la isla por su ignorancia del idioma. Pero se había graduado con honores en el Instituto de Segunda Enseñanza de Centro Habana. Y ahora, después de tantos esfuerzos, estaba a punto de traspasar los predios del Alma Máter.

El tranvía subió por todo San Lázaro y se detuvo a dos o tres calles de la universidad, cerca de una cafetería. Pablo notó el sigilo con que el comerciante recibía dinero de un transeúnte y comprendió que estaba recibiendo apuestas para la *bolita*. Debajo del mostrador con las cajetillas de cigarros, estaba la libreta donde se apuntaba la cantidad y el nombre del apostador… una visión harto conocida para Pablo, pero que puso en funcionamiento un resorte en su memoria. Había soñado algo. ¿Qué era? De pronto le pareció que era importante recordarlo.

Un fantasma… No, un muerto. Recordaba la silueta de un cadáver que avanzaba por un descampado rumbo a la luna, una luna llena y poderosa que se había acercado peligrosamente a tierra. Pablo se estremeció. Ahora lo recordaba bien. El muerto había alzado su mano y, cuando sus dedos rozaron la superficie del disco, empezó a encogerse como un papel que se quema, y al final se transformó en una especie de gato o tigre… Era todo lo que recordaba. A ver, un muerto. El muerto era el 8. Y la luna, el 17. ¿Y el gato? ¿Qué número era el gato? Se acercó al bolitero. Una luna que convertía a un muerto en gato o en tigre. Por supuesto que el hombre sabía. ¿No quería el señor hacer otras combinaciones? Porque el 14, que era gato-tigre, también era matrimonio. Pero matrimonio, en su primera acepción, era el 62. Y a veces las imágenes de los sueños no eran exactamente las que parecían ser. Lo sabía por experiencia… Pero Pablo no se dejó seducir. Jugó al 17814, y se guardó los billetes en la carpeta mientras observaba la hora en el reloj del local. Tendría que apurarse.

Decenas de estudiantes se dirigían a la colina universitaria en su primer día de clases. Grupos de muchachas se saludaban con alharaca, como si hiciera toda una vida que no se vieran. Los jóvenes, trajeados y encorbatados, se abrazaban o discutían.

—Son comunistas disfrazados —decía uno, con el rostro morado de la indignación—. Tratan de desestabilizar el país con todas esas arengas.

—Eduardo Chibás no es comunista. Lo único que está haciendo es denunciar los desfalcos del gobierno. Yo tengo esperanzas en su partido.

—Pues yo no —dijo un tercero—. Me parece que se le está yendo la mano. No puedes estar acusando a alguien todos los días por esto o por lo otro sin presentar pruebas.

—Cuando el río suena…

—Aquí el problema principal es la corrupción y los asesinatos que cometen todos esos pandilleros disfrazados de policías. Esto no es un país, sino un matadero. Mira lo que pasó en Marianao. ¡Y el presidente Grau no ha hecho nada para solucionarlo!

Se refería al último escándalo nacional. Había sido una historia tan espeluznante que hasta los padres de Pablo, nada propensos a comentar sobre política, se mostraron indignados. Alguien había dado la orden de detener a un comandante que se hallaba de visita en casa de otro. En lugar de obedecer, la policía —una caterva de pandilleros oficializados— lo había acribillado a balazos junto a varias personas más, incluyendo la inocente esposa del dueño de la casa.

Pablo estuvo a punto de regresar sobre sus pasos para inmiscuirse en la conversación, pero recordó los consejos de su padre: «Recuerda que vas a la universidad a estudiar, no a mezclarte con alborotadores».

—¡Pablo!

Se volvió, extrañado. ¿Quién podía conocerlo en aquel sitio? Era Shu Li, su antiguo compañero de escuela.

—¡Joaquín!

Habían dejado de verse dos años atrás, cuando su amigo se mudó de vecindario y de escuela.

—¿Qué matriculaste?

—Derecho… ¿Y tú?

—Medicina.

Terminaron de subir la escalinata y cruzaron los portales del rectorado para salir a la plaza central, donde el bullicio era mayor. Cerca de la biblioteca se encontraron con un amigo de Shu Li… o mejor, de Joaquín, porque ninguno de ellos usaba su nombre chino en lugares públicos.

—Pablo, éste es Luis —los presentó Joaquín—. También matriculó medicina.

—Mucho gusto.

—¿Dónde está Bertica? —preguntó Joaquín al recién llegado.

—Acaba de irse —dijo Luis—. Me dijo que no podía esperarte más.

—Bertica es la hermana de Luis —aclaró Joaquín.

—Ésa es una clasificación antigua —dijo Luis, dirigiéndose a Pablo con un guiño—. Ahora es la novia de Joaquín.

—Si no me voy ahora, no llegaré a tiempo —lo interrumpió Joaquín.

Y se despidió de los dos estudiantes de medicina, no sin antes acordar que a la salida irían a tomarse un café.

Fue un día fatigoso, pese a que ningún profesor dio realmente clases. Todo se volvió un inventario de normas de evaluación y exámenes, un repertorio de libros que deberían comprar, y una relación de consejos sobre las actividades universitarias.

A la salida, Luis y Pablo ya eran grandes amigos y habían intercambiado sus direcciones, teléfonos y sus verdaderos nombres en chino. Luis le advirtió que casi siempre su línea estaba ocupada por culpa de su hermana.

—¿Qué matriculó ella? —preguntó Pablo, mientras aguardaban por Joaquín y Berta.

—Filosofía y Letras... Mira, por allí viene. ¡Y como siempre, Joaquín no ha llegado! Prepárate para la pelea que se avecina.

Pablo miró hacia la esquina, donde acababa de aparecer un trío de jovencitas cargadas de libros. Una de ellas, con rasgos asiáticos, era sin duda la hermana de Luis. La más rubia reía a picotazos, atorándose con su propia risa. La otra, de piel dorada, sonreía en silencio con la mirada clavada en el suelo.

Cuando estaban a sólo unos pasos, la joven de piel dorada alzó la vista y sus cuadernos cayeron al piso. Por un instante quedó inmóvil, mientras sus amigas recogían el reguero a sus pies. Pablo supo entonces que su sueño había sido un mensaje cifrado de los dioses: el muerto, al acariciar la luna, se había transformado en tigre. O lo que es lo mismo: su espíritu extinto, en presencia de la mujer, había recuperado su potencia vital. ¿Y si hacía otra lectura? La cifra del muerto —8— significaba tigre; el número de la luna —17— podía ser mujer buena; y la clave del tigre —14— también indicaba matrimonio. Era una fórmula celestial: el orden de los factores no alteraba el producto. De cualquier modo, se había acercado a Kuan Yin, la

Diosa de la Misericordia, cuya silueta brilla como la luna, para rozar un rostro con el que nunca dejó de soñar. Y ahora ella estaba ante él, más hermosa que nunca, tras muchos años de inútil búsqueda.

Tú, mi delirio

¿Sería una epidemia, o se trataba de algo que había ocurrido siempre y que nadie notó nunca? Al final Cecilia tuvo que admitirlo: las cubanas estaban muriendo en masa, como las ballenas suicidas.

Primero fue la novia de aquel actor, una muchacha con quien había conversado varias veces. Alguien le contó que, después de una acalorada discusión, ella salió a la calle enloquecida. Decenas de testigos dijeron que no fue culpa del chofer. La joven había visto el auto, pero se lanzó delante de las ruedas... Después fue una amiga con quien solía reunirse cuando ambas vivían en La Habana. Trini era una mujer brillante, una profesora lúcida, una lectora incansable. Muchas veces se sentaban a hablar de literatura y de un libro que ambas veneraban: *El señor de los anillos*. Cecilia recordaría siempre sus conversaciones sobre el bosque de Lothlórien y el amor que compartían por Galadriel, la reina de los elfos... Pero Trini había muerto. Después de romper con su última pareja, con la que había vivido en alguna ciudad de Estados Unidos, se sentó en un parque, sacó un revolver y se mató. Cecilia no podía entenderlo. No sabía cómo relacionar a la reina de los elfos con un suicidio por arma de fuego. Era uno de esos hechos que le hacían pensar que el universo andaba patas arriba.

Pronto dejó de hacerse preguntas. Y, como si se tratara de

un karma compartido, ella también empezó a hundirse en la depresión y finalmente cayó en cama, presa de una fiebre inexplicable. Si intentaba levantarse, se mareaba y los oídos le zumbaban. Alarmados, Freddy y Lauro fueron a su casa acompañados por un médico.

—No sé si mi seguro de salud… —comenzó a decir ella.

—Despreocúpate del dinero —la tranquilizó el hombre—. Vine porque fui muy amigo de Tirso.

Aquel nombre no le dijo nada a Cecilia.

—Tirso era mi primo —dijo Lauro.

Por el tono de su voz, Cecilia intuyó que aquel primo había muerto, pero no quiso averiguar cómo ni de qué.

—¿Eres hipertensa? —preguntó el hombre, después de observar los saltos de la aguja.

—No creo.

—Pues tienes la presión bastante alta —murmuró él, buscando algo en su maletín.

El hombre revisó las extremidades de Cecilia.

—No puedes permitir que tu tensión suba. Mira esos moretones. Con esa fragilidad capilar, las paredes arteriales podrían estallar. No quiero asustarte, pero esa mezcla de presión alta y fragilidad vascular, podría provocar un derrame cerebral.

—Mis dos abuelos murieron de eso —murmuró ella.

—¡Ay, Dios! —dijo Lauro, abanicándose con una mano—. Creo que me va a dar una fatiga. Esas cosas me dan mala impresión.

—Coño, Lauro —le regañó Freddy—, deja las payasadas aunque sea por un día.

—No estoy payaseando —protestó Lauro—. Soy una persona muy sensible.

—Quédate con esto —continuó el médico—. Cuando te repongas, me lo devuelves.

Era un equipo digital para tomar la presión. Las cifras aparecían en una pantalla.

—Ahora mismo te tomas dos pastillas —le recomendó, sacando un frasco de su maletín—. Y todas las mañanas, una al levantarte. Pero te recomiendo que vayas a un especialista para un chequeo completo… ¿Cómo está tu colesterol?

—Normal.

—Es posible que tu hipertensión sea emotiva.

—¡Claro que lo es! —se quejó Freddy—. Esta mujer reacciona para adentro. Cada vez que le pasa algo, se mete en un rincón a llorar como una Magdalena.

—Las emociones pueden matar más rápido que el colesterol —le advirtió el médico antes de irse.

Pero las emociones no eran algo que Cecilia pudiera controlar y los medicamentos no lograron bajarla. Además, tenía aquella fiebre; una fiebre que su médico no sabía explicar. Se sometió a todo tipo de pruebas. Nada. Era una fiebre enigmática y solitaria que no parecía asociada a otra cosa que no fuera su depresión. El médico le ordenó descanso absoluto. Dos días después, cuando alguien la llamó para decirle que había visto a Roberto con una pelirroja en la playa, se sumió en un letargo casi misericordioso. Tuvo sueños y visiones. A veces le parecía hablar con Roberto, y al instante siguiente se encontraba sola. O se acercaba a besarlo y de pronto estaba con un desconocido.

Un aguacero interminable comenzó a caer sobre la ciudad. Llovió durante tres días y tres noches para alarma de las autoridades. Se suspendieron las clases y casi todos los trabajos. Los noticieros anunciaron que se trataba de la mayor caída de agua en medio siglo. Fue un temporal extraño como una alucinación. Y mientras Miami se convertía en una nueva Venecia, Cecilia deliraba a causa de la fiebre.

La última noche del diluvio sospechó que se estaba muriendo. Se había tomado varias aspirinas, pero su fiebre continuaba muy alta. Pese a los envidiables resultados físicos de sus análisis, se consumía como una anciana. De pronto supo por qué la gente moría de amor en otras épocas: una profunda depresión, un sistema inmunológico virado al revés, las emociones que impulsan la presión hasta las nubes y... todo podía irse al demonio. La fragilidad del corazón no soporta las cargas del espíritu.

Durante la madrugada de la tercera noche despertó con la sospecha de que llegaba a su fin. Todavía con los ojos cerrados, percibió el roce de una mano sobre su piel calenturienta. Giró la cabeza, buscando el origen de la caricia. No había nadie en el dormitorio. Por alguna razón, pensó en su abuela Delfina. Su mirada se posó en un libro que no había comenzado a leer. Siguiendo un impulso, lo abrió al azar: «En la mente llevamos el poder de la vida y el poder de la muerte». Y apenas leyó aquella línea, recordó las palabras de Melisa: «Tienes una sombra en el aura». Se estremeció. «Algo malo va a pasarte si no tomas medidas dentro de tu cabeza.»

Se tomó la presión: 165/104, y otra vez experimentó aquel roce helado como si un ser invisible se mantuviera cerca. De pronto tuvo una inspiración. Cerró los ojos y visualizó las cifras: 120/80. Mantuvo la imagen durante unos instantes hasta que pudo verla en su mente, sintiendo —más que deseando— que estaría allí cuando volviera a mirar. Volvió a medirse. Las cifras habían bajado. Volvió a concentrarse una vez más: 132/95. De nuevo cerró los ojos durante varios minutos, manteniendo la imagen «120/80... 120/80» hasta que las cifras brillaron nítidamente en su cabeza. Una brisa recorrió la habitación cerrada y refrescó su piel. Pasaron tres, cuatro, diez minutos. Se relajó y volvió a inflar la banda para leer: 120/81. Apenas podía creerlo, pero sin duda lo había logrado. De algún modo, había conseguido que su presión bajara. Decidió hacer lo mismo con la fiebre. Tras varios intentos, su temperatura comenzó a ceder hasta que ella misma cayó en un profundo sueño.

Despertó a la mañana siguiente con la luz que se filtraba

por su ventana. Se asomó al balcón y divisó varios automóviles subidos en las aceras. Sus dueños los habían colocado encima de cualquier elevación, temiendo que se inundaran. Decenas de personas circulaban por las calles, descalzas y en shorts. Por primera vez en muchas horas, el sol brillaba sobre sus cabezas. Desde los alambres aún mojados, las aves sacudían sus plumas y cantaban a pleno pulmón.

La vida regresaba para todos, incluso para Cecilia.

QUINTA PARTE

La estación
de los guerreros rojos

De los apuntes de Miguel

BÚSCATE UN CHINO QUE TE PONGA UN CUARTO:
Fórmula popular que indica rechazo. Cuando un hombre se peleaba con una mujer, podía decirle: «... y búscate un chino que te ponga un cuarto», con lo cual indicaba que ella podía irse al infierno si quería, porque lo último que podía hacer una mujer decente era convivir con un chino. La posterior mezcla de la población asiática con la negra y la blanca probó que, pese al tabú, muchas mujeres siguieron el consejo.

Mi único amor

Todavía temblaba pensando cómo había llegado hasta allí. Innumerables veces había desafiado a sus padres, viéndose a escondidas con Pablo en la universidad, incluso escapándose al cine con él. En realidad, había estado esquivando la autoridad paterna durante los últimos cuatro años de su carrera. ¿Pero esto...?

—Tienes que ayudarme —le había rogado a Bertica—. Yo siempre te he cubierto las espaldas con Joaquín.

—Esto es diferente, Amalia. Mis padres conocen a los tuyos.

—Me debes ese favor.

A regañadientes, su amiga la acompañó a pedir permiso para un supuesto viaje a Varadero. Don José y don Loreto habían sido condiscípulos en la facultad de medicina, y todavía intercambiaban clientes y postales. Músicos que conocían a José iban a la consulta del doctor, y pacientes de don Loreto compraban discos en la tienda de Pepe.

Semejante relación hería a Amalia porque no entendía cómo su padre podía ser tan amigo del médico cantonés y, en cambio, se negaba en aceptar su relación con Pablo. Por eso no sentía escrúpulos en desobedecerlo y fraguar planes alocados como aquella fuga de tres días.

Caminando por el sendero sombreado de orquídeas, notó

que sus pies se hundían en el colchón de hojas. Ajena a la frialdad de la zona, con la mirada perdida en ese osario de esqueletos vegetales, tuvo la sensación de estar en otro tiempo, miles de años atrás, cuando no existían seres humanos, sino sólo criaturas como su duende.

Una densa niebla se posaba sobre el valle de Viñales. La quietud y el silencio eran omnipresentes, como si la civilización hubiera dejado de existir. Aguzó el oído en busca de algún ruido familiar, pero sólo escuchó un murmullo indefinible. Instintivamente apretó el azabache que pendía de su cadena y alzó la vista. ¿Era el paso de la brisa o la voz del agua? Algo temerosa, se pegó a Pablo.

El viento helado sopló sobre las elevaciones de la cordillera donde estaba enclavado aquel valle de antigüedad jurásica. Mogotes: así llamaban desde época inmemorial a esas cimas donde habitaban especies únicas de caracoles.

Un millón de años atrás, Viñales había sido una llanura poblada de bosques que, por algún capricho de la naturaleza, empezó a experimentar el brote de aquellas elevaciones redondas. El confinamiento de grupos de moluscos en cada uno de los islotes propició la aparición de especies independientes que, con el tiempo, transformarían el valle en un santuario para futuros investigadores.

Pero Pablo y Amalia no sabían nada de esto. Sus miradas resbalaban sobre las palmas enanas y los mantos de helechos. Entre las orquídeas descubrían colibríes que surcaban el aire como relampagueantes manchas de luz y se detenían a libar su alimento, batiendo el aire con alas furibundas un segundo antes de desaparecer. Era una visión paradisíaca. En silencio y alborozados, los jóvenes disfrutaban de aquellas maravillas; y detrás de ambos, regodeándose con toda esa belleza, también se abría paso el Martinico.

Desde que Ángela abandonara su aldea, medio siglo atrás, el duende no había gozado a plenitud de un bosque o una colina. Ahora se hallaba en plena serranía cubana, paladeando el plumaje de los tocororos, el aroma de las vegas tabacaleras, la silueta de la palma corcho —más antigua que el propio duende—, la roja arcilla de los campos y la cordillera prehistórica que rodeaba el valle.

Una música delicada atravesó la niebla. Amalia alzó la vista como si la hubiera escuchado… para sorpresa del duende, que sabía que el sonido surgía de una dimensión inaudible para los seres humanos. Pero había sido una casualidad —o una premonición— porque enseguida se volvió hacia Pablo y ambos se enfrascaron en un diálogo incomprensible.

A medida que avanzaban, el misterioso sonido se escuchó más cercano. Los jóvenes habían vuelto a guardar silencio, sumidos en sus pensamientos. A su derecha, el Martinico divisó un ave diminuta, casi de juguete: un colibrí negro. Dio un salto para atraparlo, pero se le escurrió entre los dedos. «Dios quiera que siempre sea así», escuchó la voz silenciosa de su ama dentro de su cabeza. «Que podamos amarnos hasta la muerte, hasta después de la muerte.» La melodía se detuvo de golpe. El duende desvió la vista del colibrí que acababa de atrapar y, sorprendido, dejó escapar la joya alada que centelló antes de perderse en la espesura.

Al final del sendero, Pablo besaba a Amalia. Pero no era eso lo que había sobresaltado al duende. Sobre una roca cercana, con sus pezuñas y sus cuernecillos oscuros, el viejo dios Pan sostenía el instrumento de cañas que el Martinico viera años atrás en la serranía conquense.

El duende y el dios se miraron durante unos segundos, igualmente desconcertados. «¿Qué haces aquí?», se preguntaron sin palabras. Y de igual manera, las explicaciones fueron de uno a otro. «Hasta la muerte», resonaron los pensamientos de Amalia. «Hasta después de la muerte.» Y supo entonces que el dios había dejado de tocar su zampoña porque él también había escuchado aquel deseo de eternidad.

¿Cómo era posible? Las criaturas de los Reinos Intermedios sólo podían oír los pensamientos humanos si existía un vínculo especial con ellos. Entonces el duende recordó la promesa que hiciera Pan a la abuela de Amalia: «Si uno de tus descendientes necesitara de mí, incluso sin conocer nuestro pacto, podría otorgarle lo que quisiera... dos veces». El dios estaba atado a ella por la gracia de la miel concedida una noche de San Juan. «Sea, pues, para siempre», sintió que otorgaba el dios en su lengua de silencios. «Hasta después de la muerte.»

Pablo y Amalia echaron a andar, precedidos por el dios que avanzaba invisible delante de ellos. El duende los siguió a cierta distancia, demasiado curioso para pensar en alguna travesura. Pronto llegaron al pie de una elevación donde se iniciaba la cordillera. Todo el terreno se encontraba cubierto por la más intrincada maleza, como si nadie hubiera hollado jamás aquel paraje. El dios hizo un gesto que ninguno de los jóvenes vio, pero ambos descubrieron de inmediato la abertura en medio del follaje. Era el comienzo de un sendero en forma de espiral que subía hasta la cumbre. El duende supo que ningún humano de aquellos tiempos lo había cruzado. Se trataba de algo perteneciente a otra época, ideado por criaturas que huyeran de una antigua catástrofe y que se refugiaran en la isla entonces deshabitada, antes de seguir viaje a otras tierras. Ahora, milenios después, Pablo y Amalia repetirían aquel rito que ya nadie recordaba, excepto algunos dioses a punto de morir en un mundo que había perdido su magia...

Se abrieron paso entre las cortinas de helechos, rumbo a las alturas. El rocío colgaba de las hojas, cayendo como lluvia helada sobre sus cabezas. Arriba... arriba... hacia las nubes, en dirección a la morada de las almas, siguiendo el sendero eternamente curvo en torno a la colina. Primero hacia un lado y después hacia el otro. Nunca en línea recta. Sólo así podrían quedar unidos sus espíritus: con aquellos lazos invisibles.

Una voz recitó una frase mágica que ellos no oyeron, sumergidos en un banco de niebla que apenas les dejaba ver. Los salmos, cantados en una lengua antigua, se les antojaron trinos de aves desconocidas… Nada más hubieran podido percibir. Allí estaba la cumbre, en espera de la ceremonia que marcaría sus almas. Ya había ocurrido innumerables veces, y así volvería a ocurrir mientras el mundo fuera mundo, y los dioses —olvidados o no— tuvieran algún poder sobre los hombres.

Arrullados por una liturgia inaudible, Pablo y Amalia se entregaron al más antiguo de los rituales. Y fue como si, de la nada, surgiera un dedo divino que los bendijera. Sobre sus cuerpos descendió una luz… o quizás brotó de ellos. Los rodeó como una gasa y quedó prendida al borde de sus almas como una marca de amor que perduraría por los siglos de los siglos, sólo visible para sus espíritus.

—Este arroz con pollo sabe a gloria celestial —comentó Rita, con ese gesto de sus cejas que podía denotar admiración o zalamería.

—De cerca viene —afirmó José, zampándose un trozo de pechuga—. Mamá aprendió a cocinar en la sierra.

Doña Ángela sonrió a medias. Con sus setenta y tantos años a cuestas, tenía la expresión plácida de quien sólo espera el final. Pero su hijo estaba en lo cierto. La casa de su infancia se hallaba más cerca de las nubes que de la tierra. Por su mente pasó la imagen de la doncella inmortal que se peinaba junto a un estanque y el sonido de la música que inundaba la cordillera; y pensó en cuán próximas estaban aquellas criaturas de esa Autoridad a la que pronto acudiría ella para reunirse con Juanco.

—¡Niña, mira donde pones las cosas!

El grito de Mercedes la sacó de su ensueño. Su nieta acababa de derramar un vaso de agua sobre el mantel. Mercedes se lanzó, servilleta en mano, a contener el caudal que amenazaba con extenderse. La cena era casi familiar. Además de los cuatro miembros de la familia y de Rita, sólo asistían un empresario al que le apodaban El Zorro y los padres de Bertica.

Amalia casi se había desmayado al enterarse de que sus padres habían invitado a don Loreto y a su esposa.

—¿Qué vamos a hacer si nos descubren? —le preguntó a Pablo, mientras tomaban unos granizados—. Son capaces de enviarme otra vez a Los Arabos.

—No pasará nada —la tranquilizó él, acariciándole los cabellos—. Eso fue hace tres meses. No tiene por qué mencionarlo.

—¿Y si lo hace?

—Si tu padre se entera y quiere enviarte otra vez a Matanzas, me llamas por teléfono y esa misma noche nos fugamos.

Pero Amalia estaba muy nerviosa.

José observó los afanes de su esposa para contener el desastre y, por primera vez, tuvo conciencia del aspecto de la muchacha. Estaba más pálida, diferente… ¿Tendría anemia? Apenas terminara la grabación con los soneros, la llevaría a hacerse un chequeo.

—… pero lo que está pasando en Japón no tiene nombre —decía El Zorro—. Se han vuelto locos con nuestra música.

—¿En Japón? —repitió José.

—Han fundado una orquesta que se llama Tokyo Cuban Boys.

—¿Es verdad que allí se suicidan abriéndose la barriga de un tajo? —comentó Mercedes, que no imaginaba nada peor que morir bajo el filo de un cuchillo.

—Algo de eso he oído —recordó Loreto.

—No me extraña —suspiró Rita—, con esa música tan triste que tocan en unas mandolinas sin cuerdas, deben de andar muy deprimidos.

—Pues ahora se morirán de bailar guaracha —dijo El Zorro con muy buen humor.

La silla de Amalia dio un salto. Sus padres y su abuela la miraron con alarma, aunque los invitados sólo creyeron que la muchacha se había movido con brusquedad.

—¿Pasa algo? —susurró Ángela, notando su palidez.

—No me siento bien —contestó la joven, sintiendo que un sudor frío le cubría el cuerpo—. ¿Puedo ir…?

Pero no terminó de hablar. Tuvo que cubrirse la boca y echar a correr hacia el baño. Su abuela y su madre fueron tras ella.

—A esa edad, me sucedía lo mismo —dijo Rita—. Cuando hacía calor, no podía comer mucho porque terminaba con el estómago vacío.

—Sí, las señoritas son más delicadas que los varones —comentó Loreto—. Y Amalita se ha convertido en una joven muy linda. ¿Quién iba a decirlo? La última vez que la vi, andaba con aquella muñeca enorme que hablaba…

José se atragantó con el agua. Loreto tuvo que darle unas palmaditas en la espalda.

—Mira que mi única práctica con ahogados fue en la facultad —bromeó el doctor—. No te garantizo nada.

José terminó de recuperarse.

—No recuerdo que Amalita tuviera una muñeca que hablara —comentó su padre, aparentando una gran calma.

—Bueno, fue hace algunos años. Le comprabas juguetes de toda clase… No creo que te acuerdes.

—Pues yo sí me acuerdo —intervino Irene, la esposa de Loreto— porque Bertica estuvo meses detrás de nosotros para que le compráramos otra igual.

Algo ocurría. Rita observó discretamente a Pepe, mientras pedía que le sirviera más limonada. ¿Qué relación tendría esa muñeca con tanto acaloro? Escuchó un ruido apagado y supo que Amalia estaba vomitando… ¡San Judas Tadeo! Eso no. Cualquier cosa, menos eso.

Los pasos de Mercedes atrajeron las miradas de los comensales.

—Parece que ya está mejor —comentó con toda inocencia, pero cuando alzó la vista y encontró la mirada de su marido, su corazón se detuvo.

Treinta años viviendo al lado de una persona son muchos años, y Mercedes llevaba algo más de ese tiempo junto a José. Por un instante quedó con el tenedor a medio camino entre el plato y su boca, pero un gesto de su marido le indicó que debía disimular.

—A quien quisiera escuchar en persona es a Benny Moré —dijo don Loreto—. Sólo he oído algunas grabaciones que hizo en México con Pérez Prado.

—Ese mulato canta como los dioses —comentó Pepe, haciendo un esfuerzo—. Mercedes y yo fuimos a verlo hace un mes.

—Pues pongámonos de acuerdo para ir todos... incluyendo a doña Rita, si se anima a acompañarnos.

La actriz se había bebido de golpe toda la limonada en un intento por librarse del sofoco.

—Me encantaría —contestó, poniendo en su sonrisa la mejor actuación de su vida, porque el susto que sentía por Amalia era peor que verse frente a las llamas del infierno.

—Pues no hay más que hablar —exclamó José, sin que nadie sospechara que aquel tono ocultaba otra decisión.

Pero cuando Ángela volvió a su asiento, resolvió posponer la discusión hasta el día siguiente. No deseaba alterar a su madre, cuya rara quietud lo preocupaba cada vez más.

La anciana no había notado la ansiedad de su hijo, como tampoco notó el pánico de su nieta ni el temor de Mercedes. En su pecho palpitaba un regocijo nuevo. Sin sospechar la desazón que la rodeaba, terminó su cena y recogió los platos. Como siempre, no quiso que Mercedes la ayudara, y se quedó en la cocina limpiando.

A sus espaldas, el tintineo de una cacerola le anunció la llegada del Martinico. Desde hacía varias semanas se le aparecía noche tras noche. Era como si deseara brindarle una compañía que no le había pedido. No se volvió a mirarlo. Aquel rumor de pajarillo a sus espaldas le recordaba el susurro de la cordillera durante las tardes de verano, cuando ella y Juanco salían a caminar por sus faldas y regresaban a la fuente donde la mora de agua le diera aquel consejo que la unió al amor de su vida.

Extrañaba a Juanco; no pasaba un día en que no lo recordara. Al principio había intentado ocuparse de cosas mundanas para olvidar su ausencia, pero últimamente había vuelto a sentirlo cerca.

Apagó la luz de la cocina y fue hasta su cuarto arrastrando los pies, tiritando como si aún resbalara sobre los hierbazales húmedos de la sierra. Se desvistió sin encender la lámpara. Sus huesos crujieron cuando el colchón se hundió para recibirla. En la oscuridad, lo vio. A su lado yacía Juanco, con su rostro joven y bello de siempre. Cerró los ojos para verlo mejor. ¡Cómo se reía su marido! ¡Cómo le tomaba el rostro entre las manos para besarla! Y ella bailaba con su falda de listones que caracoleaba en cada vuelta…

El duende se acercó al lecho y contempló el rostro de la anciana, sus párpados temblorosos bajo aquel sueño. Pacientemente veló junto a su cabecera hasta la madrugada, y con ella brincó y bailó por las colinas al ritmo de la zampoña en la tarde llena de magia, y vio cómo se abrazaba al joven que había amado con locura.

Angelita, la doncella visionaria de la sierra, sonrió en la oscuridad de su sueño, tan inocente como cuando jugaba entre las vasijas del horno paterno. Y cuando por fin su respiración se detuvo del todo y su espíritu flotó hacia la luz donde la aguardaba Juanco, el duende se inclinó sobre ella y, por primera y última vez desde que se conocieran, la besó en la frente.

Cuando Pablo avistó a sus amigos sin que ellos se dieran cuenta, se detuvo junto a la vitrola que lanzaba al viento su quejumbroso bolero. Era un contratiempo. Por un instante pensó en vigilar la casa desde la barbería de enfrente, pero los muchachos no tardaron en descubrirlo.

—¡Tigre!

No le quedó más remedio que acercarse.

—¡A buena hora! —lo saludó Joaquín—. Íbamos a ordenar otra ronda de café.

—¿Conoces a Lorenzo? —preguntó Luis, señalando a un gordito de lentes gruesos.

—Encantado.

—¡Pupo! —gritó Joaquín al mulato que se afanaba detrás del mostrador—. Otro café.

—Eso del asesinato de Manolo siempre me dio mala espina —dijo Lorenzo, que parecía llevar la batuta de una discusión—. Me parece que el gangsterismo campea en la universidad, y la culpa fue de Grau. Si no hubiera nombrado comandantes de la policía a esos pandilleros, otro gallo cantaría.

—Estás como Chibás: acusar se ha vuelto tu deporte favorito.

—Chibás tiene buenas intenciones.

—Pero su obsesión lo está volviendo loco. Yo te digo que el mal de este país no es económico, sino social… y quizás psicológico.

—Yo pienso lo mismo —dijo Pablo—. Aquí lo que hay es mucha corrupción política y violencia gratuita. El cambio de gobierno no ha servido para nada. Se fue Grau, llegó Prío, y todo sigue igual.

—Eso es más o menos lo que dice Chibás.

—Sí, pero él apunta al culpable equivocado y crea una confusión que aprovechan los…

—¿Jablando de la novias?

Los muchachos se volvieron. Pablo dio un respingo, pero mantuvo su compostura.

—¿Qué haces aquí, papá?

—Señor Manuel —preguntó Luis, sin darle tiempo a nada—, ¿no cree usted que deberían sustituir a los jefes en los cuarteles donde ha habido irregularidades?

La sonrisa de Manuel se esfumó. Aquellos muchachos, lejos de estar conversando sobre su futuro sentimental, andaban llenándose la cabeza de problemas.

—Yo no cleo que deban discutil eso —repuso muy serio, en su defectuoso castellano—. Un estudiante debe telminal calela y pensal en familia.

Pablo trató de atajar el discurso de su padre.

—Nos vemos mañana —dijo, poniéndose de pie.

Se despidieron del grupo.

—No sabía que Shu Li y Kei estuvieran metidos en política —le recriminó su padre en cantonés apenas salieron del lugar.

—Sólo estábamos charlando un poco.

—De asuntos que no les conciernen y de los cuales no saben nada.

Pablo no replicó. Era inútil discutir con su padre de esas cuestiones. Además, tenía algo más importante en qué pensar.

—Se me olvidó darle un recado a Joaquín.

—Llámalo cuando llegues a casa.

—Es que no sé si regresará a la suya, y era importante. Mejor voy ahora.

—No te demores.

Pero el muchacho no regresó a la fonda. Dobló la esquina y buscó un teléfono público. Aún no había terminado de discar, cuando un auto se detuvo junto a él.

—Pablo —lo llamó una voz femenina.

Creyendo que sería Amalia, se acercó al auto, pero se detuvo sorprendido. Era doña Rita. Algo había pasado.

—Acaba de subir, hijo, que no tengo todo el día.

El muchacho entró al auto y el chofer aceleró un poco para alejarse de la esquina.

—¿Y Amalia?

—No puede venir —dijo la mujer, secándose los ojos con un pañuelo—. Doña Angelita murió anoche y José lo sabe todo.

Pablo sintió que sus rodillas se derretían como azúcar puesta al fuego.

—¿Cómo? —tartamudeó—. ¿Cómo…?

—Estábamos comiendo en su casa y Amalita tuvo que ir al baño a vomitar… Y hoy por la mañana encontraron muerta a doña Ángela.

—Oh, Dios.

La mujer retrocedió en su asiento. Siempre le había inquietado un poco el joven, pero ahora casi experimentó pavor ante el abismo que se asomaba en sus ojos.

—Amalia me rogó que te buscara —continuó ella—. Su padre se la llevará a Santiago en unos días. Allí planea embarcarla para Gijón con unos parientes.

—Amalia nunca me dijo…

—Ella tampoco lo supo hasta hace dos días.

—¿Qué le diré a mis padres?

—Eso tendrás que decidirlo más adelante —dijo la mujer—. Pero si quieres volver a verla es mejor que vayas a buscarla a la medianoche.

—Doña Rita, no me entienda mal. Amo a Amalia más que a mi vida y por supuesto que iré con ella hasta el fin del mundo. El problema es que no tengo un lugar donde podamos quedarnos. Tengo dinero para alquilar una habitación por unos días, pero después no sé qué haríamos. Con mis padres no puedo contar. Sería mejor que nos suicidáramos…

—¿Qué sandeces dices? —chilló Rita con tanta furia que el muchacho se golpeó la cabeza con el techo—. La muerte no resuelve nada. Sólo sirve para darle molestias a los vivos.

—¿Qué me aconseja?

—Ve a buscarla hoy por la noche… No, hoy no, estarán en

el velorio. Mañana será mejor, de madrugada. Vengan directo para mi casa. Ella conoce la dirección.

—Gracias, doña Rita —le tomó una mano para besársela.

—No tan aprisa —dijo ella, retirándola con enfado—. Amalia podrá quedarse allí, pero tú te irás a casa de tus padres y seguirás como si nada, para que no se den cuenta. Y te advierto que si no consigues un trabajo y te casas con ella cuanto antes, hablaré con sus padres para que vengan a buscarla.

—Le juro, señora Rita, le prometo…

—No me jures ni me prometas, que no soy santa ni virgen de altar. Haz lo que tienes que hacer y ya veremos.

—Mañana entonces —murmuró él en un sofoco, mientras se bajaba del auto.

Y sólo cuando lo vio perderse entre el gentío, con el traje arrugado y corriendo como quien ha visto al diablo, doña Rita suspiró con alivio.

Ausencia

La noche anterior había olvidado bajar las cortinas y ahora el sol le daba en pleno rostro. Avanzó hacia la ventana, buscando a tientas el toldo que desenrolló con un suave tirón. Luego fue a colar café. Vagamente recordó el mensaje que Gaia le había dejado. Lo había oído desde su cama, cuando se sentía demasiado débil para interesarse por el resto del mundo. Ahora, sin embargo, se acercó a la máquina para escucharlo de nuevo. La muchacha había vuelto a ver la casa. No daba muchos detalles, pero se la notaba excitada.

Con una tostada a medio comer, comenzó a marcar su número. Ni siquiera se preguntó si la otra estaría despierta un domingo a las ocho de la mañana; pero Gaia contestó enseguida, como si hubiera estado junto al teléfono esperando su llamada. En efecto, casi no había dormido. ¿A que no adivinaba dónde había visto la casa? Pues en el terreno vacío de Douglas Road y... Cecilia dejó de masticar. Eso quedaba en la esquina de *su* casa. Desde su balcón, se veía el lote. Corrió a asomarse con el teléfono pegado a la oreja. No, ya no estaba, por supuesto. Esa casa sólo aparece de noche. ¿A qué hora la había visto? Bueno, era muy tarde, casi la una de la mañana. Pasaba en su auto y pegó un frenazo que debió de oírse en todo el vecindario. No había un alma en la calle, quizás por el frío.

—¿Cómo supiste que era la casa, desde un auto y con la calle oscura? —preguntó Cecilia.

—Ya la he visto dos veces antes; no es el tipo de casa que abunde en la zona. Además, era imposible dejar de notarla: tenía todas las luces encendidas. Así es que me bajé del auto y me acerqué.

—Pensé que no te gustaban las casas fantasmas.

—No me gustan, pero era la primera vez que la veía tan cerca de otras. Pensé que si pasaba algo podría gritar. Además, sólo iba a espiar desde la acera. Estaba como a diez pasos cuando la puerta se abrió y vi salir a la anciana con el vestido de flores y a otra pareja más joven. El rostro de la mujer me resultó familiar, pero no tengo idea dónde puedo haberla visto. El hombre era alto, con un traje oscuro y una corbata de lunares claros muy anticuada. Ellos ni me miraron; sólo la anciana me sonrió. Por un momento creí iba a bajar los escalones del portal y me dio un miedo tan horrible que di media vuelta y me metí en el carro.

Con el teléfono prensado entre la oreja y el hombro, Cecilia comenzó a recoger los restos del desayuno.

—¿Cuándo fue eso? —preguntó.

—¿Qué importancia tiene…?

—¿Recuerdas lo de las fechas patrias?

—Ah, sí. Fue el viernes 13… No, ya era pasada la medianoche. Sábado 14.

—¿Qué ocurrió ese día?

—Pero ¿en qué mundo vives, mujer? 14 de febrero: Día de los Enamorados. ¡San Valentín!

—No —le dijo Cecilia, terminando de colocar la vajilla en el lavaplatos—. Tiene que ser una fecha patria.

—Espera, creo que tengo un listado de efemérides cubanas.

Mientras Gaia buscaba por su casa, Cecilia echó el detergente, cerró la puerta y apretó el botón de encendido. El lavaplatos comenzó a ronronear.

—Lo encontré, pero no dice nada de ese día.

—Entonces la hipótesis no sirve.

—Quizás se trata de algo que no aparece aquí.

Cecilia se sentía molesta. Su descubrimiento de las fechas patrias la había fascinado porque le daba un punto de partida. Ahora el parámetro se había roto: una sola fecha había bastado para echarlo todo abajo.

—Voy a seguir buscando —dijo Gaia, antes de colgar—. Si encuentro algo, te llamaré.

Cecilia fue al baño para darse una ducha. Lisa le había sugerido que hiciera un mapa con las apariciones para ver si hallaba otro patrón, pero lo había olvidado. La hipótesis de los eventos fatídicos parecía tan sólida… Aunque ¿y si Gaia estaba en lo cierto y se trataba de un aniversario menor que no siempre aparecía en los calendarios? ¿Dónde podría hallar más información? Por lo general, los viejos atesoraban esas curiosidades. Su tía abuela tenía un clóset lleno de revistas y periódicos amarillentos.

Se secó la cabeza y se vistió a toda prisa. Llamó por teléfono, pero sólo respondió la máquina de mensajes. Quizás había ido al mercado. Eran las diez de la mañana. Para hacer tiempo, encendió el televisor y pasó varios canales. Vio unos horribles dibujos animados llenos de monstruos, varios programas de deportes, dos o tres noticieros, filmes anodinos, y cosas así. Apagó el televisor. ¿Qué haría?

Se levantó a buscar un mapa de la ciudad que guardaba entre sus folletos de viaje, lo desplegó sobre la mesa y comenzó a revisar sus notas. Con un creyón rojo fue marcando los sitios de las apariciones; y al lado de cada uno, la fecha en letra pequeñita. Media hora después, el mapa estaba salpicado de puntos rojos. Le dio vueltas, estudiándolo desde todos los ángulos posibles, pero no vio ningún patrón ni nada que permitiera suponer una secuencia lógica. De pronto recordó algo: las constelaciones. Intentó trazar figuras de cualquier tipo, pero no consiguió gran cosa. Allí no había cuadrados, ni estrellas, ni triángulos; tampoco criaturas de ningún tipo. Intentó cruzar las líneas, pero el resultado fue igualmente nulo.

Agotada, se asomó al balcón. Desde su puesto observó el solar yermo de la esquina donde había aparecido la casa. Pensar que estuvo tan cerca… lo cual no significaba mucho, pues quizás no la habría visto aunque hubiera surgido delante de sus narices. Tal vez para verla se necesitaran dotes de médium. Vagamente recordó a Delfina, su abuela vidente, con aquel delantal polvoriento de harina, rodeada de abejas que parecían seguir el rastro oloroso de sus dulces. Ella hubiera resuelto el misterio en un abrir y cerrar de ojos.

Regresó al comedor y se quedó contemplando el mapa con pecas; tuvo la sensación de que algo se le escapaba. Una idea vaga flotaba en su mente, pero no llegó a tomar forma. El presentimiento se hizo más fuerte cuando observó nuevamente las fechas. La respuesta estaba allí, delante de sus ojos, pero no podía verla… todavía.

Estaba sola, como un oasis en medio del desierto. Y en una ciudad donde abundaban las criaturas jóvenes y hermosas. Ése era otro problema. Nunca antes se había preocupado por su apariencia, pero últimamente el entorno parecía exigirle que se mirara en el espejo. «Estoy involucionando», se decía cada vez que se sorprendía en esas incursiones de vanidad femenina. «Me estoy volviendo superficial.» Y abandonaba el dormitorio a toda prisa, llenaba un caldero con agua y se iba al balcón a regar sus matas.

Ahora se hallaba en uno de esos momentos. Descalza y con el cabello sudado, extirpaba unas plantas parásitas que habían crecido al pie de sus claveles. Después de pasar dos horas con el mapa, había decidido sacarse las cejas y examinar arrugas imaginarias alrededor de sus ojos hasta sentirse lo suficiente-

mente horrorizada como para acordarse de sus flores... El teléfono sonó. Metió las manos en el cubo con agua, se las secó
y tomó el auricular. Era Freddy.

—¿Ya estás levantada?

—Desde las ocho.

—¡Pero si hoy es domingo! ¿Qué haces?

—Riego las matas.

—Pasaré por ahí un momento.

Apenas tuvo tiempo de cambiarse de blusa, cuando ya el
muchacho tocaba a la puerta.

—Me muero de sed —se quejó él, despojándose de una
mochila inmensa.

Cecilia le sirvió agua.

—¿De dónde vienes?

—Mejor pregunta adónde voy.

—¿Adónde vas?

—Tengo que visitar a varios amigos.

Ya iba a preguntarle la razón de aquel periplo, cuando el
timbre de la puerta volvió a sonar.

—Qué raro —murmuró ella y se asomó por la mirilla.

—¡Gaia! —exclamó, abriendo la puerta—. ¿Qué haces aquí?

—Me imaginé que todavía estarías pensando en las fechas
y se me ocurrió... ¡Ah! No sabía que tuvieras visita.

Tras las presentaciones de rigor, Cecilia sugirió:

—Tengo hambre. ¿Por qué no pedimos algo de comer?

Mientras Gaia llamaba a una pizzería y ella ponía a enfriar
varios refrescos, Freddy se dedicó a registrar el estante de los
discos compactos.

—En quince minutos estarán aquí —anunció Gaia, sentándose en el sofá.

Cecilia buscó un frasco de pastillas.

—¿Y eso? —preguntó Freddy.

—Antidepresivos. Olvidé tomarlos esta mañana.

El muchacho hizo un gesto de contrariedad.

—Es temporal —se justificó ella.

Freddy hubiera seguido discutiendo, pero Gaia lo interrumpió:

—¿Ya pensaste en algo?

—Hice un mapa con los sitios de las apariciones, pero no he conseguido nada.

—¿Probaste a ver si los puntos formaban figuras?

—No hay ninguna.

—¿De qué hablan, si se puede saber?

Cecilia le explicó a su amigo los pormenores de la casa y sus apariciones. Cuando trajeron las pizzas aún estaban discutiendo sobre el significado de las fechas, especialmente la última. Sin duda era la más enigmática porque rompía con la regla de oro que parecía haber regido hasta ese momento. Terminaron de comer sin llegar a ninguna conclusión. Freddy miró el reloj y dijo que se le había hecho tarde. Ya casi estaba en la puerta cuando exclamó:

—¡Se me olvidaba lo principal! —Abrió su mochila y sacó varios videocasetes—. Vine a traerte esto. Son las grabaciones con la visita del Papa. No te las puedes perder.

—Te lo agradezco, pero estoy harta de todo lo que tenga que ver con ese país.

«No es cierto», pensó Freddy. Sin embargo, en voz alta dijo:

—Yo también, pero uno aprende a amar el lugar donde ha sufrido.

—No es cierto —rectificó Cecilia—, uno aprende a amar el lugar donde ha amado. Quizás por eso empieza a gustarme Miami.

—Si lo que dices es verdad, entonces tendrías que amar a esa maldita isla. Hemos amado demasiadas cosas allí. Cosas que lo merecían y cosas que no se lo merecían...

Cecilia sintió que algo se derretía en su interior —como si una fortaleza se derrumbara—, pero se negó a ceder.

—No quiero recordar nada. Quiero olvidar. Quiero pensar

que soy otra persona. Quiero imaginar que he nacido en un sitio oscuro y tranquilo, donde lo único cambiante son las estaciones, donde una piedra que coloque en mi patio seguirá allí mil años después. No quiero tener que adaptarme a nada nuevo. Estoy cansada de apegarme a alguien para perderlo al doblar de cualquier esquina. No soporto más pérdidas. Me duele el alma y la memoria. No quiero amar para no tener que morir de dolor después…

Freddy comprendía su angustia, pero se negó a apoyar aquel deseo de soledad. No podía permitir que se aislara de nuevo. La incomunicación es el peor enemigo de la cordura.

—Pues yo extraño a mis amigos, los paseos, mis aventuras —insistió él—, y no me importa admitirlo.

—Ausencia quiere decir olvido… —canturreó Gaia.

Freddy la miró casi con odio.

—Cuando la gente se aleja de un lugar, lo mitifica —sentenció Gaia.

—Es cierto —dijo Cecilia—, La Habana que añoras seguramente ya no existe.

—¡Mira quién habla! —gruñó Freddy—. La que hace un mes suspiraba por las colas para entrar en la Cinemateca.

—A veces uno dice idioteces —admitió la muchacha, algo irritada—. En aquel momento también quería desaparecer de aquí.

—Pues cuando estabas en Cuba…

Cecilia lo dejó hablar. A diferencia de su amigo, ella no corría detrás de cada suspiro de su isla. Aunque sintiera el mismo dolor, su ánimo estaba lejos de entregarse a ciegas.

Observó la brisa que azotaba la enredadera del muro cercano, los pájaros que se perseguían entre las ramas del cocotero… Recordó su antigua ciudad, su país perdido. Lo odiaba. Oh Dios, cuánto lo odiaba. No importaba que su recuerdo la llenara de angustia. No importaba que esa angustia se pareciera al amor. Jamás lo admitiría, ni siquiera a su sombra. Pero desde algún sitio de su memoria, brotó el bolero: «Si tantos sueños fueron mentiras, ¿por qué te quejas cuando suspira tan hondamente mi corazón?».

Dulce embeleso

—Buenos días, vecina —saludó la mujer desde el jardín, sin dejar de revolver la mezcla—. Se me acabó el azúcar. ¿Podrías regalarme dos tazas?

Amalia no se inmutó ante la desconocida que se hallaba en el umbral de su casa, batiendo aquel merengue. Dos días antes la había observado tras las persianas, mientras revoloteaba alrededor de los hombres que trasladaban muebles y cajas desde un camión.

—Claro que sí —respondió Amalia—. Pasa.

Sabía quién era la mujer porque la gorda Fredesvinda, que vivía cerca de la esquina, ya le había hablado de ella.

—Aquí tienes.

—¿Cómo te llamas? —preguntó la recién llegada, dejando de batir por un instante.

—Amalia.

—Muchas gracias, Amalia. Te lo devolveré mañana. Mi nombre es Delfina, para servirte.

Sus dedos rozaron la mano que le tendía el cartucho y casi dejó caer el azúcar.

—¡Ay! Si estás embarazada...

Amalia se sobresaltó. Nadie lo sabía, excepto Pablo.

—¿Quién te dijo?

Delfina titubeó.

—Se te nota.

—¿De veras? —preguntó Amalia—. Si sólo tengo dos meses...

—No quise decir en el cuerpo, sino en la cara.

Amalia no replicó, pero estaba segura de que la mujer no había estado mirando su rostro cuando tomó el paquete de azúcar. Sólo sus manos.

—Bueno, hasta más ver. Te mandaré un pedazo de panetela. Así la niña crecerá más golosa.

—¿La niña...? —comenzó a preguntar Amalia, pero ya la otra había dado la espalda y se alejaba, batiendo su dulce con renovado vigor.

Amalia se había quedado atónita. Con esa misma expresión se la encontró Fredesvinda unos minutos después.

—¿Que te pasa?

—Delfina, la nueva vecina...

No terminó el comentario porque no quería revelar su embarazo.

—No le hagas caso. Creo que está un poquito chiflada, la pobre. Ayer mismo, cuando pasaba el periodiquero gritando algo sobre unos peruanos que se asilaron en la embajada cubana de Lima, ¿qué crees que hizo? Puso cara de esfinge y dijo que este país estaba maldito, que dentro de diez años se pondría patas arriba y que, en treinta años, eso que había sucedido en la embajada cubana de Perú ocurriría aquí en La Habana, pero al revés y multiplicado por miles...

—¿A qué se refería? —preguntó Amalia.

—Ya te dije que está un poco tocada del queso —aseguró la gorda y se llevó un dedo a la sien—. Me enteré que se casó hace poco y que perdió su embarazo en un accidente de automóvil. ¿A que no pudo prever eso, eh?

—¿Está casada? —preguntó Amalia, a punto de solidarizarse con la loca, después de la noticia.

—Su esposo está al llegar. Vivían en Sagua creo, pero ella

se le adelantó para tener lista la casa mientras él cierra un negocio.

—¿Cómo está, doña Frede? —saludó una voz detrás de ellas.

Amalia corrió para besar a Pablo.

—Bueno, ahí dejo a los tortolitos —se despidió la gorda, bajando hacia el jardín.

Pablo cerró la puerta.

—¿Conseguiste algo?

—Conseguí todo. Ya no tendré que regresar al puerto.

—¿Cómo…?

—Vi a mi madre.

Eso sí que era una noticia. Desde que se fugaran, sólo Rita les había prestado apoyo; pero no era mucho lo que podía hacer, excepto ofrecerles consejos.

—¿Hablaste con ella?

—No sólo eso.

Sacó un envoltorio del bolsillo; y de éste, dos objetos que relucían como perlas a la luz de la tarde. Amalia las tomó en sus manos. *Eran* perlas.

—¿Qué es esto?

—Me las dio mamá —respondió Pablo—. Fueron de mi abuela.

—¿Qué dirá tu padre cuando se entere?

—No lo sabrá. Mamá logró salvar algunas prendas al salir de China. En el barco se las robaron casi todas, pero ella había escondido un collar que le entregó a mi padre cuando llegaron, y estos aretes que nunca le mostró porque pensaba guardarlos para alguna emergencia.

—Deben de valer mucho.

—Lo suficiente para que pensemos en abrir el negocio de que hablamos.

Amalia contempló los pendientes. Su sueño era tener una tienda de partituras e instrumentos musicales. Había pasado su infancia entre grabaciones y quienes las hacían, y esa pasión de su abuelo y su padre la había contagiado.

—De todos modos, necesitamos un préstamo.

—Lo conseguiremos —le aseguró ella.

Abrió los ojos y, aún sin levantarse, vio al Martinico sobre el escaparate de cedro, balanceando sus piernitas que golpeaban la madera de aroma peculiar. Sintió el tirón y se llevó la mano al vientre. Su bebé se movía dentro de ella. Observó la expresión del duende y experimentó una rara ternura.

Desde la cama escuchó los rezos de Pablo, orando ante la estatua de San-Fan-Con. Aquella devoción por los antepasados era una muestra de amor que la hacía sentir más segura. El aroma del incienso le hizo recordar el día en que intercambiaron sus votos matrimoniales. Junto a Rita y otras amistades se dirigieron al cementerio donde reposaban los restos del bisabuelo mambí. Pablo encendió unas varillas que agitó ante su rostro, murmurando frases donde se alternaban el español y el chino. Al final hincó las varillas en el suelo para que el humo se llevara las plegarias… Esa noche, los novios y sus amigos se reunieron en El Pacífico para cenar. La cerveza se mezcló con el cerdo en salsa agridulce, y el vino de arroz con el café cubano. Rita les regaló un contrato con el préstamo deseado y su propia firma como garantía.

Fue así como abrieron la tienda, cerca de la transitada esquina de Galiano y Neptuno. Desde entonces Pablo se levantaba todos los días a las seis de la mañana, pasaba por un almacén donde recogía la mercancía encargada de antemano y, cuando llegaba al negocio, avisaba por teléfono a los clientes interesados. El resto de la jornada se la pasaba vendiendo y apuntando pedidos especiales, y regresaba a casa a las siete de la noche, después de haberlo dejado todo en orden.

—Amor, me voy —dijo Pablo desde el pasillo.

La advertencia de Pablo la sacó de su modorra. Debía vestirse para ocupar el lugar de su marido que hoy iría al puerto a recoger un cargamento importante. Cuando saltó de la cama, el Martinico se esfumó del escaparate para reaparecer a su lado tendiéndole las sandalias que buscaba. La mujer no dejaba de sorprenderse ante aquellos gestos del duende que comenzaran desde su embarazo. Se vistió a toda prisa y desayunó. Poco después caminaba hacia la esquina.

Luyanó era un barrio humilde, habitado por obreros, maestros y profesionales que comenzaban sus carreras o sus negocios, en espera de que el tiempo —o un golpe de suerte— les permitiera mudarse. Amalia disfrutaba de esas callejuelas soleadas y tranquilas. No le importaba viajar media hora hasta Centro Habana, donde se hallaba su tienda. Era feliz: se había casado con Pablo, esperaba su primer hijo y tenía un negocio con el que siempre soñó.

Abordó la guagua que la dejaría cerca del malecón y, media hora más tarde, zafó el candado de la hoja metálica, abrió la puerta de cristal y encendió el aire acondicionado. Las guitarras y los bongoes colgaban de las paredes. En los mostradores forrados de satén negro, las partituras exhibían sus cubiertas de cartulina y cuero. Dos pianos de cola —uno blanco y otro negro— ocupaban el espacio disponible a la izquierda. A lo largo de los estantes se agrupaban instrumentos de cuerda y de metal dentro de sus estuches. Una vitrola se arrinconaba a la derecha. Apretó una tecla y la voz de Benny Moré llenó la mañana de pasión: «Hoy como ayer, yo te sigo queriendo, mi bien…». Amalia suspiró. El hombre cantaba como un ángel borracho de melancolía.

La campanilla de la puerta anunció la llegada del primer cliente; más bien, dos: una pareja que buscaba partituras de villancicos. Amalia les mostró media docena. Tras mucho discutir y regatear, compraron tres. Casi enseguida entró un jovencito que probó varios clarinetes y al final se llevó el más barato. La campanilla sonó de nuevo.

—¡Doña Rita!

—Vine a darte una vueltecita, m'hija. Me acordé que hoy es el día de buscar mercancía en el puerto y me imaginé que estarías sola. Además, anoche tuve un sueño y por eso quiero ver algunas partituras.

—A ver, cuente.

—Soñé que estábamos en casa de Dinorah...

—¿La cartomántica?

—Sí, pero era yo quien leía las cartas y conocía el futuro. ¡Lo veía tan clarito! Y estoy segura de que todo se va a cumplir... Tú también estabas en el sueño.

—¿Y qué vio?

—Eso es lo malo, no me acuerdo de nada. Pero yo era como una pitonisa. Miraba las cartas y todo pasaba por mi cabeza. De pronto sentí una mano que me agarraba por el cuello y no me dejaba respirar. Cuando ya estaba a punto de ahogarme, me desperté.

—¿Y qué tiene que ver ese sueño con las partituras?

—Es que hace poco leí algo sobre una ópera nueva de Menotti. Creo que se llamaba *La pitonisa* o algo así. No sé, pero sentí el impulso de leer el libreto.

—Tengo un índice de compositores y otro de los títulos más recientes...

—Mejor buscamos por título.

Y entre los jadeos de la canción «Locas por el mambo» y el doloroso «Oh, vida» del Sonero Mayor, repasaron los títulos del inventario.

—¡Ésta es! —exclamó Rita—. *La médium*, de Gian Carlo Menotti. ¿Cuánto cuesta?

—Para usted es gratis.

—De eso nada. Si empiezas a hacer caridad con tu negocio pronto tendrás que pedir, y no fue para eso que di mi firma al banco.

—No puedo cobrarle después que...

—Si no me cobras, no me la llevo y tendré que ir a otro sitio a comprarla.

Amalia dijo el precio y buscó un papel para envolver.

—No estoy segura para qué quiero esto —confesó Rita mientras pagaba—. Hace tiempo que ni siquiera canto una zarzuela, pero en fin… A lo mejor el sueño tiene que ver con esta bronquitis que no me deja respirar por las noches.

La actriz se marchó con su partitura bajo el brazo y Amalia decidió ordenar los catálogos. El ruido de un sonajero le avisó que Pablo entraba por la puerta del fondo, pero ya ella atendía a otro cliente. Cuando éste se marchó, Amalia fue a la trastienda.

—Pablo.

Su marido dio un salto y dejó caer los folletos.

—¿Qué es eso?

—Joaquín me pidió que los guardara por una semana —se apresuró a meterlos en una caja.

—Son proclamas, ¿verdad?

Pablo guardó silencio mientras terminaba de guardar los folletos.

—Si nos cogen con esas cosas, nos meteremos en un problema.

—Nadie va a imaginarse que en una tienda de música…

—Pablo, vamos a tener un hijo. No quiero enredos con la policía.

—Te aseguro que no es nada peligroso; sólo una convocatoria a huelga.

Amalia lo observó en silencio.

—Si no hacemos algo contra Prío —dijo él—, la situación empeorará para todos.

La abrazó, pero ella no le devolvió el gesto.

—No me gusta que andes metido en política —insistió Amalia—. Eso es para gente que quiere vivir del cuento en lugar de trabajar como Dios manda.

—No puedo dejar solo a Joaquín. Para algo son los amigos…

—Si es tan amigo tuyo, pídele que se lleve esas cosas.

Él se le quedó mirando sin saber qué más añadir. Amalia conocía de las desapariciones y los encarcelamientos que cada día llenaban las páginas de la prensa. No necesitaba convencerla de que las cosas andaban mal. Era precisamente la conciencia del peligro lo que la hacía apartarse de aquella realidad.

—Este país es un desastre —porfió él—. No puedo quedarme con los brazos cruzados.

—¿Quieres que tu hijo nazca huérfano?

La campanilla volvió a sonar.

—Por favor —susurró Amalia.

—Está bien —suspiró él—, los llevaré a otro sitio.

Le dio un beso y trató de tranquilizarla.

—¿Cómo te ha ido esta mañana?

—Rita pasó por aquí —respondió ella, aliviada por el cambio de tema.

—Alguien me dijo que estaba enferma.

—Tiene un poco de bronquitis.

—Pues debería estar en cama —comentó el hombre, dirigiéndose a la puerta del fondo—. Voy un momento hasta la sociedad.

—¿Adónde?

—A la sociedad de Zanja y Campanario, ¿no te acuerdas? Quiero averiguar lo del *wushu*. Me vendría bien un poco de ejercicio.

—Bueno, pero no te demores —convino ella y salió al salón.

Un hombre alto y desgarbado, con un traje gris que colgaba de él como una sábana de un clavo, examinaba una batuta de marfil: una de las rarezas que Pablo había encargado para darle un toque más distinguido al lugar. Ella preparó su mejor sonrisa, pero se quedó de una pieza cuando el visitante se volvió a saludarla. Instintivamente miró en dirección a la trastienda. Ojalá Pablo hubiera olvidado algo. El visitante era Benny Moré.

—Buenas tardes —dijo ella con un hilo de voz—. ¿En qué puedo servirlo?

—¿Tiene algo de Gottschalk?

—A ver —susurró ella, volviéndose hacia un armario con puertas de cristal—. Música del siglo xix.

Sacó un catálogo y repasó varias líneas con un dedo.

—Aquí está. Gottschalk, Louis Moreau: «Fantasía sobre el Cocuyé»… «Escenas campestres»… «Noche en los trópicos»… —murmuró un número y buscó en el armario—. Mire.

Le mostró dos libros.

—Me llevaré lo que usted recomiende —dijo el mulato con una sonrisa candorosa, como si quisiera pedir disculpas—. Yo no leo música, ¿sabe? No entiendo ni jota de esos garabatos…

Amalia asintió. ¡Qué torpeza la suya! Acababa de recordar que aquel hombre que manejaba la voz como un ruiseñor y dirigía su orquesta con aire académico jamás había aprendido a leer música y tenía que dictar sus composiciones. Era una especie de Beethoven tropical, aunque no sordo, sino ciego para los signos del pentagrama.

—Quiero hacer un regalo —añadió él, respondiendo a una pregunta que Amalia no hizo—. Mi sobrino estudia en un conservatorio y habla mucho de ese compositor.

Amalia envolvió la partitura en papel plateado que ató con una cinta roja.

—¿Y eso cuánto vale? —preguntó el cantante, señalando la batuta de ébano y marfil.

Amalia dijo el precio, segura de que no compraría aquella extravagancia.

—Me la llevo.

Amalia sólo pensó en una cosa: si su padre la viera…

—Abrieron hace poco, ¿verdad? —preguntó el hombre, mientras ella sacaba el cambio de la caja.

—Dos meses. ¿Cómo supo de la tienda?

—Alguien habló de ustedes en «El duende» y no se me olvidó el nombre: me pareció muy ocurrente.

Amalia tuvo que hacer un esfuerzo para permanecer impasible. «El duende» era la compañía de grabaciones de su padre. ¿Quién los habría mencionado allí?

—Buena suerte —dijo el músico, tocándose levemente el ala del sombrero—. ¡Ah! Y no pierda la costumbre de escucharme de vez en cuando.

Por un momento no entendió lo que le decía. Entonces se dio cuenta de que la vitrola no había dejado de tocar aquella selección de sus canciones.

Amalia observó la frágil figura que se detenía un instante en la acera, sobre las losas de mármol verde, antes de perderse en la muchedumbre; pero sus ojos quedaron clavados en el suelo, en la criatura fáunica que era el logotipo del negocio y en las letras que rezaban «La flauta de Pan». ¿Por qué habrían escogido aquel nombre absurdo? Se les ocurrió a ambos aquella lejana noche en Viñales, mientras hacían planes para el futuro. Una rara asociación de ideas.

Un súbito estruendo sacudió los cristales. Amalia quedó inmóvil, sin decidir qué podía ser: un portazo, un trueno o un neumático que había estallado. Sólo cuando vio que algunas personas se detenían para mirar, otras que tropezaban, y algunas que corrían dando gritos, se dio cuenta de que ocurría algo realmente grave. Se asomó a la puerta.

—¿Qué pasa? —preguntó a la propietaria de «La cigüeña», que ya cerraba su tienda de canastilla con aire compungido.

—Se suicidó Chibás.

—¿Qué?

—Hace unos minutos. Estaba dando uno de sus discursos por radio y se pegó un tiro ahí mismito, delante del micrófono.

—¿Está segura?

—Mi hija lo oyó. Acaba de llamarme por teléfono.

Amalia creía estar soñando.

—Pero ¿por qué?

—Algo que no pudo probar, después de haber dicho que lo haría.

Amalia notó el pánico de la gente y escuchó la conmoción que se elevaba desde cada rincón de la ciudad. Todos corrían y gritaban, pero nadie parecía capaz de ofrecer una explicación de lo sucedido. Pensó en Pablo. ¿Habría ido a la sociedad deportiva o andaría en otros trasiegos? Los silbatos de la policía y varios disparos la llenaron de terror. Fue a buscar su cartera y, en contra de todo juicio, cerró la tienda y salió a la calle. Tenía que encontrarlo. Intentó caminar con calma, pero constantemente era golpeada por transeúntes que corrían en ambas direcciones sin cuidar con quien tropezaban.

Dos cuadras más adelante, una muchedumbre la arrastró en su marcha llena de consignas. Ella trató de buscar refugio en los portales de la acera, pero era imposible escapar de esa masa arrolladora. Tuvo que avanzar al mismo paso, casi a la carrera, sabiendo que si se detenía podía ser aplastada por aquella turba ciega y sorda.

Dos carros patrulleros chirriaron sus neumáticos en medio de la calle y la multitud aminoró su paso. Amalia aprovechó para adelantarse y subirse al umbral de una puerta. Todavía tropezaban con ella, pero ya no corría tanto peligro. Una columna le impedía ver lo que se gestaba en la esquina; por eso no supo por qué muchos comenzaron a retroceder.

Los primeros disparos provocaron una estampida que logró evadir, resguardada en aquel escalón. Sin embargo, el primer chorro de agua la tumbó al suelo. De momento no entendió lo que ocurría; sólo sintió el golpe mientras el dolor le nublaba la visión. Miró sus ropas y vio la sangre. De alguna manera se había herido al chocar contra el borde de la pared.

Una vez más el agua le dio en pleno pecho y la envió contra la columna de cemento, cubierta de carteles que anunciaban el nuevo espectáculo del cabaret Tropicana («el más grande del mundo a cielo abierto»), encima de otro más viejo que proclamaba la apertura del teatro Blanquita («con 500 lunetas más que el Radio City de Nueva York, hasta ahora el mayor del mundo»). Y pensó vagamente en el curioso destino de su islita, con esa obsesión por tener lo más grande de esto o de aquello, o de ser la única en… Un país extraño, lleno de música y dolor.

El agua volvió a golpearla.

Antes de caer inconsciente al suelo, vio el cartel sobre el último éxito musical que narraba un suceso picaresco ocurrido cerca de allí: «A Prado y Neptuno iba una chiquita…».

Cosas del alma

Cecilia tomó el teléfono medio dormida. Era su tía abuela, invitándola a desayunar como Dios manda; y no quería oír excusas, le advirtió. Ya sabía que la había llamado varias veces esa semana. Si necesitaba hablar o pedirle algo, hoy era el día.

Se lavó la cara con agua helada y se vistió a toda prisa. Con el apuro, por poco olvida el mapa. Había tenido una semana llena de trabajo, con dos artículos para la sección dominical, «Secretos culinarios de abuelita» y «La vida secreta de su auto», escritos por ella que no sabía nada de cocina ni de mecánica. Pero durante ese tiempo nunca dejó de pensar en el dichoso mapa. Su tía había desaparecido. Por lo menos, no contestaba al teléfono. Hasta pasó por su casa varias veces con la idea de llamar a la policía si notaba algo raro. Una vecina le informó que Loló salía todos los días muy temprano y regresaba tarde. ¿En qué andaría?

Desde la escalera, pudo escuchar los chillidos de la cotorra:

—¡Abajo la escoria! ¡Abajo la escoria!

Y también los gritos de su tía, que eran peores que los del pájaro:

—¡A callar, loro del infierno! O te meto en el clóset y no sales en tres días.

Pero la cotorra no se dio por enterada y siguió lanzando todo tipo de consignas:

—¡Fidel, seguro, a los yanquis dale duro! ¡Fidel, ladrón, nos dejaste sin jamón!

—¡Cristo de las utopías! —vociferaba la tía—. Si sigues así, voy a echarte perejil en la cena.

Cecilia tocó el timbre. La cotorra chilló de espanto y la tía del susto, quizás creyendo que los vecinos venían a lincharla. Después se hizo un silencio de muerte, seguido por un martilleo rápido y luego un golpe seco.

«Ya está», pensó Cecilia ilusionada. «Acabó con ella.»

La puerta se abrió.

—Qué bueno verte, m'hijita —la saludó la anciana con su sonrisa más tierna—. Pasa, pasa, no sea que te resfríes.

Mientras Loló colocaba todos los pestillos a la puerta, Cecilia buscó con la mirada.

—¿Y la cotorra?

—Ahí.

—¿Por fin la despedazaste?

—¡Niña, qué cosas se te ocurren! —murmuró su tía, persignándose—. Ésos no son pensamientos cristianos.

—Lo que hace Fidelina contigo tampoco es muy cristiano que digamos.

—Es una criaturita del Señor —suspiró la anciana con expresión de mártir—. Yo la perdono porque no sabe lo que hace.

—Oí los gritos y después unos ruidos…

—Ah, eso…

Loló fue hasta un clóset y lo abrió. Junto a varias cajas y maletas, se hallaba la cotorra en su jaula. Al ver nuevamente la luz, lanzó un chillido de deleite, pero su alegría duró un instante. Loló le dio con la puerta en el pico.

—Tuve que arrastrar la jaula, que pesa como diez toneladas. Las patas de hierro traquetean cuando se mueve. Eso era lo que sonaba.

—Ah, qué pena —murmuró Cecilia con desilusión.

—Vamos al comedor. El chocolate ya está servido.

Cecilia la siguió hasta el rincón de donde salía un olor apetitoso y dulzón. Loló se había levantado temprano para buscar los churros recién hechos en una cafetería cercana. A su regreso, los había colocado en el horno para que se mantuvieran calientes y puso a derretir varias pastillas de chocolate español en una cacerola llena de leche. Ahora una jarra llena de chocolate ocupaba el centro de la mesa. Junto a ella, los churros se amontonaban en una fuente de barro que dejaba escapar vaharadas de vapor acanelado.

—¿Para qué querías verme? —preguntó su tía, sirviéndole.

—Hace tiempo que no te hacía una visita.

—Puedo ser dos veces tu madre, así es que no me vengas con cuentos. ¿Qué ocurre?

Cecilia le habló de la casa fantasma y de las fechas históricas en que aparecía.

—… pero ahora la han visto en un día que no coincide con ninguno de esos eventos —concluyó— y no sé qué pensar.

La muchacha mojó la punta de un churro en su chocolate y, cuando se lo llevó a la boca, una gota oscura cayó sobre el mantel.

—¡Casi se me olvida! —exclamó.

Salió corriendo hacia la sala, sacó de su cartera el mapa y regresó al comedor para desplegarlo sobre la mesa; pero su tía se negó a mirar nada hasta que ambas acabaron de desayunar. Después de recoger los platos, Loló se dedicó a examinarlo sin que Cecilia le perdiera pie ni pisada. En varias ocasiones la vio fruncir el ceño y quedarse inmóvil observando el vacío para ver o escuchar algo que sólo ella podía percibir, luego movía la cabeza silenciosamente y regresaba al mapa.

—¿Sabes lo que creo? —dijo de pronto la anciana—. Esa casa puede ser un recordatorio.

—¿Un qué?

—Una especie de monumento o de señal.

—No entiendo.

—Hasta ahora, la mayoría de esas fechas estuvieron vinculadas con la historia reciente de Cuba. Pero es posible que la casa también quiera mostrar su relación particular con alguien.

—¿Qué sentido tiene eso?

—Ninguno. Sólo está estableciendo sus coordenadas.

—¿Me puedes explicar mejor?

—Niña, si es muy simple. Todo este tiempo, la casa puede haber estado anunciando «vengo de este sitio o represento tal cosa»; ahora está diciendo «estoy aquí por tal persona». Creo que la casa tuvo su origen en Cuba, pero también que se encuentra unida a algo o alguien de esta ciudad.

Cecilia no dijo nada. La hipótesis le parecía bastante desconcertante. Si la casa era depositaria de alguna historia individual que había desembocado en Miami, ¿por qué seguía apareciendo sin orden ni concierto en lugares tan disímiles de la ciudad?

Las campanadas del reloj la sacaron de su ensueño.

—Lo siento, m'hijita, pero tengo que ir a misa, y después… ¡Cielos! Mira tu falda.

Una mancha de chocolate se asomaba debajo de su blusa. Loló fue hasta el refrigerador, lo abrió y sacó un trozo de hielo:

—Vete al baño y restriégalo encima.

La muchacha abandonó el comedor.

—Tía, ¿por qué has salido tantas veces esta semana? —preguntó mientras cruzaba el dormitorio—. Pensé que te había pasado algo. No irás a decirme que estuviste metida en la iglesia todos estos días…

No terminó de hablar porque vio las fotos encima de la cómoda. Allí estaba su abuela Delfina, con uno de sus habituales vestidos floreados y su sonrisa de siempre, rodeada de rosas en el jardín de su casa. En otra había un señor que Cecilia no identificó, excepto por la inconfundible cotorra que portaba en una jaula. Cuando vio la tercera foto, sintió que el suelo se movía bajo sus pies. Entre la ternura y el horror, reconoció a sus padres vestidos de novios: ella, con su cabello recogido y su traje largo; él, con su rostro de actor y aquella corbata de lunares claros que Cecilia había olvidado. Al pie de la foto, una dedicatoria: «Para mi hermana Loló, recuerdo de nuestra boda en la Parroquia del Sagrado Corazón de El Vedado, el día…». Y una fecha… una fecha…

—Febrero es el único mes del año en que voy a la iglesia todos los días —dijo la anciana desde la cocina—. Siempre voy a rezar por la memoria de tus padres que se casaron un 14 de febrero para mostrar lo enamorados que estaban. ¡Que Dios los tenga en su gloria!

Me faltabas tú

Cuando Amalia supo que había perdido a su hija —a esa criatura cuyo sexo había predicho Delfina— no lloró. Sus ojos se clavaron en el rostro de Pablo, sentado en una silla del hospital donde ella naciera y donde su abuela sirviera como esclava cuando la hija del marqués de Almendares habitaba la mansión. Todavía los vitrales derramaban sus colores por las paredes y el suelo. Todavía los helechos del patio murmuraban bajo la lluvia, llenando los salones con un olor fresco que recordaba la campiña cubana.

—Esos hijos de mala madre —murmuró Pablo entre dientes—. Mira lo que nos han hecho.

—Tendremos otro —dijo ella, tragándose las lágrimas.

Pablo, con la mirada húmeda y enrojecida, se inclinó para abrazarla. Y fue como si Delfina la hubiera contagiado de su poder sibilino, porque unos meses después volvió a quedar embarazada.

Durante el tiempo que siguió, Amalia pensó mucho en Delfina, que se había mudado de nuevo no sin antes llenarle la cabeza de vaticinios. Sus profecías continuaban produciéndole pesadillas.

Un día en que comentaban el suicidio de Chibás, le había asegurado:

—Su muerte no probó nada y nos dejó con un destino peor. Dentro de unos años, la isla será la antesala del infierno.

Poco antes de irse, la había visitado para pedirle un poco de arroz.

—Los muertos vendrán después del golpe —le dijo.

Al principio, Amalia pensó que se refería a la golpiza de agua que matara a su criatura… hasta que se produjo el golpe de Estado de 1952, encabezado por el general Fulgencio Batista, todo muy civilizado y sin que se disparara un tiro. Los muertos, en efecto, comenzaron a aparecer después. Aquellos vaticinios no terminaron ahí. Peor sería la llegada de La Pelona, un ente mítico que, apoyado por un ejército de diablos rojos, se convertiría en el Judas, el Herodes y el Anticristo de la isla. Hasta las criaturas pequeñas serían masacradas si intentaban escapar de su feudo, aseguró Delfina.

Deseosa de alejar los malos pensamientos, regresó a las puntadas mientras su mente vagaba por otros rumbos. Muchas cosas habían pasado en los últimos tiempos. Su madre, por ejemplo, se había aparecido en la tienda. ¿Lo sabía su padre? Claro que no, le aseguró Mercedes. De ninguna manera podía enterarse. Aferrado a su negativa de no verla después de su fuga y posterior matrimonio, se había vuelto huraño y ni siquiera reía como antes.

A Amalia no le gustaba pensar en él porque invariablemente terminaba llorando. Tenía un marido que la adoraba y una madre que ahora vivía pendiente de ella, pero le faltaba su mejor amigo. Añoraba su cariño de animal viejo y dulce que era irremplazable.

Pablo se afanaba por aliviar la tristeza de su mujer. Desde la adolescencia había conocido el lazo que unía a padre e hija, dos criaturas tan afines como independientes. Ahora nada parecía animarla. Tras mucho pensar, decidió aplicar una de las estrategias que había descubierto cuando quería que ella dejara de preocuparse: le llevaría algún problema —cuanto más complejo, mejor— que requiriera de su intervención directa.

Esa tarde llegó a casa quejándose del trabajo. Ya no daba

abasto con las ventas. Además, la fama del negocio era como una tarjeta de presentación social. Una pena que no pudieran asistir a todos los eventos a los que les invitaban. No se lo había dicho para no abrumarla, pero ¿cómo aceptar tantos agasajos si no tenían cómo reciprocarlos? No podían invitar a nadie… a no ser que decidieran mudarse a un sitio más apropiado. ¿Adónde? No estaba seguro. Quizás un apartamento en El Vedado.

Aunque sólo faltaba un mes para el parto, Amalia abandonó sus conversaciones con la gorda Fredesvinda y, periódico en mano, visitó más de veinte apartamentos en dos semanas. Pablo estaba contento, aunque algo confundido. Nunca antes había visto a su mujer tan ansiosa por ocuparse de un asunto. No sabía si su entusiasmo se debía a que deseaba ayudarlo o a algún otro deseo secreto. Sospechó que era esto último cuando un agente de bienes les entregó las llaves de un apartamento.

El día de la mudanza, Amalia se detuvo en la entrada, como si aún dudara que ése fuera su nuevo hogar. El piso era pequeño, pero limpio y con olor a riqueza cercana. Tenía un balcón que permitía ver un trozo de mar y amplios ventanales por donde penetraba la luz. Le fascinaba el baño, cegador en su blancura, y el espejo gigante donde podía verse de cuerpo entero si se alejaba un poco. Recorrió todo el lugar, sin cansarse de tanta claridad y tanto azul. Después de su antigua casona cercana al Barrio Chino y de la modesta vivienda en Luyanó, aquel apartamento la dejaba sin aliento.

Pronto se hizo evidente que los antiguos muebles eran inservibles allí. El lecho parecía un monstruo medieval entre las paredes claras; y el sofá, un horror desteñido bajo el sol que se filtraba por el balcón.

—Así no podremos recibir a nadie —concluyó Pablo, entre contrariado y satisfecho—. Necesitamos muebles nuevos.

Fue entonces cuando él descubrió que amueblar su casa era la verdadera pasión que se ocultaba tras ese entusiasmo.

Entre préstamos y créditos, la mujer consiguió un sofá de piel crema con dos butacones del mismo color y dos mesitas de madera para la sala. En el comedor situó una mesa de cedro que podía alargarse hasta permitir ocho comensales, y sillas de igual material forradas con una tela color vino. Encima colgó una lámpara de cristal ámbar. Además, compró copas, cubiertos de plata, utensilios de cocina… Poco a poco fue añadiendo más detalles: las cortinas de gasa fina, los platos de porcelana para una pared del comedor, el paisaje marino encima del sofá, una fuente de cerámica llena de polimitas…

En menos de dos semanas, transformó el apartamento en un sitio que pedía a gritos la llegada de visitantes que pudieran admirarlo. ¿No era eso lo que Pablo había insinuado cuando se quejó de los viejos cachivaches? Mientras hablaba, desempacó el estuche que acaba de comprar: dos candelabros de plata que vistió con velas rojas. Era el toque final para su comedor.

Esa noche, después de cenar, Rita los llamaba para avisar que estrenaría *La médium*.

Había sido una función inquietante, llena de sombras que se movían en el escenario. Pero no eran sombras teatrales; no se trataba de esos falsos espectros que doña Rita, en su papel de madame Flora, hacía revivir ante sus invitados para perpetuar su fama de pitonisa con la ayuda de su hija Mónica y de Toby, el muchacho mudo.

La mujer se llevaba la mano a la garganta, asegurando que unos dedos espectrales habían intentado ahogarla, lo cual no era posible porque ella, más que nadie, sabía que todas esas apariciones fantasmales eran puro cuento… Amalia sintió una contracción. Ahora la médium se quejaba ante los muchachos de que uno de ellos había intentado asustarla. Ninguno —juraron ambos— había hecho semejante cosa. Estaban demasiado ocupados moviendo muñecos e imitando voces para espanto de los invitados.

Amalia trató de ignorar los latidos de su vientre. Se quedaría quietecita para ver si se tranquilizaba. En contra de su costumbre, no salió durante el intermedio. Le pidió a Pablo unos bombones y, llena de zozobra, aguardó en su asiento hasta que las luces se apagaron de nuevo. ¿Era la música o ese universo espectral que se asomaba a escena? Madame Flora se volvió hacia Toby hecha una furia. Tenía que ser él quien había vuelto a tocarla; pero el joven mudo no pudo replicar y, pese a las protestas de su hija, lo echó de su casa.

Ay, su niña muerta por aquel golpe de agua… y los diablos de Delfina… y las perlas chinas rescatadas de la matanza… ¿Qué artes mágicas empleaba esa actriz para convocar a su alrededor tantos espectros? Todo podía ocurrir cuando ella actuaba, y ahora su madame Flora resultaba una experiencia sobrecogedora. La médium había enloquecido de miedo. Y una noche, convencida de que aquel ruido era un espectro que deseaba asesinarla, disparó y mató al infeliz Toby que había regresado para ver a su amada Mónica.

Pero Amalia vio lo que nadie más había visto. La mano que Rita se llevaba a la garganta destilaba una claridad rojiza como una luna en eclipse. Sangre… como si hubiera sido degollada.

El público se puso de pie y estalló en aplausos. Pablo apenas logró evitar que Amalia cayera al suelo, mientras un líquido claro y tibio mojaba la alfombra del pasillo.

Y ahora la niña hacía gorgoritos sobre las losas. El Martinico, cansado o aburrido, se había asomado al balcón y jugaba a arrojar semillas a los autos que transitaban tres pisos más abajo. El ruido de la puerta lo sobresaltó. Por puro reflejo, aunque sólo la niña y su madre podían verlo, se esfumó antes de que apareciera el rostro congestionado de Pablo.

—¡Dios! Qué susto me has dado —se sobresaltó el hombre—. ¿No ibas a las tiendas?

—Estaba cansada. ¿Qué haces aquí?

—Olvidé unos papeles.

Recordó que, dos semanas atrás, lo había sorprendido saliendo del apartamento cuando ella entraba, y que también se había sobresaltado.

—Esta noche se decide el contrato —dijo él—. Debemos estar en casa de Julio a las siete.

La flauta de Pan se había convertido en una cadena de cuatro tiendas que no sólo vendía partituras e instrumentos musicales, sino grabaciones de música extranjera. Julio Serpa, principal importador de discos de la isla, le había pedido que fuera su distribuidor; pero antes tendría que abrir tres tiendas más. Cuando Pablo respondió que no contaba con el dinero suficiente, Julio le propuso convertirse en codueño, comprándole el cincuenta por ciento; así Pablo duplicaría su capital y ambos podrían invertir a partes iguales. Pero Pablo no accedió. Eso significaría tener que consultar cada decisión. El empresario aumentó el precio y le ofreció comprar sólo el cuarenta, pero Pablo no quería ser el dueño del sesenta por ciento de su sueño. Le dijo que sólo vendería un veinte. Finalmente el hombre lo invitó a cenar con su asesor, alguien con la suficiente experiencia como para servir de intermediario en casos como el suyo. Deseaba proponerle otro plan que quizás fuese de su agrado.

—Pasaré a buscarte a las siete —dijo Pablo, y besó a su mujer antes de salir.

Amalia acostó a la niña, que se había quedado dormida. Sólo entonces se dio cuenta de que su marido no llevaba consigo los papeles que había venido a buscar.

Amalia quería causar la mejor impresión, pero el lloriqueo de Isabel se había transformado en una rabieta que no la dejaba vestirse.

—¿No se sentirá mal? —preguntó Pablo, meciendo en sus brazos a la niña que gritaba con el rostro congestionado—. Mejor suspendemos la cena.

—De ninguna manera. Si es necesario, ve solo. Yo me encargaré de…

El Martinico asomó su cabeza tras la cortina y la niña sonrió. Mientras el duende y la pequeña jugaban a los escondidos, la mujer terminó de arreglarse. Los pucheros comenzaron otra vez cuando el Martinico agitó las manos en gesto de despedida, arreciaron cuando la familia salió al pasillo, y llegaron a su apogeo frente a la puerta de la mansión.

—Adelante —dijo el empresario, que había acudido a abrirles—. ¡Vivian!

Su esposa tenía una piel de blancura teatral, casi refulgente.

—¿Quieren tomar algo?

Isabel aún lloraba en el regazo de su madre y, por un instante, los adultos se miraron sin saber qué hacer.

—Ve con Pablo a la biblioteca —sugirió Vivian a su marido—. Yo me ocupo de Amalia y de la niña.

Desde la puerta, Amalia contempló las estanterías de caoba repletas de volúmenes iluminados por una luz cálida y amarillenta.

—Vamos a la cocina —dijo Vivian—, le daremos algo.

—No creo que sea hambre porque comió antes de salir —comentó Amalia mientras caminaban por el pasillo—; y si lo fuera, no sé si tendrías algo apropiado para ella. Todavía no come muchas cosas.

—No te preocupes. Freddy se encargará de eso.

Amalia pensó en la distancia que separaba a su familia de aquélla que se permitía tener un cocinero: algo con lo que ella ni siquiera se atrevía a soñar.

Isabel ya no lloraba, quizás por el apetitoso aroma a panetela que inundaba el pasillo… Amalia se detuvo de golpe al ver al cocinero. O más bien, la cocinera.

—¡Fredesvinda!

La gorda se había quedado pasmada.

—¡Amalita!

—¿Ustedes se conocen? —preguntó Vivian con una inflexión diferente en la voz.

—Claro —comenzó a decir Amalia—. Fuimos…

—Yo trabajaba para los tíos de la señora cuando ella todavía era una chiquilla —la interrumpió la cocinera—. Doña Amalita visitaba la casa a menudo.

Amalia no se atrevió a desmentirla porque descubrió una luz de advertencia en los ojos de la gorda.

—¿Ésta es su niña? —preguntó la gorda.

—Sí —contestó Vivian—. ¿Qué podemos darle de comer?

—Acabo de hornear una torta.

—Un poco de leche tibia estará bien —dijo Amalia.

—Haz lo que la señora te pida, Freddy… Quedas en buenas manos, Amalita.

El taconeo se perdió por el pasillo de mármol negro.

—¿Por qué inventaste ese cuento? —susurró Amalia.

—¿Qué querías? —la tuteó Fredesvinda, poniendo a calentar un poco de leche—. ¿Confesar que habíamos sido vecinas?

—¿Por qué no?

—Ay, Amalita, eres demasiado inocente —la regañó su amiga, que ahora cortaba un pedazo de torta—. Si ustedes no hubieran mejorado de situación, don Julio no les habría invitado a cenar. Decir que fuiste vecina de una cocinera no va a ayudarlos a salir adelante y Pablo necesita cerrar ese negocio…

—¿Cómo sabes?

—Los criados oímos muchas cosas.

Mientras Fredesvinda hablaba, la niña hurtó un pedazo de torta y volvió a alargar su manita para tomar otro.

—No, Isa —dijo Amalia—. Eso no es para ti.

La niña empezó a gimotear.

—Prueba un poco de panetela antes de irte —dijo la gorda—. Yo le daré la leche y trataré de que duerma… ¡Ay, pero qué mona es!

Comenzó a pasearse con la niña en brazos, tarareando bajito. Cuando Amalia acabó de comer, se dio cuenta de que su criatura se había dormido, arrullada por Fredesvinda que tarareaba algo con su hermosa voz de contralto.

—No sabía que cantaras tan bien. Deberías dedicarte a eso.

—Tal parece que no tuvieras ojos. ¿Quién va a querer contratar a una cantante que pesa trescientas libras?

—Puedes bajar un poquito.

—¿Crees que no lo he intentando? Es una enfermedad…

El eco de unas voces llegó hasta ellas.

—Acaba de irte —la regañó Fredesvinda—. Una señora no debe quedarse tanto tiempo hablando con los criados. Si la niña se despierta, iré a buscarte.

Amalia caminó por el pasillo, guiándose por las risas. No recordaba si debía doblar a la derecha o a la izquierda. Las voces que retumbaban entre las paredes la fueron guiando hasta el recibidor.

—¿Qué quieres tomar, Amalia?

Antes de que pudiera responder, dos campanillazos sonaron en la entrada.

—Debe ser él —dijo Julio—. Vivian, sírvele algo a Amalia. Yo iré a abrir.

Pablo se inclinó para buscar más hielo y Amalia probó su licor mientras las voces se acercaban por el pasillo. De pronto, la conversación cesó de golpe. Fue la actitud tensa de Pablo, más que el prolongado silencio, lo que hizo que Amalia se volviera hacia la puerta. Su padre estaba allí, con una expresión de pasmo mortal.

—¿Se encuentra bien, don José?

—Sí, no… —susurró Pepe como si le faltara el aire.

Un gemido vago e indefinido se escuchó en el pasillo.

—Podemos hacer la reunión otro día —propuso Julio.

—Con permiso —dijo la gorda Fredesvinda, pugnando por sostener a Isabelita que intentaba bajar hasta el suelo—. Señora Amalia, la niña estaba llamándola.

—Disculpe, don Julio —murmuró José.

Y ante la mirada atónita de sus anfitriones, dio media vuelta y salió al recibidor. Casi a tientas buscó la puerta e intentó abrirla, pero se enredó con la cerradura que era muy complicada.

Algo tiró de sus pantalones.

—Tata.

La niña, casi un bebé, se tambaleaba sobre sus pies y contemplaba a aquel señor que no sabía cómo abrir una puerta. José retrocedió dos pasos para alejarse, pero la pequeña no soltaba su pantalón.

—Tata —lo llamó con rara insistencia.

Era su propia mirada y la mirada de su hija. Vencido, casi sin fuerzas, se agachó, la tomó en sus brazos y se echó a llorar.

Era como si el tiempo no hubiera transcurrido, excepto que ahora su padre tenía más canas y sus ojos se llenaban de un brillo diferente cuando jugaba con su nieta. Porque si José había vivido fascinado con su hija, Isabel ejercía sobre él un efecto casi hipnótico. No se cansaba de alzarla en brazos, ni de contarle historias, ni de enseñarle a abrir los estuches de los instrumentos. Amalia aprovechaba cada oportunidad para dejarle a la niña, mientras ella se ocupaba de otros asuntos. Ahora, en la calurosa tarde de esa ciudad eternamente húmeda, la campanilla anunció su llegada a la tienda donde había jugado tantas veces cuando era niña.

—Hola, papi —saludó al hombre inclinado sobre el mostrador.

José alzó la vista.

—Se nos muere —murmuró el hombre.

Su expresión llena de terror la paralizó.

—¿Quién?

—Doña Rita.

Amalia había dejado a su hija en el suelo.

—¿Cómo? ¿Qué pasó? —preguntó, sintiendo que sus rodillas no podían sostenerla.

—Tiene un tumor. ¡Y en las cuerdas vocales! —dijo su padre con voz ahogada—. ¡Santo cielo! Una mujer que canta como los dioses.

Por la mente de Amalia desfilaron confusamente las imágenes de aquella Rita que la había acompañado desde su infancia, y le pareció que toda su vida se la debía a aquella mujer: una muñeca de bucles dorados, el chal de plata con que la conoció Pablo, las cartas que llevaba y traía para su amado, el refugio que le brindó cuando ambos se fugaron, el préstamo para su primera tienda…

—Es como una venganza del infierno —sollozó su padre—. Como si el demonio sintiera tanta envidia de esa garganta que quisiera cerrársela para siempre.

—No digas esas cosas, papi.

—La voz más privilegiada que ha dado este país… ¡Nunca habrá otra como ella!

Su padre tenía los ojos rojos, pero ella no quería llorar.

—Tengo que ir a verla —decidió.

—Entonces no te vayas; en cualquier momento entra por esa puerta. Me dijo que pasaría por aquí después del ensayo.

—¿Va a cantar? ¿Con ese problema?

—Ya la conoces.

Un estrépito detrás del piano los hizo acudir a la carrera. Isabelita había volcado varios estuches vacíos de violín; no se había hecho daño, pero el ruido la asustó y berreaba a más no poder.

—Buenos días, mi gente… ¿Y qué ha pasado aquí? ¿Se acabó el mundo o qué?

Aquella voz inconfundible: la voz que era como una risa espumosa y fresca.

—Rita.

—Nada de besuqueos ahora. Déjame ver a esa criaturita angelical que grita como los demonios.

Apenas la tomó en sus brazos, Isabel se calló.

—Toma el dinero, Pepe —le dijo, buscando en su bolso—. Cuéntalo a ver si está completo.

—Rita.

—Y dale con tanto «Rita… Rita…». Me van a gastar el nombre.

La actriz mantenía su expresión de siempre.

—Amalita —dijo su padre—, vete a tus asuntos que yo cuido a la niña.

—No, papá. Mejor me la llevo.

—¿Pero no venías a dejarla?

—Pensaba irme de tiendas, pero ya no tengo ganas.

—¿Por qué no vamos las dos solitas, como en los buenos tiempos?

Amalia se volvió hacia Rita y notó el pañuelo enrollado en su garganta. Cuando alzó los ojos, supo que Rita había notado su mirada.

—Déjame a la niña —le rogó Pepe—, te la llevaré por la noche.

Amalia comprendió que su padre no clamaba sólo por su nieta, sino por un mundo que se desmoronaba con aquella noticia. Por primera vez notó que su figura comenzaba a encorvarse y descubrió una sombra de susto en sus ojos, una inseguridad que parecía el inicio de un temblor; pero no dijo nada. Le dio un beso a su hija, otro a él y salió con Rita a recorrer La Habana.

Terminaron sentadas en un café del Prado, contemplando a

los transeúntes que se paseaban bajo los árboles donde se cobijaban los gorriones y las palomas. Hablaron de mil cosas sin importancia, soslayando el tema que ninguna se atrevía a mencionar. Recordaron sus antiguas escapadas, la primera visita a la cartomántica, el ataque de risa que tuvo Rita cuando se enteró de que su pretendiente era chino… Varias palomas se acercaron a la mesa para picotear las migajas del suelo.

—Ay, mi niña —suspiró la actriz después de un largo silencio—, a veces me parece que todo es una broma de mal gusto, como si alguien hubiera inventado esto para asustarme o hacerme sufrir.

—No diga eso, Rita.

—Es que no me veo encerrada en una caja, calladita y sin decir esta boca es mía. ¿Te imaginas? Yo que nunca me he mordido la lengua para cantarle las verdades a la gente.

—Y se las seguirá cantando, ya verá. Cuando se cure…

—Ojalá, porque yo no creo que vaya a morirme.

—Claro que no, doña Rita. Usted no morirá jamás.

Llegó a su casa tan deprimida que decidió dormir un rato. Su padre le traería a Isabelita más tarde; así es que aprovecharía esa tregua para olvidarse del mundo durante un par de horas.

Aquellos tacones la estaban matando. Entró a su apartamento y se los sacó en la sala. Un estruendo en el dormitorio la detuvo. Por si acaso, calculó el espacio que había entre la puerta del cuarto y la salida. Con el corazón en vilo, avanzó de puntillas hasta la habitación.

—¡Pablo!

Su marido brincó del susto.

—¿Qué es eso? —preguntó ella, señalando tres paquetes atados con un cordel que su marido había dejado caer al suelo.

—Algunos ejemplares del *Gunnun Hushen*.

—¿Cómo?

—Del periódico de Huan Tao Pay.

—Me estás hablando en chino —dijo ella, pero enseguida comprendió que la frase era tan literal que resultaba poco afortunada—. ¿A qué te refieres?

—Huan Tao Pay fue un compatriota que murió en la cárcel. Lo torturaron por comunista. Éstos son ejemplares de su periódico, reliquias…

Amalia comenzó a recordar aquellas misteriosas reuniones de su esposo, sus regresos a casa en momentos inesperados.

—¿Era amigo tuyo?

—No, eso ocurrió hace años.

—¿No me juraste que nunca volverías a meterte en estos asuntos?

—No quería preocuparte —le dijo y la abrazó—, pero tengo que darte una mala noticia. Es posible que vengan a hacer un registro.

—¿Qué?

—No tenemos tiempo —replicó él—. Hay que esconder los paquetes en otro sitio.

Fue hasta la ventana y se asomó.

—Todavía están ahí —aseguró, volviéndose hacia su mujer—; y no puedo irme de aquí porque ya me vieron subir. No sería bueno que tocaran a la puerta y yo no estuviera. Sospecharían de inmediato.

—¿Adónde los llevo?

—A la azotea —decidió Pablo, después de un titubeo.

Amalia se puso los zapatos. Pablo le acomodó los paquetes en sus brazos y le abrió la puerta. Los números del elevador indicaron que alguien lo había llamado desde el primer piso.

—Ve por la escalera y no te muevas de allí hasta que vaya a buscarte.

Amalia subió los cinco pisos en menos de dos minutos. ¿Dónde podría esconder aquellos panfletos? Recordó la conversación que escuchara entre un vecino y el encargado del edificio. El tanque de agua que surtía al apartamento 34-B, vacío desde el divorcio de sus ocupantes, tenía un salidero y estaba clausurado. Comenzó a levantar las tapas de cemento hasta encontrarlo y lanzó allí los tres bultos antes de colocar la tapa de nuevo.

Aguardó unos minutos por Pablo, paseándose nerviosa por la azotea, hasta que la espera se hizo insoportable. Entonces se peinó con los dedos, se estiró la falda y tomó el elevador para bajar a su piso.

Cuando vio la puerta abierta, sintió que sus piernas temblaban. Le bastó una ojeada para descubrir la lámpara rota, las gavetas vaciadas sobre el suelo, el clóset en desorden… ¿Y Pablo? La vista se le nubló. Había sangre en el suelo. Corrió al balcón, a tiempo para ver cómo lo metían a golpes dentro de un carro patrullero. Quiso gritar, pero sólo lanzó un grito desarticulado como el de un animal que agoniza. El mundo se oscureció; no cayó al suelo porque unas manos invisibles la sostuvieron. Su novio de la adolescencia, el amor de su vida, iba camino de alguna mazmorra.

Habana de mi amor

¿A quién podía contarle lo que había descubierto? Lisa ya sospechaba que los fantasmas habían regresado porque estaban encariñados con alguien; Gaia le había aconsejado averiguar más sobre los habitantes de la casa, porque intuía que las fechas significaban algo para ellos; y Claudia le había dicho que andaba con muertos. ¡No en balde! Si estaba metida hasta el cuello investigando la casa donde viajaban su abuela Delfina, el viejo Demetrio y sus padres. Su propia tía abuela había sugerido que las fechas aludían a algo que tuvo su origen en Cuba y que ahora se hallaba en Miami. Todas las teorías contenían un pedazo de verdad.

De pronto Cecilia dejó de pasearse: había una pieza suelta en el rompecabezas. La casa y sus habitantes no podían estar relacionados con ella porque nunca conoció al viejo Demetrio, pese a que la anciana asegurara que se lo había presentado. Quizás aquellos fantasmas no estaban allí por ella sino por Loló, la única vinculada con los cuatro. Sintió un profundo desconsuelo. Había llegado a creer que sus padres intentaban acercarse, pero al parecer su tía abuela… Un momento. ¿Por qué iría su padre en busca de Loló, la hermana de su suegra, en lugar de seguir a su propia hija? Tuvo otra idea desconcertante. ¿Y si los espectros se reunían en familias? ¿Y si existían colectividades de fantasmas? ¿Y si su presencia se hacía más potente debido a esa unión?

Quedó en suspenso ante otra posibilidad. Sacó el mapa y volvió a mirar las fechas. Aunque Loló llevaba treinta años en Miami, las visiones de la casa sólo habían comenzado después que Cecilia llegara a esa ciudad. ¿Era casualidad? Buscó el punto de la primera aparición y marcó la primera dirección donde ella viviera. Después rastreó la segunda. En lugar de contar las calles, decidió medir las distancias en el mapa. Sería más fácil. Fue comparando el espacio entre las sucesivas visiones y los sitios donde había vivido. Cuando acabó, no tuvo dudas. Era la primera vez que hallaba una variante sin excepciones. La casa siempre se acercaba un poco más al lugar donde ella vivía. Repitió la operación con el vecindario de Loló durante los últimos veinte años, pero el patrón no funcionó. La casa estaba relacionada con Cecilia. La estaba buscando a ella.

Ahora, más que nunca, se alegró de no habérselo contado a nadie. Era una locura. Seguía sin entender qué tenía que ver el difunto Demetrio con ella. Suspiró. ¿No acabarían nunca los enigmas de la maldita casa?

Otra vez sentía la punzada de un dolor donde se mezclaban las voces de sus padres con las playas de su niñez. Aquellos muertos que vagaban por todo Miami le traían el aroma de una ciudad que había llegado a aborrecer más que ninguna. Ella era una mujer de ninguna parte, alguien que no pertenecía a ningún sitio. Se sintió más desamparada que nunca. Su mirada tropezó con los videos que Freddy le había traído. No le interesaba verlos, pero su jefe le había pedido que hiciera un artículo sobre la visita papal a Cuba. Con la esperanza de olvidar sus fantasmas, tomó los casetes y se fue a la sala.

El blanco vehículo recorría La Habana. Por primera vez en la historia, un Papa visitaba la mayor isla del Caribe. Y mientras Cecilia escudriñaba la multitud, testigo del milagro, iba rescatando del olvido las aceras por las que deambulara tantas veces.

«¿Te acuerdas del Teatro Nacional?», se preguntó a sí misma. «¿Y del Café Cantante? ¿Y de la parada frente a la estatua de Martí? ¿Y del frío que escapaba del restaurante Rancho Luna cuando se abría la puerta en el momento en que uno pasaba?» Continuó enumerando recuerdos, absorta en la visión soleada de las calles. Casi sentía el rumor de los árboles y de la brisa que subía desde el malecón, remontándose por la Avenida Paseo hasta la plaza, y la calidez de esa luz que reavivaba los colores del agreste paisaje urbano. Por primera vez vio su ciudad con otros ojos. Le pareció que su isla era un vergel rústico y salvaje, de una belleza que resplandecía pese al polvo de sus edificios y al cansancio que se adivinaba en los rostros famélicos de sus habitantes.

«La belleza es el comienzo del terror que somos capaces de soportar», recordó. Sí, la verdadera belleza aterra y nos deja en una actitud de absoluto desamparo. Hipnotiza a través de los sentidos. A veces un aroma mínimo —como la fragancia que brota del sexo de una flor— puede obligarnos a cerrar los ojos y dejarnos sin respiración. En ese instante, la voluntad queda atrapada en un estímulo tan intenso que no logra escapar de él sino hasta después de varios segundos. Y si la belleza llega a través de la música o de una imagen… ¡Ah! Entonces la vida queda en suspenso, detenida ante esos sonidos sobrenaturales o ante la potencia infinita de una visión. Sentimos el inicio de ese terror. Sólo que a veces pasa tan fugazmente que no nos percatamos. La mente borra de inmediato el suceso traumático y sólo nos deja una sensación de ineludible poder frente a lo que pudo arrastrarnos y hacernos traicionar el raciocinio. La belleza es un golpe que paraliza. Es la certeza de hallarse ante un hecho que, pese a su aparente temporalidad, va a trascendernos… como aquel paisaje que Cecilia contemplaba ahora.

Allí estaba su ciudad, vista desde el helicóptero que navegaba sobre la curva voluptuosa del malecón. Pese a la altura, era posible distinguir las avenidas sombreadas; los jardines de las añejas mansiones republicanas con sus vitrales y sus pisos de mármol; el diseño perfecto de las avenidas que desembocaban en el mar; la fortaleza colonial que otrora llamaran Santa Dorotea de Luna; la majestuosa entrada del túnel que se sumergía a un costado del río Almendares para emerger en la Quinta Avenida... Las imágenes comenzaron a malograrse y la magia se esfumó. El locutor anunció que la televisión cubana acababa de cortar la transmisión. «Lo mismo de siempre», pensó ella. «Interrumpen la señal porque no les conviene mostrar las casas donde se esconden los terroristas y los narcotraficantes.»

Apenas se dio cuenta de que había sacado el videocasete y buscaba otro. Por su mente seguían desfilando las estatuas ecuestres de los parques, las fuentes secas y las azoteas destrozadas de los edificios. ¿Por qué las ruinas eran siempre hermosas? ¿Y por qué las ruinas de una ciudad, otrora bella, lo eran aún más? Su corazón se debatía entre dos sentimientos: el amor y el horror. No supo qué debía sentir hacia su ciudad. Sospechó que había sido bueno alejarse para vislumbrar con mayor claridad un paisaje que nunca logró percibir debido a su cercanía. Un país es como una pintura. De lejos, se distingue mejor. Y la distancia le había permitido conocer muchas cosas.

De pronto reconoció cuánto le debía a Miami. Allí había aprendido historias y decires, costumbres y sabores, formas de hablar y trabajar: tesoros de una tradición perdida en su isla. Miami podía ser una ciudad incomprensible hasta para quienes la habitaban, porque mostraba la imagen racional y potente del mundo anglosajón mientras su espíritu bullía con la huracanada pasión latina; pero en aquel sitio febril y contradictorio, los cubanos guardaban su cultura como si se tratara de las joyas de la corona británica. Desde allí, la isla era tan palpable como los gritos de la gente que clamaba desde la pantalla: «Cuba para Cristo, Cuba para Cristo...». En la isla flotaba un espectro, o quizás una mística, que ella no había notado antes —algo que sólo había descubierto en Miami.

Estaba furiosa. Odiaba y amaba su país. ¿Por qué se sentía tan confusa? Tal vez por esa ambivalencia que le provocaban las imágenes. El Papa celebraba una misa en Santiago de Cuba y el mundo se viraba al revés, como si aquello fuera una demostración de las teorías de Einstein que finalmente iban a probarse en esa isla alucinante. Huecos negros y huecos blancos. Todo lo que absorben los primeros puede reaparecer en los otros, a miles de años luz. ¿Aquello que veía era Miami o Santiago?

En pleno corazón de la isla, la multitud se congregaba ante una réplica de la Ermita de La Caridad de Miami, el santuario más amado de los cubanos en el destierro. Frente a esa capilla, las aguas oscuras traían y llevaban vegetación, fragmentos de botellas y mensajes de todo tipo. El mar era el beso de ambas costas, y los cubanos de uno y otro lado se asomaban a él como si buscaran las huellas de quienes vivían en la otra orilla.

La ermita original, situada en la región oriental de la isla, poseía una arquitectura muy diferente. Por eso, ver aquella copia del templo miamense en suelo cubano resultaba una visión extraña. Aunque, si se pensaba bien, era la conclusión de un ciclo. La efigie primitiva de la virgen se conservaba en su hermosa basílica de la sierra de El Cobre, cerca de Santiago de Cuba. La ermita de Miami había sido construida imitando la forma de su manto. El escenario cubano donde se hallaba el Papa, al duplicar dicho manto, remedaba también —sin querer o a propósito— la silueta del templo en el exilio. Todo era como uno de esos juegos con espejos que repiten una imagen *ad infinitum*. Y bajo ese entramado que parecía simbolizar la unión de todos, el Papa coronaría a la madre espiritual de los cubanos.

La diminuta corona de la virgen mestiza fue retirada de la imagen, y los dedos temblorosos del polaco colocaron otra más espléndida sobre el manto cobrizo. La Virgen de La Caridad fue proclamada Reina y Patrona de la República de Cuba. La gente deliró de entusiasmo y comenzaron las congas: «Juan Pablo, hermano, quédate conmigo aquí en Santiago». Y otras más audaces: «Juan Pablo, hermano, llévame contigo al Vaticano».

Cecilia suspiró mientras la cámara recorría el paisaje. A lo lejos se alzaban las cordilleras azules, envueltas en nubes eternas, y la visión del santuario de El Cobre, próximo al lugar donde se decía que el arzobispo visionario Antonio María Claret predijera en el siglo XIX el terrible desastre que se avecinaba para la isla. Cecilia recordaba fragmentos de la profecía: «A esta Sierra Maestra vendrá un joven de la ciudad y pasará un corto tiempo cometiendo hechos muy lejanos a los mandamientos de Cristo. Habrá inquietud, desolación y sangre. Vestirá un uniforme no tradicional que nadie ha visto en este país y muchos de sus seguidores tendrán rosarios y crucifijos colgados del cuello e imágenes de muchos santos junto a armas y municiones». Más de cien años antes de que ella naciera, el santo había visto imágenes que lo aterraron: «El joven gobernará por unas cuatro décadas, cercanas al medio siglo, y en ese tiempo habrá sangre, mucha sangre. El país quedará devastado...». Y Cecilia imaginaba cuánto se habrían alarmado los compañeros del arzobispo al verlo caer en trance, mientras viajaba por las montañas sobre su mula: «Cuando se cumpla este tiempo ese joven, que ya será viejo, caerá muerto y entonces el cielo se tornará limpio, azul, sin esta oscuridad que ahora me rodea... Se levantarán columnas de polvo y otra vez la sangre anegará el suelo cubano por pocos días. Habrá venganzas y revanchas entre grupos dolidos y otros codiciosos que, por un corto tiempo, empañarán de lágrimas los ojos. Después de estos días tormentosos, Cuba será la admiración de toda América, incluyendo la del Norte... Cuando esto ocurra, vendrá un estado de alegría, paz y unión entre los cubanos, y la República florecerá como nadie podrá imaginar. Habrá un tan gran movimiento de barcos en las aguas que, de lejos, las grandes bahías de Cuba parecerán ciudades enclavadas en el mar...». Cecilia no dudaba que si el arzobispo había vislumbrado con tanta claridad la primera parte de la historia, no existía razón para que se equivocara en su conclusión… a menos que Dios hubiera decidido cambiar el video celestial para confundir al santo con el final de otra película; pero ella confiaba en que no hubiera sido así.

La muchacha bebió las imágenes que se revelaban con una luminosidad nueva desde la pantalla del televisor: las cimas brumosas de la sierra, pletóricas de leyendas; el mítico santuario de El Cobre, lleno de exvotos de todos los siglos; la tierra roja y sagrada de Oriente, anegada en minerales y sangre. «La belleza es el comienzo del terror…» Cecilia cerró los ojos, incapaz de soportarla.

Hacía casi tres semanas que no iba al bar, temerosa de buscar exagerado refugio en el relato de Amalia que se había ido convirtiendo en una historia más angustiosa que la suya. Aunque tal vez por eso regresaba a ella. Mientras la escuchaba, se daba cuenta de que su propia vida no era tan mala. Cuando llegó, la oscuridad latía como un ente vivo en medio de los efluvios humanos. Se dirigió al rincón de siempre, tropezando con las mesas, y mucho antes de llegar distinguió el brillo del azabache en la oscuridad. Casi a tientas continuó su avance hasta que se sentó frente a la mujer.

—Te he estado esperando —le dijo la anciana.

Su mirada lanzaba destellos que parecían iluminarlo todo. ¿O acaso esa luz sólo era un reflejo de las imágenes que mostraba la pantalla? Allí estaba el malecón con sus estatuas y sus amantes, sus fuentes y sus palmeras. Ay, su Habana perdida… Cecilia evocó los recuerdos enterrados en su memoria y tuvo una idea delirante. ¿No se decía que la isla estaba rodeada de ruinas sumergidas? ¿Y no afirmaban muchos que esas piedras ciclópeas pertenecían al legendario continente descrito por Platón? Quizás La Habana hubiera heredado el karma de la

Atlántida que yacía junto a sus costas… y probablemente su maldición. Si la gente reencarnaba, las ciudades también debían hacerlo. ¿Acaso no sabía que las ciudades tenían alma? Ahí estaba la casa fantasma para demostrarlo. Y si es así, ¿no arrastraban también karmas ajenos? La Habana era como el resto de las tierras míticas: Avalon, Shambhala, Lemuria… Por eso dejaba una impresión indeleble en quienes la visitaban o habían vivido en ella.

—«Habana de mi amor…»

El bolero retozó en sus oídos como una premonición. Observó de nuevo a Amalia. Cada vez que se encontraba con esa mujer le sucedían cosas raras. Pero ahora no quería pensar, sino conocer el final de aquella historia que, por ratos, le hacía olvidar la suya propia.

—¿Qué ocurrió después que los esbirros se llevaron a Pablo? —preguntó.

—Fue liberado al poco tiempo, cuando los guerrilleros tomaron la capital —murmuró la mujer, jugueteando con los eslabones de su cadena.

—«… si el alma te entregué, Habana de mi amor…»

Escucharon la melodía durante unos segundos.

—Y después que lo soltaron, ¿qué pasó?

Amalia dejó escapar un suspiro.

—Ocurrió que mi Tigrillo siguió siendo el mismo rebelde de siempre.

SEXTA PARTE

Charada china

De los apuntes de Miguel

PONÉRSELA A ALGUIEN EN CHINA:
En Cuba, la frase alude a la persona que se enfrenta a una situación complicada o a un grave aprieto. Un estudiante puede comentar que su maestro «se la puso en China» para referirse a las preguntas de un examen muy difícil.
Por extensión, también ha llegado a significar la existencia de una circunstancia tan apabullante que resulta imposible actuar frente a ella.

Debí llorar

La gente se aglomeraba frente a las puertas del hotel Capri, deseosa de entrar al cabaret donde cantaría Freddy, esa intérprete descomunal en voz y en talla. Dos funciones daría ese viernes: una al anochecer y otra cerca de la medianoche. Pero la conmoción no era provocada sólo por la expectativa de escuchar a la cantante, sino por ese estado de excitación que se renovaba a cada segundo desde que el ejército de hombres barbudos se volcara sobre las calles y las haciendas, avanzando como una marea indetenible por la isla.

Varios meses después que tomaran el poder, ya circulaban rumores sobre juicios sumarios, ejecuciones secretas, deserciones de altos funcionarios… Y ya se había anunciado la intervención de grandes compañías. *Intervenir*: un concepto tan violento que era usado para esquivar frases más explícitas como «despojarlo de sus bienes» o «quitarle el negocio». Tras los pejes gordos vendrán los pequeños, corría el rumor. Algunos empezaban a conspirar por temor a que eso ocurriera, pero sus voces eran aplastadas por la efervescencia con que vivía la mayoría, arrastrada por el vendaval de himnos y consignas.

Con el mismo fervor con que aplaudía cada acto del nuevo gobierno, así entraba la multitud enjoyada al Salón Rojo donde todos esperaban escuchar a la popular contralto… Pero la antigua cocinera no se mostraba feliz.

—Esta gente no respeta, Amalita —le había dicho confidencialmente a su amiga en el camerino—. Y sin respeto, no hay derechos.

Amalia, feliz por haber recuperado a su marido cuando los rebeldes abrieron las cárceles a los antiguos opositores, no le daba importancia a esas quejas. Tras siete años de separación agónica, habían vuelto a reunirse. Pablo estaba libre: era su único pensamiento. Y —lo más importante— ya no se metería en asuntos de conspiradera.

—Son rumores inventados por el enemigo —le aseguraba.

Desde hacía algunas semanas, la cantante se mostraba cada vez más inquieta, y en secreto daba rienda suelta a su angustia cuando cantaba:

—«Debí llorar y, ya ves, casi siento placer. Debí llorar de dolor, de vergüenza tal vez...»

Sentada frente a su mesa, Amalia apretó la mano de Pablo. Ah, la fortuna de saborear un bolero cantado con sabiduría, el placer de un cóctel donde el ron se mezcla con las guindas borrachas, el privilegio de morder las frutas de pulpa relajada como el trópico...

Un rumor la sacó de su embeleso. Alguien discutía con el portero, intentando penetrar al cabaret.

—Es tu padre.

La advertencia de Pablo la sobresaltó. Oh, Dios: Isabelita. La había dejado con ellos. Nunca supo cómo llegó hasta él, pero de pronto ya estaba en la acera preguntándole qué le había pasado a su niña.

—Isa está bien —dijo José, cuando logró calmarla—. No estoy aquí por ella, sino por Manuel.

—¿Mi padre?

Pablo se había quedado de una pieza. Después de aquella «traición» con la que deshonrara a su familia, su padre nunca había vuelto a hablarle; sólo Rosa se comunicaba en secreto con ellos.

—Tu mamá llamó —le dijo José—. Los rebeldes están en el restaurante.

—¿Los rebeldes? ¿Por qué?

—Manuel estaba ayudando a unos conspiradores.

—Eso es imposible. Mi padre nunca se metió en política.

—Parece que escondió a un amigo en la trastienda por unos días. El hombre ya se fue, pero están registrando el negocio con la idea de encontrar algo.

Sin pedir más explicaciones, Pablo y Amalia se subieron al auto de José. Nadie habló durante el trayecto que los llevó a la parte antigua de la ciudad. Cuando llegaron, el vecindario parecía desierto: nada inusual en el Barrio Chino donde los inquilinos preferían observar los acontecimientos detrás de las persianas. El temor flotaba en el ambiente como una niebla palpable, quizás porque muchos recordaban escenas similares en su patria de antaño, de la cual huyeran una vida atrás. Ahora, como si algún pertinaz demonio los persiguiera, de nuevo se enfrentaban a la misma pesadilla en aquella ciudad que los acogiera con aire despreocupado y alegre.

Pablo saltó del auto antes de que José frenara del todo. Había visto la caja contadora destrozada en plena acera, las puertas del local abiertas de par en par, la oscuridad de su interior… Rosa corrió hacia su hijo.

—Se lo llevaron —le dijo en cantonés, con la voz quebrada de angustia.

Y siguió hablando de una manera demasiado atropellada para que Pablo pudiera entenderla. Por fin se enteró de que Manuel se hallaba en una camioneta arrimada a la acera, dentro de una cabina con cristales ahumados que impedían ver su interior.

Pablo se enfrentó al hombre de uniforme verde olivo que salía del restaurante con un montón de papeles en la mano.

—Compañero, ¿puedo preguntar qué ocurre?

El miliciano lo miró de arriba abajo.

—¿Y tú quién eres?

—El hijo del dueño. ¿Qué pasó?

—Tenemos informes de que aquí se conspiraba.

—Para nosotros, el tiempo de conspirar ya pasó —explicó Pablo, tratando de parecer afable—. Mi padre es un anciano pacífico. Ese restaurante es el trabajo de toda su vida.

—Sí, eso dicen todos.

Pablo se preguntó si podría mantener la calma.

—No pueden destruir el negocio de una persona inocente.

—Si es inocente, tendrá que probarlo. Por ahora, vendrá con nosotros.

Rosa se echó a los pies del hombre, hablándole en una jerigonza confusa donde se mezclaban el cantonés y el español. El miliciano intentó zafarse, pero ella se aferró a sus rodillas. Otro hombre que salía del restaurante apartó a la mujer con violencia.

Pablo arremetió contra él. Con un rápido gesto lo envió de cabeza contra la acera y enseguida inmovilizó al segundo, que ya lo agarraba por detrás. Su ataque tomó por sorpresa a los milicianos, que jamás habían visto nada semejante. Aún tendrían que pasar dos décadas para que Occidente se familiarizara con ese arte guerrero que los chinos llaman *wushu*.

Los milicianos se levantaron del suelo mientras José y Amalia trataban de contener a Pablo. Uno de ellos se llevó la mano al revólver, pero fue atajado por el otro.

—Deja eso —susurró, señalando con un gesto los alrededores.

Comprendiendo la cantidad de testigos que habría del incidente, optaron por cerrar el restaurante, colocar el sello para indicar que había sido intervenido por el gobierno revolucionario y subieron a la camioneta.

—¿Adónde se lo llevan?

—Por ahora, a la tercera estación —dijeron—, pero no te

molestes en ir hoy ni mañana. Va a ser difícil que lo soltemos pronto. Antes habrá que ver si no es un contrarrevolucionario.

—Yo conspiré contra Batista —gritó Pablo mientras el vehículo arrancaba—. ¡Y estuve preso!

—Entonces sabrás que todo esto es por el bien del pueblo.

—¡Mi padre es el pueblo, estúpido! Y las revoluciones no se defienden destrozando sus bienes.

—Tu padre dormirá en la cárcel para que le sirva de escarmiento —gritó el chofer, poniendo el vehículo en marcha—. ¡Y no será el único! En estos momentos hay órdenes de registro en los negocios de muchos conspiradores.

Pablo se lanzó contra la camioneta, pero José lo sujetó.

—¡Voy a reclamar en los tribunales! —bramó, rojo de rabia.

Le pareció escuchar las carcajadas de los hombres, mientras la camioneta se perdía en medio de una nube oscura y pestilente.

—Yo no luché para esta mierda —dijo Pablo, sintiendo que una furia nueva crecía en su pecho.

Amalia se mordió los labios, como si presintiera lo que se avecinaba tras aquella frase.

—Tengo que ir al estudio —susurró José, palideciendo.

—Usted no tiene por qué preocuparse… —comenzó a decir Pablo, pero se detuvo al ver la mirada de su suegro—. ¿Qué ocurre?

—Yo… guardé unos papeles —tartamudeó José.

—¡Papá!

—Sólo por una noche, para hacerle un favor a la señora de los altos. Se habían llevado preso al marido y temía un registro. Ya lo quemé todo, pero si el hombre habló y a ella la amenazaron…

Subieron al auto, tras convencer a Rosa que sería más seguro dormir esa noche en casa de su hijo y su nuera.

Los diez minutos de viaje hasta «El duende» fueron agónicos y difíciles. Varias calles aledañas estaban bloqueadas por los escombros. Vitrolas, cajas contadoras, mesas y otros accesorios formaban lomas de basura en el asfalto. Cuando llegaron al estudio de grabaciones, la puerta había sido tapiada con unos tablones y el temible sello de la intervención revolucionaria cruzaba la cerradura. Desde la acera, Pablo, José, Amalia y Rosa vieron las vitrinas revueltas, los estantes destruidos, las partituras regadas por el suelo.

—Dios mío —exclamó José, a punto de desplomarse.

¿Cómo habían podido? Aquél era el universo que creara su padre. Allí estaban los pasos del Benny, la sonrisa de La Única, las danzas del maestro Lecuona, las guitarras de los Matamoros, las zarzuelas de Roig… Cuarenta años de la mejor música de su isla se desvanecían frente a una violencia incomprensible. Rozó con sus dedos las tablas claveteadas y sospechó que jamás podría recuperar los tesoros de aquel local que su hijita y su nieta llenaran de gorjeos. Le habían robado su vida.

Amalia miró a su padre, que tenía una palidez nueva en el rostro.

—Papá.

Pero él no la oyó; su corazón le dolía como si un puño se lo apretara.

Cerró los ojos para no ver más aquel destrozo.

Cerró los ojos para no ver más aquel país.

Cerró los ojos para no ver más.

Cerró los ojos.

Cada mañana Mercedes creía descubrir un ramo de rosas ante su puerta. O una caja con bombones rellenos de licor de fresas. O una cesta de frutas sellada con un lazo rojo. O una carta que alguien tenía que leerle después, porque ella aún no sabía hacerlo. Y no sólo una carta de amor, sino el recuento de atardeceres que palidecían ante el resplandor de su piel, siempre fir-

madas por un mismo nombre, el único importante para ella…
Porque Mercedes no podía recordar que José estaba muerto.
Su mente vagaba ahora por aquella época en que su enamorado la rondara mientras ella, sumida en una bruma diferente,
apenas percibía sus esfuerzos para llegar hasta su corazón nublado de embrujos.

También recordaba otras cosas: había vivido en un lupanar,
se había dejado poseer por incontables hombres, su madre había muerto en un incendio que casi destruyó el negocio de
doña Ceci, su padre había sido asesinado por un negociante rival… Pero ya no era necesario ocultarlo porque nadie sabía lo
que se escondía en su cabeza. El único conocedor de su secreto había muerto… ¡No! ¿Qué estaba pensando? José vendría a
verla como cada mediodía mientras doña Ceci regañaba a la
mujer de la limpieza. Le cantaría alguna serenata y ella atisba-
ría de reojo hacia la esquina, temiendo que los matones de
Onolorio llegaran más temprano.

Pero José no venía. Ella se levantaba de la cama y se asomaba con impaciencia a la calle por donde pasaban a toda hora
unos transeúntes sospechosos: hombres con armas largas que
blandían incluso ante el rostro de los niños. Sólo ella se daba
cuenta de que eran los matones de Onolorio, aunque ahora se
vistieran diferente. Tenía que hacer algo para avisar a José o lo
matarían apenas se asomara por la esquina. Sintió que el pánico se apoderaba de ella.

«¡Asesinos!»

La palabra se agazapó en su pecho, asomándose poco a
poco detrás de cada latido. Deseaba decirla, aunque fuera en
susurros, pero la pesadilla la había dejado sin voz.

«¡Asesinos!»

Hubo una conmoción cerca de la esquina. El miedo anuló
esa parálisis que no la dejaba gritar.

«¡Asesinos!», murmuró.

El tumulto creció en la esquina. Varias personas corrían detrás de un individuo. Mercedes no pudo distinguir su rostro, pero no necesitaba verlo para saber quién era.

Como un fantasma desolado, como una *banshee* que clamara por la muerte del próximo condenado, salió a la calle dando alaridos.

—¡Asesinos! ¡Asesinos!

Y sus reclamos se sumaron a los de la muchedumbre, que también acusaba de algún crimen al hombre que huía.

Pero Mercedes no vio ni supo nada de esto. Se abalanzó sobre los perseguidores que intentaban detener a su José. En la confusión oyó un disparo y sintió de nuevo aquel adormecimiento en su costado, en el mismo sitio donde Onolorio le clavara un puñal siglos atrás. Esta vez la sangre manaba a raudales, mucho más caliente y abundante. Movió un poco la cabeza para observar a quienes se acercaban y pedían a gritos un médico o una ambulancia. Hubiera querido tranquilizarlos, advertirles que José andaba cerca.

Buscó entre todos los rostros el único que sonreía, el único que podría reconfortarla.

«¿Lo ven?», trató de decir. «Les dije que vendría.»

Pero no pudo hablar, sólo suspirar cuando él le tendió los brazos y la levantó. ¡Cuánta ternura había en su mirada! Como en aquellos atardeceres de antaño…

Se alejaron de la multitud, todavía aglomerada en plena calle. Atrás quedaron los clamores y la voz adolorida de una sirena que buscaba el sitio donde yacía una mujer agonizante. Pero Mercedes no se volvió para mirar atrás. José había venido a cuidar de ella, y esta vez sería para siempre.

Cómo había cambiado su mundo. «Nadie está preparado para perder a sus padres», se decía Amalia. ¿Por qué no le habían advertido? ¿Por qué nunca le aconsejaron cómo lidiar con esa pérdida?

Se meció nerviosamente frente a la televisión. Por fuera intentaba ser la misma de siempre, por su hija y por esa otra criatura que pronto estaría allí, pero algo se había roto para siempre en su pecho. Ya nunca más sería «la hija de», ya nunca más diría «mamá» o «papá» para llamar a alguien, ya no existirían dos personas que correrían a su lado, ignorando al resto del mundo para abrazarla, para mimarla, para socorrerla.

Por si fuera poco, Pablo también había cambiado. No con ella. A ella la amaba con locura. Pero una nueva amargura parecía roerle el alma después del arresto de su padre, a quien le hicieron un juicio sumario para condenarlo a un año de prisión. Pablo intentó mover influencias. Incluso habló con varios funcionarios que lo conocían desde su época del clandestinaje; pero cada solicitud suya chocaba contra un muro insalvable. Sólo tras cumplir su sentencia, Síu Mend regresó a casa maltratado y mortalmente enfermo; tanto que muchos creían que no viviría mucho. Amalia sospechaba que Pablo no se quedaría con los brazos cruzados. Ya había visto aquella misma expresión cuando conspiraba contra el gobierno anterior. Y no era el único. Muchos amigos —que antes celebraran el advenimiento del cambio— venían a visitarlo ahora con actitudes igualmente sombrías. Amalia los había visto susurrar cuando ella volvía la espalda y callarse cuando regresaba con el café.

Intentó pensar en otra cosa, por ejemplo, en la masa de refugiados que huía de la incomprensible ola de cambios. Cientos habían escapado. Hasta la gorda Freddy se había marchado a Puerto Rico…

—¡Isabel! —llamó a su hija para alejar aquellos pensamientos—. ¿Por qué no vas a bañarte?

Su vientre pesaba una barbaridad, aunque sólo tenía cinco meses.

—Papi está en la ducha.

—En cuanto salga, te bañas.

Isabel ya tenía diez años, pero actuaba como si tuviera

quince, tal vez porque había visto y escuchado demasiadas cosas.

Amalia cambió el canal y se meció en su sillón, casi ahogándose por el esfuerzo. Todo le molestaba, hasta respirar.

—Y ahora… ¡La Lupe! —anunció un presentador invisible, con aquella voz engolada que era habitual a principios de los años sesenta.

Procuró olvidar el dolor de su cintura y se preparó para oír a la cantante de la que tanto se hablaba: una mulata santiaguera, con ojos de fuego y caderas de odalisca, que salió al escenario con andares de potra en celo. Era hermosa, reconoció Amalia. Aunque pensándolo bien, las mulatas feas eran una excepción en su isla.

—«Igual que en un escenario, finges tu dolor barato. Tu drama no es necesario. Ya conozco ese teatro…»

Demasiado histriónica, decidió Amalia. O histérica. No quedaba nada de la gracia zalamera de Rita en esa nueva generación… ¡Qué estaba pensando! El olmo nunca daría peras. Jamás habría otra como ella.

—«Mintiendo: qué bien te queda el papel. Después de todo, parece que ésa es tu forma de ser.»

Hubo un leve cambio en el tono de la música, que súbitamente se hizo más dramática. Y de pronto, La Lupe pareció enloquecer: se zafó el moño, sus cabellos se desparramaron sobre el rostro, comenzó a arañarse el pecho y a darse puñetazos en el vientre.

—«Teatro, lo tuyo es puro teatro: falsedad bien ensayada, estudiado simulacro…»

Amalia no pudo creer lo que veía cuando la mujer se quitó un zapato y atacó el piano con el afilado estilete de su tacón. Tres segundos después pareció cambiar de idea, arrojó el zapato fuera de escena y se dedicó a golpear con los puños la espalda del pianista, que siguió tocando como si nada.

Aguantó la respiración, esperando que alguien entrara con

una camisa de fuerza para llevarse a la cantante, pero no ocurrió nada. Por el contrario, cada vez que La Lupe iniciaba otro de aquellos desatinos el público gritaba y aplaudía al borde del paroxismo.

«Este país se ha vuelto loco», pensó Amalia.

Casi se alegró de que su padre no estuviera allí. José, que se había codeado con los artistas más exquisitos, se hubiera muerto de nuevo ante aquel desbarro.

—¿Puedes cambiar el canal? —gritó Pablo desde el cuarto.

—¿La has visto? —preguntó Amalia—. Parece una leona enjaulada.

¿Hasta dónde llegaría el delirio? ¿Tanto habían cambiado los tiempos? ¿Se estaba poniendo vieja? Se levantó para apagar el televisor, pero no llegó a hacerlo. Un agudo timbrazo la hizo saltar.

—¿Qué desean…?

Apenas entreabrió la puerta, cuatro hombres la empujaron. Isabel chilló espantada y corrió a refugiarse en el regazo de su madre.

Desbaratando muebles y adornos a su paso, los hombres registraron el apartamento y descubrieron unas octavillas aplastadas entre el colchón y el bastidor de la cama. Dos de ellos trataron de sacar por la fuerza a Pablo, que se resistió fieramente. En medio de los gritos de madre e hija, lo sacaron del cuarto sangrando y medio inconsciente. Amalia se interpuso entre la puerta y los hombres, y recibió una patada en pleno vientre que la hizo vomitar allí mismo.

Los gritos habían alertado a los vecinos, pero sólo una pareja de ancianos se atrevió a acercarse cuando los hombres se fueron.

—Señora Amalia, ¿está bien?

—Isabel —susurró a la niña, mientras sentía el líquido espeso que se escurría entre sus piernas—, llama a abuelita Rosa y dile que venga enseguida.

A sus pies crecía la sangre, mezclándose con el agua que debía proteger a su bebé. Por primera vez notó que el Martinico la miraba espantado y supo entonces que los duendes pueden palidecer. Además, titilaba con una luz verdosa cuyo significado no logró identificar.

Amalia hubiera querido insultar, gritar, morderse los brazos, desgarrarse la ropa como La Lupe. Hubiera hecho un dúo con ella para escupirle el rostro a aquel que los había engañado, prometiendo villas y castillas con esa expresión de monje franciscano donde sin duda se ocultaba —ay, Delfina— un demonio rojo.

—«Teatro, lo tuyo es puro teatro: falsedad bien ensayada, estudiado simulacro…»

Trató de levantarse, pero se sentía cada vez más débil. Casi al borde del desmayo, entendió por qué La Lupe le gustaba tanto a la gente.

Rosa revolvió el caldo de pescado y le echó un puñado de sal antes de probarlo. En otra época lo hubiera condimentado con trozos de jengibre, salsa de ostras y verduras, y su aroma hubiera ascendido hasta las nubes como el de las sopas que su nodriza preparaba. Echó parte del caldo en un recipiente y salió a la calle.

Desde que Síu Mend muriera, ya no hallaba gusto en cocinar; y menos ahora que no podía dar rienda suelta a esos momentos de inspiración en los que añadir algunas semillas de ajonjolí tostado o un chorrito de salsa dulce determinaban la diferencia entre un plato común y otro digno de dioses. Pese a todo, cada tarde preparaba un poco de alimento que llevaba al doctor Loreto, padre de Bertica y Luis, antiguos condiscípulos de su hijo.

El médico se había mudado cerca, después que su familia se marchara a California. El gobierno le había negado la salida sin explicación alguna, pero él sospechaba que la causa era cierto sujeto con influencias: un antiguo capitán de los guerrilleros que, recién llegado de las montañas, había intentado propasarse con su esposa. La pareja había sufrido un hostigamiento atroz que duró años, hasta que Irene murió de cáncer. Ya el doctor había olvidado el asunto cuando volvió a tropezarse con el hombre, cara a cara, el día en que fue a solicitar el permiso para salir del país. Sus hijos no querían abandonarlo, pero él insistió en que se fueran. Ahora parecía la sombra del rozagante médico que siempre bebía una copa de Calvados tras esas opíparas cenas que ordenaba en El dragón rojo. Le habían prohibido trabajar por «gusano», es decir, por desear irse tras los lujos del imperio, y las ropas colgaban de su cuerpo como trapos mojados.

Rosa lo encontró en el umbral de su vivienda, y recordó con nostalgia la figura del mambí que también se había sentado en un quicio a esperar por Tigrillo, siempre dispuesto a escuchar algún relato de aquellos tiempos en que los hombres luchaban con honor para que el mundo fuera un sitio más justo… Ahora el anciano había muerto y su Tigrillo languidecía en una prisión.

Veinte años. Eso era lo que había decretado el tribunal por su vínculo con una facción que organizaba sabotajes contra el gobierno. Veinte años. Ella no viviría tanto. Le consolaba saber que existía Amalia. La idea de ocupar un segundo lugar en el corazón de su hijo, frente a esa mujer que veía el mundo a través de sus ojos, era reconfortante.

Saludó al doctor y le tendió el plato. El hombre parecía un anciano, y la impresión de decrepitud aumentaba con sus gestos temblorosos y la ansiedad con que sorbía la sopa. Un perro se acercó a olfatear, pero él lo espantó de una patada.

Rosa apartó la vista, incapaz de soportar aquella imagen. ¿Qué le aguardaba a ella, sola y sin más recursos que una mísera pensión?

Regresó a su casa, cerró la puerta y apagó la única lámpara que iluminaba la sala, pero el resplandor no se marchó. Allí, en la penumbra de un rincón, estaba su madre: la hermosísima Lingao-fa, con sus ojos de almendra y aquel cutis de seda.

—Kui-fa —llamó la muerta, tendiéndole los brazos.

—*Ma* —murmuró en su lengua de niña y se abrazó a ella.

—He venido a hacerte compañía —susurró el espíritu en un cantonés que sonaba a música.

—Lo sé —asintió ella—. Me he sentido muy sola.

Abrazada a ella, disfrutó aquel aroma de infancia —el olor de su madre que le recordaba tantas cosas. Luego se apartó y fue hasta la puerta de su habitación. Desde el umbral se volvió hacia ella.

—¿Te quedarás conmigo?

—Para siempre.

Entró en su cuarto, se subió a la cama que había compartido con Síu Mend y tomó la soga que había colgado de la viga más alta. Pronto vería a su marido, al tío Weng, al mambí Yuang, a Mey Ley… En adelante viviría con ellos, escucharía su propio idioma y comería pasteles de luna a toda hora. Sólo lo sentía por el doctor Loreto, tan flaco y tan cansado, que nunca más recibiría su plato de sopa al atardecer.

Amalia observó de reojo a su hija, que caminaba junto a ella con un ramo de flores. En aquel Día de los Difuntos, ambas cumplirían los deseos del hombre encarcelado desde hacía siete años. Hubieran podido ir al cementerio, pero en su última visita Pablo les había rogado que llevaran las flores al monumento erigido en honor a los mambises chinos. Pensaba que era un sitio más apropiado para honrar a su familia. El bisabuelo Yuang iniciaba la lista de antepasados rebeldes. Su padre Síu Mend, que muriera exigiendo lo que le quitaran, le seguía. Y su madre Kui-fa, que había renunciado a la vida abrumada por la tristeza, merecía igual respeto.

La brisa que barría hojas y pétalos arrastró también una música familiar: una ronda infantil que Amalia no escuchaba desde hacía años:

> *Un chino cayó en un pozo,*
> *las tripas se hicieron agua.*
> *Arré, pote pote pote,*
> *arré, pote pote pá…*
> *Había una chinita*
> *sentada en un café*
> *con los dos zapatos claros*
> *y las medias al revés.*
> *Arré, pote pote pote,*
> *arré, pote pote pá…*

La mujer miró en todas direcciones, pero la calle estaba desierta. Alzó la vista al cielo, pero sólo vio nubes. La letra, cantada por una vocecita traviesa, evocaba un método de suicidio común entre los culíes que intentaban escapar de la esclavitud lanzándose de cabeza a un pozo. Se lo había contado Pablo, quien lo supo de su bisabuelo.

La música siguió cayendo del cielo durante varios segundos. Quizás lo estaba imaginando. Observó a su hija, una adolescente de cabellos ondulados como su abuela Mercedes, piel rosada como su bisabuela española y ojos rasgados como su abuela china; pero la joven se veía ensimismada. Acababa de detenerse frente a la inscripción grabada en el monumento y, sin que nadie se lo dijera, había comprendido que ninguna otra nacionalidad —entre las decenas que poblaban la isla— podía proclamar algo semejante a lo que revelaba aquella frase.

Su madre la tocó levemente en el codo. La joven despertó de su ensueño y depositó las flores al pie de la columna. Amalia recordó que pronto se cumpliría otro aniversario de la muerte de Rita. Nunca olvidaría la fecha porque, en medio del velorio más concurrido en Cuba —¿o había sido el de Chibás?—, se tropezó con Delfina.

—Este 17 de abril no será el único desgraciado de nuestra historia —le aseguró la vidente—. Habrá otro peor.

—No lo creo —sollozó Amalia, que no podía imaginar nada más terrible que esa tragedia.

—Dentro de tres años, en esta misma fecha, habrá una invasión.

—¿Una guerra?

—Una invasión —insistió la mujer—. Y si logramos detenerla, será la mayor desgracia de nuestra historia.

—Querrás decir «si *no* logramos detenerla».

—Dije lo que dije.

Amalia suspiró. ¿Dónde estaría ahora la dulce Delfina? Pensó en el maestro Lecuona, muerto en las islas Canarias; en la gorda Freddy, enterrada en Puerto Rico; en tantos emblemas musicales de su isla que se habían refugiado en tierras ajenas tras la derrota de aquella invasión... Al final se había quedado sola con su hija, mientras Pablo cumplía una prisión de veinte años.

La última criatura que llevara en su vientre había muerto de una patada. Hubiera sido su tercer hijo, de no haber sido por las inclemencias de una historia manipulada por los hombres. La vida era como un juego de azar donde no todos lograban nacer y donde otros morían antes de tiempo. Nada de lo que uno hiciera aseguraba un mejor o peor final. Resultaba demasiado injusto. Aunque quizás no fuera una cuestión de justicia, como siempre había creído, sino de otras reglas que necesitaba aprender. Tal vez la vida era sólo un aprendizaje. Pero ¿para qué, si después de la muerte sólo había una recompensa o un castigo? ¿O sería verdad lo que decía Delfina, que existían más vidas después de la muerte? Ojalá que no fuera cierto. Ella no quería regresar, si eso significaba comenzar otra charada que se regía por leyes tan ilógicas. Hubiera dado cualquier cosa por preguntar a Dios por qué había decretado aquella suerte para su Pablo, un hombre tan amoroso, tan honesto...

—Mami —susurró la muchacha, señalando al policía que las observaba a cierta distancia.

Debían irse. No estaban haciendo nada prohibido, pero uno nunca sabía.

Isabel leyó de nuevo la frase grabada en el mármol negro; una frase para ser mostrada a los hijos que algún día tendría, cuando ella les contara las hazañas de su tatarabuelo Yuang, la tenacidad de sus abuelos Síu Mend y Kui–fa, y la rebeldía de su padre Pag Li. El recuerdo de su padre le llenó los ojos de lágrimas. Furiosa ante su propia debilidad, arrojó una mirada de desprecio al policía que seguía observándolas y que no pudo entender su gesto. Después echó a andar junto a su madre con la cabeza más alta que nunca, repitiendo como un mantra, con la intención de grabarla en sus genes, la frase del monumento que su futuro hijo jamás debería olvidar: «No hubo un chino cubano desertor; no hubo un chino cubano traidor».

Derrotado corazón

Cecilia se sentía como si la hubieran lanzado al fondo de un abismo. Le pareció que la tragedia de Amalia también formaba parte de su vida. Mientras vivió en Cuba, su futuro había sido como el horizonte que la rodeaba: un mar monótono y sin posibilidades de cambio. Su refugio eran los amigos, su familia, y las familias de sus amigos. Siempre aparecía una mano que le brindaba ayuda o consuelo, aunque esa mano fuera la de otro náufrago como ella. Ahora tenía el universo a su alcance. Por primera vez era libre, pero estaba sola. Su familia se hallaba casi extinta; sus amigos, muertos o dispersos por el mundo. Varios se habían suicidado bajo el peso de una vida demasiado compleja; otros se ahogaron en el estrecho de la Florida cuando intentaban huir en balsa; muchos se refugiaban en lugares insólitos: Australia, Suecia, Egipto, islas Canarias, Hungría, Japón, o en cualquier rincón del planeta donde hubiera un trozo de tierra donde posarse. Porque era un mito que los cubanos hubieran emigrado en masa a Estados Unidos; ella podía mencionar decenas de amigos suyos que vivían en países casi míticos, tan lejanos e inalcanzables como la misteriosa Thule. Las amistades que cultivara con tanto amor a lo largo de su vida se habían perdido en brumas imprevistas. Algunas confusiones que le provocaran un par de enemistades quedarían sin aclarar; los malentendidos seguirían siendo malentendidos por los siglos de los siglos, y las explicaciones permanecerían en la dimensión de lo que pudo suceder y jamás ocurrió… Y mejor no pensar en su país, ese paisaje enfermo y roto, esa geografía arruinada que apenas tenía posibilidades de recuperación. Nada conocido había escapado a la fatalidad. Recordaba cada fragmento de su propia historia, y su corazón se ahogaba de dolor. No existía ninguna escena donde todos hubieran vivido felices para siempre. Por eso terminaba recalando en aquel bar para escuchar las historias de Amalia con la esperanza de que, pese a todo, algo bueno ocurriría al final.

Ese jueves se había ido a la cama muy temprano, pero no pudo dormir. A las dos de la mañana, presa de un irremediable insomnio, decidió vestirse y salir. Mientras conducía, trató de ver el brillo de las estrellas a través del cristal del parabrisas. La negrura del cielo le hizo recordar aquel refrán: «Nunca es más oscura la noche que cuando empieza a amanecer». Y le pareció que si la frase era cierta, como toda traza de sabiduría popular, muy pronto su vida se teñiría de luz.

Entró al bar empujando la puerta y buscó entre las mesas. Era tan tarde que no creyó que pudiera encontrar a su amiga, pero aún estaba allí, mirando con expresión soñadora las fotos que se sucedían en dos pantallas que colgaban a ambos lados de la pista.

—Hola —saludó Cecilia.

—Mi hija y mi nieto llegan dentro de dos semanas —anunció la mujer sin ambages—. Espero que vengas a conocerlos.

—Me encantaría —respondió Cecilia, sentándose frente a ella—. ¿Dónde los vería?

—Aquí, por supuesto.

—Pero los niños no pueden entrar a estos sitios.

Amalia mordió un trozo de hielo, que crujió como una cáscara seca.

—Mi nieto ya no es tan pequeño.

Dos o tres parejas se movían lentamente en la pista. Cecilia pidió un Cuba Libre.

—¿Y el esposo de su hija?

—Isabel se divorció. Sólo viajarán ella y el niño.

—¿Cómo lograron venir?

—Se ganaron la lotería de visas.

Eso era tener suerte. Conseguir una visa en aquella montaña de medio millón de solicitudes anuales era casi un milagro. ¿Cuándo terminaría aquella fuga? Su país siempre había sido una tierra de inmigrantes. Personas de todas las latitudes buscaban refugio en la isla desde los tiempos de Colón. Nadie quiso huir nunca de ella... hasta ahora.

Cecilia notó que la mujer la observaba con fijeza.

—¿Qué te pasa?

—Nada.

—Hija, no me mientas.

Cecilia suspiró.

—Estoy harta de que mi país nunca haya podido ser un país, con todas las oportunidades que tuvo. Ahora no me importa si revienta. Sólo quiero vivir tranquila y saber si puedo planificar lo que me queda de existencia.

—Es tu rabia quien habla, no tu corazón. Y la rabia es señal de que sí te interesa lo que pasa allí.

La camarera trajo el Cuba Libre.

—Bueno, puede ser —admitió Cecilia—, pero daría cualquier cosa por conocer el futuro para no seguir machacándome las entrañas. Si supiera de una vez qué nos espera, sabría a qué atenerme y ya no me angustiaría tanto.

—El futuro no es uno solo. Si ahora mismo pudieras ver el destino de un país o de una persona, eso no significa que dentro de un mes verías lo mismo.

—¿Cómo dice?

—El futuro que vieras hoy sólo sería realidad si nadie tomara decisiones repentinas o iniciara acciones impensadas. Incluso un accidente puede cambiar la predicción original. Al cabo de un mes, la suma de todos esos sucesos convertiría el futuro en otra cosa.

—Bueno, ¿qué más da? —murmuró Cecilia—. De todos modos nadie puede ver lo que vendrá.

Los camareros limpiaban las mesas que se iban vaciando. Dos parejas más pidieron la cuenta.

—¿Te gustaría jugar a la charada?

—Nunca juego a la lotería. Tengo mala suerte.

—Me refiero a un oráculo para conocer el futuro.

Cecilia se inclinó sobre la mesa.

—Usted acaba de decir que ninguna predicción es segura. ¿Y ahora quiere oficiar de pitonisa?

Amalia tenía una risa cristalina y suave que se extendió por el bar casi desierto. Era una pena que no riera más a menudo.

—Digamos que, en la situación en que me encuentro, conozco cosas que otros no saben… Pero no nos compliquemos. Vamos a tomar esta charada como una especie de juego.

Sobre la mesa cayeron seis dados. Dos de ellos eran iguales a esos comunes de seis caras, otro par mostraba ocho, y el tercero tenía tantas que era imposible contarlas.

—El destino es un juego de azar —continuó Amalia—. Cierto sabio dijo que Dios no jugaba a los dados con el universo, pero se equivocó. A veces ensaya hasta la ruleta rusa.

—¿Qué debo hacer?

—Lánzalos.

La mujer miró los números, antes de tomar los dados.

—Vuelve a lanzar —le dijo, entregándole los diminutos cubos.

Después de ver los resultados una vez más, recogió los dados y los mezcló de nuevo.

—Otra vez.

Cecilia repitió la operación algo impaciente, pero Amalia

no se dio por enterada y le hizo repetir el gesto tres veces más. Al final volvió a guardar los dados en su cartera.

—Busca lo que significan los números 40, 62 y 76 de la charada cubana. Su combinación te mostrará quién eres y qué debes esperar de ti. Después busca el 24, el 68 y el 96 de la charada china. Representan el futuro que nos obsesiona a todos.

Cecilia guardó silencio unos segundos, indecisa sobre la seriedad del juego.

—He oído decir que los números de la charada tienen más de un significado —dijo por fin.

—Busca sólo el primero.

—¿Cómo voy a interpretar un mensaje de sólo tres palabras?

—Palabras, no: conceptos —aclaró Amalia—. Recuerda que los sistemas de adivinación son más intuitivos que racionales. Busca sinónimos, asociaciones de ideas…

Las escasas luces del local comenzaron a parpadear.

—No sabía que fuera tan tarde —dijo Amalia poniéndose de pie—. Antes que lo olvide, quiero agradecerte que me hayas acompañado todas estas noches en que me sentía tan sola.

—No tiene que agradecerme nada.

—Y también tu interés en mi historia. Si eres parte de lo que dejamos, me iré tranquila. Creo que a Cuba le espera algo mejor.

La mujer se pasó la mano por la frente, como si quisiera apartar un cansancio muy antiguo. Cecilia la acompañó hasta la puerta.

—¿Y Pablo? —se atrevió a decir por fin—. ¿Ya salió de la cárcel? ¿Cuándo se reunirá con él?

—Pronto, mi niña, muy pronto.

Y Cecilia descubrió en su mirada las huellas de un corazón más triste que el suyo.

Veinte años

Era un edificio gris y feo, rodeado por una muralla que parecía destinada a contener los sueños. Por encima del muro sobresalían los postes que alumbraban como luces de un estadio deportivo. Amalia intentaba calcular cuánto consumirían esos reflectores, mientras las ciudades y los pueblos cercanos padecían extensos apagones.

Alguien la empujó levemente. Salió de su ensueño y avanzó unos pasos más en la fila de personas que aguardaban. Había llegado el momento que esperara durante tantos años. Veinte, para ser más exactos. Nada de indultos por buena conducta, ni revisión del caso, ni apelaciones a un alto tribunal. Nada de eso existía ahora.

Durante todos esos años vio a Pablo cada vez que se lo permitieron. Las visitas dependían del humor de sus carceleros. En algunos momentos le habían dejado verlo mes tras mes; otras veces se había quedado aguardando bajo el sol, la lluvia o la frialdad del amanecer sin que nadie se compadeciera de ella. En varias ocasiones lo mantuvieron aislado durante seis, siete y hasta ocho meses. ¿Por qué razón? Ninguna que ella supiera. ¿Estaba vivo? ¿Enfermo? Ninguna respuesta. Parecía un país de sordos. O de mudos. Una pesadilla.

Pero hoy sí, hoy sí, se repetía. Y quería bailar de gozo, cantar, reírse… Pero no, mejor se quedaba tranquila y ponía cara de arrepentimiento, no fuera a ser que los castigaran de nuevo; mejor bajaba la mirada y adoptaba esa expresión humilde que estaba lejos de sentir. No soportaba otra noche sin abrazarlo, sin escuchar aquella voz que espantaba sus miedos… Cuando escuchó su nombre por los altavoces, se dio cuenta de que en algún momento había mostrado su identificación y ni siquiera se había enterado. Trató de mantenerse serena. No quería temblar, no quería que los guardias se dieran cuenta. Podía ser sospechoso, cualquier cosa podía ser sospechosa. Pero sus nervios…

Clavó la mirada en la puerta de metal hasta que identificó a la frágil figura que permanecía en medio del pasillo, mirando alrededor sin lograr verla, hasta que finalmente la reconoció. Y ocurrieron dos cosas extrañas. Cuando intentó abrazarlo, él la apartó con rudeza mientras avanzaba a pasos largos con una expresión tensa y desconocida en el rostro.

—Pablo, Pablo… —susurró ella.

Pero el hombre siguió caminando, aferrado al bulto de ropas que sacara de la prisión. ¿Qué había pasado? Por fin las puertas se cerraron tras ellos, dejándolos a solas en la carretera llena de polvo. Y allí ocurrió la segunda cosa extraña. Pablo se volvió hacia su mujer y, sin ningún aviso, comenzó a besarla, a abrazarla, a olerla, a acariciarla, hasta que ella comprendió por qué apenas la había mirado antes. No quería que los guardias vieran lo que ella veía ahora. Pablo estaba llorando. Y sus lágrimas caían sobre los cabellos de la mujer, revelando una pasión que ella creyera perdida. Pablo sollozaba como un niño, y Amalia supo que ni siquiera el llanto de su hija le había dolido tanto como el de aquel hombre que ahora parecía un dios vencido. Y deseó —en un instante de delirio— renunciar a la bienaventuranza de la muerte para convertirse en un espíritu que pudiera velar por las almas de quienes sufren. Confusamente creyó escuchar un sonido delicado, como el de una flauta oculta en la maleza, pero enseguida dejó de prestarle atención.

Pablo y ella se besaron, y ninguno reparó en el cuerpo macilento del otro, ni en la piel desgastada, ni en las ropas casi harapientas; y tampoco vieron la luz que irradiaba de ellos y ascendía rumbo a algún reino invisible y cercano donde se cumplían todas las promesas; una luz como aquella que brotara de sus cuerpos cierta tarde, cuando se amaron por primera vez en el valle encantado de los mogotes.

Ahora parecía vivir en otro mundo. Amalia contemplaba su figura encorvada, y apenas se atrevía a imaginar cuánto sufrimiento se habría asentado en él. Nunca se atrevió a preguntarle sobre su vida en la cárcel; ya era bastante terrible comprobar los estragos que había dejado en su espíritu, pero la expresión de su rostro reflejaba una soledad sin fin.

Tampoco vivían ya en aquel luminoso apartamento de El Vedado. El gobierno lo había decomisado con el pretexto de que lo necesitaba para un diplomático extranjero.

Todavía le quedaban a Pablo doce años de cárcel cuando ella se mudó a una de las tres viviendas que le propusieron. Cualquiera de ellas era un cuchitril comparado con su apartamento, pero no le quedó otro remedio que aceptar. Se mudó a una casita en el corazón del Barrio Chino, no porque fuera mejor que las otras, sino porque pensó que a Pablo le agradaría regresar al barrio de su infancia. Allí lo esperó hasta que salió de la cárcel. Pero nunca imaginó que los recuerdos se convirtieran en algo tan doloroso.

A veces Pablo preguntaba por la fonda de los Meng o por los helados del chinito Julio, como si aún le costara creer que veinte años de aquella debacle hubieran podido arrasar con las vidas de quienes conociera.

—Ha sido peor que una guerra —murmuraba él cuando Amalia le describía el destino de sus antiguos vecinos.

Y eso que ella se guardaba las peores historias e inventaba

otras para sustituirlas. Por ejemplo, nunca le contó que el doctor Loreto había sido hallado muerto una mañana en el mismo escalón donde Rosa solía llevarle su cena. Vagamente le dijo que el doctor se había marchado a Estados Unidos para reunirse con sus hijos.

Amalia era feliz de tenerlo a su lado, aunque su felicidad estaba empañada por una angustia que no quería admitir: le habían robado veinte años de vida junto a aquel hombre, un tiempo que nadie —ni siquiera Dios— podría devolverle.

¿Y Pablo? ¿Qué guardaba en su cabeza aquel hombre que cada tarde recorría el barrio de su infancia, ahora poblado de criaturas que parecían sombras? Aunque nunca se quejó, Amalia sabía que un trozo de su alma se había convertido en un paisaje lleno de cenizas y oscuridad. Sólo sonreía cuando Isabel los visitaba y le traía a su nieto, un chiquillo de ojos verdosos y rasgados. Entonces ambos se sentaban en el umbral de la casa y, como hiciera su bisabuelo Yuang con él, le contaba historias de la época gloriosa en que los mambises escuchaban la palabra sagrada del *apak* José Martí, el Buda iluminado, y soñaban con la libertad que llegaría pronto. Y el niño, que aún era muy pequeño, pensaba que todo había terminado como en los cuentos de hadas y sonreía feliz.

A veces Pablo insistía en salir del Barrio Chino. Entonces caminaban por el Paseo del Prado, que conservaba sus leones de bronce y la algarabía de los gorriones entre las ramas. O se iban hasta el malecón para rememorar sus tiempos de novios.

Un Día de Difuntos quiso visitar el monumento a los mambises chinos con Amalia, su hija y su nieto. El marido de Isabel no fue. Años de asedio y amenazas lo habían convertido en un individuo mezquino y lleno de temores, muy diferente al joven soñador que la muchacha conociera. Ya no iba a ver a sus suegros, sabiendo que él había pasado veinte años en la cárcel por contrarrevolucionario. Fue durante aquella salida cuando Pablo se dio cuenta del alcance de la destrucción.

La Habana parecía una Pompeya caribeña, destrozada por un Vesubio de proporciones cósmicas. Las calles se hallaban cubiertas de baches que los escasos vehículos —viejos y destartalados— debían ir vadeando si no querían caer en ellos y terminar allí sus días. El sol chamuscaba árboles y jardines. No había césped por ningún sitio. La ciudad estaba inundada de vallas y carteles que llamaban a la guerra, a la destrucción del enemigo, y al odio sin cuartel.

Sólo el monumento de mármol negro permanecía intacto, como si estuviera hecho de la misma materia de los héroes a los cuales rendía tributo; la misma sustancia de esos sueños por los que lucharan los guerreros de antaño: «No hubo un chino cubano desertor; no hubo un chino cubano traidor». Aspiró la brisa que soplaba desde el malecón y, por primera vez desde que abandonara la cárcel, se sintió mejor. Su bisabuelo Yuang estaría orgulloso de él.

Una fina llovizna empezó a caer, ignorando la presencia del sol que arrancaba vapores del asfalto. Pablo alzó la vista hacia el cielo azul y sin nubes, dejando que su rostro se mojara con aquellas lágrimas dulces y luminosas. Él tampoco había traicionado y nunca traicionaría… Y viendo aquella lluvia milagrosa, supo que el difunto mambí le enviaba sus bendiciones.

Libre de pecado

Cecilia aceleró su auto a través de las callejuelas de Coral Ga-bles, sombreadas por árboles que vertían chubascos de hojas sobre las gentes y las casas. Era un paisaje que le recordaba ciertos recovecos de La Habana… lo cual era inexplicable por-que con sus muros rugosos y sus jardines casi góticos, humede-cidos de hiedra, Coral Gables se asemejaba más a una aldea en-cantada que a la ciudad en ruinas que dejara atrás. Quizás la asociación se debiera a la similitud de dos decrepitudes distin-tas: una fingida con elegancia y otra remanente de glorias pa-sadas. Paseó su mirada entre los jardines salpicados de flores y sintió un latido de nostalgia. Qué espíritu obsesivo el suyo que aún extrañaba el rugido de las olas contra la costa, el calor del sol sobre las calles destruidas y el aroma que escapaba de un suelo que insistía en ser fértil cuando se empapaba tras algún aguacero tibio.

No podía mentirse a sí misma. Sí le importaba ese país; tanto como su propia vida, o más. ¿Cómo no iba a importarle si era parte de ella? Pensó en lo que sentiría si desapareciera del mapa, si de pronto se esfumara y fuera a parar a otra di-mensión: una Tierra donde no existiera Cuba… ¿Qué haría entonces ella misma? Tendría que buscar otro lugar exótico e imposible, una región donde la vida desafiara la lógica. Había leído que las personas eran más saludables si mantenían alguna conexión con el lugar donde habían crecido o si vivían en un sitio semejante. Así es que tendría que hallar un país alucinante y bucólico a la vez, donde pudiera reajustar sus relojes biológicos y mentales. A falta de Cuba, ¿qué lugares le servirían? Por su mente desfilaron los megalitos de Malta, la ciudad abandonada de los anasazi, y la costa tenebrosa y antigua de Tintagel, plagada de recovecos por donde deambularan los personajes de la saga arturiana... Lugares misteriosos donde latía el eco del peligro y, por supuesto, llenos de ruinas. Así era su isla.

Despertó de su ensueño. Cuba seguía en su sitio, casi al alcance de la mano. El resplandor de sus ciudades podía distinguirse desde Key West en las noches más oscuras. Su misión, por el momento, era otra: desentrañar su futuro más cercano. O al menos encontrar una pista que le indicara la ruta hacia ese futuro.

El chillido de la cotorra fue la primera respuesta a su timbrazo. Una sombra cubrió la mirilla.

—¿Quién es?

La tentación fue demasiada.

—Juana la Loca.

—¿Quién?

¡Santísima virgen! ¿Para qué preguntaba si la estaba viendo?

—Soy yo, tía... Ceci.

Hubo un sonido de cerrojos que se deslizaban.

—Vaya, qué sorpresa —dijo la anciana al abrir la puerta, como si sólo entonces acabara de verla.

—El pueblo... unido... jamás será vencido...

—¡Fidelina! Esta cotorra del demonio me va a matar de los nervios.

—La culpa es tuya por no haberte librado de ella.

—No puedo —gimió Loló—. Demetrio me ruega todas

las noches que no se la regale a nadie, que sólo puede verla a través de mí.

Cecilia suspiró, resignada a formar parte de una familia que se debatía entre la locura y la bondad.

—¿Quieres café? —preguntó la mujer, entrando en la cocina—. Acabo de colar.

—No, gracias.

La anciana volvió, segundos después, con una tacita en la mano.

—¿Averiguaste algo sobre la casa?

—No —mintió Cecilia, incapaz de enfrentarse nuevamente a lo que había descubierto.

—¿Y tus ejercicios para ver el aura?

Cecilia recordó la niebla blanquecina en torno a la planta.

—Sólo vi espejismos —se quejó—. Nunca seré como mi abuela; no tengo ni gota de visión.

—Puede ser —murmuró la anciana, sorbiendo con cuidado su café—. Ni Delfina ni yo tuvimos necesidad de hacer cosas raras para hablar con los ángeles o los muertos, pero ya nada es como antes.

Cecilia esperó a que la anciana terminara su café.

—Tía, ¿conoces los números de la charada?

La mujer se le quedó mirando con una expresión algo nublada, como si tratara de recordar.

—Hacía años que no oía hablar de eso a nadie, aunque a veces la uso para jugar a la lotería. Y créeme que funciona; me he ganado mis billeticos.

—¿Y juegas con la charada china o la cubana?

—¿Por qué te interesan esas cosas? Nadie de tu edad sabe lo que es la charada. ¿Quién te habló de ella?

—Una señora —respondió con vaguedad—. Me dio varios números para que los jugara, pero me gustaría saber qué significan.

—¿Cuáles números?

Cecilia sacó un papelito de su cartera.

—El 24, el 68 y el 96 de la charada china. El 40, el 62 y el 76 de la cubana.

La anciana estudió a la joven, sopesando si debía poner al descubierto su mentira. La lotería de la Florida no tenía cifras tan altas como el 68 o el 96. Así es que nadie en su sano juicio le pediría jugarlas. Estaba segura de que existía otra razón para el interés de la muchacha por esos números, pero decidió seguirle la corriente.

—Creo que tengo una lista en algún sitio —dijo levantándose para ir a su dormitorio.

Cecilia se quedó en la sala, revisando sus notas. Siempre creyó que los oráculos eran enigmas elaborados y misteriosos, revelaciones capaces de provocar el éxtasis; no un pasatiempo detectivesco. ¿Debería seguir aquel juego?

—Lo encontré —dijo su tía, saliendo del cuarto y colocando sobre la repisa un papel arrugado—. Veamos... 24: paloma... 68: cementerio grande... 96: desafío.

Cecilia apuntó las palabras.

—Ahora sólo faltan las cifras de la charada cubana —le recordó.

—Esa nunca la usé —admitió Loló—. La china era la más famosa.

—¿Dónde podré encontrarla?

La mujer se encogió de hombros.

—A lo mejor... —comenzó a decir, pero quedó en suspenso contemplando el vacío—. ¿En cuál cajón?

Los cabellos de Cecilia se erizaron cuando comprendió que su tía hablaba con la lámpara.

—¿En el clóset? —preguntó la anciana—. Pero yo no recuerdo...

Aunque supo que no veía a nadie, la joven se volvió en busca del invisible interlocutor.

—Bueno, si tú lo dices...

Sin dar ninguna explicación, Loló se levantó del sofá y fue a su cuarto. Después de algunos ruidos indefinidos, salió de la habitación con una cajita entre las manos.

—Vamos a ver si es cierto —comentó la mujer, mientras revolvía el contenido lleno de papeles—. Pues sí, Demetrio tenía razón. Parece que no anda tan desmemoriado como cree.

Se refería a un recorte de periódico que sacó de la cajita. Estaba tan quebradizo que una de sus esquinas se desprendió al tratar de alisarlo. Era una copia de la charada cubana.

—¿Me la prestas? —preguntó Cecilia.

La anciana levantó el rostro y de nuevo su mirada se perdió en otras latitudes.

—Demetrio quiere que te quedes con ella. Dice que si una joven como tú se interesa por esas reliquias, hemos ganado la batalla. Y dice…

Cecilia dobló con cuidado el papel para que no se siguiera rompiendo.

—… que le hubiera gustado conocerte mejor —suspiró la anciana.

La muchacha alzó la vista.

—¿A mí? ¿Por qué?

—Sólo pudo verte una vez, el primer día que viniste a verme.

—Ya me lo dijiste, pero no me acuerdo.

La anciana suspiró.

—¡Y pensar que fuiste tan importante para él!

—¿Yo?

—Voy a contarte un secreto —le dijo Loló, sentándose en una mecedora—. Después que murió mi esposo, que en paz descanse, Demetrio se convirtió en mi mayor apoyo. Nos conocíamos desde que éramos jóvenes. Siempre estuvo enamorado de mí, pero nunca me lo dijo. Por eso vino para acá, apenas salí de Cuba. Tú fuiste la única nieta de Delfina, y ella no cesaba de enviarnos tus fotos y contarnos de ti. Tus padres estaban planeando venir para acá cuando naciste, aunque al final tu madre nunca se decidió. En realidad, le tenía miedo a los cambios. Delfina murió, pero siguió dándonos noticias tuyas. Demetrio sabía que yo hablaba con mi hermana muerta y lo encontraba muy natural. Así seguimos al tanto de tu vida, especialmente después que murieron tus padres. Yo estaba muy preocupada, sabiéndote tan sola. Fue entonces cuando Demetrio me confesó su amor y me dijo que, si tú venías, entre los dos podríamos cuidarte como la hija que nunca tendríamos. No sabes cómo se obsesionó con la idea. Le hacía mucha ilusión conocerte, ir a tu boda, criar a sus nietos… Porque hablaba de tus hijos como si fueran sus propios nietos. ¡Pobre Demetrio! ¡Hubiera sido tan buen padre!

A medida que Loló hablaba, Cecilia sentía que sus rodillas se volvían de piedra. Aquella era la conexión que faltaba. Demetrio había deseado protegerla. Para él hubiera sido la hija providencial y su vínculo con Loló, la novia de sus sueños, a la que seguía visitando después de muerto. Por eso también viajaba en la casa junto a sus padres: para protegerla, para cuidarla…

—Tengo que irme, tía —musitó.

—Llámame cuando quieras —le rogó la anciana, sorprendida por su abrupta retirada.

Desde su ventana la vio meterse en el auto y ponerlo en marcha. ¡Qué modales tan raros tenían los jóvenes! ¿Y para qué necesitaba el significado de esos números? Recordó que en su juventud estuvo de moda jugar a las adivinanzas con la charada. Si la muchacha hubiera sido de otra época, habría jurado que andaba enfrascada en algún acertijo. Puso el pestillo y se volvió. Allí estaban Delfina y Demetrio, como cada tarde, meciéndose levemente en sus sillones.

—Debiste decirle… —masculló Delfina.

—Todo a su tiempo —dijo Loló.

—Es cierto —suspiró Demetrio—. Ya se dará cuenta por sí misma. Lo importante es que estamos aquí para ella.

Y así conversaron un rato más hasta que el crepúsculo llenó la casa.

Una hora después, la noche había caído sobre la ciudad. Loló se despidió de sus huéspedes, que ahora acudían a tareas más propias de su actual estado.

El reloj dio las nueve. Cuando la anciana se dirigía a la cocina notó que, desde hacía rato, el apartamento se hallaba sumido en un inquietante silencio. La cotorra parecía dormir en su jaula. ¿Tan temprano? Se dirigió al comedor y metió un dedo entre los barrotes, pero el animalito no se movió. Tuvo un presentimiento y abrió la puerta de la jaula para tocar su plumaje. La carne rígida y aún tibia se iba enfriando rápidamente. Dio un rodeo a la jaula para mirar desde otro ángulo. Fidelina había muerto con los ojos abiertos.

Sintió lástima de la pobre cotorra y estuvo a punto de rezar una oración por su alma… Pero ¡qué demonios! Esa desgraciada le había desquiciado la vida a ella, a sus vecinos y a media humanidad. Por lo menos ya no volvería a gritar aquellas consignas que enloquecían a cualquiera. De rezos, nada. Mejor se ocupaba de hacerla desaparecer; algo que —pensó con arrepentimiento— debió haber hecho tiempo atrás, cuando la bestia aún estaba con vida. ¿Por qué no lo intentó antes? Designios del cielo, algún karma ineludible. ¿Quién sabe? Pero ya no. Se había librado de esa miserable parca y juró que nunca más dejaría que algo así volviera a aparecer en su vida.

—Descansa en el infierno, Fidelina —dijo, y arrojó un trapo sobre el cadáver de la cotorra.

Mientras regresaba a su apartamento con la respuesta del enigma, Cecilia iba recordando su adolescencia. En aquellos tiempos felices, su mayor aventura era explorar las casas clausuradas por el gobierno, como esa mansión de Miramar, a la que llamaban El Castillito, donde ella y sus amigos se reunían a contar historias de fantasmas en la noche de Halloween. Aunque tal fiesta no se celebraba en la isla, todos los años subían a la azotea de la casa embrujada para invocar los espectros de una Habana loca y lujuriosa que, sin embargo, parecía libre de pecados.

El océano, la lluvia y los huracanes eran bautizos naturales que redimían a los hijos de una virgen que, según la leyenda, había llegado por mar en una tabla, deslizándose sobre las olas en el primer *surfing* de la historia. No era extraño que esa misma virgen, a la que el Papa coronara Reina de Cuba, se pareciera a la diosa del amor que adoraban los esclavos, vistiera de amarillo como la deidad negra, y tuviera su santuario en El Cobre, región de la cual se extraía el metal consagrado a la orisha africana… Oh, su isla alucinante y mezclada, inocente y pura como un Edén.

Evocó la llovizna que despidiera al Papa en el santuario de San Lázaro —una lluvia curativa, delicada como una filigrana, que se derramó sobre la noche de la isla— y recordó la lluvia sin nubes que cayera sobre Pablo frente al monumento de mármol negro. Por algún azar de la memoria, también pensó en Roberto… Ay, su amante imposible. Hermoso y lejano como su isla. Mentalmente le envió un beso y le deseó suerte.

Tú me acostumbraste

Y fue como si el mensaje lluvioso de Yuang hubiera renovado ese espíritu rebelde y aventurero que era la marca de su signo. La lluvia fortaleció el ánimo que nunca perdiera. Su llanto al salir de la cárcel no había sido una señal de derrota, como pensó Amalia, sino de rabia. Apenas volvió a ponerse en contacto con la vida, recobró el tono de su voz interior: ésa que le exigía clamar justicia por encima de todo. Siguió diciendo lo que pensaba, como si no tuviera conciencia de que aquello podía costarle una paliza o el regreso a la cárcel. En el fondo seguía siendo un tigre, viejo y enjaulado en esa isla, pero tigre al fin y al cabo.

Amalia, en cambio, temía por él y por el resto de su familia en un sitio donde la justicia se había vuelto draconiana. Por eso comenzó a gestionar —papeles van, papeles vienen; certificados y matasellos, entrevistas y documentos— la única posibilidad de que todos continuaran con sus vidas.

Un día llegó de la calle y se detuvo en el umbral, tratando de recuperar el aliento. Miró a Pablo, a su hija y a su nieto, que coloreaba los barcos de papel que su abuelo iba colocando sobre la mesa.

—Nos vamos —anunció.

—¿Adónde? —preguntó Isabel.

Amalia resopló con impaciencia. ¡Como si hubiera algún otro sitio al cual se pudiera ir!

—Al norte. Le dieron la visa a Pablo.

El niño dejó de atender sus barcos. Había estado oyendo hablar de esa visa durante meses. Sabía que tenía que ver con su abuelo, que era un ex preso político, aunque no entendía muy bien lo que significaba eso. Sólo sabía que no debía comentarlo en la escuela, sobre todo después que aquella especie de estigma provocara el divorcio de sus padres.

—¿Cuándo se van? —preguntó Isabel.

—Querrás decir cuándo nos vamos. Tú y el niño también tienen visa.

—Arturo nunca me dará permiso para sacarlo.

—Pensé que ya habías hablado con él.

—A él le da igual, pero no puede autorizarlo. Perdería su trabajo.

—Ese... —comenzó a decir Amalia, pero se contuvo al notar la mirada del nieto— sólo piensa en él.

—No podré hacer nada hasta que el niño sea mayor.

—Sí, y cuando cumpla los quince años ya estará en la edad del Servicio Militar y entonces no lo dejarán salir.

Isabel suspiró.

—Váyanse ustedes. Papá y tú han sufrido mucho; no tienen nada que hacer en este país.

El niño escuchaba, casi asustado, aquel duelo entre su madre y su abuela.

—No he esperado veinte años a tu padre para perder a mi hija y mi nieto ahora.

—No nos perderás, ya nos reuniremos —le aseguró observando de reojo a su padre, que no había abierto la boca, sumido en quién sabe cuáles pensamientos—. Son ustedes quienes no deben esperar.

—Por lo menos trata de hablar con Arturo. ¿O prefieres que lo haga yo?

—Ya veremos —susurró sin mucho convencimiento—. Es tarde, mejor nos vamos... Despídete, corazón.

El niño besó a sus abuelos y salió brincando a la acera. Allí permaneció saltando sobre un pie hasta que su madre lo tomó de la mano y se alejó con él.

Amalia se asomó para verlos marchar y sintió que el corazón le dolía tanto como el día en que vio morir a su padre. ¿Cómo podía dejarlos atrás? No ver crecer a su nieto, dejar de abrazar a su hija: ésa era la mitad de su miedo. La otra mitad era perder nuevamente a Pablo, y eso era lo que ocurriría si no lo sacaba de allí.

Por eso esperaba con ansiedad el permiso de salida que debía otorgarle el gobierno: la famosa tarjeta blanca. O la «carta de libertad», como le llamaban los cubanos tras el éxito de cierta telenovela donde una esclava se pasaba más de cien episodios esperando ese documento. Todos aquellos con visado para viajar debían pasar por una telenovela semejante: a menos que llegara esa tarjeta, nunca podrían salir.

Los primeros meses estuvieron llenos de esperanza. Cuando pasó el primer año, la esperanza se transformó en ansiedad. Después del tercer año, la ansiedad se convirtió en angustia. Y después del cuarto, Amalia se convenció de que jamás los dejarían irse. Quizás veinte años de cárcel les habían parecido insuficientes.

Se consolaba viendo crecer a su nieto: un muchacho hermoso y dulce como su Pablo en la lejana época en que se conocieron. Amalia notaba cómo se esmeraba en complacer a su abuelo. Siempre se las arreglaba para estar cerca de él, como si la amenaza de su separación hubiera hecho que atesorara cada minuto que pasaban juntos: temor que cada vez parecía más irreal, porque el tiempo pasaba y Pablo continuaba viviendo en esa prisión que era la isla.

Aunque seguía asustando a la gente con sus frases temerarias, nunca regresó a la cárcel. Quizás, después de todo, la policía secreta hubiera decidido que era un anciano inofensivo. De cualquier manera, dijera lo que dijera, nada podría hacer.

La escasez es el arma más eficaz para controlar las rebeliones. Con la excepción de algunos letreros que aparecían en los muros y los baños de ciertos lugares públicos, nada parecía ocurrir... Tampoco había con quién conspirar. La culpa era de esa epidemia que se había adherido como un parásito a la piel de todos: el miedo. Nadie se atrevía a hacer algo. Bueno, sólo algunos; pero ésos ya estaban en la cárcel. Entraban y salían regularmente de ella, y jamás lograban otra cosa que no fuera denunciar o protestar. Eran hombres y mujeres más jóvenes que Pablo, de un valor semejante al suyo, aunque sin los medios para conseguir más de lo que el propio Pablo había podido lograr.

A Pablo no le quedó otro remedio que observar; observar y tratar de entender ese país que cada vez se volvía más extraño. Un día, por ejemplo, había salido muy temprano a dar una vuelta y se detuvo frente a la antigua fonda de los Meng, que ahora era un local donde se almacenaban folletos de la Unión de Jóvenes Comunistas. Alzó el rostro al cielo enlodado de nubes, deseando que lloviera un poco para recibir las bendiciones de su bisabuelo. Junto a él pasó un perro sarnoso y lampiño, de esa especie que allí llamaban «perros chinos» porque apenas tienen pelos. El animal lo miró con miedo y esperanza. Pablo se agachó para acariciarlo y recordó aquella tonada de su niñez:

> *Cuando salí de La Habana*
> *de nadie me despedí,*
> *sólo de un perrito chino*
> *que venía tras de mí.*
> *Como el perrito era chino*

un señor me lo compró
por un poco de dinero
y unas botas de charol.
Las botas se me rompieron,
el dinero se acabó.
¡Ay, perrito de mi vida!
¡Ay, perrito de mi amor!

Miró a su alrededor, como si esperara escuchar las campanillas del chino Julián anunciando sus helados de coco, guanábana y mantecado: los mejores del barrio; pero en la calle sólo jugaban tres chiquillos medio desnudos, que pronto se aburrieron y entraron a una casa.

A punto de marcharse, notó la expresión con que una niñita contemplaba algo que ocurría al doblar de la esquina, fuera del campo de su visión. Se asomó un poco, sin delatar su presencia, y vio a dos muchachas que conversaban animadamente junto a unos latones de basura. Comprendió de inmediato que una de ellas era prostituta. Su vestimenta y maquillaje la delataban; una pena, porque era bonita, de rasgos delicados y con un aire muy distinguido. La otra era monja, pero no parecía estarle dando ningún sermón a la descarriada. Por el contrario, ambas parecían charlar como si fueran viejas amigas.

La prostituta tenía una risa dulce y traviesa.

—Me imagino la cara que pondría tu confesor si le dijeras que hablas con el espíritu de una negra conga —se mofó.

—No digas eso, Claudia —respondió la monja—. No sabes lo mal que me hace sentir.

¿De qué hablaban aquellas mujeres? Miró en torno. No había nadie más a la vista, excepto la niñita, que permanecía sentada en el quicio de la puerta.

Los tres muchachos que antes jugaran en la acera volvieron a salir, dando alaridos y batiéndose a machetazos contra los colonizadores españoles. Pablo no pudo escuchar el resto de la conversación. Sólo vio que la monja se guardaba un papelito que le diera la prostituta antes de marcharse; después hizo algo más extraño todavía: miró hacia un montón de basura y se persignó. Enseguida pareció ruborizarse y, casi con furia, hizo la señal de la cruz en dirección a los latones, antes de seguir su camino.

Dios, qué país tan raro se había vuelto la isla.

Llegaron noches de lluvia y días de calor. Se inventaron nuevas consignas y se prohibieron otras. Hubo manifestaciones convocadas por el gobierno y protestas silenciosas en las casas. Corrieron rumores de atentados y se hicieron discursos que los negaban. Con el tiempo, Pablo lo fue olvidando todo. Olvidó sus primeros años en la isla, sus angustias por comprender su idioma, las interminables tardes de llevar y traer ropa; olvidó sus años universitarios cuando se debatía entre tres existencias: estudiar medicina, verse con Amalia a escondidas y luchar en el clandestinaje; olvidó que alguna vez quiso irse de un país al que había llegado a amar; olvidó los documentos que se enmohecían en una gaveta… Pero no olvidó su rabia.

En las noches más oscuras, su pecho gemía con un dolor antiguo. Huracanes, sequías, inundaciones: de todo fue testigo durante aquellos años en los que su vida tenía cada vez menos sentido. Ahora el país atravesaba una nueva etapa que, a diferencia de otras, parecía planificada porque hasta tenía un nombre oficial: Período Especial de Guerra en Tiempo de Paz. Un nombre estúpido y pedante, pensó Pablo, intentando acallar sus entrañas que chillaban de soledad. Nunca antes había sentido un hambre tan atroz, tan dominante, tan omnipresente. ¿Sería por eso que nunca le dejaron abandonar el país? ¿Para matarlo lentamente?

Abrió la puerta y se sentó en el umbral. El vecindario permanecía en tinieblas, inmerso nuevamente en uno de sus interminables apagones. Una ligera brisa recorría la calle, trayendo el vago rumor de las palmeras que cuchicheaban en el Parque Central. Sombras luminosas cubrían a medias el disco de la luna y se transformaban en volutas tiznadas. Por alguna razón recordó a Yuang. Últimamente pensaba mucho en él, quizás porque los años le habían hecho valorar más su sabiduría.

«Es una lástima que yo no la haya aprovechado más cuando él estaba vivo», se dijo, «pero debe pasarle a mucha gente. Demasiado tarde nos damos cuenta de cuánto quisimos a nuestros abuelos, de cuánto pudieron darnos y de lo que no supimos tomar en nuestra inocente ignorancia. Pero la huella de esa experiencia es imperecedera y de algún modo permanece en nosotros...»

Le gustaba mantener aquellos monólogos. Era como conversar de nuevo con el viejo mambí.

El viento silbó con voz de espectro. Por instinto alzó la vista: las estrellas hacían cabriolas entre las nubes. Miró con más atención. Los puntos de luz se adelantaban o retrocedían, se unían en grupos y parecían bailar en rueda; después se juntaban hasta formar un sólo cuerpo y de pronto salían disparados en todas direcciones como fuegos artificiales... Pero no eran fuegos artificiales.

—*Akún* —llamó en silencio.

La calle se hallaba desierta, aunque en la oquedad de otra puerta Pablo creyó percibir una silueta. ¿Era real?

—*Akún* —repitió suavemente.

Las estrellas se movieron, formando figuras caprichosas: un animal... tal vez un caballo. Y montado encima, un hombre: un guerrero.

—*Akún.*

Y escuchó la susurrante respuesta:

—Pag Li... *Lou-fu-chai...*

La visión blanquecina se movió en las tinieblas.

Pablo sonrió.

—*Akún*…

Un párpado de nubes dejó entrever la luna, cuya luz se derramó sobre los espíritus que deambulaban entre los vivos. De la tierra brotó aquel olor a hogar: era un aroma parecido a las sopas que hacía su madre, al talco con que su padre se cubría después del baño, a las manos arrugadas de su bisabuelo… La noche desfallecía como el ánimo de un condenado a muerte, pero Pag Li sintió una felicidad nueva y extática.

La silueta se acercó y, durante unos instantes, lo miró con aquella ternura infinita que sus años de muerto no habían extinguido. Con sus manos heladas le tocó las mejillas. Se inclinó y le dio un beso en la frente.

—*Akún* —sollozó Pag Li, sintiéndose de pronto el ser más desamparado del universo—. No te vayas, no me dejes solo.

Y se apretó al regazo de su bisabuelo.

—No llores, pequeño. Aquí estoy.

Lo meció con suavidad, acunándolo dulcemente contra él.

—Tengo miedo, abuelo. No sé por qué tengo tanto miedo.

El anciano se sentó a su lado y le rodeó los hombros con un brazo, como cuando Pag Li era niño y se reclinaba en su pecho a escuchar las hazañas de aquellos héroes legendarios.

—¿Recuerdas cómo conocí al *apak* Martí? —le preguntó.

—Me acuerdo —contestó enjugándose las lágrimas—, pero cuéntamelo otra vez…

Y Pag Li cerró los ojos, dejando que su memoria se fuera llenando con las imágenes y los gritos de batallas olvidadas. Y poco a poco, abrazado a la sombra de su bisabuelo, dejó de sentir hambre.

Hoy como ayer

Era tan temprano que el cielo aún conservaba sus tonos violetas, pero el bar parecía más oscuro que de costumbre. Guiándose por el recuerdo, más que por la vista, Cecilia fue acercándose al rincón donde solía sentarse Amalia. No creyó que hubiera llegado, pero prefirió esperarla allí. Cuando notó una sombra que se movía en la silla, se detuvo. La sombra pertenecía a un hombre.

—Perdone —dijo ella, retrocediendo—. Lo confundí con alguien.

—¿Podrías quedarte un rato? —pidió él—. No conozco a nadie aquí.

—No, gracias —respondió ella con voz gélida.

—Disculpa, no quise ofenderte. Llegué hace poco de Cuba y no sé cómo son las costumbres.

Cecilia se detuvo.

—Iguales que en cualquier otro sitio —le dijo irritada, aunque sin saber por qué—. Ninguna mujer medianamente cuerda se sentaría en un bar con un desconocido.

—Sí… Claro… —admitió él con un tartamudeo tan sincero que Cecilia estuvo a punto de sentir lástima.

De pronto supo por qué se hallaba molesta. No era por la invitación, sino porque el intruso había invadido el escondite que ella y Amalia compartieran tantas noches.

Buscó una mesa desde la cual pudiera vigilar la llegada de

su amiga, pero casi todas estaban llenas. Tuvo que escoger una cercana a la pista. Se hallaba ansiosa por hablar con Amalia y decirle que se daba por vencida en aquel juego. Tenía el significado de las seis cifras, pero no entendía nada. El primer acertijo, vinculado a ella misma, continuaba siendo un enigma. «Cantina», «visión» e «iluminaciones» eran las palabras correspondientes a los números, pero no tenía la menor idea de lo que podían significar. Con el segundo grupo ocurría lo mismo. No sabía qué hacer con un «desafío», una «paloma» y un «cementerio grande».

Levantó la mirada y vio el paisaje que ocupaba toda la pantalla. Allí estaba de nuevo: en Miami, Cuba era más omnipresente que la Coca-Cola. Trató de distinguir la mesa donde solía reunirse con Amalia, pero se hallaba demasiado lejos y el bar estaba muy oscuro. No la vería si entraba, y quizás hasta se marchara si topaba con aquel desconocido en su puesto. Tomando aire, se acercó de nuevo al joven.

—Mis amigos están por llegar —dijo ella para justificar su atrevimiento—. ¿Puedo esperarlos aquí unos minutos? Siempre nos reunimos en esta esquina.

—Por supuesto. ¿Quieres tomar algo?

—No, gracias.

Ella desvió la vista.

—Me llamo Miguel —dijo él, tendiéndole una mano.

Dudó un segundo, antes de responder:

—Cecilia.

Hubo un parpadeo de luces que le permitió examinar su rostro. Tenía más o menos su misma edad, pero sus rasgos eran tan exóticos que casi se le antojaron extraterrestres.

—¿Vienes mucho aquí? —preguntó él.

—Más o menos.

—Ésta es mi primera vez —admitió él—. ¿Sabes si…?

En ese momento, varias personas pasaron junto a ellos, tropezando con varias sillas.

—¡Gaia! —llamó Cecilia.

La figura que iba al frente se detuvo; y las otras la siguieron, tropezando como barajas.

—¡Hola! ¿Cómo estás? —preguntó la recién llegada—. Mira quiénes vinieron…

Pero no terminó la frase.

—¡Gaia! —exclamó el joven—. No sabía que estabas aquí.

—¿Miguel? —balbuceó ella.

Se produjo un titubeo, y casi enseguida una especie de terremoto. Las siluetas que venían detrás se lanzaron hacia la mesa.

—¿Eres tú, Miguel?

—¡Qué sorpresa!

—¿Cuándo llegaste?

—¡Claudia, nunca lo habría imaginado! ¡Melisa, mira que hace tiempo! —decía él, riendo—. ¡Dios, qué casualidad!

Y ellas le pasaban la mano por la cabeza, se reían y lo abrazaban, como quienes han encontrado a un familiar después de mucho tiempo.

—¿De dónde se conocen? —preguntó Cecilia.

—De La Habana —repuso él vagamente.

—¿Alguien ha visto a Lisa? —interrumpió Gaia—. Fue ella quien propuso que nos reuniéramos aquí, y no la veo…

Pero Lisa no había llegado.

—Tenemos un par de mesas reservadas —dijo Claudia—. Si quieren venir…

Cecilia alegó que esperaba a alguien y ambos se quedaron allí.

—Ah, el Benny… —susurró Miguel.

En la pantalla acababa de aparecer el Sonero Mayor de Cuba.

—«Hoy como ayer, yo te sigo queriendo, mi bien…»

—¿Quieres bailar? —preguntó el muchacho, tomándola de la mano.

Y sin darle tiempo a contestar, la arrastró a la pista.

—Menos mal que no conocías a nadie —le reprochó ella, más confiada en él después de aquel recibimiento.

—No había vuelto a saber de ninguna —dijo él en susurros, como temiendo que lo oyeran—. Las ayudé en diferentes momentos de sus vidas.

Cecilia lo observó con suspicacia, decidida a no dejarse embaucar por aquellos ojos de pureza traslúcida.

—¿Ayudarlas, cómo?

—Un amigo me presentó a Claudia cuando ella trabajaba en una pizzería —contó él—, algo raro porque era licenciada en Historia del Arte. Parece que tuvo un problema político. Le regalé algún dinero cuando me enteré que tenía un niño pequeño.

—No sabía que estuviera casada.

—No lo estaba.

Cecilia se mordió los labios.

—A Gaia la conocí porque trabajó un tiempo en mi oficina después que salió de la universidad. Siempre andaba con la mirada asustada, como si quisiera huir de todo… Traté de llevarla a un psicólogo, pero nunca logré que lo viera porque vino para Miami.

—No me parece que Gaia esté enferma.

Frente a la pantalla, el rostro de Miguel se llenó de luz. Ahora sus ojos parecían verdes.

—Tal vez esta ciudad la haya sanado —aventuró él—; me han dicho que Miami tiene ese poder sobre los cubanos. También Melisa estuvo bajo tratamiento psiquiátrico, y ya la ves. Aunque yo nunca creí que tuviera ningún problema. Fue un asunto misterioso…

El bolero terminó y ellos regresaron a la mesa. Las muchachas habían ocupado otra con un grupo de amigos. Claudia les hizo señas para que se les unieran, pero Cecilia no se decidía a perder de vista su rincón.

—No quiero irme de aquí —confesó ella.

—Yo tampoco.

Rechazaron la invitación con un gesto.

—¿De qué te graduaste?

—Soy sociólogo.

—¿Y qué hacías allá?

Allá significaba la isla.

—Trabajaba en hospitales ayudando en las terapias de grupo, pero nunca le confesé a nadie mi verdadero sueño.

Cecilia lo escuchó sin hacer comentarios.

—Desde hace tiempo estoy recopilando notas para un libro.

—¿Eres escritor?

—No, sólo investigo.

—¿Sobre qué?

—Los aportes de la cultura china en Cuba.

Ella lo observó con sorpresa.

—Casi nadie menciona a los chinos —insistió él—, aunque los manuales de historia y de sociología insisten en que son el tercer eslabón de nuestra cultura.

Una camarera se acercó a la mesa.

—¿Van a tomar algo?

—Un Mojito —pidió Cecilia sin vacilar.

—Creí que no bebías con desconocidos —dijo él, sonriendo por primera vez cuando la mujer se marchó.

Se estudiaron por unos segundos. La oscuridad ya no era un obstáculo para la visión y Cecilia pudo distinguir el brillo de sus pupilas.

—¿Cuando llegaste de Cuba?

—Hace dos días.

Cecilia creyó que había oído mal.

—¿Sólo dos días?

Y como él no respondiera, ensayó otra pregunta:

—¿Quién te habló de este sitio?

La camarera llegó con las bebidas. Cuando se fue, Miguel se inclinó sobre la mesa:

—No sé qué vas a pensar si te cuento algo un poco extraño.

«Haz la prueba», lo desafió ella mentalmente; pero en voz alta dijo:

—No pensaré nada.

—Vine por mi abuela. Fue ella quien me habló de este bar.

Cecilia se quedó de una pieza.

Una mujer envuelta en chales salió a la pista, abrió los brazos como si fuera a bailar la danza de los siete velos, y dejó escuchar su voz susurrante, hecha para cantar boleros:

—«¿Cómo fue? No sé decirte cómo fue, no sé explicarte qué pasó, pero de ti me enamoré...»

—Vamos —le dijo Miguel, arrastrándola de nuevo.

¡Qué difícil era hablar así!

—¿Desde cuándo tu abuela vive en Miami? —preguntó la muchacha, sin atreverse a pronunciar el nombre que retozaba en su lengua.

—Estuvo en Cuba varios años, esperando el permiso de salida para ella y mi abuelo. Sólo después que él murió, se lo dieron. Entonces viajó sola para acá, pensando que mi madre y yo vendríamos enseguida, pero no nos dejaron viajar hasta hace poco. Mira —dijo buscando bajo su camisa—, esto es de ella.

El familiar azabache negro, engarzado en su manita de oro, colgaba de la cadena que llevaba al cuello. Parecía una joya muy delicada, apenas visible, sobre aquel pecho joven y robusto. Cecilia cerró los ojos. No sabía cómo decirle... Intentó seguir el ritmo de la melodía.

—¿Y cuándo vendrá por aquí?

—¿Quién?

—Tu abuela.

Miguel la miró con un brillo raro en los ojos.

—Mi abuela murió.

Cecilia dejó de moverse.

—¿Cómo?

—Hace un año.

Él trató de seguir bailando, pero Cecilia se había quedado clavada en su lugar.

—¿No dijiste que te habló del bar?

—En un sueño. Me dijo que viniera aquí y… ¿Te sientes mal?

—Quiero sentarme.

La cabeza le daba vueltas.

—¿Cómo tienes ese amuleto suyo? —consiguió preguntar mientras se recuperaba.

—Se lo dio a una amiga para que me lo entregara. Desde anoche lo tengo. Quizás por eso soñé con ella.

Entonces Cecilia recordó el primer acertijo: «cantina», «visión», «iluminaciones». ¿Cómo no se dio cuenta antes? Cantina: así llamaban a los bares en la época de Amalia. Eso era lo que la mujer había querido decirle: ella era una visión en un bar, alguien que estaba allí para ser iluminada. Pensó en las palabras de Amalia: «Su combinación te mostrará quién eres y qué debes esperar de ti». Ya no le quedan dudas: ella también era una visionaria; alguien que podía hablar con los espíritus. Por eso arrastraba consigo una casa habitada por las almas de quienes se negaban a abandonarla. Ahora estaba segura de que había heredado los genes de su abuela Delfina. Si hasta Claudia se lo había dicho: «Tú andas con muertos». Pero había estado ciega.

Sin embargo, quedaba el segundo acertijo. ¿Cuál sería el «desafío» relacionado con ese futuro que obsesionaba a todos? Amalia le había advertido que los oráculos eran intuitivos, que debía buscar asociaciones. Muy bien. La «paloma» era un símbolo de paz. Pero ¿cómo asociarla a la imagen de un «cementerio»? ¿Significaba que el futuro de la isla era un desafío donde todos tendrían que decidir entre la paz y la muerte, entre la armonía y el caos?

—«No existe un momento del día en que pueda apartarte de mí —cantó la dama de los velos—. «El mundo parece distinto cuando no estás junto a mí...»

La canción, dulce y melancólica, logró tranquilizarla.

—¿Te sientes mejor?

—No fue nada.

—¿Puedes bailar?

—Creo que sí.

—«No hay bella melodía en que no surjas tú, ni yo quiero escucharla cuando me faltas tú...»

Aquel bolero parecía cantarle a su ciudad. O tal vez era que no podía escuchar un bolero sin recordar La Habana.

—«Es que te has convertido en parte de mi alma...»

Sí, su ciudad también era parte de ella, como el soplo de su respiración, como la naturaleza de sus visiones... igual que aquella que creía estar teniendo ahora en la atmósfera neblinosa del local: un hombrecito deforme, vestido con una especie de sotana, que se mecía ridículamente sobre el piano.

—Miguel...

—¿Sí?

—¿Me habré emborrachado con medio Mojito o es cierto que hay un enano encima del piano?

Él observó por encima de su hombro.

—¿De qué hablas? —comenzó a decir—. Yo no veo...

Se quedó en suspenso. Y cuando bajó la vista para mirarla, ella comprendió que conocía la leyenda del Martinico y que sabía lo que significaba verlo, pero ninguno de los dos dijo nada. Ya habría tiempo para explicaciones. Ya habría tiempo para hacer preguntas sobre los muertos. Ahora sospechó que siempre los tendría cerca, porque también acababa de descubrir a Amalia en medio del humo que danzaba como la niebla que sube del río.

Cecilia dejó de bailar.

—¿Qué te pasa? —preguntó Miguel.

—Nada —contestó estremeciéndose, cuando Amalia pasó entre ellos dejando una sensación gélida.

Pero la muchacha no reparó en aquella frialdad. Sólo quería saber qué perseguía la mujer con esa mirada fija y fascinada. Giró un poco su cabeza y apenas la reconoció: una Amalia casi adolescente bailaba con un joven parecido a Miguel, aunque de rasgos más asiáticos.

—«Más allá de tus labios, del sol y las estrellas, contigo en la distancia, amada mía, estoy…»

Su Habana moribunda, habitada por tantos fantasmas dispersos por el mundo.

«Uno aprende a amar el lugar donde ha amado», repitió para sí.

Alzó la vista para contemplar a Miguel; y recordó los rostros de esos muertos amados que seguían en su memoria. Su corazón estaba a mitad de camino entre La Habana y Miami. ¿En cuál de sus extremos respiraba su alma?

«Mi alma late en el centro de mi corazón», se dijo.

Y su corazón pertenecía a los vivos —cercanos o ausentes—, pero también a los muertos que seguían junto a ella.

—«Contigo en la distancia, amada mía, estoy» —canturreó Cecilia, contemplando la imagen de su ciudad en la pantalla.

Habana, amada mía.

Y cuando apoyó su cabeza sobre el pecho de Miguel, el fantasma de Amalia se volvió a mirarla y le sonrió.

Agradecimientos

Esta novela es un homenaje a muchas personas y hechos; también a ciertos lugares; y por supuesto, a una ciudad... o, tal vez, a dos. Mi gratitud va a todas esas fuentes que la inspiraron, en especial a los compositores de boleros cuyas letras aparecen como título de cada capítulo. Sin embargo, hubo un factor esencial que motivó su trama: el deseo de contar una historia que recreara la unión simbólica de las tres etnias que componen la nación cubana, especialmente la china, cuya incidencia sociológica en la isla es mayor de lo que muchos suponen. De mi afán por rendir homenaje a esas tres raíces, nace esta novela.

Muchos libros me proporcionaron datos valiosos sobre las diversas épocas y costumbres recreadas aquí, pero no puedo dejar de mencionar tres que resultaron imprescindibles para comprender los patrones de inmigración y adaptación de los chinos que llegaron a Cuba en la segunda mitad del siglo XIX: *La colonia china de Cuba (1930-1960)*, de Napoleón Seuc; *Los chinos de Cuba: apuntes etnográficos*, de José Baltar Rodríguez; y *Los chinos en la historia de Cuba (1847-1930)*, de Juan Jiménez Pastrana.

Entre las fuentes vivas de información fue vital la ayuda de la familia Pong, especialmente de Alfredo Pong Eng y de su madre Matilde Eng, quienes compartieron conmigo anécdotas y recuerdos personales de ese gigantesco periplo migratorio que fuera historia común entre los chinos que emigraron de Cantón a La Habana hace más de ciento cincuenta años. Sin su ayuda, no hubiera logrado reproducir la atmósfera familiar que aparece en estas páginas.

La investigación del universo musical de la época no hubiera podido completarse sin los datos históricos y anecdóticos del libro *Música cubana: del areíto a la nueva trova*, de Cristóbal Díaz Ayala.

Incorporé a la trama algunas figuras históricas de la música cubana, tratando de respetar sus personalidades y biografías. Los diálogos y hechos que se narran aquí son ficticios, y sólo están inspirados en mi admiración por el patrimonio musical que nos legaron. Sin embargo, tengo la sospecha que, de haberse visto en esas circunstancias, habrían actuado de manera muy parecida.

También quiero dar las gracias —de este mundo al otro— al desaparecido Aldo Martínez-Malo, albacea de las pertenencias de la cantante y actriz Rita Montaner (1900-1958), quien un día lejano, en un gesto que amigos presentes calificaron de insólito, colocó sobre mis hombros el manto de plata de la legendaria diva; una reliquia que siempre le gustaba mostrar, pero que nunca dejaba tocar a nadie… ¿Conservaba aquel manto alguna conexión con el alma de esa artista única o fue sólo mi fantasía, arrobada ante el contacto de tan insólita prenda, la que me provocó extrañas visiones del pasado? ¡Quién sabe! Lo importante es que, de algún modo, la experiencia dejó en mí una señal tan persistente que acabó por mezclarse con esta novela.

Miami, 1998-2003